Texte intégral

En couverture
Theodor Kern, (détail)
Tous droits réservés

ISBN : 2 86930 305 X
ISBN 1re publication : 2 903059 92 6

Ce livre a paru dans la collection étrangère des éditions Rivages, dirigée par Gilles Barbedette.

Titre original : *Ein Mord den jeder begeht.*

Un meurtre que tout le monde commet

Paru en Allemagne en 1938, *Un meurtre que tout le monde commet* est le premier roman important de Heimito von Doderer, l'auteur des *Démons*. L'œuvre immense et extrêmement originale de ce romancier le place au premier rang des écrivains autrichiens, à côté de Musil et de Hermann Broch. Ce livre rassemble les éléments d'une enquête policière, ceux d'une éducation sentimentale et ceux, enfin, d'un roman d'initiation que n'épuise pas l'anecdote : parvenu à l'âge adulte, Conrad Castiletz ("Kokosch", l'anti-héros romantique du roman) qui mène dans l'Allemagne des années vingt, la vie ordinaire et sans histoire d'un fils d'industriel, s'efforce un jour de résoudre l'énigme de la mort de la sœur de sa femme, survenue plusieurs années auparavant.

L'extraordinaire construction de ce livre où resurgissent, avec la force du leitmotiv, certaines images-clés, la densité poétique et souvent baroque du style, suggèrent une volonté d'élucider ces ellipses de la vie où Doderer perçoit non pas le déterminisme d'un hasard mais la magie d'un destin. Toute l'œuvre de Doderer, du reste, s'articule autour de personnages égarés dans l'Histoire collective et que l'on voit chercher inlassablement la nature de leur identité. Telle est la fatalité de Conrad qui découvre avec stupeur que la seule chose à laquelle il ne peut échapper est son enfance. Il y a chez Doderer comme la mélancolie d'une énigme impossible. Et c'est peut-être de là que provient la beauté étrange de son œuvre.

Heimito von Doderer est né le 5 septembre 1896 près de Vienne. Par son père il est apparenté au poète romantique Nikolaus Lenau.

Son œuvre romanesque est considérée en Autriche comme l'une des plus grandes. La publication en 1951 d'une œuvre-fleuve, L'Escalier de Strudelhof, *le rend célèbre pour sa peinture d'une « comédie humaine » viennoise du début du siècle que compléteront* Les Démons *en 1956 puis* Les Chutes de Slunj *en 1963 (paru aux éditions Rivages).*

Cet écrivain, historien de formation et dont la lecture du Journal *révèle des influences puisées davantage chez des écrivains français (notamment Valéry, Proust, Stendhal) ou russes (Dostoïevski) que dans la tradition allemande, a construit une œuvre subjective qui refuse le totalitarisme de l'Histoire et recherche ce que le réel contient de plus énigmatique ou de plus magique dans la connaissance de soi.*

Depuis la parution en français des Démons *en 1965 aux éditions Gallimard, aucun autre livre de Doderer n'avait été publié.* Un meurtre que tout le monde commet *est le deuxième roman de Doderer, déjà traduit en plusieurs langues.*

Doderer est mort en 1966.

Heimito von Doderer

Un meurtre que tout le monde commet

Traduit de l'allemand
par Pierre Deshusses

Rivages

PREMIERE PARTIE

1

L'enfance, c'est comme un seau qu'on vous renverse sur la tête. Ce n'est qu'après que l'on découvre ce qu'il y avait dedans. Mais pendant toute une vie, ça vous dégouline dessus, quels que soient les vêtements ou même les costumes que l'on puisse mettre.

L'homme dont on doit rapporter ici la vie – son cas a excité quelque curiosité à l'intérieur des frontières allemandes et même au-delà, lorsque les choses furent ensuite mieux connues – pourrait presque fournir la preuve que l'on n'arrive jamais à se laver du contenu de ce fameux seau.

Enfant, on l'appelait « Kokosch », suivant en cela la façon balbutiante qu'il avait au début de prononcer son nom, Conrad. Ce qu'il appelait déjà « son royaume » quand il était petit garçon – puis dans un style relevé, en imitation de ses lectures, « mon royaume de petit garçon » ou « mon pays d'enfant » – c'était l'une des avancées qui prolongeait une grande ville et qui, de l'autre côté d'un large canal où passaient des bateaux, étalait sa masse de maisons sous la brume jusqu'à l'horizon. En fait, cette masse de maisons n'était pas uniformément figée en un réseau compact de rues et de ruelles ; elle était au contraire ouverte en maints endroits, interrompue par des terrains vagues et des carrés de prairies où se dressaient de vieux arbres, des buissons et des taillis. Plus d'une rue n'avait des maisons que sur un seul côté, alignées déjà en cordon serré, tandis que l'autre côté était vide. Le regard ici courait sur des tas de cailloux, sur des monceaux de bois, sur la barrière étirée en arrière du talus plongeant dans le canal, puis le regard sautant par-dessus, arrivait beaucoup plus loin jusqu'à la masse compartimentée de la ville de l'autre côté de l'eau, et même jusqu'à l'endroit où, toute de lenteur et de scintillement entre le talus incliné de ses berges, celle-ci décrivait une boucle vers la gauche. C'est là que s'élevait le moutonnement gris-vert des feuillages et que s'avançaient les prairies. Dans le lointain, il y avait des cheminées d'usines alignées comme des flèches dans un carquois, et à côté encore les proéminences larges et arrondies des gazomètres dont l'éclat métallique rehaussé de grilles faisait un premier plan derrière lequel s'étendait en hiver le brouillard, et badinaient en été les nuages d'une frange de ciel vaporeux.

C'est dans la dernière maison de ce simple alignement d'habitations au bord du canal, qu'habitaient les parents de Conrad, seuls occupants de tout le troisième étage, dans un logement fort spacieux. Le père, Lorenz Castiletz, n'avait rien d'un homme riche, mais il avait ce qu'il est convenu d'appeler de la fortune. Son domaine, c'était le commerce de la toile ; il avait en outre depuis longtemps la représentation de deux firmes hollandaises, ce pour quoi il n'était pas peu envié car elles assuraient déjà à elles seules une solide position. Cette situation ajoutée au fait que l'on avait à deux pas de la ville une tante qui possédait à la campagne maison, ferme et terres à l'avenant, explique que « Kokosch », qui en plus était fils unique, n'ait jamais souffert, même pendant la guerre et les pires années qui suivirent, de privations notables ou même préjudiciables à sa santé. Ces événements avaient même totalement épargné la maison Castiletz. Le père qui souffrait d'une maladie contractée de façon bizarre – il avait mis beaucoup trop d'ardeur à la pratique du sabre durant ses jeunes années – n'était plus en âge d'être parmi les premiers appelés sous les drapeaux au début de la guerre, et de plus il avait été jugé inapte au service pour la simple raison que nous venons de mentionner. Entre Lorenz Castiletz et son jeune fils, il y avait un fossé de quarante-sept années.

Le père était un grand et bel homme, avec de longs cheveux noirs et bouclés et une grosse moustache dans lesquels se mêlaient, presque en matière de coquetterie, des fils et des mèches argentés. Affable, d'un bon naturel, très distrait et désordonné en dehors de ses affaires, il pouvait pourtant arriver qu'il fût pris d'une colère soudaine, brutale et imprévisible, comme dirigée vers l'intérieur, il devenait alors pour ainsi dire noir comme de l'ébène à force de fureur et lâchait les pires insultes. Dans pareils cas, la maison se transformait carrément en un gouffre d'effroi jusqu'à ce que le père entrât soudain dans la pièce par une porte quelconque, le sourire aimable, prêt à faire des excuses à chacun, que ce fût la mère qu'il embrassait, ou bien Kokosch qu'il prenait sur ses genoux. Mais de voir son père plongé soudain dans un abîme si noir, laissait chez l'enfant des marques plus durables que les consolations qui venaient ensuite.

Un jour, dans le vestibule laqué de blanc, il s'était trouvé nez à nez avec son géniteur en furie, à un moment inopportun mais totalement innocent aux yeux de Kokosch : car c'était justement l'heure où celui-ci était sur le point de partir à l'école pour les cours de l'après-midi. Il tenait son cartable avec ses livres sous le bras. Le père, dont la voix avait soudain enflé dans l'appartement de la mère pour aussitôt passer dans la gamme des cris et des hurlements, déboucha dans l'entrée à travers la double porte vitrée et vit Kokosch qui se tenait là, lui qu'il croyait déjà dehors. « Tu n'obéis même plus aux ordres, comme tu le devrais, il me semble, petite canaille ! » siffla-t-il à l'enfant comme un paon doublé d'un chat en colère, d'une voix quelque peu étouffée qui fit une très forte impression sur Kokosch. « Allez, allez ! » criait maintenant le père en empoignant par la nuque le gamin – qui, terrorisé, avait aussitôt commencé à pleurer – et en le poussant vers la porte. Après l'école, ce fut le père qui, cette fois-ci, alla chercher Kokosch – ce qui donna un coup de frayeur à l'enfant quand il passa la porte du bâtiment, car c'était une chose qui n'arrivait d'ordinaire jamais – mais Lorenz Castiletz accueillit son fiston sous un déluge de mots gentils, chez le confiseur il bourra le gamin de gâteaux et de crème fouettée, et il consacra toute sa soirée à l'aider à faire ses devoirs – qui furent ainsi terminés en un tourne main – et à jouer avec lui. Il s'allongea de tout son long sur le ventre pour pouvoir bien ajuster les aiguillages du petit train mécanique, et la mère qui entrait battit des mains à ce spectacle. Même Kokosch y prenait du plaisir. Ceci étant, ce qui était arrivé dans le vestibule passa pourtant dans ses rêves, c'était toujours des rêves effrayants dans lesquels, bizarrement, il voyait avec une netteté extraordinaire le tapis de reps brun qui allait de la porte d'entrée jusqu'à la porte vitrée du salon de réception, il en voyait chaque fibre comme s'il s'était trouvé tout près, comme si lui-même n'avait pas dépassé de plus de deux doigts au-dessus du sol. Et cela revenait toujours quand il rêvait de son père en colère.

Or, ces plongées soudaines dans le noir ne manquaient vraiment jamais d'avoir chez Lorenz Castiletz les causes les plus ridicules et il n'était encore jamais arrivé qu'il ait ainsi perdu la tête pour quelques affaires graves ou même seulement un tant soit peu importantes. Bien au contraire, des boutons de cols retournés, des cravates froissées, des bouts de papier égarés sur lesquels étaient notées des courses en retard : c'était des broutilles de ce genre qui l'attiraient dans l'abîme. De plus ce mot n'était pas toujours une métaphore mais tirait pour ainsi dire les formes premières de son apparence de l'obscurité qui se trouvait sous le bureau ou sous le sofa où il fallait bien chercher, accroupi par terre, dans une position suffocante pour cet homme au cœur fragile avec une nette tendance à l'apoplexie, et d'où il se relevait – généralement bredouille – avec une tête toute rouge.

Comme beaucoup de gens brouillons – dont le secret réside essentiellement dans le fait qu'ils prennent une chose, l'utilisent mais ne la remettent jamais à sa place – il prétendait qu'on lui avait pris ou déplacé quelque chose dès qu'elle ne se trouvait plus à sa place, ce qui n'aurait été rien moins que naturel dans le désordre toujours renaissant du bureau : sauf peut-être dans les deux premières heures qui suivaient le moment où Mme Castiletz, en l'absence de son époux, avait fait du rangement. Mais c'est peut-être justement là que résidait le plus grand danger : car ce genre d'intervention rationaliste détruisait de nouveau tout ce qui était devenu dans la vie autant de chemins et de passages de l'habitude, où certes les choses restaient ensuite tout bonnement abandonnées – mais où la mémoire de celui qui cherchait pouvait s'y retrouver, par un travail rapide et adroit mené dans la pénombre de la conscience ; cette faculté fait partie des plus importantes et des plus étonnantes forces d'âme des gens désordonnés : or c'est justement elle qui se trouvait paralysée par cette intervention, si bien que les recherches devaient dès lors être menées à la lumière de l'entendement, un organe déjà critique en soi ; gare alors s'il manquait aux repères que celui-ci exigeait dans de pareils cas avec une rigueur tatillonne, la relation extérieure correspondante ! La chute dans l'abîme devenait possible, voire parfois inévitable.

On n'était donc jamais vraiment à l'abri dans l'appartement des parents de Conrad puisqu'il n'était nul besoin de catastrophes extérieures ou de nouvelles funestes pour rendre la situation intenable : bien plus, celles-ci étaient engendrées dans la maison même. On comprendra, même sans connaître Mme Castiletz, qu'elle était impuissante en face d'un être pareil. Il ne lui restait rien d'autre à faire que de s'arranger au mieux de la situation et, en cas de crise, de ne pas exciter Lorenz, son époux, par des paroles de contradiction. Elle s'en tenait bravement à ce comportement et il est d'ailleurs absolument impossible d'imaginer ce qui serait arrivé sinon. Car son attitude de douce acceptation suffisait déjà en un certain sens à accroître la somme de violences prêtes à se déverser – dans la mesure en effet où Lorenz y flairait toujours un air d'indulgence supérieure qui, à force, ne le prenait déjà plus tout à fait au sérieux : et c'est ce dernier point justement que lui – une fois devenu noir comme de l'ébène – voulait savoir une bonne fois pour toutes hors de l'emprise du doute.

Quiconque aurait été amené à connaître personnellement Léontine Castiletz n'aurait pas manqué de savoir qu'il existe un terme qui suffisait à décrire tout son être ; ce n'est pas vraiment une expression du registre classique, mais elle est pourtant ici tout empreinte de vérité. Ce terme, ou cette courte expression, c'est : « petite nature ». C'était une personne avec une petite nature et depuis le jour où quelqu'un avait prononcé ce mot, celui-ci s'était répandu dans le cercle de ses connaissances, à l'insu de Mme Léontine, et avait même fini par pénétrer dans la famille où l'on ne s'embarrassa nullement de détours mais où l'on créa incontinent un maître-mot : « la petite-nature ». A partir de ce moment, la dénomination « Léontine » disparut complètement à moins que ne fût justement présente celle qui portait ce nom.

C'était une jolie femme. Beaucoup disaient qu'elle ressemblait à sa tante quand elle était jeune fille – celle qui possédait le domaine – mais Léontine était beaucoup plus menue, si bien que la propriétaire terrienne, une belle femme aux formes généreuses, paraissait presque forte à côté d'elle. Peut-être était-ce dû à l'âge. Mme Castiletz avait bien vingt-trois ans de moins que son mari.

Elle était blond-châtain et ses yeux flottaient dans un étrange bleu-violet. Ces yeux légèrement obliques – les coins supérieurs semblaient être plus hauts – flottaient en effet davantage qu'ils ne regardaient. Ils étaient presque bridés, mais ils étaient grands. Or toute personne qui regarde devant soi décoche du regard un trait qui file comme une flèche avec plus ou moins d'intensité. Chez Mme Castiletz, il n'y avait rien de tel. Son regard s'élargissait pour ainsi dire de façon excentrique, comme les cercles autour d'un caillou jeté dans l'eau.

Il semblait qu'il y eût autour de ses yeux comme le halo d'une lune diffuse, le voile permanent d'une certaine indifférence, un regard estompé en cercles toujours plus larges, beaucoup plus qu'une recherche et une attention dirigées sur le centre de ce qu'elle regardait.

Kokosch adorait sa mère. Il pouvait jouer par terre pendant des heures, content et absolument silencieux, lorsqu'elle était assise au salon avec son ouvrage qu'elle avait toujours avec elle et sur lequel son regard semblait glisser. Parfois, on pouvait avoir l'impression que Mme Léontine louchait très légèrement, mais c'était inexact.

Durant ces après-midi solitaires de la petite enfance où l'on entendait seulement de temps à autre le bruit du tramway, la corne d'un bateau à vapeur sur le canal, le petit garçon était sans doute heureux et habité d'un grand calme (et beaucoup plus tard, il lui arriva de s'en souvenir, ainsi que des bruits lointains). Il avait l'habitude de délaisser de temps en temps ses jouets – un château avec ses soldats, des bateaux, le grand circuit du train et d'autres belles choses – et de venir près de sa mère. Il restait là assis sur le tapis devant elle et frottait sa tête, et même son visage, sur le bas de soie lisse de sa jambe. Puis il se remettait à jouer en silence, montrant dans ce domaine beaucoup d'ingéniosité, poursuivant certaines idées pendant des jours, comme possédé, et ne supportant absolument pas d'être dérangé. Son père qui n'était pas mauvais observateur – remarquant que la position de l'armée, qui, au premier coup d'œil semblait toujours la même, se modifiait pourtant de jour en jour par rapport au château – en arriva un jour à découvrir, par de prudentes questions, que les jeux du fiston révélaient une cohérence qui se développait depuis plus de huit jours d'une façon que l'on pouvait qualifier d'absolument logique. A cette occasion, Kokosch expliqua aussi à son père, avec force détails et en toute confiance, le rôle important joué par le train dans tout cela et il lui montra la modification correspondante apportée au circuit.

Mme Castiletz ne faisait pas partie de ces mères qui racontent. Sinon, elle aurait pu dire que le petit, sans voir une pendule (chose qu'il connaissait déjà) dans la pièce, et sans qu'on ait entendu sonner au clocher, s'arrêtait de jouer toutes les demi-heures avec une régularité remarquable et venait vers elle – ainsi qu'elle avait pu le constater en silence à sa montre-bracelet.

Ça ne lui aurait d'ailleurs pas ressemblé de raconter ce genre d'anecdotes maternelles. Elle ne revendiquait pas l'attention de ses congénères, elle ne se mettait pas en avant. Elle se contentait d'être là, assise quelque part, sans plus. Ses cheveux étaient frisés et très souples et tout chez elle avait quelque chose de vague, d'évanescent et d'absent comme des nuages apportés par le vent aux jours d'été. Sa façon de s'habiller était à l'avenant et pour les robes de couleurs, elle mettait une tranquille opiniâtreté à préférer de très grands motifs à fleurs qui la faisaient paraître plus forte qu'elle ne l'était, ce qui en plus n'était pas toujours et dans tous les cas d'un exceptionnel bon goût. Il y avait parfois des fleurs stylisées dont une seule descendait sur tout le dos, et plus bas encore. On devait supposer qu'elle se procurait et se choisissait exprès des choses de ce genre. Mais en paroles, jamais on ne l'entendit soutenir un quelconque point de vue, exprimer une quelconque opinion tangible. Elle était souvent aimablement étonnée. Quand elle parlait, ses phrases s'évanouissaient, à peine prononcées, tout comme son regard s'estompait, à peine lancé. Elle semblait toujours être comme une voile lointaine qui passe au bord de la vie. Il se trouvait des gens pour lui reprocher malgré tout des airs affectés : c'était tout aussi inexact que d'observer qu'elle louchait. Elle n'avait rien d'affecté. C'était une petite nature.

De par ses origines, elle était de la « branche » comme on disait ordinairement encore il n'y a pas si longtemps, en place de « secteur » ou « secteur commercial ». Son père avait été autrefois fabricant de drap, et la dot avait été respectable sans être considérable. Quoiqu'il en soit, et même quand on faisait à l'époque encore abstraction de l'héritage à venir, Lorenz Castiletz s'était « bien marié » – c'est ce que l'on dit souvent dans les milieux bourgeois – lorsqu'il reçut à quarante-cinq ans cette jeune fille de vingt-deux ans.

2

La maison des parents de Conrad formait avec cette bande de rue bâtie d'un seul côté et à l'extrémité provisoire de laquelle elle se trouvait, l'une des dernières et des toutes nouvelles avancées de ce grand quartier situé au-delà du canal mais qui enfermait en son centre un labyrinthe morne, voire sinistre, de ruelles anciennes et même en partie vétustes : elles allaient servir de décor aux épisodes et aux étapes à venir de l'histoire du jeune Kokosch. Celle-ci se déroula d'abord, pour l'essentiel, dans un espace délimité par trois points. Le premier, c'était la maison des parents avec, en particulier, la chambre d'enfant de Conrad, grande pièce claire d'où l'on avait une vue large et remarquable, comme il va de soi en regard de sa situation. Le second point se trouvait de l'autre côté de l'eau : c'était l'école. Le chemin pour y aller n'était vraiment pas long, il suffisait de remonter la rue jusqu'à un grand pont et c'était ensuite sur la gauche en haut, au bout d'une grande rue légèrement en pente. Quand on redescendait de l'école en courant, on pouvait prendre beaucoup de vitesse sur le trottoir, chose que l'on pratiquait bien sûr en bande et qui ne faisait pas précisément la joie des adultes. Le père Castiletz avait tenu à ce que Conrad aille à cette école justement, et il y avait fait inscrire le garçon suffisamment à l'avance. Car ces cinq classes-là étaient l'annexe d'un grand institut où l'on formait les jeunes professeurs et où on les préparait à leur métier. Les élèves qu'ils avaient sous la main leur servaient de cobayes pédagogiques ; et il s'ensuivait que l'enseignement dispensé ici se faisait toujours selon les méthodes les plus récentes et les meilleures qu'il était possible d'avoir, croyait-on, ce qui explique pourquoi cette école avait la réputation d'être à la pointe de la modernité et du progrès. De surcroît, ce bâtiment, qu'il faudrait presque qualifier de gigantesque, abritait aussi un collège, de sorte que les enfants, en passant dans les classes supérieures, avaient la possibilité de rester au même endroit, sans changer leur trajet devenu maintenant habituel.

Le troisième point du triangle dans lequel se passa à peu près toute l'enfance de Conrad et qui délimitait par conséquent aussi son « royaume » (« pays d'enfant », « royaume de petit garçon ») était tout à la fois directement dans sa mouvance et à sa limite extrême : à savoir juste en face de ces cheminées d'usines qui se dressaient comme autant de flèches de l'autre côté du canal. Il avait l'habitude de pousser jusque-là en traversant prairies, halliers et forêt, et en général, il n'allait pas plus loin. Car en arrière il y avait de nouveau des maisons et des usines, la ligne de chemin de fer et surtout la haute grille de l'hippodrome qui s'étirait à n'en plus finir. Conrad ne faisait pas partie de ces enfants qui sont encore chaperonnés par une éducatrice jusqu'au collège. On ne tarda pas à le laisser libre de ses mouvements en vrai garçon des rues, pourvu qu'il rentrât à la maison à l'heure. Ses parents ne manifestaient aucune inquiétude dans ce domaine, chez Lorenz Castiletz l'octroi d'une telle liberté semblait même provenir d'une sorte de conviction. Kokosch possédait ce grand don, presque un art même, qui facilite la vie de tout écolier comme aussi bien celle d'une recrue : l'art de ne pas se faire remarquer. Il ne se faisait remarquer ni par ses connaissances, ni par ses lacunes, son travail se maintenait pour ainsi dire dans un gris moyen tout comme son comportement, et c'est ainsi qu'il passa d'une classe à l'autre, en suivant le mouvement, sous l'œil déjà habitué de ses maîtres. Il ne donna jamais aucun souci à ses parents dans ce domaine. Lorenz Castiletz trouvait cela tout naturel et il aurait vraisemblablement rossé son garçon s'il en avait été autrement.

Non, les sujets d'inquiétude vinrent d'autres horizons et l'enfance de Conrad fut tout le contraire de ce que l'on appelait ordinairement à l'époque « une tragédie d'écolier ».

C'est immédiatement devant la porte de la maison que commençait en fait « le royaume », dès qu'on regardait de l'autre côté de la rue, en direction des tas de bois, de la barrière visible de nouveau par intervalles, et que, passant par-dessus le canal, on apercevait la masse des maisons situées sur l'autre rive. A côté de la maison il y avait d'abord quelques terrains qui, bien que destinés à la construction, n'étaient pas clos de palissades mais restaient ouverts ; le sol y était encore inégal avec beaucoup de petites collines et de petites montagnes sur lesquelles les enfants, en jouant, avaient tracé un nombre incalculable de sentiers et de petits chemins bien lisses à force d'être piétinés, et dans lesquelles il y avait partout des trous creusés comme des tunnels et des routes : cela ressemblait par endroits au terrier de quelques rongeurs. Un grand panneau planté sur deux poteaux indiquait le nom du propriétaire et annonçait que ces terrains étaient à vendre. Le panneau était là depuis longtemps, ses planches étaient devenues presque grises à force d'essuyer le vent et la pluie.

Ce lieu quelque peu désert était séparé des vraies « steppes » ou « pampas » par un large chemin qui remontait verticalement par rapport au canal et à la rue qui le longeait.

C'est là que commençait l'étendue des prairies. Sur leurs bords il y avait des bosquets ou des alignements de jeunes feuillus qui, ici et là, traçaient des séparations. Mais au milieu se dressait parfois, souverain dans cette étendue gris-vert, un arbre gigantesque dont les plus hautes branches étaient déjà très loin là-haut contre l'azur et se fondaient avec les rayons du soleil. En bas, le tronc considérable était presque toujours lisse à force d'être râpé, et sans écorce : car de nombreuses générations d'enfants avaient tourné autour en jouant à s'attraper. Pour peu que l'arbre fût creux, on avait alors encore creusé dans son périmètre de profondes excavations – qui, avec le temps, étaient devenues de véritables fondrières – pour agrandir la cachette. Ou même pour rien du tout, pour le simple plaisir de creuser. Il s'en trouvait toujours pour gratter plus profond. Deux, trois petits garçons par exemple, et une petite fille, tous avec des visages sérieux, le nez et les mains sales.

Il y avait de grandes étendues recouvertes de buissons épais, impénétrables à première vue. Mais elles étaient parcourues par de petits chemins, et même en quantité innombrable. Guère plus larges qu'une personne très-mince. Les buissons formaient alors à droite et à gauche des parois qui vous dépassaient d'une tête. C'est avec une joie mêlée d'étonnement que l'on découvrait dans ces épaisseurs de verdure des cavités, voire de véritables salles, où le solide entrelacs des longues lianes dures des plantes grimpantes formaient murs et plafonds. Cependant, avant même que l'on se soit installé dans l'abri verdoyant d'une telle tente, on avait en général déjà mis le pied dans une des saletés qui jonchaient ici le sol, comme on ne tardait pas à s'en apercevoir. Les vagabonds qui avaient passé la nuit ici ne s'étaient pas embarrassés de complications.

Parmi tous les garçons du voisinage qui étaient nombreux à avoir l'habitude de traîner constamment par ici, il y en avait d'un genre particulier qui captèrent aussitôt la sympathie empressée de Conrad : il s'agissait en effet de ceux qui, par les soirs d'été, lorsque tombait le crépuscule, revenaient des prairies avec de grands bocaux en verre qu'ils portaient accrochés à un baudrier de ficelle habilement passé autour de l'épaule. Dans les bocaux il y avait de l'eau où nageaient des créatures avec quatre pattes et une queue, certaines de couleur magnifique, d'autres d'un aspect blême et translucide : toutes sortes de batraciens, de têtards et autres bestioles pêchés dans les eaux stagnantes des bras morts du grand fleuve qui coulait là quelque part beaucoup plus en arrière mais où l'on s'aventurait rarement. Par contre, il y avait aussi deux étangs de ce genre sur les terres de chasse de Conrad ; et c'est justement ceux-ci qui avaient la prédilection des garçons en raison de leur rendement particulièrement élevé.

Car le marchand d'animaux leur donnait une pièce de dix pfennigs pour toute prise de bonne taille rapportée intacte, parce qu'il arrivait que l'on ait parfois besoin de ces animaux aquatiques, soit pour les vendre à des amateurs d'aquariums, soit pour faire des expériences dans les instituts scientifiques. Il est apparemment remarquable que Conrad n'ait eu vent de l'arrière-plan lucratif de ces recherches dans les étangs où l'on pataugeait et où l'on pêchait beaucoup, que bien plus tard, alors qu'il était déjà presque adulte. C'est qu'ici une solide connivence avait écarté toute concurrence indésirable.

Or, le comportement de Conrad vis-à-vis de ces garçons, dont il ne tarda pas à faire la connaissance, aurait dû être en fait de nature à le rendre sympathique. Durant le premier après-midi où il les accompagna, il utilisa par exemple tout de suite – montrant en cela qu'il ne manquait ni d'oreille, ni d'empressement – leur façon, parfois fort étrange pour lui, de s'exprimer, y compris les noms bizarres qu'ils donnaient aux animaux et qui étaient bien sûr tout autres que ceux qu'il avait appris en science naturelle. Mais il se servait des leurs. Il y en a même un qu'il prononça plusieurs fois complètement de travers, les garçons se regardèrent et se mirent à rire mais ne le corrigèrent pas. Conrad se révéla être un habile chasseur. Son butin passa aussi dans les grands bocaux. Le soir venu, il rentra à la maison en musardant avec les garçons à travers les prairies et taillis jusqu'aux premières ruelles. Derrière les arbres, une grande bande rougeoyante barrait le ciel, dans l'obscurité qui descendait on entendait le bruit des voitures et le brinquebalement des tramways éclairés : cela lui paraissait presque inhabituel après tout ce temps passé à se faufiler entre les épais fourrés qui bordaient la berge, à barboter pieds nus quand on trouvait un endroit sablonneux et sans boue, après toutes ces heures passées à regarder fixement au fond de l'eau, toujours aux aguets pour suivre, suprême appât, les mouvements d'une créature plus ou moins grande, jusqu'à ce que celle-ci arrive à portée de la main, qu'on puisse l'attraper à revers d'un geste tranquille mais très précis, et qu'elle se mette à frétiller dans la main, succès tangible au sens le plus exact du mot : une fois sortie, avec la boue qui restait toujours après, elle semblait alors chaque fois plus petite que Conrad ne s'y était attendu.

Sur le chemin du retour, quelques-uns des garçons s'enfonçaient ici et là dans les ruelles adjacentes, c'est à peine s'ils adressaient un salut aux autres lorsqu'ils s'éloignaient, quant à Kokosch ils ne lui prêtaient absolument aucune attention. A la fin, celui-ci continua avec le dernier qui semblait avoir encore un bout de chemin à faire avec lui pour rentrer à la maison. Conrad se mit à parler, il demanda à quelle école il allait et s'il y avait dans l'eau là-bas des tritons encore plus gros que ceux qui avaient été attrapés aujourd'hui. Les réponses de l'autre garçon avaient pour ainsi dire le souffle court. Devant la porte, de la main il lui adressa un salut étrangement correct, en des termes sensiblement châtiés pour cette occasion et disparut à l'intérieur.

Chez lui, dans sa chambre, à peine avait-il allumé la lumière que Conrad alla chercher un petit seau rouge qu'il avait eu dans son enfance, quand il grattait dans le tas de sable, et qu'il avait gardé depuis, il alla dans la cuisine où le repas du soir était déjà préparé et remplit le récipient avec de l'eau pour en vérifier l'étanchéité.

Après le dîner, Conrad passa en revue tout ce qu'il avait à faire pour l'école et se plongea de toute son ardeur dans le latin et la géographie. A onze heures du soir, son père entra encore avant d'aller se coucher, étonné qu'il y eût encore de la lumière si tard.

« Alors mon pauvre » dit-il « encore tout ça à apprendre pour demain ? »

« Non, père » dit Conrad sans cacher la vérité, « j'avais déjà fini cet après-midi à cinq heures. Mais demain je veux rester plus longtemps dans les prairies et je me mets donc en avance pour après-demain. »

« Oui, ce sont là les précautions d'affaires » dit incidemment Lorenz Castiletz, il rit, étira ses bras au-dessus de la tête avant de bâiller. « Bon, ne tarde pas à aller te reposer, mon garçon. »

La mère vint à son tour. Conrad pressa sa tête contre son épaule avec une certaine intensité, à peine perceptible.

Lorsqu'il arriva dans la prairie, l'après-midi suivant, avec son petit seau rouge, il trouva l'endroit encore désert, les buissons et les berges n'étaient pas encore agités par la présence de garçons en train de s'y frayer un chemin et il n'y avait encore personne pour patauger dans l'eau et la faire bruire et clapoter. Il plaça le seau sec dans l'herbe, près d'un vieil arbre dont le tronc courbé à l'horizontale avançait d'abord un peu presque parallèlement au sol, pour partir ensuite vers le haut. On aurait dit un banc pour se reposer, Conrad s'assit. Sur l'autre berge, en face, là où l'eau était profonde, les pointes des arbres et des arbustes retombaient jusqu'à toucher par endroits la surface de l'eau. Le ciel était d'un bleu blafard et pourtant ardent, les hautes frondaisons s'y dressaient comme des nuages. Si le silence qui régnait oppressait un peu Kokosch, ce n'était pas à cause de la sensation d'une pression muette venue de toute part, comme c'est généralement le cas, mais au contraire à cause de son immensité, dans laquelle il se sentait comme dispersé, sans toutefois être en mesure de donner suite à un tel sentiment. En face, là-bas, les cimes lointaines des arbres flottaient dans l'air. L'étang s'étendait un peu en arrière, encadré d'abord par des troncs et des buissons avant d'être à nouveau bordé par des étendues de prairies en légers dévers, pour finalement s'arrêter devant un haut talus qui faisait partie de l'hippodrome, à la limite du « royaume ». A gauche du banc naturel sur lequel Conrad était assis, il y avait une vaste étendue de « steppe » libre. C'est là-bas qu'il aurait maintenant aimé partir en courant, puisqu'il n'était pas possible de s'élancer dans toutes les directions à la fois. Pourtant il restait assis, presque immobile, et regardait le petit seau rouge posé à ses pieds dans l'herbe. Et soudain il pensa très fort à sa mère, debout, l'autre soir, dans sa chambre. Il sentit un léger élancement, quoique vif, dans la région du cœur, sauta à terre et ramassa le seau.

Il réussit bientôt à attraper deux salamandres noires de bonne taille, vu que ces animaux, qui n'avaient personne pour les effaroucher, se tenaient près de la rive herbeuse dans un endroit tout plat. Au moment où il mettait la deuxième dans le seau à moitié plein, les buissons frémirent, l'eau commença à clapoter ici et là et des garçons surgirent de partout sur les berges. Ils devaient avoir vu Conrad avant, mais ils ne l'avaient pas appelé. Le dernier qui était resté avec lui hier s'enquérait maintenant de savoir si Conrad avait déjà quelque chose. Celui-ci montra les deux animaux dans le petit seau et mit le récipient rouge avec les bocaux de verre qu'on avait posés ensemble dans l'herbe, près de l'arbre.

Les berges retentissaient déjà ici et là des cris d'excitation des garçons qui, à leur tour, avaient maintenant pris quelque chose. Conrad poursuivit son idée d'attraper encore un troisième triton.

Il ne fit pas cas de deux ou trois pièces de moindre importance et parvint peu après à ce qu'il voulait, mais c'était cette fois-ci sur la berge d'en face, là où l'étang était profond, à l'écart des gamins bruyants. Un grand lascar de triton, bien plus long que les autres, était là près du bord, sa large tête à fleur de l'eau. Mais le moindre mouvement imprudent pouvait l'effrayer et le faire retourner au fond. En plus, la berge était ici pentue et il n'y avait pas d'autre moyen pour y accéder que de se tenir à un tronc. Il y avait bien une branche en surplomb qui aurait davantage fait l'affaire, mais le bruit qu'elle faisait en oscillant n'allait pas manquer de faire échouer toute l'entreprise. Conrad mesura exactement chaque mouvement sans perdre des yeux le petit animal, et la manœuvre réussit. Tout en tenant délicatement mais solidement sa prise au creux de ses mains, il lui fallut refaire le tour de l'étang jusqu'à l'endroit où se trouvait son seau avec les deux autres tritons. Un des garçons était assis près de l'arbre. Lorsque Conrad ramassa son récipient, il le trouva léger et vide, sans eau et sans animaux. « Nous les avons tout de suite transvasés », dit l'autre qui pensait qu'il fallait quand même donner une explication et il montra les grands bocaux où le précédent butin de Conrad nageait maintenant avec les autres. « Bon », dit Conrad sans plus, « dans ce cas je vais m'en attraper d'autres, car aujourd'hui je veux aussi en ramener quelques-uns. » « Ils mangent des mouches », dit le garçon et son œil cligna d'un air malicieux. « Non, ils ne mangent pas des mouches, mais des vers de terre et d'autres choses du même genre, mais ils vivent parfois très longtemps sans nourriture », répondit Kokosch et, à son grand étonnement, sans adopter la façon de parler de l'autre : même pour lui, c'était comme s'il avait lu dans un livre de classe et il éclata de rire. On remit de l'eau jusqu'à la moitié du seau et on y plaça le nouveau venu. Toutefois Conrad garda son récipient avec lui, ce qui était aussi préférable pour ce qu'il pouvait espérer prendre, car il retourna de l'autre côté de l'étang, là où l'eau était profonde.

Cela prit du temps pour trouver de quoi remplacer les animaux détournés, mais parmi eux se trouvait le spécimen le plus grand que Conrad ait jamais vu jusque-là. Lorsqu'il y eut de nouveau trois tritons à remuer de la queue dans le petit seau, Conrad n'en continua pas moins à chasser, mais ce qu'il attrapait maintenant, il l'apportait aux garçons et le mettait dans leurs bocaux. Pour la première fois, ceux-là se montrèrent quelque peu aimables avec lui – et tout particulièrement celui à qui il avait pour ainsi dire fait une savante lecture de texte – ils dirent merci pour les prises qu'il leur avait apportées et tous accoururent autour du seau rouge pour admirer le « géant ».

Pourtant, au moment où Kokosch devenait loquace et montrait beaucoup d'adresse, spécialement sur le chemin du retour, à imiter la façon de parler de ses nouveaux amis, ceux-ci se remirent comme avant à ne répondre que par monosyllabes.

Arrivé chez lui, la porte à peine ouverte, Conrad mit aussitôt la bonne dans le secret de son nouveau trésor. C'était une toute jeune personne, encore très enfant, toujours bien intentionnée à l'égard du jeune garçon. Une fois dans la chambre de Kokosch, tous deux regardèrent avec de grands yeux les animaux dans le seau et décidèrent alors de poser celui-ci sur l'armoire, qui était l'endroit le plus sûr, et de faire l'achat d'un récipient plus grand et plus stable.

Il y avait un maître-verrier près de l'école – son commerce était d'ailleurs appelé à jouer encore un rôle important pour Kokosch, dans un avenir pas si lointain – qui tenait boutique de toutes sortes d'articles de sa spécialité, miroirs, pots, bouteilles, divers récipients à usages particuliers et par-dessus le marché des réservoirs d'eau et autres aquariums, du plus petit au plus grand. C'était des objets en verre moulés d'une seule pièce, de formes basses ou hautes, et Conrad les avait souvent vus dans la petite devanture, sans leur accorder plus d'attention : or, maintenant, ils lui revenaient en mémoire. Lorsqu'il eut passé en revue, le lendemain, tout ce qu'il avait à faire pour l'école et qu'au bout de deux heures il eut même terminé ses devoirs – arrangements d'affaires et mise à exécution, pour parler comme Lorenz Castiletz, ce qui s'accordait en fait très bien avec l'attitude du fiston dans ce genre de choses ! – ceci étant fait donc, Conrad partit chez le verrier, muni de toutes ses économies. Là, Kokosch eut le plaisir de constater que les prix étaient beaucoup plus bas que ce qu'il avait prévu et il put ainsi faire l'acquisition d'un récipient de taille respectable, futur palais de ses tritons. Il était de forme oblongue et plus large que haut. Une fois à moitié rempli d'eau – il était allé chercher celle-ci exprès dans l'étang avec un grand pot qui ne servait plus, prenant aussi les lentilles d'eau et autres plantes – celui-ci faisait parfaitement l'affaire et les animaux noirs y frétillaient allègrement de la queue avec des mouvements qui n'étaient pas sans rappeler un peu ceux des truites.

C'était une époque bizarre. C'était le temps des tritons ! Kokosch se réveillait la nuit dans son lit placé de telle manière que, la tête dans les oreillers, il pouvait voir directement dehors par la deuxième fenêtre. Dans le quartier en pente de la ville, de l'autre côté du canal, les rebords de quelques toits éclairés par une lueur incertaine se découpaient au loin sur le ciel sombre. Le reflet d'un phare passa sur le plafond de sa chambre. Le sifflet lointain d'un train retentit dans la direction de l'hippodrome où passait la voie. Non loin de là, quelque part dans l'obscurité, il y avait aussi l'étang aux tritons. Savoir si ces animaux ont aussi le mal du pays, se demanda Conrad. Un léger glou-glou se fit entendre ; la nuit, ils faisaient souvent de petits bruits de ce genre qui éveillaient chez Kokosch un sentiment presque tendre. Il se glissa hors du lit, prit sa lampe de poche électrique et, debout sur un fauteuil, éclaira l'aquarium posé là-haut sur l'armoire. Il y en avait déjà un qui grimpait et retombait derrière la paroi de verre : il se soulevait en faisant de petits mouvements d'aviron avec sa queue plate et retombait, les pattes avant écartées, pareilles à des bras courts avec de toutes petites mains. La large tête était tournée vers Kokosch et les minuscules perles sombres des yeux le regardaient tranquillement.

3

C'est à cette époque que Kokosch se fit un ami à l'école, le premier en fait, car il n'avait eu jusqu'à présent que des contacts superficiels et occasionnels avec ses camarades, aussi bien dans l'enceinte de l'école que dans les différents endroits où l'on faisait des exercices d'éducation physique.

Ce garçon-là s'appelait Günther Ligharts, il était originaire du Nord et issu d'une famille distinguée. Lorsque Lorenz Castiletz entendit son fiston prononcer par hasard ce nom, il sut tout de suite de quelle famille il s'agissait. Elle habitait une grande maison située dans le quartier résidentiel de la ville. La première fois que le jeune Günther s'était attardé à discuter avec Kokosch, c'était après l'école sur le chemin de la maison, bien que le tramway qu'il devait prendre se trouvât dans une autre direction. Maintenant qu'on allait au collège, on avait perdu l'habitude de dévaler à toutes jambes la grande rue droite qui menait jusqu'au pont enjambant le canal, on flânait tranquillement au contraire, et l'on avait ainsi le temps de discuter. Bien plus, on marchait même tout doucement à cause justement de ces discussions, en faisant halte au coin des rues. Kokosch raconta comment il avait réussi à nourrir les tritons. Il avait déterré des vers de terre, sans grand espoir en fait que les salamandres en captivité les mangent, et c'est pourquoi il avait déjà pris la décision de changer d'animaux de temps en temps, c'est-à-dire d'en attraper d'autres et de remettre en liberté, là où il les avait pris, les précédents occupants de l'aquarium. Pourtant, la première fois qu'il avait laissé pendre un ver dans l'eau du récipient, un triton s'était aussitôt précipité pour mordre dedans, avalant le ver, petit bout par petit bout, en secouant la tête d'une drôle de façon jusqu'à ce que celui-ci ait complètement disparu. Bien plus, Kokosch ne tarda pas à remarquer qu'il n'avait pas besoin de lâcher l'autre extrémité du ver mais qu'il lui suffisait de donner un peu de mou : cela ne gênait guère le triton qui venait pour ainsi dire manger dans sa main. Mais pour peu que Conrad en vienne à lâcher le ver, il arrivait alors souvent qu'un autre des trois frères noirs s'emparât de l'extrémité libre, et l'on assistait alors entre les deux mangeurs à une sorte de tire-à-la-corde au fond de l'eau – les jouteurs avaient pour cela une façon exquise d'arc-bouter leurs petites jambes sur le sol – ou bien les deux gloutons finissaient par se retrouver nez à nez et chacun coupait son morceau.

« Dis-donc, j'aimerais bien voir ça », dit Günther « est-ce que je pourrais venir chez toi ? »

« Bien sûr ! » répondit Kokosch, ravi. Günther l'accompagna encore jusque de l'autre côté du pont. Un vapeur descendait le canal et abaissa sa haute cheminée. Penchés sur le parapet, les garçons regardaient le bateau glisser endessous d'eux, ils voyaient tous les détails du pont et les hommes qui bougeaient dessus, et pendant quelques instants on avait l'impression de remonter le courant avec tout le pont.

Pendant trois jours, Kokosch mit ses tritons à la diète mais ramassait des vers de bonne taille dans la boîte en fer blanc.

Le troisième jour, vers cinq heures, Ligharts arriva comme

convenu. Au coup de sonnette, Conrad courut jusqu'à l'entrée. Dans le hall clair, le garçon blond était là, debout devant la porte, et une fois de plus Conrad se sentit étrangement troublé par le visage de Günther qui, quoique large avec des yeux écartés, avait des traits fortement marqués, comme si on avait repassé dessus en appuyant, et une finesse dans l'expression qui laissait soupçonner, loin derrière ce visage, la présence lumineuse de quelque mystère.

Pendant qu'ils regardaient les tritons et la façon si drôle qu'ils avaient de filer dans tous les sens, d'attraper et d'avaler en secouant la tête – Günther ne se lassait pas de les observer, et ils épuisèrent toute la réserve de nourriture de la boîte en fer blanc – la bonne entra, sur les instructions de Madame Léontine, elle apportait du café et du gâteau pour le goûter des deux garçons. Après s'être lavé les mains dans la salle de bains, Conrad et Ligharts s'assirent à la petite table devant la grande fenêtre et Günther, qui semblait se sentir ici tout de suite à l'aise, se servit aussitôt. « Tu as une belle vue d'ici » dit-il, la bouche pleine de gâteau, il avala et poursuivit : « Cette pièce est vraiment bien, je veux dire, ça doit être bien ici, et ça c'est quand même très important ». « Oui » répondit Conrad, et il devint un instant pensif « c'est important ». Ligharts parlait un allemand extraordinairement pur dont il ne se départissait jamais. Il était pourtant impossible de préciser d'où venait cette langue qui ne vivait pas seulement de sa correction grammaticale : il aurait été impossible d'en déduire d'emblée que ce garçon venait bien du nord. Bien plus, l'accent et les expressions semblaient tirer pour ainsi dire leur substance secrète des nombreux parlers allemands, voire peut-être de tous, grâce à quoi la façon que Günther avait de s'exprimer, en dépit de toute sa correction, ne manquait jamais de chaleur. Conrad n'était bien sûr pas en mesure de s'expliquer clairement cet état de chose, mais à sa manière il le ressentait très fort.

« Tu fais de l'escrime ? » demanda Günther lorsqu'il vit dans un coin les affaires de Conrad, fleuret, masque et gant. « Mais tu ne vas pas aux cours d'escrime de l'école. »

« Mon père pense qu'en escrime il faut davantage de cours individuels qu'on ne peut en donner à l'école. Il est toujours président du club d'escrime "Hellas" et me fait donner des cours avec ceux qu'on appelle les cadets ».

« J'ai souvent pensé aussi » dit Günther « que ces exercices où l'on est aligné à trente, quarante, ne pourront en effet jamais avoir la même valeur que des cours individuels. De plus, père est du même avis. » « Est-ce que tu veux faire de l'escrime au "Hellas" ? Je le dirai à mon père et il te trouvera une place chez les cadets. »

« Oui, pour sûr ! Si tu pouvais arranger ça, ce serait très bien. »

Günther se remit soudain à parler des animaux et demanda à ce propos si Conrad connaissait « Le combat avec le dragon » un tableau d'un peintre nommé Böcklin.

Non, Conrad ne connaissait pas le tableau. « Le dragon y est représenté comme un triton, tout à fait comme les tiens là-haut, seulement il est grand et il a une carapace » reprit Günther. Ce qui apparut ensuite était étonnant. Il connaissait dans ses moindres détails cette partie de l'histoire du monde animal : il savait par exemple que les batraciens, comparés aux reptiles, représentaient une branche plus ancienne dont beaucoup de restes étaient parvenus jusqu'à nous, mais qu'aujourd'hui vivait encore au Japon une espèce très grande de salamandre, de plus d'un mètre de long. Günther continua et parla des dragons proprement dits des époques reculées, des dragons-serpents, des dragons volants dont les ailes pouvaient avoir jusqu'à neuf mètres d'envergure, des espèces géantes, sans ailes, qui ressemblaient à des montagnes en mouvement : et il décrivit avec passion et force détails les paysages d'alors et dit que le visage de la terre sous l'azur torride de ces époques-là devait avoir eu quelque chose d'infiniment vide et découvert avec des animaux fantastiques et muets avançant en troupeaux, avec les montagnes rases, les plaines délaissées par les eaux, les contours immobiles des forêts de prêles dans les marécages grouillant de vie.

Conrad porta son regard dehors sur la large bande rougeoyante du soir qui s'avançait déjà sur la partie de la ville située de l'autre côté du canal. Une rangée de fenêtres commençait à renvoyer des rayons de lumière. Ce qu'il entendait lui semblait merveilleux et nouveau. Mais la chose vraiment nouvelle qui le touchait, c'était que manifestement Ligharts se fût intéressé à tout cela de son propre chef. Il était donc possible de se tourner vers quelque chose, libre de sa décision et de son jugement. Il était donc possible de partir – dans n'importe quelle direction. Il se revit soudain là-bas au bord de l'eau, assis sur ce tronc d'arbre qui courait horizontalement, assis sans bouger. Mais ce que cela pouvait bien signifier, il l'ignorait.

« Tu t'es intéressé à tout ça ? » dit Kokosch. « Et comment t'en est venue l'idée, comment en es-tu arrivé à ça justement ? »

« Bah » répondit Ligharts, « je ne pourrais absolument pas le dire maintenant. Sais-tu donc comme tu en es arrivé à tes tritons, en fait ? Est-ce qu'un jour tu t'es demandé en toi-même : qu'est-ce que je veux ? et la réponse a été : je veux des tritons ? »

« Non, ça n'a pas été comme ça », dit Conrad.

« En fait, ce ne fut pas comme ça pour moi non plus. Mais c'est bien ainsi que ça devrait être. Alors, on serait libre et l'on ferait ce que l'on veut. »

« Libre » répéta Conrad. Un léger glou-glou se fit entendre dans le silence qui s'ensuivit. Il leva les yeux, presqu'à la dérobée, vers l'aquarium. Ceci n'échappa pas à Ligharts.

« Viens » dit-il, « fais-moi voir encore une fois tes charmants lascars. Ils sont trop gentils. »

Et les voilà de nouveau montés sur des chaises à regarder dans le bassin l'eau éclairée par deux lampes de poche, car il se trouvait que Ligharts en avait aussi une dans son sac. La peau délicate des animaux, d'un noir profond, se mit à briller lorsque le cône de lumière les effleura, et leurs larges queues plates apparurent toutes transparentes.

4

Chose apparemment singulière, Kokosch, bien qu'il fût maintenant assez souvent avec Günther Ligharts, n'en trouvait pas moins toujours du temps pour ses amis qui chassaient le triton, la nérite et le scarabée d'eau dans les prairies. Il se souciait d'eux, il serait même presque permis de dire qu'il leur faisait la cour. Sa dernière trouvaille, c'était des sucreries qu'il achetait en cours de route à pleins cornets. Conrad ne raffolait nullement de friandises – à la différence de Günther qui en prenait partout où il pouvait en trouver – mais il les offrait aux naturalistes en herbe, là-bas près de l'étang, qui, curieusement, prenaient souvent des poses et disaient par exemple en faisant la fine bouche : « Si je puis me permettre », avant de se servir et de reprendre cet air bougon et renfrogné qui leur était caractéristique.

Conrad se comportait en fait comme s'il avait laissé en souffrance chez ces garçons quelque affaire d'importance qu'il n'arrivait absolument pas à mener à bien. C'était en effet l'impression qu'il avait. Ses efforts augmentèrent – et l'amenèrent donc un jour à la croisée des chemins.

Une fois de plus, ils étaient tous là à s'activer sur la partie plate de la berge où la prairie rejoint le bras mort aux eaux croupissantes – Conrad était avec le garçon qui lui avait conseillé un jour de donner à manger des mouches aux tritons – lorsque soudain des cris s'élevèrent. Un serpent arrivait en nageant à la surface de l'eau, un petit animal inoffensif de la famille des couleuvres à collier. La tête avec ses deux joues jaunes émergeait de l'eau tandis que l'arrière du corps, d'un gris argenté, ondulait avec grâce sous la surface. Ces animaux étaient devenus très rares par ici – par suite de toutes les activités de pêche pratiquées par les garçons – et n'étaient d'ailleurs pas des prises convoitées, car le marchand d'animaux avec lequel nos petits hommes d'affaires étaient en relation ne leur reprenait pas les serpents. L'apparition de l'un d'eux, après un temps si long passé sans en voir, n'en constituait pourtant pas moins une péripétie divertissante.

Malgré le bruit que faisaient les garçons, la couleuvre conservait son cap et arriva sur la berge plate. Aussitôt on l'attrapa et on la lança comme une fronde en lui faisant décrire un arc de cercle au-dessus de l'eau où elle retomba avec bruit, tandis que deux des garçons se dépêchaient de faire le tour jusqu'à l'autre berge pour empêcher l'animal d'aborder là-bas et de s'échapper hors de l'étang.

Mais c'était là chose superflue. A peine était-elle de nouveau dans l'eau que la petite couleuvre se remit à nager vers la rive, dans la même direction que tout à l'heure. Il aurait été difficile d'expliquer ce qui pouvait bien pousser le petit animal à filer toujours tout droit dans les mains de ses tortionnaires – les gamins ne s'en souciaient guère d'ailleurs.

C'était peut-être la pente escarpée de la berge d'en face, peu propice à l'abordage, qui empêchait la couleuvre de s'y diriger.

Elle nageait pour repartir aussitôt en sens inverse par la voie des airs. Et chacun d'essayer de la lancer le plus loin possible. Il y avait de l'autre côté un arbre mort qui pourrissait, à moitié enfoui dans l'eau, seuls émergeaient les restes de ses branches dénudées et cassées. Personne n'avait encore lancé le serpent jusque-là.

Dans le cœur de Kokosch montait maintenant quelque-chose que l'on pourrait très bien désigner comme la conscience d'un instant décisif : car la possibilité lui était enfin donnée de libérer ce qui, jusqu'ici, avait toujours dû rester serré au fond de son cœur quand il était en compagnie des garçons, comme un ressort que l'on comprime – de s'en libérer quoiqu'il en coûtât. Rompre les liens qui, de façon bien inconsidérée et fortuite semblait-il, le rendaient prisonnier d'une telle attitude, sortir du lot, même s'il devait alors se retrouver seul face au manque de courage des autres ou même à leur hostilité.

Il prit la mesure de cette possibilité et en envisagea pour ainsi dire les prolongements pendant quelques instants. Mais déjà la couleuvre arrivait sur le bord. Conrad fit un pas en avant, à la fois lourd, brusque et maladroit, et fut le premier près d'elle, il saisit le petit animal tout épuisé qui ne se tortillait plus que faiblement, et après avoir fait deux moulinets complets avec le bras, il le lança au loin. Et ce fut effectivement lui qui lança le plus loin. La couleuvre, inerte comme un bout de corde, alla s'enrouler sur les arêtes vives de l'une des branches cassées de cet arbre enfoui dans l'eau et y resta suspendue sans plus remuer.

Les garçons restèrent encore un moment-là, les yeux braqués de l'autre côté. Puis ils regardèrent Conrad du coin de l'œil et se dispersèrent en silence le long de la rive pour reprendre leur chasse.

Kokosch ne tarda pas lui aussi à s'accroupir dans un endroit peu profond. Mais dans ses mouvements il était comme ces gens qui, après un terrible accident, occupent leurs mains à des choses totalement futiles comme de boutonner et déboutonner leur manteau. Bizarrement, c'est de cette façon qu'il attrapa au bout de quelques instants une salamandre. L'animal frétillait dans sa main. Il la rouvrit et celui-ci s'échappa. Kokosch se leva et partit aussitôt, marchant dans l'herbe rase de la prairie, sans qu'aucun des garçons ne le remarquât ou ne lui prêtât attention.

Ses jambes étaient toutes raides, chaque pas qu'il faisait venait résonner dans sa tête comme s'il était monté sur des échasses de bois, et il aurait été maintenant tout à fait incapable de se mettre un peu à courir par exemple. Kokosch sentait sa main droite encore toute froide et mouillée de l'eau qui restait entre ses doigts repliés.

Malgré tout, il avançait toujours à pas lourds, et il arriva sur une large route bordée à droite et à gauche par une piste de cavaliers recouverte de tan. Et déjà, un bruit de battue se rapprochait et des jambes sombres de chevaux passèrent à grandes foulées juste à côté de lui, des particules rouge-brique giclèrent du revêtement, quant aux cavaliers, ils étaient quelque-part au-dessus de Kokosch, ils n'entraient pour ainsi dire pas dans son champ de vision car il gardait le regard rivé au sol, juste devant ses pieds. De nouveau le galop se rapprocha au moment précis où il voulait traverser la piste, alors il s'arrêta. Mais voilà que devant lui le mouvement se ralentissait maintenant, les sabots dansaient sur place, puissants et lourds ; la grande tache sombre que faisait l'ombre du cheval ne s'effaça pas tout de suite, elle s'immobilisa au contraire devant Conrad sans plus bouger.

« Kokosch ! » appela quelqu'un, la voix était claire et venait d'en haut. Aussitôt après, Ligharts sautait de sa selle et prenait Conrad par les épaules. « Dis-donc. Voilà qui me fait drôlement plaisir ! » dit-il en riant, « qu'est-ce que tu fais par ici ? Puis-je t'accompagner ? Eh, s'il vous plaît » – il s'adressait à l'écuyer, un homme d'un certain âge, qui tenait maintenant le cheval de Günther et souriait aux jeunes garçons du haut de sa monture – « eh, s'il vous plaît, je viens de rencontrer mon ami, auriez-vous la bonté, M. Brokmann, de ramener "Daisy" à la maison ? Nous sommes en effet déjà sur le chemin du retour », expliquait-il maintenant à Conrad en se tournant vers lui – ce n'est plus très loin, je continue avec toi. « Elle s'appelle " Daisy", ajouta-t-il en flattant l'encolure de sa monture. « C'est une gentille fille. Tu vois Daisy, c'est mon ami Kokosch, tu peux le regarder. » Il passa ses bras autour de la tête de la jument baie et rit.

Kokosch caressa la crinière de « Daisy » de sa main encore humide.

Il avait l'impression que sa tête était de bois, et qu'il avait un bloc de pierre à la place des dents, son corps pesait sur le revêtement de tan où il se trouvait et il avait l'impression d'y être enfoncé jusqu'à la ceinture. Pourtant sa bouche articulait sans difficulté : « Non, continue seulement, Günther, je ne veux pas te retenir. J'ai simplement fait un petit tour dans les prairies et il faut que je retourne maintenant à la terrasse du café qui est là-bas sur l'avenue, mes parents y sont avec toute une ribambelle de tantes, il m'attendent. Il parvint à faire un sourire aimable, accompagné d'un mouvement des bras en direction de l'endroit qu'il venait d'indiquer. Quant à Günther, avec ses bottines jaunes et sa culotte de cheval, il avait l'impression, tout en parlant, que c'était un être tout de légèreté, de pureté et de félicité, comme c'était chose à peine imaginable.

« Bon, alors à demain, au collège ! » dit Ligharts qui riait toujours, il serra la main de Conrad, mit le pied à l'étrier et monta en selle. Kokosch salua aussi M. Brokmann qui fit de même, et tout en s'éloignant Günther se retourna encore une fois sur sa selle pour faire un signe de la main. Conrad traversa la chaussée qui était un peu surélevée par rapport aux deux pistes de cavaliers situées de part et d'autre. En montant et en redescendant, il ressentit un point de fatigue dans les genoux. Il avait très chaud. Il sentait chaque partie de son corps, jusqu'à la racine de ses cheveux. Sa main droite était maintenant tout à fait sèche. Il suivit un sentier entre les buissons, traversa un bosquet de jeunes feuillus qui se trouvaient en bordure des vastes prairies et s'engagea dans celles-ci. Elles lui semblaient démesurément grandes, immenses sous le soleil du soir, face à sa lassitude. Oui, il lui avait fallu éconduire Günther, c'était maintenant évident et « dans un état pareil ! » – c'était la formulation littérale de sa pensée – ça s'était encore bien passé. Au même instant, il se rendit compte pour la première fois qu'il n'avait encore jamais offert à Ligharts un de ces cornets pleins de sucreries dont il avait si souvent fait l'emplette pour les « pêcheurs » d'en bas, bien que celui-ci raffolât de friandises, au point même d'en voler à l'occasion quand il le pouvait. Conrad marchait maintenant au milieu du plus grand pré. Du canal retentit la sirène d'un vapeur. Non, il ne lui était jamais venu à l'idée de pouvoir faire plaisir à Günther de cette façon.

A la maison, la fièvre se déclara.

Il était là, debout au milieu de la chambre, et se sentait séparé de toutes les choses qui l'entouraient par un voile souple, invisible et ténu, comme si on les avait reculées de l'endroit où il se trouvait ; la pièce lui paraissait plus grande. Il n'accorda pas un regard aux tritons. Mme Léontine entra et remarqua aussitôt que Kokosch était malade. Il fallait qu'il se mette au lit, on plaça un thermomètre sous son aisselle, on lui donna du thé au lait et du pain grillé pour le dîner. Il était allongé sur le dos, et autour de ses narines flottait constamment une odeur comme celle d'un marais. La vase dans l'étang là-bas sentait comme çà. Mais dès qu'il cherchait à mieux respirer cette odeur, elle disparaissait. Pendant quelques instants, Kokosch se demanda si ces émanations ne venaient peut-être pas du bassin aux tritons ? Le père entra avec le médecin que l'on avait fait venir aussitôt, on retira la couverture : auscultation du cœur, prise du pouls. La tête du docteur avec ses cheveux blancs immaculés qui exhalaient l'amertume de quelque parfum discret se trouva, l'espace de quelques instants, tout près de Kokosch. « Demain tu resteras au lit », dit le médecin, et il se mit à rire, « et après-demain tu pourras de nouveau filer à l'école. » Il se tourna vers les parents et poursuivit : « Il n'y a rien là de préoccupant. Si demain soir il n'a pas de fièvre, vous n'aurez qu'à le laisser se lever et il ira à l'école le jour suivant. Il y a des gens qui, comme ça, sont sujets à de brusques montées de fièvre qui retombent aussitôt. Ça ne porte pas à conséquence. »

Le lendemain, Ligharts arriva. Visiblement inquiet, il demanda à Kokosch ce qu'il avait, s'il était fatigué et s'il s'était déjà senti malade hier ? Günther était assis sur le bord du lit et tenait entre ses genoux quelque chose enveloppé dans du papier de soie. Mme Léontine entra, Günther se leva et fit claquer ses talons. Kokosch était allongé sur le dos et il eut soudain peur que son mensonge d'hier puisse être découvert, celui du café où il avait dit que se trouvaient ses parents avec « toute une ribambelle de tantes ». « Est-ce qu'il lui est permis de manger de la glace ? » demanda Ligharts. « Je pense que ça ne lui fera pas de mal », répondit Mme Léontine. Le papier de soie ouvert avait laissé apparaître un grand cornet blanc. « Regarde, Kokosch, ton ami t'a apporté du sorbet, je vais chercher des coupes et des cuillers », dit la mère.

Ce fut un bel après-midi, quoique baigné par une mélancolie étrange et inhabituelle, comme ces nappes d'eau souterraines qui s'infiltrent de partout. Pensif, la cuiller à la main, Kokosch mangeait sa glace. Il était parfaitement bien et c'est avec étonnement qu'il se rappela son accablement de la veille. Le thermomètre indiquait que la fièvre était tombée. L'odeur de marécages avait disparu. Günther n'en dut pas moins, sur les instructions de Conrad, aller renifler le bassin aux tritons. Mais ça ne sentait rien du tout, si ce n'est une légère odeur d'eau et de plantes. Les animaux remuaient allègrement. Ligharts était assis à côté de Conrad, sur le lit, et il l'informa de ce qui avait été fait en classe. Sur la proposition de Kokosch, ils révisèrent tout de suite ce qui était nécessaire pour le lendemain, mais il n'y avait pas grand-chose et ce fut bientôt fait.

Le lendemain, tout de suite après le déjeuner, Conrad partit en toute hâte vers la prairie. Partout c'était le même soleil de plomb. Près de l'étang, tout était calme ; de si bonne heure dans l'après-midi il n'y avait, semble-t-il, encore aucun garçon en train de pêcher.

Conrad s'approcha au détour d'un buisson, l'air décidé, et porta son regard au-dessus de l'eau. Là-bas, de l'autre côté, le serpent mort était toujours accroché à la branche de l'arbre à moitié immergé.

Il se baissa, trouva une pierre, il voulait faire mouche, il le fallait. Son projectile fit en effet tomber l'animal mort resté coincé dans la fourche de la branche. Pendant que la pierre faisait brièvement frémir les buissons de la berge d'en face, le corps glissa dans les profondeurs de l'eau et disparut.

Un garçon était debout à côté de Kokosch.

« Au fait, pourquoi tu l'as tuée ? » demanda-t-il.

Pour la première fois, Kokosch éprouva la limite de ses propres capacités d'expression et celle des mots aussi. Alors il garda le silence, une sorte de silence contraint, il se détourna et reprit le chemin de la maison.

Le lendemain, lorsqu'il dit à Günther qu'il pensait remettre en liberté, le jour même, ses trois tritons, celui-ci voulut absolument l'accompagner. « Alors tu les as suffisamment observés ? » demanda Ligharts. Pour Kokosch, le mot « observer » n'évoquait pas grand chose. « J'irai tout de suite après le repas, en début d'après-midi. »

« Bon, je me dépêcherai pour passer te prendre. »

Mais il y eut quand même un très léger retard, car Günther habitait dans un autre quartier et il était obligé de prendre le tramway. Conrad était inquiet, il était déjà dans le vestibule à faire les cent pas en attendant son ami. Ils sortirent ensuite précautionneusement les animaux du bassin et les mirent dans le fameux petit seau rouge qui avait autrefois servi à les apporter. En voyant frétiller ces trois compères tout noirs dans le peu d'eau qu'il y avait au fond, Kokosch fut frappé par leur taille et leur grosseur et il crut se rappeler qu'ils étaient beaucoup plus chétifs au moment où il les avait pêchés.

Ligharts trouva à cela une explication naturelle, disant qu'il n'aurait pas été possible à ces animaux laissés en liberté d'attraper autant de nourriture qu'ils en avaient eue ici, ce qui par conséquent rendait compréhensible la considérable augmentation de leur taille.

Lorsque Günther et Conrad arrivèrent au bord de l'étang, il y avait déjà des garçons qui couraient de partout, et dans l'herbe haute, près de l'arbre, se trouvaient les bocaux. Deux ou trois s'approchèrent, ils jetèrent un coup d'œil dans le petit seau rouge que Conrad tenait par son anse – et c'est alors que des cris fusèrent : les garçons semblaient prendre maintenant toute la mesure de la taille inhabituelle des trois salamandres.

« Mets-les tout de suite dans les bocaux ! » cria quelqu'un.

« Naturellement tu veux tout de suite les avoir tous les trois ! Bernique » – dit brusquement son voisin et il se campa en face de Kokosch.

« Faites un peu de place » dit calmement Ligharts, avec sa façon de bien détacher les mots, « nous voulons aller jusqu'à l'étang. »

Les garçons faisaient bloc en face de Günther et de Conrad.

« Qu'est-ce que vous voulez faire au bord de l'étang ? » demanda quelqu'un qui se trouvait en face de Günther.

« Nous avons l'intention de remettre ces animaux en liberté » répondit Ligharts.

« Pourquoi ! » s'exclama l'autre.

« Parce que ça nous plaît », dit Günther.

« Parce que ça nous plaît », singea le garçon en exagérant la prononciation. Aussitôt, Conrad qui s'était mis un peu à l'écart avec son petit seau, vit une tache claire traverser l'air à toute vitesse. Günther avait envoyé son poing dans le visage de son vis-à-vis avec une brutalité vraiment terrible. L'incident ne tarda pas à se répéter une nouvelle fois vu qu'à son tour un autre garçon s'en prenait maintenant à Ligharts. Le nez meurtri et dégoulinant de sang, nos deux lascars détalèrent en jurant comme des charretiers et en menaçant derechef d'aller chercher la police, attitude très caractéristique de ce genre de gaillards. Kokosch était absolument stupéfait. Il avait à peine eu le temps de poser son petit seau, tellement tout était allé vite. Ligharts n'avait nullement besoin qu'on lui prêtât main forte. Les autres garçons avaient fait un pas en arrière et ne semblaient pas du tout disposés à intervenir en faveur de leurs camarades – qui, entre-temps, avaient disparu. « Où est-ce que vous voulez lâcher les animaux ? » demandait maintenant l'un d'eux à Günther, poliment et en articulant d'une façon un peu guindée. « De l'autre côté, là où il y a du fond », dit Ligharts, il se tourna vers Kokosch et ils se dirigèrent de l'autre côté, suivis à quelque distance par les autres. « Vas-y seul » dit Günther à Conrad, et il resta en haut pendant que Kokosch s'efforçait de descendre le long de la rive abrupte ; Günther lui fit passer le seau et se retourna aussitôt vers les garçons qui s'approchaient. Cependant, même Kokosch semblait remarquer toute la précarité de sa position sur le talus escarpé de la berge qui l'obligeait à se tenir d'une main à un arbre. Il vida précautionneusement mais prestement son petit seau au ras de l'eau, vit les petits animaux disparaître encore en frétillant de la queue et remonta vite rejoindre Günther.

« Qu'est-ce que vous leur avez donné à manger ? » demanda l'un des garçons qui s'étaient de nouveau regroupés en face des deux amis.

« Des mou-ches » répondit Ligharts, en appuyant distinctement sur les syllabes. Il regarda un instant l'autre d'un air tranquille, fit volte-face et s'éloigna avec Kokosch.

« Pourquoi as-tu dit justement, des mouches ? » demanda Conrad au bout d'un moment.

« Je n'en sais rien, ça m'est venu comme ça » répondit Günther.

5

C'est ainsi que prit fin le temps des tritons. Et ceci mis à part, beaucoup de choses changèrent, et même bientôt tout changea dans la vie de Conrad.

Vinrent d'abord les grandes vacances et leur début marqua la fin des relations avec Günther Ligharts, sans qu'il s'agisse seulement là d'une interruption de deux mois. Car les parents de Günther partirent s'installer à Berlin et à l'automne, lorsque l'école reprit, Kokosch ne revit plus son ami. Au Nouvel An il reçut de ses nouvelles. Une carte postale qui représentait un Pierrot blanc ou quelque arlequin souriant vaguement sous son grand chapeau pointu. Kokosch conserva soigneusement la carte dans son tiroir avec le papier à lettre. Il avait naturellement l'intention de répondre. Günther avait bien marqué l'adresse : Uchatiusstrasse 23. Conrad regardait souvent la carte, il lui semblait que le personnage représenté avait quelque chose de Günther, un air de parenté ou bien une affinité. Le Pierrot lui ressemblait un peu. La carte resta toujours sans réponse.

Ces vacances d'été, qui avaient suivi le temps des tritons, restèrent encore par la suite pour Conrad – lorsque de temps à autre le pâle faisceau du souvenir balayait furtivement ces espaces – un objet d'étonnement. Car de cette période – qui devait se situer, sans aucun doute possible, entre la fin des cours et leur reprise, et qui avait donc forcément existé – il n'avait tout simplement rien retenu. Ne subsistait que ce qui la reliait à d'autres vacances : l'identité du décor. C'était la maison et la ferme de la tante posées sur le fond plat d'un vallon, avec partout de l'herbe très haute qui poussait à foison juste derrière des clôtures, là où aucun chemin, aucun labour ou potager ne venaient lui disputer la place. À deux pas de là, c'était les villas de villégiature champêtre avec leurs vérandas à l'ancienne aux barreaux tarabiscotés, brûlées par le soleil et qui sentaient le bois quand on passait à côté. Il y avait, ici et là, quelques barrières avec des bouquets de lilas depuis longtemps fanés à cette saison et dont les feuilles avaient soit un aspect luisant et gras, soit un aspect poussiéreux à cause de la rue. En arrière se trouvaient les contreforts de la montagne boisée et le remblai de la voie ferrée – au-delà duquel commençait la plaine bocagère, couverte de prés en damier, coupée de routes et de canaux, et qui s'étendait jusqu'aux cheminées d'usines, avec la ville là-bas au loin.

Pourtant rien de ce qui avait bien pu se passer et avait bien dû se passer aussi durant ce fameux été qui avait suivi « le temps des tritons » ne lui revint par la suite en mémoire : les promenades en voiture avec les parents, les jeux avec d'autres gamins, la chasse aux hannetons ou la découverte d'un hérisson. Kokosch était vraiment obligé de piocher dans d'autres souvenirs de vacances pour remplir en quelque sorte le fond plat de ce vallon herbeux resté solitaire et désert dans un coin tout aussi morne de sa mémoire.

Par contre, Kokosch aborda l'automne et la rentrée des classes avec l'impression d'un grand changement qui se serait accompli, lui semblait-il, en son absence, dans sa chambre qui était comme transformée, bien qu'apparemment rien n'ait changé. Ce fait accompli l'enveloppa bientôt de toutes parts, l'été pâlissant finissait, c'en était bien fini du temps des tritons et il ne tarda pas à en être de même pour les prairies. Avec la guerre qui commençait et les manœuvres qui envahissaient tout maintenant, celles-ci connaissaient certes un regain de faveur ; mais il fut de courte durée : car lorsqu'on avait été pris deux ou trois fois entre les lignes de feu et les violentes détonations des fusils dont les canons crachaient des éclairs, lorsqu'on s'était trouvé nez à nez avec des sections manœuvrant au fusil-mitrailleur et qu'il fallait prendre la poudre d'escampette au milieu d'une pétarade qui éclatait à deux pas et vous paralysait, lorsqu'on s'était enfin fait éconduire du terrain un bon nombre de fois sur un ton certes aimable mais sans réplique par l'un des officiers (ce genre de lieutenant n'était pas sans savoir que même les munitions d'exercices à blanc pouvaient être dangereuses pour des garçons qui veulent tout voir de près) – alors on en avait vite assez de cet endroit. En plus, ces soldats n'étaient pas spécialement beaux à voir et ça n'allait pas en s'arrangeant : c'étaient des hommes entre deux âges, fourbus, avec des uniformes poussiéreux et crottés, vu qu'ils étaient continuellement à plat ventre.

C'est ainsi que cette partie se détacha du « royaume » de Conrad, les prairies furent englouties à jamais.

Quant à la fameuse nouveauté qui lui semblait flotter dans l'air depuis la rentrée, elle ne se fit pas attendre longtemps. Elle se manifesta : d'abord de façon inquiétante.

A l'automne succéda une période claire et lumineuse, dehors il y avait parfois un peu de neige. Kokosch se tenait devant la fenêtre et regardait la rue en bas, les tas de bois, la barrière, le scintillement gris et froid du canal. Derrière lui, il sentait la pièce bizarrement agrandie. La distance qui le séparait du coin de l'armoire où étaient accrochés le fleuret et le masque d'escrime était devenue sensiblement plus grande. Il y avait aussi une odeur différente, une odeur de frais.

Et ce n'est que maintenant qu'il trouvait une explication très simple à tout ça : durant l'été, ses parents avaient fait repeindre le vestibule.

Plus étonné qu'il ne serait simplement concevable de l'être pour un tel motif, il quitta rapidement la pièce. C'est bien de là qu'elle venait, cette odeur propre de peinture sèche, comme un présage de choses lointaines ou nouvelles. Il était là, debout, il n'avait pas allumé la lumière, son regard, dans la pénombre, glissait sur le porte-parapluie et la masse sombre des manteaux pendus là. Mais ce qui l'étonnait, c'est que cette explication toute naturelle se soit dérobée si longtemps.

A cette heure l'appartement était tranquille et désert, à part lui il n'y avait personne à la maison, il semblait même que la bonne fût partie.

Kokosch enfila sa veste de bure bleue, éteignit toutes les lumières, ferma soigneusement la porte –, dans l'escalier il fut bizarrement effleuré par l'idée qu'il était le seul habitant de cette maison. L'odeur de cette peinture neuve dans le vestibule était bien une invitation à quelque chose de nouveau. Maintenant il le sentait nettement. Les rues s'enveloppaient de bleu aux approches du crépuscule qui semblait intensifier la présence des bruits. Kokosch traversa le pont. Il allait chez le maître-verrier. Là-bas se trouvait déjà l'ancien palais des tritons qu'il avait maintenant l'intention d'échanger contre autre chose, des ballons et autres cornues en verre pour certaines expériences physico-chimiques. Il y avait là tout un programme d'application. Lorsque Conrad avait amené le bassin des batraciens, le patron n'était pas chez lui, il n'y avait que sa femme, qui ne savait pas si l'on pouvait déduire le grand récipient en verre de l'achat d'autres plus petits.

Or, le patron était bien sûr tout disposé à le faire, moyennant tout de même une légère perte pour Conrad. Celui-ci n'y trouva rien à redire.

Une fois encore, il avait emporté toutes ses économies avec lui. En plus, il avait une feuille de papier sur laquelle il avait noté, après réflexion, tout ce dont il avait besoin. Précautions d'affaires et mise à exécution. Il ne voulait faire que quelques expériences bien précises. Cette affaire ne devait pas prendre des proportions démesurées, elle ne devait pas avoir de suites. « Il ne faut pas que ça devienne des tritons ». C'est ce qu'il s'était dit, mot pour mot.

C'était maintenant l'heure du choix. Débarrassé des fibres d'emballage et de leur papier, les objets étaient un peu poussiéreux mais ils brillaient quand même. Le patron, minutieux, calculait le prix de chaque objet d'après le poids qui était marqué dessus en grammes. Il prononçait ce mot « gramme » avec une insistance particulière. Conrad soupesait et manipulait prudemment des ballons, des éprouvettes et de magnifiques cornues au long col comme il n'en avait vu que dans la salle de physique du collège. C'étaient les instruments qui faisaient l'attrait de l'opération. Le choix fut difficile. Conrad avait des yeux d'amoureux pour tous ces récipients, quant aux éprouvettes il aurait bien acheté tout le présentoir ; il était percé de trous comme la planche-à-œufs à la maison, dans le garde-manger de sa mère.

Il était pris d'une certaine excitation mais l'équilibre et la pondération finirent par l'emporter, et un compromis fut trouvé entre trois points de vue pour ainsi dire divergents, à savoir : le nécessaire prévu, les modèles et les gabarits disponibles et, ce qui n'était pas la moindre affaire, l'état des finances. La solution retenue fut même fort satisfaisante. Car une fois encore les prix étaient inférieurs à ce qu'avait prévu Kokosch, si bien qu'il put emporter la grande cornue avec un bouchon de verre taillé plutôt qu'une autre plus petite, moins bien adaptée et sans bouchon ; il y avait en plus dix éprouvettes. Au départ il n'y en avait que trois de prévues. Mais ces récipients avaient séduit Conrad. Le patron avait aussi suggéré qu'il était préférable d'en avoir plus. La somme utilisée ne dépassa guère celle dépensée autrefois pour le palais des tritons, il est vrai que celui-ci avait aussi servi de monnaie d'échange.

Ça semblait bien du reste vouloir devenir des tritons. Sur le chemin du retour, Kokosch n'avait qu'un seul souhait : déballer à la maison les trésors qu'il venait d'acheter et qui étaient soigneusement empaquetés, et les observer. Il les placerait là-haut sur l'armoire, séparés de tout le reste, ça serait un coin tout à fait à part en quelque sorte : le laboratoire.

Il avançait avec précaution. A cause de la fragilité de son fardeau, il empruntait des ruelles plus tranquilles pour descendre vers le canal. L'obscurité était complète, les trottoirs recueillaient ici et là les modestes lumières d'une banlieue pauvre, faibles et flavescentes, elles venaient des fenêtres des rez-de-chaussée, des épiceries, d'un débit de boissons dont les vapeurs de gnôle, mélangées à d'autres, flottaient maintenant sur le pavé : car quelqu'un sortait en chancelant, laissant la porte vitrée et embuée ouverte derrière lui ; ce n'est que quelques instants plus tard qu'une main s'avança de l'intérieur pour la refermer de mauvaise grâce. Conrad s'arrangea pour passer à côté. Mais voilà qu'on l'appelait maintenant : « Jeune homme ! Jeune homme !... »

Pourtant cette voix n'avait rien de méchant, de menaçant ou de vulgaire dans son intonation. Elle était simplement plaintive, faible, étouffée. De fait Conrad ralentit le pas, portant toujours son fragile fardeau avec précaution, il alla même jusqu'à se retourner. Cela poussa l'homme qui avait appelé à se rapprocher, il restait pourtant à une certaine distance de Kokosch, soit qu'il ne veuille pas effrayer le garçon et le faire fuir, soit qu'il ait quelque crainte. La lumière qui venait d'une fenêtre basse éclaira un visage étroit, aux traits accusés mais bienveillants. Le chapeau était recouvert de la poussière de la rue, il avait dû tomber plusieurs fois. Autour de la racine du nez et sous les yeux il y avait de la sueur, de la lassitude et de la fatigue. Ce fut tout ce que Conrad enregistra dans les courts instants où il regarda en arrière par-dessus son épaule. L'espace d'une seconde seulement, mais avec netteté, il évalua la possibilité de s'arrêter maintenant, de questionner. Mais le fragile trésor qu'il tenait sous le bras l'empêcha soudain de pousser plus avant dans cette direction toute intérieure, il se mit à presser le pas, de plus en plus.

« Jeune homme – je vous en prie, écoutez donc », la voix, derrière lui, était maintenant un peu plus forte, bien que toujours aussi exsangue.

Kokosch tourna rapidement au coin de la rue suivante et longea le canal en direction du pont. Ce n'est qu'une fois arrivé sur celui-ci, au milieu d'un assez grand nombre de gens, qu'il se sentit en sécurité, et maintenant il s'agissait aussi de bien faire attention à ce que personne ne heurtât son bras.

C'est ainsi qu'il amena tout à bon port, il passa un chiffon doux sur les récipients poussiéreux pour les nettoyer et les installa à l'endroit prévu. Pour la cornue, il avait déjà un support en bois – il en avait fait l'emplette quelques jours plus tôt, sur un coup de tête hardi – et il ne restait donc plus qu'à placer précautionneusement la grande cornue au bouchon de verre taillé entre les lames de la pince, recouvertes de liège à l'intérieur, à visser sans trop forcer et à placer dessous le réchaud à alcool en verre. Certes, il manquerait un support pour les éprouvettes. Celles-ci étaient alignées bien en ordre, sur du coton, ce qui était du meilleur effet. La brave bonne, qui avait apporté le chiffon pour essuyer, aidait maintenant à faire passer les objets à Kokosch et s'étonnait beaucoup de tout ce qu'elle voyait, particulièrement de la forme de la cornue dont elle prétendait qu'elle ressemblait, avec son tuyau pointu et effilé, à l'épicier d'à-côté, M. Köttel, qui, selon ses dires, avait un nez tout pareil.

Ce fut le début d'une période particulièrement claire et sereine. Un après-midi – après avoir pris les précautions d'affaires trois jours à l'avance – on installa une table près de la fenêtre et, en suivant fidèlement les indications du manuel, on s'attaqua à la première expérience, il s'agissait d'obtenir de l'oxygène, Kokosch choisissant pour cela non pas le dangereux chlorate de potassium mais le manganèse doux, relativement inoffensif. Dans l'ensemble, au début de l'expérience, tout paraissait invraisemblable, et la confiance que Conrad éprouvait pour ces instructions n'avait rien d'évident, tout comme celle qu'il avait toujours eue à l'égard des formules mathématiques – qui n'en permettaient pourtant pas moins de faire des calculs avec beaucoup de facilité, une fois qu'on les avait apprises.

Mais lorsque le bout de magnésie allumé, et placé dans le grand verre collecteur où se trouvait le gaz, plus lourd que l'air, se mit à briller intensément, il sentit son cœur se serrer de joie, c'était un prodige qui s'accomplissait sans bruit, un monde qui s'ouvrait.

Kokosch restait là sans bouger, tenant dans la main le peu de magnésie qui restait, éteinte. C'était justement l'heure où le crépuscule commençait à tomber.

Dans le silence qui régnait alentour on entendit soudain des pas de course précipités en bas dans la rue, ils se rapprochaient et se faisaient plus nombreux, on entendait aussi des cris.

Il fit deux pas en avant et regarda en bas. Un homme courait à toutes jambes le long du canal. Le chapeau roula dans la poussière de la rue – pour la combien de fois ? ! Pourtant le fugitif n'y prit pas garde. Ceux qui le poursuivaient en criant – parmi eux se trouvait un sergent de ville – arrivaient seulement à la hauteur du pont, l'avance était grande. Il aurait pu s'échapper. Dans les prairies. Au lieu de cela, il s'arrêta. Kokosch se balançait d'une jambe sur l'autre, il pressait ses doigts sur la vitre. En bas, l'homme sans chapeau se tenait derrière un tas de bois qui le cachait maintenant aux yeux de ses poursuivants. Un instant, il jeta un regard par-dessus, comme aurait fait un animal, Kokosch vit nettement le blanc de ses yeux. Il était encore temps de fuir ! Mais l'individu ouvrait sa redingote, fouillait, tête baissée, dans une des poches – il en avait maintenant sorti quelque chose, c'était sombre et luisant, le coude s'écarta à l'horizontale et l'objet se retrouva instantanément appuyé contre son front, il y eut une formidable détonation comme un claquement de fouet et Conrad put encore voir la fumée flotter dans l'air tandis que l'homme, là en bas, s'était transformé en un paquet inerte de vêtements affalés sur le sol.

Le coup de feu freina les poursuivants, ils croyaient peut-être que c'était pour eux. Mais aussitôt après ils se retrouvèrent tous regroupés là, formant, avec les nombreuses personnes qui avaient accouru, un mur autour de l'homme étendu qui se trouvait même soustrait aux regards de Conrad.

Cet événement soudain – encore tout ramassé et violent comme le tout premier jaillissement de la lumière au bout du ruban de magnésie allumé – ne tarda pas à faire tache d'huile. La bonne arriva en courant, suivie de la mère. Sophie redescendit tout aussitôt pour en savoir davantage. En bas, on voyait se multiplier les casques des sergents de ville. Un coup de sifflet éraillé, l'ambulance arrivait, on frayait maintenant un passage à quelqu'un dans l'attroupement, au médecin sans doute. Peu après il ressortit de la foule, remonta en voiture et l'ambulance repartit à vide.

Car cet homme à côté du tas de bois n'était plus malade, il était bien mieux portant que tous les autres en quelque sorte : il était mort.

Un brancard lui suffisait, et, escorté par les policiers qui contenaient la foule, il disparut avec tout ce remue-ménage. Là-dessus la bonne réapparut et se mit à débiter son histoire à un rythme qui ne le cédait en rien au ta-ta-ta d'un fusil-mitrailleur en action. L'individu en question avait volé une boîte de poissons et encore d'autres choses à manger dans un magasin, et il avait été pris sur le fait. D'où la fuite après qu'il ait d'abord réussi à se dégager.

Sophie décrivait exactement dans quel magasin l'incident s'était produit, elle connaissait le magasin, le propriétaire, sa femme et ses deux filles...

Kokosch était assis sur le bord de son lit.

Quelques jours plus tard se produisit un événement, fruit d'un hasard véritablement diabolique.

La mère appelait. Elle était debout sur une chaise dans le bureau du père et décrochait les rideaux qui devaient être lavés avec quelques nappes ou napperons et autres choses du même genre. Kokosch fut requis pour noter chaque pièce une par une sur une petite feuille de papier. Il voulut aller chercher un crayon. « Prends en un ici », dit la mère. Il écrivit donc ce qu'elle lui indiquait tout en regardant autour de lui dans cette pièce où il pénétrait rarement. Sur tous les murs étaient accrochés des lames croisées, des fleurets, des épées, des masques d'escrime, avec, au milieu, des photos de groupes prises à l'occasion de concours ou de fêtes dans le club. Kokosch reconnaissait justement sur l'une des photos deux des amis de son père, membres du club, qui se retrouvaient ici à la maison une fois par mois pour une sorte de session du comité directeur ou quelque chose d'analogue, ce qui était toujours l'occasion d'un grand dîner où les hommes attablés discutaient beaucoup. Le lendemain, on pouvait encore sentir l'odeur de cigare dans le vestibule. « Trois milieux, six côtés », disait Mme Léontine d'en haut. Kokosch écrivait.

Elle descendit et lui tendit un paquet de linge. « Prends ça, s'il te plaît. » Pour avoir vite les mains libres, il mit le crayon dans la poche de poitrine de son petit costume. Puis il suivit sa mère qui, comme lui, avait du linge dans les bras, et passa dans la pièce voisine. On aura déjà deviné qu'il va s'agir ici du crayon. Deux jours plus tard, alors que Kokosch prenait en toute quiétude ses précautions d'affaires pour le lendemain, réglant avec soin les choses courantes en français et en géographie – deux jours plus tard donc, la porte s'ouvrit et se rabattit en claquant contre le mur et ce fut l'irruption intempestive dans la tranquille pièce d'études d'un père qui avait toute la noirceur de l'ébène. Pour que le noir fût complet, il manquait encore la juste cause ardemment désirée, la voie directe dans les ténèbres, il ne manquait à toute cette violence accumulée et prête à se déverser que le détonateur.

« Peut-être que tu as – je cherche depuis déjà plus d'une heure... »

C'est alors seulement que Kokosch eut la terrible intuition de ce qui se passait. Il tressaillit en effet jusqu'à la moelle. Il envisagea la possibilité de nier tout simplement, de contester. Mais déjà sa main froide se portait vers sa poche de poitrine, dévoilant tout. L'effroi fut sans bornes lorsque Conrad ne retrouva pas tout de suite le crayon. Mais déjà il le sortait sans mot dire.

Avec violence, comme s'il s'agissait de sauver in extremis son enfant des sabots de chevaux emballés Lorenz Castiletz lui arracha le petit bout de crayon. Immédiatement après, les deux premières gifles claquaient.

« Crétin ! Canaille ! Qu'est-ce que tu as à chercher dans mon bureau ? »

« Je... » dit Conrad.

« Je te demande ce que tu as à chercher dans mon bureau ! .

La deuxième paire de gifles s'abattit.

« Je... » murmura Conrad.

« Parle, espèce d'idiot ! » hurla le père.

Mais Conrad ne disait plus rien.

« Vas-tu répondre, espèce de charogne ! » criait Lorenz Castiletz. Alors le drame commença. Empoigné par la nuque, Kokosch fut projeté, la tête la première, contre l'armoire, dans un vacarme assourdissant. Un coup de pied dans le derrière, un coup de poing dans le dos et deux autres gifles suivirent – deux détonations régulières comme une batterie de canon qui tire coup après coup. Kokosch pleurait, naturellement. Sa tête était brûlante et son visage de braise. C'était une suite ininterrompue de tourments. Comme une bête aux abois il reculait devant son père en titubant, il traversa le vestibule en direction de la double porte vitrée du salon. Il s'entendait crier dans les oreilles qu'il devait parler mais il en était totalement incapable, sans compter qu'une grêle de coups étouffait chaque fois les douloureuses tentatives qu'il faisait. Du bord de la vie où passent encore des voiles isolées arriva, comme par hasard, en petite nature qu'elle était, Mme Léontine. Pendant qu'il se faisait taper dessus en traversant le vestibule, Conrad entendit la clef tourner dans la serrure. Il crut que c'était la bonne qui rentrait, mais sa honte retomba aussitôt dans un désespoir sourd et flaccide.

C'était la mère.

Il voulut s'élancer vers elle. Elle fut bien plus rapide à se trouver près de lui, devant lui, mettant l'enfant à couvert.

Sans qu'un mot fut prononcé, dans le silence le plus total, on assista pendant quelques instants, dans la pénombre du vestibule, à l'affrontement de ces forces dont beaucoup, voire même tout, dépendait ici, et en dernier ressort l'existence même de cette petite famille.

Déchaîné, Lorenz Castiletz voulait éviter sa femme pour

s'emparer une nouvelle fois du garçon. Mais il se heurtait maintenant à un mur, à un mur invisible qu'il n'avait plus la force d'enfoncer dans l'état de fureur où il était, portant déjà en lui le germe de l'effondrement.

« Le crayon... infâmie... il était dans mon bureau, ce... bon à rien... » et ces mots étaient en même temps la marque de l'ultime sursaut, ils accompagnaient l'ultime tentative pour éviter Mme Léontine et fondre sur Kokosch.

Or celle-ci ne faisait pas le moindre mouvement. Comme le regard de ses grands yeux obliques avait une propension à fuir vers l'extérieur en cercles excentriques plutôt qu'à se porter en avant, il était vraiment difficile d'indiquer le point sur lequel ce regard était porté : malgré tout, Lorenz Castiletz sentit qu'il était posé sur sa main gauche, celle qui tenait le petit bout de crayon dont il avait repris possession. Cette façon qu'elle avait entre autres de regarder aussi là-bas, comme par inadvertance, chargeait pourtant son regard d'un mépris si insondable, que rien d'autre n'aurait pu l'exprimer de cette façon presque terrible, ni un coin de bouche abaissé, ni un œil qui se plisse. Car pendant tout ce temps, le visage de Mme Castiletz restait parfaitement lisse et calme, comme une voile alanguie venue des horizons estompés de la vie, de lointains vaporeux et céruléens. C'est ainsi qu'elle vit aussi le crayon – entre autres – elle fit signe de la tête et dit d'un air détaché :

« Je sais. Je l'ai pris dans ton bureau, Conrad voulait tout de suite le remettre à sa place, mais il se trouvait que j'avais besoin de lui pour décrocher les rideaux et je lui ai dit qu'en attendant il pouvait le mettre dans sa poche. C'est comme ça qu'il l'a gardé. »

Mais Lorenz Castiletz émergeait ou sombrait maintenant – comme on voudra ! – dans la conscience de sa propre misère, masse dégoulinante et froide qui glissait le long du bras gauche jusque sur cette main qui serrait le miniscule petit bout de crayon. Pourtant cette misère n'était pas habitée par le désespoir, ou alors le désespoir qui l'accompagnait était à ce point désarticulé que même un dieu n'aurait pas été en mesure d'en faire encore jaillir une étincelle de courage.

Il mit le petit bout de crayon dans la poche de son gilet.

Pendant que Conrad, les oreilles à moitié bouchées, dans la chaleur et la sécheresse d'un état qui le coupait de lui-même et du monde, se tenait toujours derrière sa mère et gardait le regard rivé sur un point précis du fameux tapis de reps brun qui allait de la porte d'entrée à la porte vitrée du salon – pendant ce silence qui gravitait lentement et régulièrement sur lui-même, on entendit bientôt les premiers gémissements, annonces des plus terribles événements de cette soirée, qui allaient maintenant accompagner l'effondrement d'un père encore tout noir de fureur. Et Conrad s'esquiva dans sa chambre, le dos lourd et voûté, on pourrait presque dire, sûr de sa mort, comme si on lui avait lancé des blocs de pierre : car là-bas Lorenz Castiletz était étendu de tout son long par terre et embrassait les pieds de sa femme – Léontine était tellement effrayée qu'elle devint toute blême et en dépit de sa présence physique elle disparaissait pour ainsi dire presque complètement derrière l'horizon. Lorenz, donc, embrassait les pieds de sa femme en geignant. Dieu merci, c'était aujourd'hui le jour de sortie de la bonne. Car cela dura sur le même ton pendant toute la soirée. Vers dix heures, la mère apporta à Kokosch une assiette de viande froide avec de la salade et un verre de lait. Elle le prit dans ses bras. Son regard fuyait déjà de partout. Ses cheveux blond-châtain et très souples semblaient vouloir prendre le même chemin, ils faisaient une auréole crêpelée autour de sa tête, comme des nuages apportés dans le ciel par le vent.

Ce n'est que deux jours plus tard, pendant la nuit, alors que tout le monde dormait, que ces événements se décantèrent enfin pour Kokosch. Il sortit brusquement d'un rêve, et se retrouva d'un coup assis dans son lit. Il avait un bourdonnement sourd dans les oreilles, véritable gouffre de bruit qui dévorait tout. Quelque chose se dirigeait tout droit vers lui, passait le long de la petite gare froide et solitaire, tanguait de toute sa hauteur avec là-haut un mince filet torturé de fumée, masse sombre avec des yeux de braise : la locomotive. Le père, à plat ventre par terre, avait mal réglé l'aiguillage, mais Conrad restait là, paralysé. La fumée était horrible, pareille à une corde mince et comme convulsée par la douleur. Les lanternes incandescentes crachaient sans arrêt un jus rouge qui giclait des narines car il s'agissait là des visages des deux garçons de l'étang que Ligharts avais mis à mal.

Kokosch était assis dans son lit tandis que le rêve perdait rapidement de sa force et que la gangue qui le paralysait, s'élargissait avant de se dissiper complètement dans l'obscurité alentour. Le reflet d'un phare passa sur le plafond de la chambre. Kokosch écoutait. Mais cette fois-ci les tritons sur l'armoire n'émettaient pas le moindre gloussement. Alors il se réveilla complètement. C'est qu'il n'y avait plus de tritons. Kokosch s'apaisa, il retrouva son sang-froid. A travers la fenêtre sombre, son regard glissait sur les maisons qui, de l'autre côté du canal, brillaient faiblement par endroits.

Et puis au milieu de cette accalmie, les larmes jaillirent, à gros bouillons, toutes brûlantes, comme une coulée de lave. Il sentait ces larges torrents ruisseler sur ses joues. Ça coulait et coulait à n'en plus finir, comme une blessure ouverte.

Il pleurait à cause de Ligharts, à cause du père, à cause de l'homme mort étendu en bas, à cause des tritons, à cause de ce qui était arrivé, à cause de ce qui arrivait maintenant, à cause d'hier, à cause d'aujourd'hui, à cause de demain et peut-être d'avance pour toute une vie.

6

Il existe aussi des taches de moisissure dans les reccins de l'âme. Il y avait des gens assez distingués pour appeler ça, il n'y a pas si longtemps encore, des « complexes ». Aujourd'hui c'est complètement passé de mode.

Chaque matin, avant de partir pour l'école – bien à l'heure, comme toujours – Conrad restait maintenant deux ou trois minutes debout au milieu de sa chambre et inspectait tout autour de lui. Il avait en fait tellement besoin de ces quelques instants de recueillement qu'il pensait déjà à se les réserver quand il se lavait et s'habillait. Car ce n'est qu'après avoir fait ce rapide tour d'horizon que Kokosch se trouvait rasséréné, sans crainte qu'il y eût quelque part quelque chose qui eût échappé à son ordre et à son attention et puisse ensuite se retourner contre lui. Cependant, cette vigilance – comme il serait loisible de l'appeler – dépassait chez lui le cadre reconnu des choses et des faits qui peuvent être dénombrés – emplois du temps, début du match de football, précautions d'affaires et mise à exécution, crayon à papier, début du cours d'escrime – cette vigilance dépassait donc tout cela et cherchait à s'exercer jusque dans les sphères extérieures et indéfinissables de la vie, qui faisaient encore comme un halo autour du noyau central mais ne contenaient ni chose ni fait dénombrables.

Or, il était malgré tout possible que du désordre existât aussi là-bas, que quelque chose ait été oublié et qu'une menace se profilât.

En fait, Conrad ne semblait pas du tout en mesure de parvenir à un état vraiment stable d'apaisement. Souvent, l'habitude qu'il avait de se souffler à lui-même que vraiment toutes les choses avaient été mises en ordre maintenant, que les devoirs étaient faits, qu'il ne risquait d'encourir aucun reproche, aucune calamité sérieuse, que toutes les poches avaient été vérifiées et que toutes les affaires étaient bien à leur place – même tout cela ne pouvait souvent pas l'empêcher de se mettre martel en tête et de penser : qu'il devait bien y avoir quelque part quelque chose qui n'était pas en ordre et qu'il pouvait y avoir péril en la demeure.

Il arrive souvent qu'un individu adulte qui cherche une rue qu'il ne connaît pas ou qui a besoin de tout autre renseignement de ce genre, s'adresse volontiers à un garçon d'aspect propre et soigné, comme c'était le cas de Conrad. Chaque fois que cela se produisait Conrad tressaillait. Une fois, un fonctionnaire de police en uniforme qui semblait ne pas connaître le quartier, lui demanda de lui indiquer la papeterie la plus proche, ce qu'il devait bien savoir en tant que collégien ? Pourtant, c'est à peine si Kokosch fut capable d'articuler le renseignement. Après que l'homme en uniforme se fût éloigné dans la direction indiquée, Conrad resta là, totalement désemparé : mais voilà qu'il luttait déjà contre cet état. Il avait l'impression qu'on l'avait roué de coups. Il rentra chez lui, avec le sentiment de voir les maisons et le trottoir tout recouverts d'eau, ou bien alors complètement vides et mis à plat, tellement il se débattait avec ce phénomène qui le subjuguait, le précipitait hors des rails du quotidien et l'enfonçait. Bien que tout ceci lui collât à la peau comme une seconde nature, ce n'en fut pas moins le point de départ d'une idée bizarre dont la réalisation aurait pu fournir une sorte d'antidote.

Un jour que les membres du comité directeur du club d'escrime « Hellas » se trouvaient réunis chez les Castiletz et que la maison était une nouvelle fois remplie des éclats de voix et des toussotements des conversations dans la salle à manger, remplie aussi des effluves d'une cuisine raffinée et de cigares exquis, Conrad, qui était sur le point de sortir de sa chambre pour se faufiler dans le vestibule, vit, à travers l'entrebâillement de la porte encore à peine ouverte, passer l'un de ces messieurs à qui le fait de se retrouver seul donnait un air digne et rassis qui, même sans témoin, gardait toute son allure : il avait ainsi tout d'un homme qui fait grand cas de lui-même, de sa propre opinion mais aussi de l'opinion des autres et qui se dérobe un instant à l'agréable conversation des hommes que l'on continuait d'entendre, pour laisser là-bas libre cours aux choses. Là-dessus apparut Sophie dans le vestibule, auprès de qui notre homme, qui s'en retournait, fit une halte courte mais tendre et pleine d'entregent. Conrad craignait qu'on ne le remarquât – pourtant ce n'était pas vraiment pour lui qu'il craignait – mais ce n'était apparemment pas le cas et le vestibule se retrouva bientôt désert.

Ceci fit jaillir en Kokosch une idée étrange.

Il décida de coucher sur le papier les observations de ce genre. Ce faisant, il pressentait peut-être la possibilité de s'approprier des connaissances sur les autres qui auraient pu en quelque sorte servir de contrepoids à tout ce qui le menaçait, une sorte d'assurance contre les dangers toujours aux aguets et surtout contre ceux qu'il ne connaissait peut-être pas. Même les autres là-bas ne savaient rien de ce dont il avait été témoin, de ce qu'il savait. Il s'apprêtait déjà à fourbir son arme et coupait des feuillets de papier pour en faire une sorte de petit classeur – lorsque sa mère arriva et lui demanda de venir auprès de ces messieurs. Car ceux-ci se trouvaient en désaccord quant à la traduction exacte d'une maxime latine – on avait l'habitude d'en glisser un grand nombre dans la conversation – et l'on avait appelé à la rescousse le « petit latiniste » qui donna alors le renseignement exact, sans un mot de trop, sous les regards tendres du père.

Mais là, dans ce salon où notre homme maintenant soulagé avait repris sa place au milieu des vapeurs exquises de la conversation, des vins et des cigares, la chose vue n'avait absolument plus rien d'évident pour Conrad. De nouveau seul dans sa chambre, devant les feuilles de papier blanc, il se trouva brusquement paralysé par les difficultés qu'il voyait à écrire et surtout à conserver ce genre de choses et il s'ensuivit que toute l'entreprise tourna d'abord court. Il en allait d'ailleurs de même maintenant avec les expériences de chimie.

Elles ne furent pas poursuivies et ce, bien que la panoplie de verre aux configurations étranges posée là-haut sur l'armoire, ait considérablement augmenté, si bien que le trésor des premières acquisitions n'occupait plus qu'une petite partie au centre. Il y avait même maintenant un très joli petit support à éprouvettes complètement garni. Tout cela avait été acquis dans les jours qui avaient suivi le diabolique incident à propos du crayon. Lorenz Castiletz avait lui-même été avec son fiston chez le radieux maître « gramme », achetant tout ce qui pouvait combler le cœur de Kokosch. Mais en vérité, ce cœur là ne désirait alors plus rien de tout cela, et pendant tout le temps qu'avait duré l'opération, Conrad s'était senti extraordinairement mal à l'aise, sans toutefois trouver le moyen d'atténuer ou de dissiper cette impression. Car Lorenz Castiletz filait maintenant à toute vapeur sur la voie de l'enthousiasme et de la générosité, tout comme autrefois la petite locomotive de Kokosch fonçait sur ses rails, lorsque le mécanisme était remonté à fond et que le père, allongé à plat ventre, réglait les aiguillages.

Il est étrange que, dans les jours qui suivirent, Kokosch se soit mis à parler un peu à son père, de temps à autre, des expériences de chimie qui, au vrai, n'avaient plus du tout cours. Les cornues et les ballons trônaient en haut de l'armoire, imposants et mafflus, légèrement poussiéreux, retrouvant leur éclat une fois par semaine lorsque Sophie, qui faisait très attention par sympathie pour Conrad mais qui en même temps, dans son for intérieur, maudissait tout ce « bazar de sorcellerie » – époussetait les ustensiles.

Plus tard ils furent donnés en cadeau.

C'est que Kokosch commençait déjà à devenir un grand garçon, on peut même dire, un très grand garçon. Conrad terminait son collège et il devait ensuite quitter cet établissement pour aller tout d'abord dans une école supérieure de commerce et se préparer à une profession apparentée à celle où œuvrait son père. Alors qu'il était encore au collège, il avait déjà un professeur particulier qui lui donnait à la maison des cours de correspondance commerciale et de sténographie, qui lui enseignait aussi les rudiments de la comptabilité, entretenait les connaissances qu'il avait acquises, quand il était enfant, en anglais et en français et qui, en plus, l'initiait aux bases de toutes les disciplines techniques, la géométrie descriptive.

Ce professeur particulier s'appelait Albert Lehnder et il avait été retardé dans ses études de droit par sa participation à la guerre, fils de gens fortunés, il était pourtant maintenant obligé de subvenir à ses besoins et à ceux de sa mère. Il travaillait dans une banque et augmentait son maigre revenu en donnant des cours, et il devait bien lui arriver aussi d'étudier car il passait de temps en temps un examen à l'université. Mais ce qu'il y avait en fait de remarquable chez Lehnder, c'est qu'en dépit de tout cela il ne transpirait pas la vertu, il semblait même que ce fût presque le contraire : de sorte que Lorenz Castiletz, bien qu'il ne pût s'empêcher d'apporter toute sa considération au jeune homme et qu'il n'ait jamais rien entendu non plus de défavorable à son endroit, gardait néanmoins toujours un œil sur lui pour ainsi dire, par une méfiance que, du reste, il aurait été à tout moment susceptible et capable de dénier, avec véhémence même.

Mais pour Kokosch, Lehnder était un bon professeur ; le garçon apprenait en fait pour lui faire plaisir et toute l'habileté d'Albert consistait justement à savoir provoquer cet état de fait par lequel il avait amené plus d'un cas difficile à passer régulièrement dans la classe supérieure, chose qui lui avait alors valu la considération des parents de ces élèves et de bonnes recommandations. A cela s'ajoutait que cet étudiant doublé d'un employé de banque était un garçon fort joli, beau même, mais d'une beauté un peu moite et villeuse, pourrait-on dire. Les femmes lui couraient après. Le père Castiletz l'avait peut-être remarqué à l'occasion.

Dans ces années où l'enfance s'éloignait toujours davantage, elle qui avait déjà plus d'une antenne dans le glacis désert et calme du monde adulte – là où les gens, d'après les critères d'un garçon, ne font vraiment plus rien mais discutent, dans un mortel ennui, assis autour d'une même table, avec des chaussures remarquablement propres, sans prendre la moindre disposition pour agir, ce qui fait qu'ils n'abîment bien sûr jamais leurs vêtements, pas plus que les livres qu'ils lisent et où il n'y a pratiquement ni action ni rien du tout – c'est dans ces années-là que Conrad, vu qu'il n'était plus continuellement occupé comme avant, et à force de traîner et de tourner en rond dans l'appartement vide, découvrit un jeu étrange dans le salon : il y avait là un grand miroir dont la glace tirait légèrement sur le vert, signes peut-être avant-coureurs de son ternissement. Si on se regardait dans ce miroir à l'approche du crépuscule en fermant un peu les paupières et en se reculant petit à petit – alors, à un certain moment, le jeu devenait légèrement effrayant : car l'image renvoyée vous regardait soudain avec des trous sombres à la place des yeux, et suivant l'éclairage, il n'y avait effectivement plus que les orbites qui restaient visibles dans le visage. Pendant un certain temps, Kokosch n'arrêta pas. Ce salon qu'il avait autrefois complètement délaissé, Conrad aimait s'y rendre maintenant, surtout quand il n'y avait personne d'autre à la maison. L'air confiné rempli de l'odeur propre qui émanait des tapisseries et des étoffes délicates, toutes les choses ici que personne ne semblait avoir touchées et qui ne paraissaient pas destinées à l'utilisation – tout cela agissait sur lui exactement de la même façon que l'odeur de vernis qui flottait autrefois dans le vestibule fraîchement repeint : un pressentiment de choses lointaines ou nouvelles qui, dans la façon qu'elles avaient ici de l'effleurer, ne pouvaient être que bonnes, ne pouvaient être que séduisantes.

Mais ce jeu en face du miroir prenait des formes encore plus étranges lorsqu'on se déplaçait dans la direction opposée, et donc qu'on se rapprochait du miroir : on n'apercevait d'abord que sa silhouette balbutiante, puis les parties claires du visage, déjà plus nettes maintenant. Mais à l'instant même où l'on arrivait pour ainsi dire à se reconnaître, il y avait les orbites aveugles du visage de l'autre côté qui vous regardaient. A chaque fois, il était bien difficile de réprimer un léger frisson au fond de son cœur. Et Conrad avait beau s'exercer plusieurs fois de suite à réprimer ce mouvement, il n'y arrivait en général qu'imparfaitement.

On flânait aussi davantage dans la rue maintenant. Autrefois on se dépêchait : à cause de Ligharts, à cause des tritons, à cause des expériences et à cause d'un tas d'autres choses. On découvrait maintenant beaucoup de choses que voit justement une personne qui a du maintien : la forme des nuages dans le soleil couchant près du canal, la silhouette lointaine d'un bâtiment, le flot des véhicules et des piétons sur le pont lorsque, par les dimanches de printemps, tout cela allait se déverser dans les prairies autours des étangs.

Le bâtiment de cette école supérieure de commerce où Kokosch entra par la suite – après une préparation solide, à n'en pas douter – contribua aussi à donner de l'aplomb à son maintien, si l'on peut dire. Dans le grand hall d'entrée – la construction datait d'à peine deux ans – ce n'était que formes tranquilles et ramassées, beaucoup de métal, de verre, de carreaux de faïence avec des radiateurs massifs qui brillaient d'un éclat mat et argenté. Le plus difficile de ce que l'on enseignait ici n'avait déjà plus de secret pour Conrad, grâce à l'enseignement d'Albert Lehnder. De surcroît, Lorenz Castiletz conserva les services du professeur particulier, de sorte que dans l'ensemble, on avait toujours une longueur d'avance sur l'école. Quant aux conversations menées entre camarades sur le chemin du retour désormais un peu plus long, elles se faisaient par groupes de jeunes gens qui s'arrêtaient ou bien continuaient tranquillement à marcher, et qui ne portaient plus des habits d'enfants mais col dur et cravate, une nouvelle façon de s'habiller qui, pour Conrad, imprimait sa marque à l'intérieur, pour ainsi dire.

Dans cette école de commerce, il y avait aussi des jeunes filles. Les premières remarques glanées à leur endroit devinrent bientôt monnaie courante.

7

Chaque famille, on le sait, est une source d'anecdotes tout à fait singulières. Ces perles de l'humour familiales sont tôt ou tard recueillies par l'adolescent qui continue pour ainsi dire à les colporter – généralement pendant toute une vie. Car, au fond, chacun croit qu'il ne peut y avoir de meilleures histoires.

Conrad aussi recueillit de telles perles. Elles n'étaient pas toutes également propres à être racontées, par exemple dans le cercle de ses condisciples. Celle qui s'y prêtait le mieux était celle du vieux colonel, un oncle de son père, récemment décédé, qui, après la guerre, avait mis beaucoup de conviction à noyer dans l'alcool les dernières années de sa vie d'invalide, et de surcroît dans une sorte de château échu en héritage. Pour ce faire il puisait dans une cave bien garnie, à part ça il y regardait à deux fois avant de donner un sou, comme on dit généralement. Interrompant brièvement un voyage d'affaires qui l'avait conduit par hasard dans cette région, Lorenz Castiletz était venu rendre visite à cet oncle, sur les conseils répétés d'autres membres de la famille, tant à cause de ce curieux original qu'à cause de sa magnifique cave. Il trouva le vieux manoir calme et comme inhabité, entre les collines boisées de la région du Sonneberg en Thuringe, le portail était ouvert, aucun chien pour aboyer. Lorenz Castiletz gravit les escaliers, escorté par une bonne rangée de bois de cerfs, jusqu'à l'entresol. Or, comme il se trouvait là, regardant autour de lui sans savoir par où continuer et à quelle porte il devait frapper, il entendit soudain résonner des voix mâles qui chantaient. Il s'agissait de ce psaume évangélique qui commence par ces paroles : « Une seule chose est nécessaire, ô Seigneur... ». Les chanteurs ne tardèrent pas à faire leur apparition, débouchant d'une porte à deux vantaux, il s'agissait manifestement de deux serviteurs qui portaient chacun d'un côté une grande corbeille vide, telle qu'on en utilise pour le linge. Castiletz qui s'apprêtait à les questionner poliment ne trouva pas le moindre écho chez eux, tous deux firent même signe de ne pas insister avec un mouvement d'épaule plein de regret sans pour autant interrompre leur chœur, au contraire, plus ils descendaient les escaliers, plus leur chant, au fur et à mesure des strophes, prenait des allures de beuglement. Toute la maison résonnait de ce chant qui, comme ils n'en finissaient pas de descendre, semblait maintenant venir d'un étage inférieur, peut-être même de la cave si les portes étaient restées ouvertes.

Lorenz Castiletz remarqua pourtant une porte à moitié entrebâillée par laquelle son regard pouvait pénétrer dans un vestibule et même plus loin, comme il lui semblait, jusque dans le bureau de son oncle, car celui-ci s'y trouvait assis dans un fauteuil.

Le vieil homme reconnut aussitôt ce neveu qu'il n'avait pas vu depuis longtemps, mais il ne le salua pourtant qu'en opinant du chef et en lui serrant la main sans mot dire mais d'un air cordial ; de la main il lui fit signe de s'asseoir sur un fauteuil confortable et pour le reste il semblait épier avec une extrême attention le chant qui retentissait des profondeurs. Celui-ci ne tarda pas à remonter et à se rapprocher de plus en plus. « Une seule chose est nécessaire, ô Seigneur » – entendait-on maintenant résonner sous la porte – cependant le chant s'arrêta là et la corbeille, à moitié remplie de bouteilles, fut déposée devant le vieux colonel : celui-ci fit aussitôt son choix pour le neveu et pour lui-même. On servit en outre à celui-ci un petit déjeuner dont la rusticité n'était guère en rapport avec une bouteille de Ruppertsberger Gaisböhl de 1907 devant laquelle il aurait vraiment fallu se mettre à genoux.

« Le chant, – c'est pour pas qu'ils éclusent à la cave » dit le colonel. « J'ai aussi des tonneaux là en bas ».

Or, par la suite, Lorenz Castiletz apprit qu'il en avait été encore autrement avant. Il n'y avait alors qu'un seul homme, le valet de chambre, à descendre en chantant dans les profondeurs et à remonter en chantant avec la corbeille à vin. Mais un jour – malice ou maladresse, la chose resta inexpliquée – il tomba dans les escaliers, toujours en chantant, quelques précieuses bouteilles se cassèrent et à partir de ce moment son frère, le jardinier, dut l'accompagner, lui aussi en chantant. A l'époque, le colonel avait constaté d'un air réprobateur que les gaillards n'avaient aucune oreille et qu'aucun d'eux n'était capable de faire la deuxième voix. « C'est pourtant à la portée de n'importe quel charretier ! » disait-il. Mais eux ne changèrent pas d'un ton. Peu après, on racontait aussi dans le cercle familial qu'il y avait toujours un des domestiques qui braillait pour deux dans la cave du vieux soldat, tandis que l'autre éclusait, pour deux également.

C'était bien là l'histoire idéale pour un repas du comité directeur du club d'escrime « Hellas » par exemple, ou pour la récréation de dix heures à l'école de commerce. Elle fut bientôt aussi connue parmi les lycéens que parmi les invités de la maison.

Il en allait différemment avec un autre parent, mort lui aussi, originaire de Kulmbach, où l'on brassait la fameuse bière, chose qu'il avait également pratiquée pendant toute sa vie avec ardeur et savoir-faire. Mais il ne s'en tenait pas là. Il y avait une deuxième chose qu'il avait toujours pratiquée avec succès et qui n'avait pas de rapport direct avec la fabrication de la bière : la magie. Oncle Christian y excellait, il avait même acquis une certaine réputation dans ce domaine. Tout comme d'autres gens aisés ménagent dans leur appartement une pièce pour la bibliothèque, lui avait un cabinet de magie dont les murs étaient occupés par des armoires hautes et étroites avec des portes vitrées où se trouvaient tous les ustensiles dont a besoin un magicien : les chapeaux hauts de forme avec double et triple fond, les dés, les cylindres de carton, les guéridons, les jeux de cartes, les poignards, les balles et les habits noirs. Mais dans le coin, au milieu d'un tas d'autres choses, il y avait un grand coffre fait de solides planches de bois et que l'oncle avait fait faire exprès. A l'occasion d'une fête de charité il avait accepté de se produire, et grâce à ce nouvel engin il avait l'idée d'offrir au public une surprise de choix : rien moins que de se faire disparaître, se volatiliser en personne, laquelle se distinguait davantage par sa rondeur que par sa sveltesse.

Le tour de magie fut exécuté dans une petite salle devant quelque deux-cents invités et réussit à merveille. On ouvrit la porte, chacun put s'approcher et regarder la caisse de plus près, tout comme on avait aussi eu l'occasion de le faire auparavant. Mais l'intérieur, où l'artiste venait de s'enfermer au vu de tous en tirant la porte derrière lui avec un sourire amical, l'intérieur était vide, quant à l'artiste il avait disparu de manière incompréhensible, comme transporté dans l'au-delà.

Il ne reparut pas. Au bout d'un certain temps on commença à s'inquiéter et à se faire du souci. Mais ce n'est que beaucoup plus tard que l'on retrouva toute la personne de l'oncle Christian, dans le double fond de sa drôle de caisse qui avait trompé tout le monde par son dessin et sa fausse perspective. Quant à l'oncle Christian, il était mort. Il avait été frappé par un infarctus, causé peut-être par la chaleur, comme le constata alors le médecin. Pourtant, ce diagnostic n'eut pas d'effet conclusif et libérateur, comme ça aurait dû être en fait le cas auprès de gens éclairés.

Conrad avait beaucoup moins de succès avec cette histoire, il ne le recherchait même guère du reste, et il est vraisemblable qu'au club d'escrime « Hellas » elle n'avait pas beaucoup cours non plus. Quoiqu'il en soit – c'est précisément cette histoire que Conrad affectionnait tout particulièrement et s'il l'avait racontée, ça n'aurait pas été pour reprendre à son compte, en bon descendant, l'héritage de ses pères comme nous l'avons mentionné auparavant, ça aurait été au contraire quelque chose de plus vivant et de plus personnel : mais c'est peut-être justement pour cette raison qu'il ne la racontait pas.

Pourtant, le jeune homme ne tarda pas à être effleuré par le désir de vivre quelque chose de tout aussi extrême ou achevé – comme l'on voudra – voire même d'en être d'une certaine façon la cause.

Ce désir d'aventure auquel la vie offre toujours son front, paré du brillant de mille dénominations insignes, dans les limites desquelles elle reste bien ramassée – de sorte qu'il est alors pratiquement impossible que tout n'ait pas un aspect neuf et bon, un aspect séduisant – ce désir d'aventure donc, auquel la ville offrait ici suffisamment d'espace pour s'épancher, attirait l'adolescent. Lorsque la séparation d'avec l'enfance fut consommée sans crier gare, presque brutalement même, et que tout apparut net et dégraissé comme dans le hall de la nouvelle école où l'on entrait maintenant chaque matin – et où l'on se retrouvait ici dans la cohue non seulement pour écouter des histoires mais bien aussi pour en composer quelques-unes soi-même, une force triomphante apparut pour escamoter ce fameux vide du glacis de la vie adulte. Car partout, ici dans cette petite rue, là sur cet escalier, « la vie » pouvait surgir, surprenante, inouïe.

Conrad ne savait pas encore que les dispositions de la vie pour ce genre de choses sont relativement rares.

Il saurait bientôt comment s'y prendre, et avec du maintien ! Le col dur et la cravate faisaient d'ailleurs déjà partie de ce que l'on pourrait appeler son nouveau romantisme citadin ; oui, il n'aurait vraiment plus été possible de présenter celui-ci autrement.

C'est là qu'il fallait chercher l'origine de ces flâneries nombreuses et sans but (sans but, quand on compare avec le monde de l'enfant toujours pressé, toujours occupé) qui ne le menaient plus maintenant dans le royaume abandonné de la prairie mais bien au-délà du canal, dans les quartiers intérieurs de la ville. C'est là qu'il fallait même chercher l'origine des rendez-vous et des promenades avec les filles de l'école, autant d'entreprises auxquelles manquait en fait encore le terrain adéquat pour prospérer.

Il était malgré tout absolument exclu de connaître par

exemple des déceptions ou de reconnaître des fiascos pour ce qu'ils étaient. Aucune déception, aucun accomplissement non plus n'auraient pu diminuer un tant soit peu la mesure infinie de ces attentes : le monde, encore inconnu, qui l'entourait était ici soumis à une violation, qui lui ôtait la parole une fois pour toutes.

Ce n'était sans doute pas pour déplaire à Conrad, gentil mais aussi un peu benêt, qu'un jour, il avait tout juste quinze ans, durant la première moitié des vacances d'été, on lui fasse faire un voyage, et seul qui plus est. Différentes personnes de la famille (et bien sûr « toute la ribambelle de tantes ») avaient pour ainsi dire réclamé le garçon pour quelque temps, parce qu'elles n'avaient pas vu Conrad depuis longtemps et qu'elles étaient curieuses de voir comment il avait poussé. Lorenz Castiletz voyait peut-être encore un peu plus loin, quand il veilla à ce que son fiston partît bientôt, muni de tous les viatiques nécessaires. Et c'est ainsi qu'il se mit en route pour deux villes du centre de l'Allemagne, pas très éloignées l'une de l'autre, pour faire la tournée des tantes.

Trains rapides, deuxième classe. Avec une petite valise jaune et plate. En col dur et cravate, cela va de soi. Il utilisa la première occasion pour voyager de nuit. Par acquis de conscience, on se renseigna encore une fois auprès d'un employé sur le train qui était déjà là, dans la gare, avec ses lanternes rouges en queue.

Pas plus loin que dans l'avant-dernière voiture, il y avait un compartiment, le numéro deux, sans vieilles dames, ni vieux messieurs – personnes que Conrad évitait – mais où régnait apparemment une animation très joyeuse : des libations accueillirent en effet le nouvel arrivant, à qui l'on donna ensuite un verre de liqueur. On semblait bien décidé à ne pas se laisser déranger par le nouveau venu, mais au contraire à l'intégrer dans la coterie. Deux jeunes gens extrêmement bien mis avaient posé leurs pieds sur la banquette d'en face, un troisième était assis à la fenêtre près d'une jeune fille blonde, à côté de qui on assit Conrad « afin qu'elle ait aussi du bon temps ». Tout en buvant avec les autres, Conrad s'efforça aussitôt de prendre, le mieux qu'il put, l'intonation nordique de toute cette société qu'il ressentait indubitablement supérieure à lui, surtout en ce qui concernait les deux dandys. La jeune fille lui demanda gentiment, on aurait même pu dire, avec une sollicitude quasi-maternelle, d'où il venait et où il allait. Conrad ne répondit qu'avec parcimonie. Peu à peu il se fit à cette ambiance, il sentait moins fort l'odeur du schnaps renversé, mélangé à une essence de parfum inconnue et entêtante, le tout sur un léger fond de fumée de charbon froide et d'odeurs de gare. Ça ne faisait pas dix minutes que l'on roulait au milieu des rires, des discussions et des beuveries, quand celui qui était assis à la fenêtre, obéissant apparemment à une brutale inspiration – qu'il murmura d'abord dans l'oreille de sa voisine qui se mit à pouffer – sortit précipitamment de sa valise un gros objet de couleur claire qu'il lança aux deux jeunes gens qui l'attrapèrent et firent aussitôt passer la chose à Conrad. C'était un crâne humain naturalisé, une tête de squelette ou « tête de mort » comme on dit généralement. Le propriétaire, qui s'avéra être étudiant en médecine, avait emporté l'objet avec lui pendant les vacances aux fins d'adoucir les heures d'études, à ce qu'il disait.

On ne put s'empêcher de faire toutes sortes de plaisanteries. On affubla aussi le « vieux bougre » d'un chapeau et on lui coinça un cigare entre les mâchoires maintenues fermées grâce à deux ressorts en fil de laiton.

Voilà ce qu'il fallait à Conrad. Il observait le crâne avec attention, tandis que sur le front de la vie commençaient à briller toutes sortes de perspectives intéressantes. Son regard plongea dans les orbites entièrement éclairés maintenant par le faisceau vertical du plafonnier. Le souvenir de ce jeu bizarre auquel il jouait autrefois dans le salon ne l'effleura que furtivement : ça n'avait pas sa place ici, il le chassa.

« Homme ou femme ? » demanda-t-il au propriétaire, sur un ton laconique et impassible.

« C'était un homme » dit l'autre en riant, « sûrement un sacré gaillard, il a encore de l'allure, seulement un peu pâlot. »

Mais soudain, on enleva le crâne des mains de Conrad en criant. Une idée formidable venait de germer chez les deux jeunes gens et avait fait l'effet d'une bombe.

A côté, il y en avait une qui voyageait seule, dirent-ils. Au prochain tunnel, on va lui mettre le crâne devant sa fenêtre. Et tout le monde de crier et de rire.

« Au bout de ma badine !! » s'écria l'un des deux qui étaient bien habillés.

« Tiendra pas » dit l'étudiant.

« Ecoutez un peu, à l'extrêmité de ce gros gourdin ? » Il exhiba l'instrument. C'était le genre de canne alors à la mode, une sorte de gros cylindre court en bambou. Avec un mouchoir enroulé autour, l'extrémité se trouvait suffisamment bien fixée dans le trou par où passe la moelle épinière, à la base du crâne.

« Maintenant on va lui mettre encore un turban ! » cria le carabin et il noua solidement son écharpe de soie autour des tempes du « vieux bougre ». On lui enleva le cigare. Il avait fière allure.

Soudain Conrad sentit une nouvelle fois les odeurs qu'il avait perçues en entrant, le schnaps renversé et le parfum entêtant et légèrement lourd d'une pommade, d'un savon ou d'une eau de toilette qu'il ne connaissait pas. L'esprit complètement embrouillé, il considérait la possibilité qu'il avait manquée de prendre place dans un autre compartiment et en prolongeant sa considération, l'idée s'imposa, pour ainsi dire, qu'il n'était pas trop tard pour revenir à cette possibilité. Soudain il se mit à rire tout fort avec les autres. Et pendant qu'il riait, sa tête lui faisait mal ; il ressentait les conséquences de tout ce qu'il avait ingurgité.

« Et qui – le tiendra dehors ? »

« Moi ! » s'écria tout de suite Conrad.

« Bravo, Benjamin » dit l'un des jeunes gens. « Faisons silence à partir de maintenant ! » ordonna-t-il alors. « Un silence solennel doit préluder à cet acte. Dans dix minutes environ, le tunnel sera là. »

Ils abaissèrent alors complètement la fenêtre déjà ouverte en raison de la chaleur étouffante.

Et brusquement le train s'engouffra en grondant dans le boyau dont les parois semblaient faites de fumée. Même la pierre, qui défilait à toute vitesse comme autant de bandelettes ou de mèches, ne donnait pour ainsi dire plus l'impression d'être un corps solide.

Conrad sauta sur ses jambes et saisit la canne. Il remarqua encore derrière lui que le carabin quittait le compartiment, aussitôt suivi par la jeune fille, et qu'ils disparurent dans le couloir en refermant la porte.

Les deux jeunes gens s'étaient levés : « Sois très prudent, Benjamin. Reste bien contre le wagon, sinon il pourrait y avoir un accident ! » souffla prestement l'un des deux à l'oreille de Conrad. Un roulement d'enfer venu des ténèbres déferlait par la fenêtre. Conrad saisit la canne de manière à ce que la crosse fût dirigée vers l'intérieur : c'est en effet de cette façon que le ravissant minois enturbanné du « vieux bougre » était dans la bonne position, tourné du côté du wagon. Comme la canne était courte et maniable, tout se passait sans difficulté. C'est à peine s'il fallait se pencher en avant. Pour plus de sécurité, les deux jeunes gens tenaient Conrad par les épaules. L'espace de quelques instants, celui-ci vit très nettement le crâne en face du rectangle de lumière de la fenêtre voisine, éclairée elle aussi. Il crut alors entendre un cri bref – comme si on avait laissé tomber de la vaisselle qui se brisait en mille morceaux – et il ramena prestement toute son installation à l'intérieur, et se rendit compte au même instant qu'ici aussi il y avait partout des bruits hauts et clairs comme mille diables en colère, et qu'il s'était donc probablement trompé. Il reposa la canne.

« Est-ce qu'elle n'a pas crié ? » demanda Conrad aux deux autres.

« Penses-tu. On l'aurait entendu à travers la cloison. C'est vrai que le bruit était quand même très fort. Bah, elle n'a sûrement même pas regardé, et voilà toutes nos belles intentions qui s'écroulent. Et ça fait un moment qu'on est dehors. »

Le tumulte avait soudain cessé comme si des lèvres de caoutchouc l'avaient brusquement aspiré par derrière. Le train avait retrouvé maintenant son bruit souple et métallique. L'étudiant en médecine rentra avec la jeune fille.

« Est-ce que vous avez pu jeter un coup d'œil ? » demanda l'un des jeunes gens.

« Non. Les rideaux étaient bien fermés, sans interstice. On dirait d'ailleurs que ça n'a rien donné, puisqu'elle ne s'est pas manifestée. » Il enleva le crâne de l'embout de la canne et le remit dans sa valise. « C'est bien ce que je disais : elle n'a pas regardé. Elle était peut-être couchée sur la banquette, la tête près de la fenêtre, en train de lire ou de dormir. Quant à Benjamin, il s'est débrouillé comme un chef. Alors, à la vôtre. »

Ils se remirent à boire. Mais cette plaisanterie qui avait tourné court semblait marquer le point où l'ambiance de cette soirée prolongée avait dépassé son apogée, après s'être ainsi déchargée. L'étudiant était assis avec sa dulcinée dans le coin, près de la fenêtre, il se tenait la main devant la bouche et bâillait ; il le fit plusieurs fois de suite, sans paraître autrement fatigué. Son visage allongé était tout en hauteur, mou et relâché et un peu moite, comme s'il y avait de la sueur sur ses pommettes saillantes et sur ses tempes. Pour un étudiant il faisait déjà bien âgé, il avait vraiment l'allure d'un homme adulte, nimbé de tous ses attributs, et pas seulement comme Conrad avec un col neuf et une cravate neuve. La jeune fille aux cheveux blond clair assise à côté de l'étudiant en médecine semblait par trop mince, mais ses grands yeux sombres maintenant grand ouverts et qui brillaient très fort lui donnaient une expression tout à fait bienveillante.

A l'arrêt suivant, le couple prit congé et descendit. Les deux jeunes gens étaient aussi bientôt arrivés, tout comme Conrad, qui resta le dernier, bien avant le lever du jour. Seul dans son compartiment, il aurait presque fini par s'endormir, et il tressaillit lorsque le train s'arrêta dans une gare où il devait déjà descendre.

Cette troisième anecdote « maison » qui n'en était pas vraiment une, fit pour ainsi dire longtemps saillie chez Conrad, comme un clou à moitié enfoncé dans le bois : mais personne n'y resta accroché, c'est-à-dire qu'il ne trouva jamais le moment favorable où il aurait pu la glisser au détour d'une conversation. En plus, elle n'était pas allée jusqu'au dénouement. Ceci, ajouté peut-être à l'odeur dont il gardait toujours un souvenir pénible, fit que cette anecdote connut un plus piètre destin encore que l'histoire du brasseur de Kulmbach : elle ne fut jamais racontée. Sauf une fois, par une journée d'automne froide et triste ; Conrad traînassait dans sa chambre, il n'avait rien à faire et ne voulait rien faire non plus, ni se fixer sur rien, et il se trouvait exactement dans cette disposition d'esprit où l'homme n'a ni la capacité ni l'envie de garder quelque chose pour soi. A part lui, il n'y avait que le père à la maison, de l'autre côté, dans son bureau. Chose tout à fait inhabituelle, Conrad alla le rejoindre. Il trouva son père assis à son bureau, il n'était pourtant pas en train de travailler mais occupé à lire un petit livre broché. Il faisait très frais dans la pièce à peine chauffée, chose qu'appréciait cet homme sujet aux coups de sang. Conrad se cala dans un fauteuil à côté du bureau et fut assez aveugle et fou pour manquer de la perspicacité nécessaire et ne pas saisir dans le propos aimable du père qui lui demandait s'il avait déjà fini ses devoirs, qu'il était en train de le déranger. Bien plus, il en vint à raconter son histoire à cet homme, et l'on peut dire qu'il ne pouvait pas tomber plus mal. Car Lorenz Castiletz qui écoutait l'histoire, penché sur son bureau, avec une irritation croissante – irritation que Conrad sentait bien dans l'air, mais qu'il s'obstinait à ne pas vouloir remarquer ! – Lorenz Castiletz donc fut brusquement saisi, non pas d'une fureur noire, mais d'un très violent courroux : et il dit entre autres choses à son fiston, d'une voix très forte, qu'il avait bien envie maintenant et après coup de lui coller une bonne paire de claques pour ce genre de gamineries qui aurait pu avoir les plus fâcheuses conséquences. Là-dessus, il expédia son rejeton hors de la pièce.

Le clou qui dépassait se retrouva enfoncé dans le bois d'un seul coup jusqu'à la tête, et même avec la tête à vrai dire, de sorte qu'il aurait maintenant fallu un doigt subtil pour trouver l'endroit où il avait été planté autrefois ; en d'autres termes, Conrad oublia bientôt sans regret cette première tentative visant à donner plus d'assise à son romantisme, car il y avait déjà trop de souvenirs pénibles qui s'y rattachaient maintenant.

8

Il ne garda pas toujours son maintien, dans les deux premières années qui suivirent son entrée à l'école de commerce, il eut encore des rechutes aux vacances d'été. Pourtant la part d'évidence, de nécessité et d'exigence qu'il y avait dans le monde de l'enfance ne se manifestait plus que rarement avec cette ardeur qui faisait par exemple que l'on passait des journées entières à patauger à quatre pattes près d'un ruisseau, les pieds nus et les mains sales, pour endiguer celui-ci avec des planches, des pierres, de la mousse et de la vase. Et lorsque l'on retrouvait le lendemain ce lac artificiel, profond, large, avec des eaux déjà limpides, c'était comme un nouveau monde, et un pays conquis. Conrad sentit le besoin pressant d'avoir un bateau, il courut à la maison : il s'en trouvait effectivement un, rescapé de la flotte autrefois entetenue avec soin, il était même en très bon état sur l'une des grandes armoires de tante Berta qui avait gardé le vapeur derrière des bocaux à conserves. Elle alla le chercher à la grande joie de Conrad.

Cependant, il y avait peut-être déjà dans ces jeux une touche de nostalgie et une certaine connaissance de la quiétude où l'on était retourné. Conrad ressentit cela très nettement même, pendant un instant, tandis que son vapeur, mû par son mécanisme, remontait bravement le courant du petit lac, irradiant de délicats sillons de part et d'autre de sa quille rouge. Un enfant, au tempérament plus entier, n'a pas accès à de telles échappées du regard et du cœur.

Mais elles aussi furent bientôt dissipées, une fois encore, par une surprise imprévue et de taille.

Au fond de l'eau claire il y avait une écrevisse.

Il est vraisemblable que cet animal, rare ici et qui pour tout dire avait presque disparu, était venu des eaux peu profondes du petit ruisseau pour tâter de ces nouveaux abysses. Conrad était déjà souvent parti à la recherche d'écrevisses car il y en avait eu ici autrefois – c'est du moins ce que disait le vieux jardinier. Mais la seule chose qu'il ramenait de ses investigations menées à l'aveuglette sous les pierres et les racines de la rive, c'était de l'eau et de la terre sur les mains, et jamais il n'avait pu débusquer cette étrange créature toute en pinces et en carapace.

Vu sous cet angle, le ruisseau semblait vide et mort.

C'est pourquoi Conrad prit ce qu'il voyait – et qu'il ne voyait que parce que son petit bateau projetait son ombre sur le fond de l'eau, juste à l'endroit en question, découpant ainsi dans le reflet du ciel une zone où l'on pouvait voir le sable et le gravier – c'est pourquoi donc Conrad prit d'abord cette forme pour un amas de pierres brunes à la configuration trompeuse. Et c'est pourquoi – après avoir déjà eu tant de déceptions de ce genre – il ne fut pas tout de suite saisi.

Mais une fois à plat ventre, le visage au ras de l'eau, sous les petits coups prudents d'un bâtonnet – il n'y eut soudain plus de doute, car d'un coup de queue le lascar fit alors un brusque mouvement en arrière qui l'amena quasiment jusqu'au bord du petit lac, là où le fond était plat. Entre-temps, le brave « Minnesota » – c'était le nom du petit vapeur – dont le mécanisme avait depuis longtemps fini sa course, avait fait demi tour emporté par le léger courant, et comme personne ne lui prêtait attention, il s'était mis en travers le long du barrage, comme un bateau à quai.

Quant à Conrad, qui s'était vite relevé, le cœur battant, il tâtait soigneusement le terrain de la rive et en une grande enjambée il arriva exactement au-dessus de l'endroit où se trouvait l'autre grincheux, ennuyé d'avoir été dérangé – et le prenant délicatement à revers avec deux doigts, juste derrière la tête, il le sortit de l'eau. C'est en vain que celui-ci donna un coup de queue qui fit voler des gouttes d'eau ; de ses pattes et de ses pinces ouvertes et tendues dans le vide il cherchait à tâtons lentement, comme à contre-cœur, mais ces armes ne trouvaient rien à saisir – tel apparut le nouveau venu à l'air de la surface.

Conrad le posa d'abord dans l'herbe, à l'ombre d'un buisson qui était là. C'était un spécimen de taille considérable et qui, par conséquent, devait avoir, Kokosch le savait bien, entre vingt-cinq et trente ans. Cette idée fit passer une ombre d'étonnement dans l'esprit du gamin. L'écrevisse resta d'abord là sans bouger, mais elle ne tarda pas à se remettre sur ses pattes et, montée sur ses drôles d'échasses, elle partit en direction de la rive. Conrad la laissa faire. L'animal descendit précautionneusement dans l'eau, et s'y enfonça, la carapace de la tête était déjà sous la surface, on pouvait encore le voir avancer au fond de l'eau, puis il fut soustrait aux regards par le reflet du ciel. Conrad restait assis là dans l'herbe, sans bouger, à côté du buisson. Maintenant, dans le silence, il entendait soudain le murmure de l'eau, elle se débondait en babillant. Un instant, on avait été emporté par cet événement, par ce triomphe, et on avait eu envie de courir à la maison, de raconter : mais il vit soudain les grandes marmites de la cuisine et il en fut inquiet. Et Conrad se promit de ne rien dire. Cette promesse lui apporta un sentiment de calme au milieu de ce silence souverain, pur comme le reflet blanc d'un nuage sous la surface de l'eau. C'est alors que son regard tomba sur « Minnesota » qui avait accosté sans faire de bruit. Conrad remercia le bateau. « Minnesota, je te remercie, tu es un bon bateau, un brave bateau », dit-il à haute voix. Il restait assis dans le soleil, sans bouger. Il était heureux.

Mais cela ne marqua pas le début d'une époque des écrevisses et il ne se manifesta aucune inquiétude paradoxale que cela puisse devenir comme « les tritons ». Car les projets d'installer de nouvelles retenues d'eau en amont de celle qui existait, plus en direction de la forêt, restèrent sans lendemain. Ces plans étaient d'abord nés de la nécessité de créer une nouvelle voie de navigation pour « Minnesota » (car celle qui existait actuellement ne faisait plus aussi bien l'affaire, vu que le passage d'un bateau pouvait entraîner une gêne pour l'hôte circonspect de ces lieux – bien que, d'un autre côté, le passage d'un vapeur au-dessus de ce monstre des profondeurs ne fût pas dénué de charmes !). En second lieu, ces plans étaient aussi concoctés (le soir, dans le lit) dans l'espoir qu'un nouveau bassin pourrait lui aussi inciter un hôte énigmatique à venir du ruisseau – peut-être mystérieusement très fréquenté.

Pourtant, on ne fit que repousser ces plans, même si cela dura jusqu'à la fin des vacances, et un jour « Minnesota » se retrouva en cale sèche derrière les bocaux de conserves.

Le retour en ville et à l'école – bizarrement la chambre d'où l'on voyait tant de choses par-delà le canal sentait le vide et la poussière, mais cette odeur avait en même temps quelque chose de prometteur – ce retour transforma tout en quelques jours, on redressa le maintien, tandis que quelque part au-dessus du diaphragme frémissaient des attentes de toutes sortes. C'est encore avant la fin des vacances que Conrad avait rencontré en fait pour la première fois celui qui est le compagnon muet et masqué de presque toute vie adulte : l'ennui. Il avait beaucoup traîné, passé beaucoup de temps assis sur des bancs, laissant glisser son regard sur les vérandas de bois à l'ancienne des villas avec leurs barreaux tarabiscotés et sur les clôtures, avec leurs buissons de lilas depuis longtemps fanés qui protégeaient les jardins de la rue et dont les feuilles brillaient d'un éclat graisseux, ou bien étaient recouvertes d'une fine couche de poussière.

Durant cet hiver, les choses prirent une tournure dont les débuts sont considérés comme extrêmement importants et sont toujours le sujet de nouvelles descriptions, ce que l'on peut interpréter de diverses façons. Dans le cas de Conrad Castiletz tout au moins – quel qu'ait été l'effet dévastateur de cette flèche qui lui traversa le diaphragme jusqu'à lui en couper le souffle – n'apparaît d'importance que le fait que, après avoir trouvé le chemin qui menait au cœur de son quartier, dans ce labyrinthe morne, voire sinistre, de ruelles anciennes et même en partie vétustes – que le fait donc qu'il ne se déroba à aucune de ces consignes de prudence prodiguées sous forme de recommandations au cours d'une séance d'éclaircissements entre camarades et qui n'incitaient guère à la joie, le tout suivi aussitôt de quelques lectures qui donnèrent un contour plus net à ces connaissances. Du reste, ces recommandations ne dataient pas d'hier et le savoir qu'il en avait retiré avait d'abord été pour Conrad quelque chose d'oppressant et de gênant qu'il s'était empressé d'oublier. Mais maintenant il y revenait, tout comme il avait recommencé à compulser les ouvrages : précautions d'affaires et mise à exécution. Une fois que tout fut en ordre et après avoir fait le nécessaire, il se mit en route et le souvenir le plus étonnant qu'il en gardait c'était cette nouvelle vision qu'il appliquait à tout ce qu'il y avait de vivant autour de lui dans la rue : et lorsque ce n'était pas possible, la vie lui semblait alors déconcertante – comme cette voiture arrêtée devant une auberge et chargée de fûts aux ventres rebondis d'où partaient des tuyaux qui disparaissaient dans une lucarne de cave.

Conrad enjamba ces tuyaux à vin et poursuivit son chemin. Le crépuscule tombait, il traversa la grande rue large, légèrement en pente ici, où tintinnabulaient des voitures, et il obliqua dans le réseau de petites rues.

A partir de cette soirée qui s'était déroulée en bonne et due forme, tel fut aussi le jugement que Conrad porta après-coup, il eut une nouvelle façon de voir ce vieux quartier, à la fois plus ample et plus détaillée. Et si cette zone n'avait eu jusqu'à présent d'existence que sa simple réalité avec ses maisons aux vieilles pierres sombres, aperçues à l'occasion, sans plus, et qui, aux yeux de Kokosch, se regroupaient sur un tout petit espace, comme pressées les unes contre les autres : tout cela était maintenant devenu un assemblage complexe et bien délimité de ruelles, de portes, de fenêtres borgnes, d'escaliers étroits, de couloirs voûtés et de chambres aux lumières fatiguées, toutes choses qui pouvaient même procurer une certaine forme de bien-être et où certains trajets ne tardèrent pas à leur tour à gagner la préférence pour devenir même habituels. Sans pour autant devenir fréquents. Il est significatif à cet égard que Conrad ne se trouvait jamais dans la situation de devoir renoncer à un désir orienté dans ce sens faute d'argent par exemple : non pas que son argent de poche, tout à fait suffisant, fût à ce point élevé. Mais parce que chaque billet qu'il recevait n'était aucunement porteur d'une invitation dans ce sens.

Le jeune homme menait ainsi une vie rangée et Pâques marqua alors le début de la dernière année scolaire.

Quant à Albert Lehnder, Conrad le mit tout simplement au courant de ses nouvelles habitudes. Lehnder se renseigna alors exactement sur les précautions qui avaient été prises et lorsqu'il vit que Conrad était au courant et que toutes ces choses là étaient en ordre, il considéra dès lors tout cela avec un certain mépris mâtiné de raillerie.

9

Aux grandes vacances suivantes, qui étaient les dernières vacances scolaires de Conrad, Lehnder fut invité par tante Berta – qui avait fait la connaissance du jeune homme chez les Castiletz, un jour où elle était venue en ville – à venir dans la maison de campagne et Lorenz Castiletz le chargea du même coup d'y être l'éducateur et le précepteur de Conrad : « Pour que le garçon ait un guide et quelqu'un à qui parler. » Le bridge jouait d'ailleurs aussi un rôle important dans cette affaire : le père adorait ça, tout comme la tante, Conrad jouait déjà fort bien – seule Mme Léontine ne montrait toujours aucune disposition pour apprendre. On avait donc cherché et trouvé en Lehnder un quatrième pour ces mois d'été.

Quant à tante Berta elle avait trouvé un second. En effet, Lehnder lisait beaucoup de livres, et quand la situation l'exigeait il savait en parler et trouver les mots qui pouvaient plaire à une femme d'esprit. Et comme elle peignait, il s'y mit aussi et on les voyait tous les deux assis sur des pliants, offrant de dos deux silhouettes bien différentes, qu'ils soient en train de faire, avec leurs petits chevalets, le siège recueilli d'un bosquet d'arbres, d'une vieille cabane, d'un petit ruisseau avec buissons ou d'un quelconque sujet artistique. Lehnder, qui faisait d'ailleurs preuve de beaucoup de sérieux et de persévérance, montrait une certaine adresse en dépit d'un manque de pratique. Mais les plaisanteries que Lorenz Castiletz ne tarda pas à faire, quand il était seul avec son épouse, portèrent d'abord pour l'essentiel sur la différence frappante des charges auxquelles était soumis chacun des pliants. Quant à la peinture, elle était chose sacrée dans la maison, accrochée sur tous les murs – comme pour une parodie d'elle-même – pleine de hideur naïve. Conrad avait beaucoup de temps pour traîner, rester assis ou couché à ne rien faire, tout en ayant l'air déjà d'un fort joli garçon. De grandes jambes minces avec des chaussettes qui lui montaient jusqu'aux genoux, des pantalons courts en toile gris clair qui, tels ces petites jupes de l'Antiquité, lui arrivaient jusqu'à mi-cuisse, une chemise négligemment ouverte qui laissait les bras nus – un tel costume, accordé aux mouvements souples comme ceux d'un chat du garçon qui avait toujours fait des exercices physiques, tout cela donnait à son apparence quelque chose de délié et d'esquissé, comme une silhouette jetée d'un trait magistral sur le papier, lorsque Conrad arrivait par exemple en haut d'une colline sur un fond de ciel bleu. Au reste : même son visage avait quelque chose d'un chat, il en avait du moins le charme délicat avec des yeux très grands qui ressemblaient à ceux de sa mère et cet air parfois légèrement étonné mais toujours aimable et avenant.

Tout cela, Albert Lehnder ne se faisait pas faute de le répéter chaque jour à son élève.

« Tu as bonne mine aujourd'hui. »

« Tu avais vraiment de la classe pendant le match de handball. »

« Ne relève pas trop les mèches sur ton front. »

« Ce qui te va le mieux, c'est une chemise bleue. »

Il lui donna à lire *le Banquet* de Platon, dans une magistrale traduction allemande, comme seule notre langue maternelle parmi toutes les autres, c'est bien connu, est capable de rendre au plus près le texte grec. Conrad lisait dehors, entre collines et halliers, sans se douter qu'il se trouvait ici sur un des sommets les plus exposés et les plus ventés de toute l'histoire de la pensée. Il était surtout sensible au côté aéré et serein de tout ce monde et de ces hommes qui conversaient en buvant du vin coupé. La simplicité de certaines comparaisons comme celle par exemple entre l'arc et la lyre, le fait que la guerre, dont on avait parlé à n'en plus finir un peu partout ces dernières années, apparaissait de façon naturelle dans les conversations comme partie intégrante de la vie des hommes, qui sinon avait en vérité bien d'autres orientations – tout cela le faisait entrer dans ce qu'il lisait, l'enveloppait comme cette brise fraîche qui de temps en temps venait danser sur la colline où il était allongé. Emporté par l'aisance harmonieuse de ce discours, il glissait ainsi au-dessus de toutes les difficultés, comme autrefois « Minessota » au-dessus du monstre tapi dans les abîmes.

Lorenz Castiletz vit ce livre dans la main de son fils qui le laissait aussi souvent traîner sur l'une des crédences de l'entrée. Mais il lui manquait tout simplement ici les bases pour réfléchir à ce que celui-ci lisait. Platon – c'était un vieux Grec ou un Romain, quelqu'un qui avait sa place dans les serviettes d'écoliers et qui, partant, devait avoir une quelconque utilité.

Autrement, il aurait bien été capable de plonger dans des supputations aussi paradoxales que fumeuses, pesant chaque fois le pour et le contre pour finalement se retrouver avec deux plateaux de balance, l'un occupé par son fils, l'autre rempli par les rondeurs de tante Berta, et avec Albert Lehnder au milieu en guise d'aiguille.

Ce dernier posa d'ailleurs des questions très incisives à Conrad sur ses lectures, mais l'attitude du garçon indiquait un grand détachement et une totale insouciance, si bien que commençaient à poindre chez le maître les premiers signes du mépris devant si peu de sensibilité, un mépris ou une exaspération qui auraient été justifiés ainsi appliqués dans le domaine culturel. Mais sans même le savoir, Conrad prévint jusqu'à ce glissement : la brève description de ce qu'il avait ressenti à la lecture de ce texte fut la preuve éclatante du contraire, tout comme certains détails que le garçon mit en relief.

Lorenz Castiletz pouvait ainsi continuer en toute tranquillité les plaisanteries qu'ils avaient commencé à faire et montrer même plus de hardiesse dans cette voie qui se trouvait étayée par une accumulation de petites observations. Mais ce qui permettait que tout se passât à merveille et en douceur, c'étaient ces airs protecteurs appuyés qui allaient jusqu'à se parodier eux-mêmes avec une discrétion préméditée et parfois un peu effrontée, dans la façon qu'il avait de frapper à une porte, de céder la place ou de rester à l'écart. Il suffisait que l'on prenne le café dehors, en sortant de table, allongés sur de grandes couvertures – chose qui faisait partie des habitudes de la maison, quand le soleil brillait et qu'il faisait chaud – pour que la plus petite des couvertures soit réservée à la maîtresse de maison et à Lehnder, tandis que la grande était occupée par la famille Castiletz, chose que Lorenz trouvait à chaque fois bon d'arranger, comme si cela faisait partie de ses fonctions.

Il y avait par ailleurs aussi des demi-journées et des journées entières où Lehnder se promenait avec son élève dans les environs ou parmi les villas voisines – et où le maître ne faisait pas mystère devant son élève de l'attention qu'il portait à telle ou telle – et ce qui les amusait beaucoup, c'était après le repas, quand on ne jouait pas aux cartes, d'aller boire une gigantesque chope de bière dans l'auberge d'en face, en guise de « somnifère », cérémonie au cours de laquelle ils se donnaient tour à tour du « Hildebrand » et du « Hadubrand », ce qui les faisait rire si bêtement que la bière leur en giclait par le nez.

Beaucoup plus tard, il arriva à Lehnder de dire que pendant toute cette période il avait été très heureux.

Une fois, on entendit un grand brouhaha sortir de l'auberge, la salle du fond qui donnait sur le jardin était éclairée, et par les fenêtres ouvertes sur cette chaude nuit d'été on entendait maintenant la musique lancinante et tonitruante des cuivres tandis que les serveurs et les serveuses, des chopes de bière à tous les doigts, traversaient le jardin à toute allure, raccourcissant ainsi le chemin entre le comptoir et la salle. La pendule indiquait déjà onze heures, Conrad et Lehnder s'étaient éclipsés en silence après la partie de cartes.

C'était le bal annuel des pompiers de la localité, lesquels s'occupaient aussi à faire cette musique assourdissante. Sans attendre, Conrad enjamba la fenêtre, sans se donner la peine de faire le tour par la première salle, suivi en cela par Lehnder ; on adressa aussitôt de toutes parts des saluts au jeune monsieur que tout le monde connaissait bien, ainsi qu'à Lehnder. Les paysans et les estivants dansaient tous ensemble, Albert s'esquiva bientôt avec une jeune fille qu'il avait déjà remarquée auparavant à plusieurs reprises, profitant de l'occasion de la danse pour faire sa connaissance, dans une sorte d'ingénuité champêtre à laquelle se prêtait fort bien la musique qui jouait de façon un peu lourde les dernières danses à la mode, en appuyant sur les basses, mais avec un étonnant sens du rythme.

Conrad n'aimait guère danser. C'est principalement la paresse de son âge qui y faisait obstacle – surtout quand il s'agissait en plus de se jeter dans cette cohue ! Dans un coin il y avait un piano qui se trouvait inutilisé pour le moment. Il s'y appuya. Lorsque la musique s'arrêta, une jeune personne blonde et mince, vêtue d'un tailleur blanc, s'avança vers l'endroit où il se tenait, et se servant de la chaise vide qui se trouvait à côté de Conrad comme d'un marche-pied, elle alla s'asseoir tout naturellement et sans faire de manière sur l'instrument, comme si elle retournait à sa place habituelle. Il y avait aussi là son petit sac à main.

La jeune dame s'était à peine assise qu'ils riaient déjà tous les deux, Conrad et elle. Il rapprocha un peu la chaise pour la mettre juste sous ses pieds. Ses jambes minces en bas blancs étaient maintenant à côté de lui, dans l'arrondi sombre du piano.

Tous deux se mirent aussitôt à parler de tout, avec volubilité. C'était une joute où ils se tenaient tête de la voix, une sorte de test orchestré par le regard. Il lui apporta à boire. Puis la musique reprit. Prétextant la fatigue et la soif, elle déclina avec un sourire l'invitation d'un danseur, puis d'un deuxième et d'un troisième. Debout devant le piano, Conrad était tourné vers elle, le menton dans les mains, levant les yeux vers elle pour lui parler. Il remarqua que ses grands yeux bleu marine brillaient beaucoup.

Elle était fatiguée et voulait rentrer depuis longtemps, disait-elle.

Et lui, s'il avait la permission de l'accompagner ?

Un coup d'oeil à Lehnder, un signe pour dire qu'ils se retrouveraient ici – il l'aida à passer un manteau blanc et ils sortirent dans la nuit déjà un peu fraîche.

« Qui est ce monsieur ? » demanda-t-elle.

« Mon ami », répondit-il.

« En visite chez vous, au domaine ? »

« Oui. Vous savez donc d'où je viens ? »

« Oui. On me l'a dit, lorsque vous êtes entrés par la fenêtre. » Ils suivirent un moment la rue principale. Puis ils bifurquèrent. Les jardins et les prairies exhalaient une odeur d'herbe fraîche, lourde comme un nectar, qui venait renforcer dans cette nuit sans vent les senteurs nocturnes des arbres. Dans les prés il y avait encore parfois du regain. Conrad vit la faucille de la lune au-dessus du village ; et sur ce chemin qui passait à travers champs entre deux rangées de barrières, le chant des grillons faisait un grésillement ininterrompu.

Puisqu'il avait déjà pris son bras auparavant, Conrad jugea maintenant, sur ce chemin de campagne, que le moment était venu, il s'arrêta doucement, se pencha et appuya sa tête de côté contre la sienne. Il prit aussi sa main et trouva qu'elle y répondait mollement. Ils étaient là debout, sans bouger. Se tournant alors complètement vers elle, il l'attira enfin à lui et l'embrassa sur la bouche, très lentement, tout comme il avait négligemment posé son bras autour de ses épaules. La bouche de la jeune fille était brûlante. C'est maintenant seulement qu'il remarquait combien elle était plus petite que lui. Après le premier baiser elle resta tête immobile, bouche tendue, comme quelqu'un à qui on donne à boire. Conrad reprit ses baisers : sur les yeux, les joues, le cou, les cheveux très épais d'où s'exhalait l'odeur légèrement grasse d'une lotion qu'il ne connaissait pas ou de quelque chose du même genre.

« Tu n'as pas froid ? » demanda-t-elle doucement, sans modifier la position de sa tête. Sa main était posée sur l'avant-bras de Conrad, que sa chemise à manches courtes laissait à découvert. Son visage était exactement face à la lune qui se reflétait doucement dans ses yeux brillants. Conrad se contenta de secouer la tête et l'embrassa encore une fois. Il faisait ça comme on fait autre chose, sans tendresse exagérée. « J'aimerais tant aller me coucher maintenant, je n'en peux plus, » dit-elle sans se séparer de lui, sur un ton d'excuse très doux qui évacuait toute idée de résistance, de pudibonderie ou d'affectation. « Est-ce qu'on se voit demain ? » ajouta-t-elle doucement.

« Bien sûr » s'empressa de dire Conrad, « et où ? »

« J'habite chez la blanchisseuse, une certaine Mme Rumpler, au bord du torrent » répondit-elle – aucun d'eux n'avait encore bougé – « tu connais la petite maison ? » Conrad fit oui de la tête. « De l'autre côté du torrent, il y a un chemin où les gens se promènent ; ça s'appelle "am Wassersteig". Tu le connais aussi ? »

« Bien sûr, évidemment que je connais ce chemin » dit Conrad.

« Alors, remonte ce chemin demain vers les quatre heures en direction du petit pont étroit qui conduit de l'autre côté, là où se trouve la maison où j'habite »

« Bon, demain à quatre heures. Je prends le chemin par en bas, à la scierie, et je remonte jusqu'au pont, près de chez Mme Rumpler » répéta Conrad exactement.

« Oui, es-tu sûr de venir ? » dit-elle.

« Oui, tout à fait sûr » s'empressa de dire Conrad. Ce n'est qu'après cette conversation qu'ils changèrent la position de leur corps pour reprendre le chemin à travers champs, ils se tenaient par le bras et arrivèrent ainsi à la barrière qui clôturait la propriété de la blanchisseuse. La maisonnette blanche était là en retrait sous le pâle clair de lune. Devant la porte du jardin ils s'embrassèrent encore une fois.

« Comment t'appelles-tu ? » lui demanda-t-il et il sourit tendrement.

« Ida. Et toi ? »

« Conrad. » Il la pressa fort contre lui. Lorsque la porte du jardin fut refermée, il la vit se retourner encore une fois sur le chemin de la maison, bordé de quelques petits arbres fruitiers. Puis elle disparut. Il reprit le chemin à travers champs pour rejoindre la route. Il se disait que tout avait bien marché. Maintenant qu'il était seul il sentait plus fortement l'odeur des prés. Dans la rue principale il rencontra quelques personnes qui chantaient, bras dessus, bras dessous. Lorsque Conrad pénétra de nouveau dans la salle de bal, la musique venait de s'arrêter. Il vit Albert Lehnder assis à une table en compagnie de nombreuses autres personnes, dont la fameuse jeune femme. Albert lui fit un signe. Conrad s'approcha et fut présenté. « Alors ? » dit Albert, il avait repris son ton légèrement ironique. En même temps il était visiblement content, parce qu'il voyait que Conrad plaisait. Tous les regards étaient tournés vers le garçon. « Est-ce que vous n'aviez pas froid avec les bras nus ? » dit la jeune femme avec un sourire. « Non, je n'avais pas froid » répondit Conrad en toute naïveté. Et tout le monde de rire. Quelqu'un lui offrit un verre de vin. Peu après on se mit en route, il y eut encore quelques allées et venues dans les rues entre les villas à l'ancienne mode avec leurs vérandas de bois, et pour finir on raccompagna celle qui avait dansé avec Albert jusqu'à la porte de son jardin. « Comment est-ce que tu la trouves ? » demanda celui-ci lorsqu'ils se retrouvèrent seuls sur le chemin qui les ramenait à la maison. « Elle me plaît bien », dit Conrad, « Elle est vraiment jolie avec ses cheveux très noirs. » « Comme une Romaine ! » s'écria Lehnder. « Et toi, tu es déjà arrivé à tes fins ? » « Non, demain », répondit simplement Conrad. « Comment ? Vous avez déjà réglé tout ça ? » « En fait, oui. » Ils arrivaient, ils ne parlèrent plus mais ôtèrent leurs chaussures, traversèrent sans bruit un carré de gazon et entrèrent dans la villa par la fenêtre ouverte de la cuisine.

Le lendemain Conrad traversa la rue poussiéreuse du village et à la hauteur de la scierie il passa de l'autre côté, sur le chemin qui longeait le torrent.

Il était quatre heures moins cinq.

Il se dirigea vers l'amont. Derrière lui, à gauche, il entendait le bruit de la scie pareil à un souffle rapide, haletant mais très régulier. Le torrent pierreux n'avait qu'un mince filet d'eau qui s'immobilisait en flaques, toute l'eau était détournée pour la scierie et passait de l'autre côté dans un large conduit de bois. La pente était forte ici, au pied de la montagne boisée. On avait détourné le torrent au moyen d'un petit barrage. En remontant à partir de là, on retrouvait le bruit de l'eau qui tombait de pierre en pierre. Il y avait des bancs en bordure du chemin. Ils étaient tous protégés par le feuillage bas et épais des arbres et par des buissons qui tombaient d'un talus abrupt sur le côté droit, de sorte que le sol était éclaboussé d'innombrables taches de soleil qui allaient aussi danser à la surface de l'eau.

Conrad apercevait déjà le petit pont près de la blanchisserie. Il s'arrêta. Aussitôt après il vit une forme blanche passer dans le soleil entre les buissons de l'autre côté du torrent, et la jeune fille traversa la passerelle. Elle tourna la tête en direction de Conrad et fit un signe. Il se dépêcha d'aller à sa rencontre. Elle avançait vers lui de sa démarche souple, en souriant, avec quelque chose dans son allure et sa manière comme s'il lui fallait s'excuser de ce qu'elle faisait là, de ce rendez-vous, s'excuser face à un monde qu'elle s'imaginait être là, mais quoi, elle ne pouvait faire autrement !

Elle était encore tout de blanc vêtue, mais ses habits étaient aujourd'hui plus légers, plus vaporeux. Conrad voyait maintenant nettement, à la lumière du jour, qu'elle était très belle. Il se sentit submergé par une rapide bouffée de chaleur.

« Comment est-ce qu'on t'appelait quand tu étais enfant, quand tu étais petit garçon ? » demanda-t-elle aussitôt après lui avoir dit bonjour, et elle lui prit la main.

« Oh, » répondit-il. « Je ne sais plus – si : "Kokosch" ». Et il ravala ainsi le mensonge qu'il avait déjà dit.

« Kokosch », s'exclama-t-elle. « Est-ce que je peux aussi t'appeler "Kokosch" ? »

« Oui », dit-il, il la regardait dans les yeux puis son regard glissa le long de ses épaules.

« Sur ce chemin, quand il fait un peu plus frais, il passe tous les jours un tas de gens laids, je les vois toujours de la fenêtre » dit-elle. « Alors prenons à droite, dans ce petit vallon, on s'y promènera » dit Conrad.

Ils se tenaient par le bras, au bout d'une centaine de pas ils quittèrent le chemin et s'enfoncèrent entre deux versants boisés en direction de la montagne, en longeant un petit ruisseau qui allait se jeter dans le grand torrent.

Au milieu de la forêt, lorsqu'il l'attira vers lui, elle enfouit son visage contre son épaule.

Il la souleva, en vrai homme, avec les deux bras, et l'étendit doucement sur la mousse.

« Mais M. Castiletz. » dit-elle par deux fois. Plus tard, ceci lui revint souvent à la mémoire. Sa tête, aux cheveux épais et blonds, reposait sur le côté.

Il s'écorcha un peu à la broche de sa poitrine en voulant l'ouvrir. Sinon, tout se passa bien. Elle cacha de nouveau son visage contre son épaule.

« J'ai vingt-deux ans » dit-elle.

« Et moi dix-huit » répondit Conrad avec candeur vu qu'il ne se représentait rien derrière ce chiffre. Elle resta comme elle était, sans beaucoup parler. Il remarqua bien alors que ses yeux avaient un éclat un peu humide. Le klaxon d'une automobile retentit dans la rue du village.

Plus tard, en rentrant à la maison, il se rendit compte qu'il venait juste d'avoir dix-sept ans au début des vacances, qui lui semblaient maintenant avoir commencé depuis très longtemps, il crut pourtant ne pas avoir menti sérieusement sur ce point, à la différence de son premier mensonge qu'il s'était dépêché de ravaler. L'espace d'un instant, il resta pensif à cause de cette différence flagrante. Puis il revit Ida au moment où elle traversait le pont et venait à sa rencontre. Il faisait très chaud. A un endroit, à gauche de la rue, le soleil qui déclinait fit étinceler une grande rosace d'or dans le feuillage clairsemé. Lorsque Conrad rentra à la maison, Lehnder lui fit des clins d'œil, puis haussant les épaules, il lui dit : « Ma foi ».

Tout se passait bien. Conrad remontait maintenant presque tous les jours le chemin qui longeait le torrent dont les eaux d'abord silencieuses se mettaient à bruire, plus en amont, en tombant sur les pierres. Presque tous les jours donc, mais sans grands transports. Il est possible qu'il en fût empêché par ce mépris profondément ancré dans les fibres bourgeoises, mépris pour tout ce que l'on obtient pour rien, sans avoir besoin de payer. Quand il pensait au retour en ville et à la rentrée scolaire, à l'automne et à l'hiver, alors il se remémorait aussi, comme une certaine forme d'agrément, l'image de ces vieux quartiers de la ville qu'il avait découverts pour la première fois cette année en enjambant et en laissant derrière lui les tuyaux de vins. Oui, ceci s'était logé dans un coin de sa mémoire et y était resté.

Mais un beau jour, cet état de choses se trouva modifié, et ce jour là resta profondément gravé dans la mémoire de Conrad, entraînant du même coup le décor de l'événement au plus profond du souvenir. Ce décor était modeste, dépouillé, il sentait les planches chauffées par le soleil, et le linge mouillé : c'était l'intérieur d'une cabine de bain, à la piscine de la petite localité. Dehors on entendait des bruits d'eau, des garçons qui criaient tandis qu'en haut le soleil filtrait à travers un treillis.

Toute la famille Castiletz était venue se baigner, y compris Albert Lehnder et tante Berta. Conrad qui avait déjà ôté les quelques vêtements qu'il avait, entendit la voix de celle-ci sur la droite, devant la porte de la cabine voisine. Quand cette porte s'ouvrit, le soleil s'y engouffra et décocha une flèche ou un éclair de lumière à travers un petit trou dans le bois à quelque cinquante centimètres au-dessus du sol. Conrad s'agenouilla aussitôt devant et regarda au travers, pourquoi au fond, la chose restait obscure, il ne prit conscience de son acte que lorsqu'il se retrouva debout. De son poste il était facile de voir toute la cabine voisine. Conrad observa comment sa tante mettait le verrou pour ôter aussitôt par en-haut sa légère robe d'été. Ensuite, assise sur le petit banc, elle enleva ses chaussures et ses bas, puis elle se remit debout, et cela continua inexorablement. Enfin, elle enfila son costume de bain par le bas et le remonta le long du corps. Conrad tomba de son observatoire, comme une prune mûre tombe de l'arbre. Tout son corps tremblait, il était agité de spasmes violents, il réussit pourtant à s'asseoir sur le petit banc sans faire de bruit.

Comme s'il y avait le feu et qu'il lui fallait porter secours, il se voyait, en pensées, filer, foncer même, dans ce labyrinthe de ruelles, de portes, de fenêtres borgnes, de passages voûtés et de pièces faiblement éclairées qui était celui de la vieille ville et qui, il y a peu encore, quand il y pensait, avait rempli ce temps d'après les vacances d'une certaine forme d'agrément. Pourtant, voilà que d'un seul coup tout se retrouvait anéanti. Il se sentait comme coincé, privé de sa liberté, il se voyait précipité d'un sommet dégagé dans un goulot étroit, emporté par un puissant courant qui l'arrachait à sa candeur d'esthète et de sybarite, mais ne l'entraînait nullement vers cette femme corpulente qu'il venait de voir mais le poussait au contraire en direction de – Ida. Curieusement, le jeune bourgeois apprenait dans ces instants le respect devant ce que la vie a l'habitude de prodiguer gratuitement ; et pendant qu'il luttait en même temps contre son imagination insensée qui lui faisait remonter le courant dans le large conduit de la scierie, près du « Wassersteige », en direction du petit pont où se trouvait la blanchisserie de Mme Rumpler : pendant ce temps donc, il implorait pour ainsi dire tous les génies des plaisirs passés de bien vouloir accepter une parcelle au moins de cette vitalité mystérieuse que tante Berta avait déchaînée en toute innocence dans ses membres tremblants, ou bien de la susciter chez lui-même – pour qu'il puisse aussitôt la céder généreusement à une certaine demoiselle Ida Plangl...

Et Conrad restait assis là sur le petit banc dans la cabine, tout de travers et convulsé, lui qui avait un corps qui aurait donné à n'importe quel maître d'une école de lutte athénienne, au philosophe Platon par exemple, l'espoir de pouvoir conduire cet adolescent vers une victoire olympique.

Mais dès la fois suivante, alors qu'il remontait le vallon boisé en compagnie de la modeste Ida, notre jeune homme se sentit lancé dans ce fameux conduit : et c'est à toute vitesse que les eaux coulaient maintenant vers une tête blonde qui sentait un peu la fameuse lotion, ou une pommade ou autre chose encore, mais dont l'odeur n'était pas particulièrement agréable à Conrad. Pourtant, le soir dans son lit, quand cette odeur lui revenait en mémoire, les pensées qu'il avait pour la jeune fille prenaient une intensité particulière. Mais maintenant, étendu dans l'herbe à côté d'elle, ce léger parfum lui était presque pénible.

Sinon, ça sentait les aiguilles de pins et l'humus, et l'odeur était si pénétrante qu'on aurait pu penser qu'il y avait des ceps à proximité. Les grands troncs s'élançaient dans les airs comme les noyaux de vieux escaliers à vis parmi des éventails de ramures déployées. Quant aux cimes étroites et sombres tout là haut face au bleu du ciel, on les devinait plus qu'on ne les voyait.

Nos amoureux se mirent en route et marchèrent à travers la forêt jusqu'à la ligne de partage des eaux. Les résineux disparurent, et sur la pente il ne restait plus que quelques feuillus épais entre des prairies encaissées. Il y avait des chemins plats, des ruisseaux et des bancs pour s'asseoir. Le léger dévers de la vallée ne découvrait pas la plaine qui annonçait la ville mais se poursuivait de l'autre côté en un moutonnement des collines. Ils trouvèrent une ferme près d'une petite route et il y burent du lait dans un abri de jardin. Conrad avait vraiment l'impression d'être dans une autre vallée où il avait rarement mis les pieds et qui était comme neuve : un peu comme le salon de la maison de ses parents qui, une fois, avait eu cet air neuf, au moment où l'enfance commençait à s'éloigner. Les rayons du soleil effleuraient la table, les épaules de la jeune fille et sa robe blanche, et dans le silence on entendait le murmure du ruisseau qui se débondait en babillant. Alors Conrad s'aperçut que l'odeur de peinture qu'il avait sentie depuis le début – et qui n'était pas désagréable – venait des motifs décoratifs fraîchement peints au sommet des piliers et sur le fronton de cette tonnelle. Pris entre deux de ces poteaux, le versant de la colline ressemblait à un tableau encadré, avec ici et là des touches, mais à peine marquées, de couleurs automnales sur les feuilles des arbres.

10

En ville, la relation avec Ida Plangl se poursuivit et tout se trouva enfin replacé dans le décor qui convenait. Elle était couturière ou faisait des ménages, et ces vacances à la campagne, pour lesquelles elle avait économisé sou après sou à force de tirer l'aiguille, étaient devenues chose absolument nécessaire en raison de sa santé. De retour dans son logement de banlieue, un quartier très étendu avec des usines, elle avait continué à voir Conrad dans cet environnement qui était nouveau pour lui. Il y avait en ville – dans un quartier qui était du reste fort éloigné de la maison des parents – une sorte d'association culturelle pour les élèves des écoles commerciales et les employés de commerce, où l'on montrait des films et où l'on débitait toutes sortes de choses instructives et culturelles, et naturellement cela se passait pendant les heures de loisirs, c'est-à-dire le soir.

L'école avait à peine commencé que Conrad trouva profitable de fréquenter cet institut, chose qui ne suscita aucune objection de la part des parents ; et ces soirs-là, il montait généralement dans le tram, empruntant une ligne qu'il ne prenait sinon presque jamais et qui le conduisait en banlieue, où il rencontrait sa nouvelle petite amie.

La voiture éclairée couinait dans tous les registres de la

gamme à travers les rues encombrées, elle s'enfonçait dans le passage souterrain près de la gare qui résonnait à son passage pour enfin longer la principale artère du quartier où habitait Ida Plangl, une rue large et bruyante, où elle fonçait pendant un long moment sans s'arrêter. Il y avait ici une multitude d'enseignes lumineuses de toutes sortes aux couleurs criardes et pour tous les produits imaginables, avec de gigantesques bandes rouges et bleues qui faisaient toute la largeur des maisons. Cette rue était comme un défilé chatoyant où s'ébrouaient la convoitise et l'avidité, dans un quartier par ailleurs assez calme et terne où les maisons étaient toutes identiques et du même gris sale, couleur que l'on retrouvait sur les grilles et les portails des usines qui interrompaient de temps en temps l'alignement de ces maisons. Au-dessus de l'entrée, on lisait en lettres de fonte noircies par les fumées le nom de l'entreprise.

Conrad allait jusqu'au premier arrêt de la grande rue, il descendait et attendait là sans changer de côté.

Le soir déversait toutes sortes de gens dans la rue, des enfants passaient avec des chopes de bière devant les vitrines d'une bonneterie à la lumière froide et blanche, de jeunes ouvriers déambulaient en groupes bras dessus, bras dessous, occupant à eux seuls presque toute la largeur du trottoir, une poitrine poilue tendait l'étoffe de la chemise ouverte. D'une auberge s'échappait le son d'un phonographe accompagné d'une bouffée d'odeurs de cuisine tandis qu'une grosse limousine passait presque sans bruit, ignorant tout cela. On entendait les rires de quelques filles.

Et voilà qu'Ida apparaissait maintenant, sortie de cette agitation d'ombres et de lumières, elle s'approchait, la démarche très souple, sans chapeau sur ses cheveux blonds, toute mince dans son manteau malgré la douceur du soir à qui l'automne donnait sans rechigner tout ce qui lui restait encore de chaleur. Comme autrefois, il y avait sur son visage en forme de cœur un sourire qui semblait vouloir s'excuser, et elle disait bonjour à Kokosch, le petit garçon, avec sa main toute menue et très chaude.

Le couple quittait alors l'artère principale au premier coin de rue, ils avançaient dans les ruelles plus calmes en se tenant par le bras et flânaient lentement jusqu'à un parc qui s'étendait entre les bâtiments d'usines et le terminus du tramway.

L'obscurité était depuis longtemps complète dans ces petites rues, le trottoir recueillait ici et là les modestes lumières des logements de banlieue qui tombaient en taches jaunes et flavescentes des fenêtres d'un rez-de-chaussée, d'une porte cochère où des femmes entre deux âges, debout, suivaient les deux amoureux du regard. Lorsque Conrad avait accompagné Ida ici pour la première fois, aucun souvenir de ses anciens penchants romantiques ne s'était réveillé en lui, aucun sentiment d'aventure. C'était un monde différent qui l'entourait maintenant de toute part. C'était un monde qui portait en lui un ordre de nature totalement étrangère – il l'avait senti tout de suite, dès la première promenade avec Ida, « au milieu de ses petites rues à elle ! » De temps en temps, pendant quelques instants, il prêtait l'oreille pour ainsi dire au-delà de l'environnement immédiat, comme s'il cherchait à connaître quelque chose placé en dehors de la mouvance de cette vie qui était là tout autour et qui ne contenait pour lui rien de distinct que l'on puisse dénombrer, ni choses, ni situations, ni relations. Il se tournait alors vers son visage, ce « miroir en cœur » comme il disait, et celui-ci lui paraissait doux et familier.

Une fois dans le parc, et tout en plaisantant, ils se mettaient ensemble à la recherche d'un banc inoccupé qui ne se trouvât pas si possible sous un bec de gaz, ce qui n'était pas toujours facile à trouver. Ils s'embrassaient en général, c'est ainsi qu'ils ouvraient la séance en plein air parmi les arbustes qui commençaient déjà à perdre leurs feuilles ; entre les branches on voyait ici et là les lumières des maisons. Ses cheveux ne sentaient plus la lotion, elle avait arrêté parce qu'une fois il avait fait une remarque dans ce sens, il semblait même qu'elle se fût lavé très soigneusement la tête car on n'y décelait plus la moindre trace de cette odeur légèrement grasse. La chevelure n'exhalait plus que le parfum neutre de sa couleur blonde. Il est bien étrange qu'il continuât à sentir l'odeur de cet ancien parfum, le soir avant de s'endormir, tandis que revenaient les images du début de leur liaison.

Ils parlaient aussi. C'est-à-dire que lui s'appliquait à le faire et qu'elle le regardait et semblait très heureuse de tout ce qu'il disait et qui ressemblait à ce que Conrad aurait pu entendre au « centre culturel pour employés de commerce », s'il y était effectivement allé. Il l'attirait vers lui, sa main quittait son épaule et se glissait sous son manteau. Elle lui tendait tendrement les lèvres, ses yeux brillaient dans la demi-obscurité. Dans la rue derrière eux, des camions passaient en faisant un horrible tintamarre.

Vers dix heures Conrad reprenait le tramway au dépôt. Il restait sur la plate-forme de la dernière voiture et elle, debout en bas, lui disait que le lundi de la semaine suivante elle irait chercher une lettre à la poste, qu'elle s'en faisait déjà toute une fête et qu'elle lui répondrait aussitôt, en utilisant le même mot de passe comme toujours... n'est-ce pas ? Peut-être que le dimanche en huit ils pourraient refaire une promenade, n'est-ce pas ? Il se penchait en avant et lui tendait encore une fois la main, au moment où la voiture démarrait.

Sur le chemin du retour qui le ramenait de ces quartiers éloignés, Conrad était toujours satisfait, une satisfaction intérieure, comme procurée par une chose dont la valeur ne fait pas de doute, une chose qu'il fallait absolument faire, qu'il ne fallait manquer sous aucun prétexte.

«Alors, tu continues ça ici ? » dit Albert Lehnder, lorsque Conrad eut l'occasion de lui raconter certaines choses. « Hum. Là-bas. C'est un tant soit peu délicat. Je dois le dire, voilà qui ne serait pas pour moi. » Le dimanche pourtant, Conrad et Ida ne se retrouvaient pas « là-bas dans ses petites rues à elle » mais aux portes de la ville et presque au vert, ce qui signifiait maintenant : parmi les couleurs d'automne blotties dans le soleil sur fond de ciel bleu, et qui traçaient déjà de toute part de larges bandes mordorées au travers des forêts. Aussitôt après le déjeuner dominical à la maison, Conrad avait pris l'habitude de sortir et pendant le repas il jetait déjà des coups d'œil furtifs sur la pendule.

Ce n'est pourtant pas que son cœur battît au rythme des secondes à mesure que l'heure du rendez-vous approchait. C'était au contraire pour se préserver du désordre, pour pouvoir arriver à l'heure et le premier au terminus du tramway et attendre comme d'habitude la modeste Ida. La voilà qui arrive déjà de sa démarche souple et un peu hésitante, un sourire aux lèvres, deux choses qui donnent à sa personne une sorte d'aura, un léger halo comme en a la lune par les nuits de brume. Ils partent ensemble vers la forêt, ils montent, gravissent les collines aux flancs desquelles sont accrochées quelques villas, anciennes et neuves, taches brunes et blanches aperçues entre les cimes des arbres. Une fois, il se met à pleuvoir et ils s'asseyent dans un café à proximité du tramway, une pièce peinte en blanc avec des tables rondes.

Conrad interrompt la conversation et passe mentalement en revue tout ce qu'il doit faire, il trouve bon d'utiliser l'occasion de cette « sortie tombée à l'eau » pour voir si tout est bien en ordre, l'école (demain), l'escrime (après-demain). Oui, tout est pour le mieux ; du moins pour ce qui est de son ressort. C'est alors seulement qu'il prend soudain conscience de la présence d'Ida, assise à côté de lui. Bien, se dit-il, il est possible de la prendre en compte avec le reste. Mais est-elle aussi en ordre ? Et pendant quelques instants, sa vigilance prêta l'oreille, comme si une menace pouvait se rapprocher.

« A quoi songes-tu, Kokosch ? » dit-elle doucement, un peu timide, et elle posa sa petite main brûlante sur la sienne.

Il la regarda bien en face.

« Je me demande – si tu es un merle blanc » répondit-il. Son regard trahissait maintenant une certaine inquiétude, et semblait buriner ses traits.

« Quoi – ? » dit-elle. Dans son « visage en cœur » on ne lisait aucune méfiance.

« Ou alors – peut-être bien un triton, en fin de compte », ajouta-t-il.

« Un triton – ? » Elle se mit à rire. Mais derrière ce rire se glissait une ombre qui montrait qu'elle avait compris, cet assombrissement transparut dans son regard et en ternit l'éclat. Pour toute réponse, elle lui serra la main très fort tandis qu'un rien de souffrance, l'esquisse d'un pleur, fit tressaillir la commissure de ses lèvres.

« Non, tu ne comprends pas », dit Conrad. Lui aussi souriait douloureusement maintenant, à sa manière.

Les escapades des deux amoureux se terminaient généralement à la nuit tombante dans un petit hôtel qui avait été recommandé à Conrad par un camarade (à juste titre, on le voyait) et c'était bien sûr là une raison qui expliquait que le couple choisît justement cet endroit pour ses promenades dominicales, sans même parler du charme de ce paysage avec ses collines juste aux portes de la ville. Dans cet établissement – un peu isolé et proche d'une gare de banlieue – il y avait moyen, en passant par le fond de la charmante auberge qui lui était attenante, d'accéder sans se faire remarquer aux étages où se trouvaient les chambres qui, bien que bizarrement équipées à l'ancienne, ne manquaient pas d'agrément. C'est ainsi qu'il y avait dans chaque chambre, bien qu'il y eût évidemment l'électricité, de gigantesques candélabres en bois tourné et de drôles de fauteuils tarabiscotés au galbe imposant. Par contre, les cuvettes pour se laver étaient toutes petites, comme pour des poupées. Ça sentait un peu le bois chauffé par le soleil et les tapisseries, et dans l'ensemble on avait l'impression de se trouver entre de vieilles reliures de livres.

Conrad et Ida longèrent le mur d'un parc couvert de mousse aux reflets vert tendre sous la lumière des réverbères, et ils entrèrent cette fois-ci par une porte dérobée sans s'arrêter auparavant dans l'auberge. Ils montèrent les escaliers, suivis par la femme de chambre ; sur les marches et dans les couloirs il y avait un tapis de reps brun de la même couleur que celui qui était dans le vestibule des Castiletz.

Ida éteignit la lumière. – Ils se tenaient près de la fenêtre par où pénétrait la lueur lointaine et faible des lampes à arc au-dessus des enfilades de quais de la gare comme un clair de lune artificiel, et plus froid encore. Un coup de sifflet dans le lointain semblait n'être qu'une partie de tout cela. Il fit glisser les bretelles de son chemisier. Elle leva vers lui ses yeux, qui brillèrent dans l'obscurité l'espace d'un instant, puis elle cacha son visage contre son épaule nue dont la forme, soulignée par la lumière blafarde, avait quelque chose d'antique. Elle ne bougeait pas sous ses caresses généralement égoïstes mais d'une prudence habile, de temps en temps elle l'embrassait. Une fois, il trouva son visage brûlant et humide. Conrad demanda pourquoi elle pleurait. « Parce que je t'aime bien » répondit-elle. Il se tut et resta étendu sans rien dire dans le noir. Puis il fit comme avant.

Les critiques de Lehnder ne cessaient pas, elles devenaient plus acerbes. Il semblait craindre que l'affaire ne se prolongeât du côté de Conrad, il semblait désavouer cela : « Ce genre de choses ne doit être qu'une passade. Sinon, tôt ou tard tu vas te mettre dans une situation impossible et on te rendra responsable d'un enfant qui, bien sûr, ne sera pas de toi. Sache-le. Elle sait très bien qui tu es, tu as même dit qu'elle l'avait su dès le premier soir. Rien de plus naturel. L'endroit est si petit. »

Il ajouta : « Quand quelqu'un commence de si bonne heure à introduire ce genre de désordre dans sa vie, c'est très mauvais. Ça ne vous lâche plus et ça gêne. »

Et une autre fois : « Ces choses-là ne doivent être qu'une passade. Tu n'as qu'à lui écrire quelques mots gentils : qu'on a découvert le pot aux roses, que tu as été assez imprudent pour laisser traîner une lettre et que maintenant tu n'as plus la permission de sortir. »

La nuit, Conrad se réveilla dans son lit. A la place de la fenêtre il y avait un grand rectangle blafard, haut et net, car on avait ôté les rideaux la veille pour les laver. Quelques toits brillaient d'un faible reflet dans la partie en pente de la ville, de l'autre côté du canal. Etendu dans son lit, Conrad était tout à fait réveillé, comme s'il n'avait plus sommeil du tout. Allongé sur le dos, il avait l'impression de flotter au centre de ce cercle extérieur et sans nom de la vie qui faisait une sorte de halo autour du cercle intérieur et qui ne contenait plus rien de ces choses distinctes que l'on peut dénombrer. Pour ces dernières, tout était en ordre, dans la mesure où l'on pouvait parvenir là à un état stable d'apaisement. Mais voilà qu'un cri lui parvenait du dehors, violent comme si quelqu'un lui avait donné une bourrade dans les côtés : Ida.

Un sifflet de train retentit comme une longue plainte près de l'hippodrome et s'évanouit.

Conrad eut un petit coup au cœur. Il fallait remettre de l'ordre dans tout ça, c'est vrai : il se murmura ces paroles dans l'obscurité.

Le dimanche suivant approchait. Or, il y avait un problème. Il n'avait plus d'argent, en tout cas pas assez. (Organiser leur tête-à-tête autrement que d'habitude, d'une façon qui n'aurait presque rien coûté, voilà une chose qui bizarrement n'entrait pas dans les catégories de pensée de Conrad). Il y avait déjà eu quatre sorties ce mois-ci. Faire appel au père une fois le premier du mois passé où l'on avait reçu son dû, était tout à fait incongru. Même vis-à-vis de sa mère la chose était difficile – surtout pour ça. Conrad laissait passer les jours. Il laissait passer les minutes, il laissait passer les quarts d'heure. Etant donné les circonstances il avait même pensé emprunter de l'argent à Sophie, la bonne. Mais là aussi il ne se décida pas et laissa passer l'occasion, il fut bientôt pris de drôles de raidissements dans les articulations quand il s'agissait de mettre sur pied un moyen de se procurer de l'argent – sans compter qu'il n'avait pas épuisé toutes les possibilités qui s'offraient à lui – et dans toute cette affaire il sentait peser sur lui, ou en lui, une lourdeur inébranlable et sourde qui, en même temps, le tirait en arrière comme un boulet, l'empêchant d'opter pour d'autres voies qui auraient été facilement accessibles s'il avait fait montre d'un peu plus de spontanéité. Mais le dimanche arriva et il n'était plus temps. Le déjeuner fut un supplice. Il ne prit pas le tramway. Il traversa le pont où le vent poussait un nuage de poussière. Il sonna chez Lehnder – la page était maintenant tournée, bien qu'il lui fût encore possible, en fait, de se dépêcher pour arriver à temps au rendez-vous : il aurait dû demander à Lehnder ce dont il avait besoin. Ça aurait été dès le début la chose la plus simple à faire, sauf qu'il n'aurait pas pu cacher son jeu, surtout pas aujourd'hui, un dimanche. Il se rendit compte de l'impossibilité et de l'inanité de la chose à l'instant où, entendant les pas d'Albert se rapprocher, il sut que son coup de sonnette n'avait pas été vain et qu'Albert était chez lui. Sa mère aussi. Conrad la salua. Tandis qu'il s'inclinait devant la vieille dame, toute d'amabilité et d'intelligence – c'était une Prussienne de Silésie au courage intact et à l'esprit clair en dépit de tous les changements survenus dans ses conditions d'existence – pendant sa courbette donc, Conrad sentit disparaître sous lui la dernière possibilité qu'il avait d'être fidèle à son rendez-vous, l'inéluctable lui offrait un refuge qu'il accepta tout engourdi et soulagé, protégé qu'il était de toute nouvelle emprise du doute par un rempart de circonstances plus fortes que lui. Aussitôt, il sentit un souhait se manifester en lui : rester maintenant avec Lehnder, mais ne pas rester seul. Celui-ci s'en trouva satisfait et c'est ainsi que peu après ils traversaient le pont, (le vent s'était calmé, remplacé par la chaleur d'un soleil d'automne) et se dirigeaient vers les prairies où ils marchèrent sans but précis. Pour Conrad, tout baignait dans une lumière étrangement ténue, les promeneurs du dimanche, la musique qui sortait de quelques guinguettes ici et là, une sorte de réalité d'emprunt.

Le lundi suivant, la lettre fut glissée dans la boîte, dont l'intérieur apparut aux yeux de Conrad, pendant quelques instants, comme un grand espace vide et blanc. Les génies de l'ordre se taisaient. Contre toute attente ils ne donnaient aucun signe de vive approbation et il ne se sentit pas léger comme un ballon qui a largué ses sacs de lest. Conrad resta un peu dans le soleil, debout en face de la boîte aux lettres, le calme qui l'habitait lui faisait ressentir plus distinctement l'agitation de la rue autour de lui, puis il reprit le chemin de la maison.

« Qu'est-ce que tu lui as écrit ? » demanda Lehnder le soir.

« Ce que tu m'as conseillé d'écrire », dit Conrad.

11

« Eh bien, c'est fabuleux ce que vous savez déjà faire », dit Mme Anny Hedeleg en se penchant sur le dossier de la chaise de Conrad assis devant une nouvelle machine à calculer – « le mammouth du calcul » comme disaient les prospectus – pour se familiariser avec celle-ci. Depuis le début de l'hiver, comme il n'avait plus rien à faire ni à apprendre à l'école, il avait été embauché comme stagiaire par son père au bureau, le soir, pour se faire un peu la main. Et il s'avéra qu'il savait des tas de choses que même Mme Hedeleg, qui avait pourtant du métier, ne comprenait pas aussi bien. Le Docteur Albert Lehnder (il avait maintenant les deux doctorats en droit) qui possédait une habileté certaine et des méthodes excellentes dépassant largement les limites des disciplines traditionnelles, avait connu là un de ses triomphes, dans ce cas en effet très favorable. A cette occasion, le vieux Castiletz l'avait fait venir dans son bureau (avec les épées et les sabres accrochés aux murs) et M. Lorenz lui avait exprimé sa reconnaissance toute particulière, tout en lui remettant 200 marks en plus des honoraires habituels. Albert était un individu correct, la preuve en est qu'il avoua franchement à Conrad combien il avait reçu, tout en lui remettant 20 marks pour le prix de sa participation.

Mme Hedeleg restait penchée sur la chaise et comparait les résultats déjà connus des factures que Conrad avait demandées pour s'entraîner à recompter, avec les résultats de la machine. Les cinq opérations correspondaient toutes.

« Ainsi vous savez déjà comment vous y prendre dans ce genre d'affaire et à quoi il faut faire attention » dit-elle.

« Oui » répondit Conrad.

Elle avait une poitrine ferme et la pointe de son sein droit exerçait maintenant une pression si manifeste sur son épaule qu'on aurait dit que quelqu'un lui donnait un coup de coude sur le côté pour bien attirer son attention sur quelque chose. Comme le mobile de la position penchée, formellement étayé jusqu'ici par des préoccupations commerciales, commençait à se dérober, un transfert s'opéra vers une zone vide qui se remplit de choses tout à fait différentes.

Quant à lui, il venait d'être effleuré par une idée, que l'on pourrait traduire en ces termes « il ne faut surtout pas rater ça », et son instinct – qu'il suivait ici sans contrainte – lui suggéra en outre de ne pas bouger, de garder les mains à plat sur les genoux et de provoquer ainsi, en place d'une défense, un contact encore plus étroit.

Celui-ci arriva. La joue de la femme se rapprocha de plus en plus de la sienne, et il pouvait déjà sentir, sans la toucher, la chaleur de sa peau comme un délicat duvet sur son visage. C'est alors seulement que Conrad gagna les quelques millimètres qui manquaient par un mouvement infime de la tête, qui était plus intérieur qu'extérieur, mais qui suffit tout de même à faire la jonction, de sorte qu'ils se retrouvaient maintenant joue contre joue.

Ils étaient seuls dans le bureau, la pendule marquait sept heures et quart.

A quel moment avait-elle fait glisser ses mains du dossier de la chaise sur ses épaules, il ne l'avait pas remarqué. Il n'eut conscience que du résultat.

Ils restèrent un petit moment immobiles. Puis, lentement, ils tournèrent un peu la tête jusqu'à ce que les commissures de leurs lèvres se touchent et ils s'embrassèrent alors de côté, d'une drôle de façon, avec une partie des lèvres seulement. Ce fut Mme Hedeleg qui utilisa la première la pointe de la langue.

Conrad avait toujours les mains à plat sur ses genoux.

Il levait maintenant son bras droit, sans se presser, sans se crisper.

Il posa doucement sa main contre sa tête et l'embrassa bien sur la bouche, il se tourna vers elle et passa son bras gauche autour de son épaule. Elle se pencha encore davantage et il l'attira vers lui.

« Mais M. Conrad ! » dit-elle doucement en étouffant un rire. « Je ne peux quand même pas vous séduire ! »

« Pourquoi pas ? » dit-il tranquillement.

« Mais regardez-le moi ! » répondit-elle en l'embrassant sur la bouche. « Non, mais alors ! »

Ils se turent.

« Quand serai-je séduit ? » dit Conrad.

« Et si je vous disais – demain ? » répondit-elle en le regardant dans les yeux.

« J'en serai très heureux » rétorqua-t-il du tac au tac.

« Il faut que j'y aille, et vite » dit-elle.

Une fois debout, ils s'embrassèrent plusieurs fois.

« Demain, on passe à la séduction ? » dit-il.

« Demain, on passe à la séduction », lui susurra-t-elle à l'oreille, dans ses bras.

« Maintenant, partez, seul », dit-elle en haussant la voix, « je reste ici, j'éteins les lumières et je ferme. »

« Et pour demain ? » demanda-t-il.

« Connaissez-vous le café Belstler ? Oui ? Voulez-vous m'y attendre après le bureau ? »

« Oui » dit-il en pressant sa main qu'il embrassa et il partit.

Le jour suivant ils ne restèrent en effet pas longtemps assis chez « Belstler ». Main dans la main toutefois ; et à intervalles rapprochés ces mains se serraient très fort l'une l'autre. Un vrai couple d'amoureux. A sept heures, elle partit devant, chez elle. A huit heures, son époux devait prendre son service, comme chaque soir, à l'usine électrique. A huit heures quinze, lorsque l'horloge sonna, Conrad arriva, en individu ponctuel et ordonné qu'il était. Pour le reste aussi il s'en était tenu aux recommandations de Mme Hedeleg ; il s'était dépêché en passant devant une certaine porte où habitait soi-disant la pire des commères de la maison, regardant avant si cette porte était bien fermée et veillant à ce que personne ne l'espionnât dans l'escalier. S'il avait rencontré quelqu'un au troisième étage, là où habitait Mme Anny, Conrad aurait alors continué à monter sans se presser au quatrième, au cinquième étage, comme s'il devait se rendre plus haut, mais pas au rendez-vous secret avec Mme Anny Hedeleg. Mais tout se passa bien.

Lorsque Conrad obliqua dans la rue indiquée, il vit, par un coup d'œil dans une rue adjacente, qu'il ne se trouvait vraiment pas loin de l'endroit où il avait enjambé une fois les tuyaux à vin. Bizarrement, cette circonstance lui donna un net sentiment d'apaisement et de sécurité. Il passa sous la large porte cochère d'un grand immeuble de rapport avec des cours vides et plusieurs escaliers, à gauche il trouva le troisième, et pendant qu'il montait sans aller trop vite et presque silencieusement sans rencontrer âme qui vive – il avait pourtant l'impression de s'embarquer quelque part, de monter dans un train qui partirait tout droit sur ses rails – pendant qu'il montait, il fut parcouru d'un frisson qui lui donna la chair de poule comme quand on s'assied dans une baignoire où l'eau est trop chaude. Ici, le silence était complet, seul lui parvenait le bruit faible d'un seau qui se remplit sous le robinet, c'était un bruit d'abord clair et dru qui s'apaisait ensuite en doux clapotis. Au moment où il passait le second étage, le bruit disparut.

Ici était inscrit le numéro 18 au-dessus de la porte ; et comme s'il avait suffi de son regard pour la faire céder et l'ouvrir, la porte pivota légèrement sur ses gonds vers l'intérieur et s'entrebâilla, un visage clair lui sourit dans la pénombre, il entendait déjà dans son dos le bruit du pêne qui glissait dans la gâche pendant que par devant une douceur et une chaleur extraordinaires l'accueillaient, transpercées bientôt par les clairons de l'excitation qui résonnaient dans toutes les fibres de son corps. Elle s'était changée en l'attendant. Il sentit l'étoffe légère glisser sur sa peau. Ils passèrent alors de la pénombre de l'entrée dans une pièce éclairée, et il vit qu'elle portait une sorte de kimono ou de robe de chambre.

Le dieu qui présidait à ces ébats, le secouait déjà furieusement, comme si le petit poing rose de l'archer céleste avait attrapé Conrad Castiletz par la nuque et faisait tomber les vêtements de son corps, presqu'aussi vite qu'Apollon dépouilla autrefois Patrocle de son armure pendant la bataille, en lui assénant un coup du plat de la main entre les deux omoplates. Conrad tituba, il aperçut quelque chose qui resemblait à un lit rouge, il perdit l'équilibre et tomba dessus. Peut-être qu'il avait « bonne mine » à cette heure, pour parler comme Albert Lehnder, en tout cas Mme Anny, une étincelle rivée entre les paupières grandes ouvertes, était déjà près de lui, il y eut des bras, des épaules, beaucoup de peau blanche et peu d'étoffe très tendue d'où jaillirent les seins, qu'un geste sauvage de Conrad avait libérés comme une explosion juste sous son nez.

Tout se passa bien. Ce nouveau tiroir rentrait dans la commode d'une vie à la Conrad Castiletz. Il se fermait proprement et s'ouvrait quand on en avait besoin. Mais jamais de façon intempestive. Mme Anny avait des empêchements et des parents (une ribambelle de tantes ?) et puis Conrad ne pouvait pas non plus sortir trop souvent le soir. Or, elle restait discrète et gaie jusqu'à ce qu'il veuille bien revenir et le lui dise (après la fermeture du bureau). Ils laissèrent le « Café Belstler » à sa vie de café, plus de détour : huit heures quinze.

Lehnder n'avait aucune objection. Il connaissait Mme Hedeleg, depuis dix ans elle jouissait de la confiance du vieux Castiletz. « Ma foi, c'est fort bien » dit-il. « Mais en fait, totalement dépourvu d'intérêt. » Conrad était en fait d'un autre avis, bien qu'il souscrivît en paroles au point de vue de Lehnder. Depuis l'histoire avec Ida, Conrad s'attendait toujours, sans rien en dire, à recevoir une douche froide de la part d'Albert. En ce qui concernait Mme Anny, il avait – sans rien en dire – classé l'affaire depuis déjà longtemps.

12

Un soir, elle dit :

« Avec qui crois-tu que j'ai rendez-vous demain, Conrad ? »

« Comment pourrais-je le savoir ? » dit-il, tout en continuant à caresser son bras nu comme il l'avait fait jusque là. Son indifférence était trop vraie pour ne pas avoir un effet déconcertant, voire désobligeant. Quand le manque de jalousie atteint des proportions critiques, il n'est pas précisément bien venu, entre amoureux, d'en dévoiler sans vergogne toute l'étendue. La seconde munition que Mme Anny avait en réserve dut de ce fait être mise en batterie plus tôt que prévu car le mauvais effet qui s'en était suivi avait fait office de percuteur.

« Avec ton papa », dit-elle.

« Epatant » répondit-il et il l'embrassa sous le bras.

Un instant, elle sentit un frisson la parcourir, comme frappée par une bouffée d'air froid qui sort d'une porte de cave. Elle ramena le bras le long de son corps, cachant ainsi le gousset de son aisselle. Conrad se redressa sur son séant. Sur son visage il s'était bien opéré un changement, mais ce n'était pas celui qui aurait dû intéresser Mme Hedeleg. Elle s'en rendit aussi compte tout de suite. Non, cela venait de tout autre part.

Conrad avait le regard fixe et un peu en coin, comme s'il regardait dans le vide, totalement absent pour quelques instants, et puis il se mit à parler avec animation :

« Ecoute, il faudra que tu me racontes tout ça dans le détail, c'est fantastique, nous aurons là de quoi nous divertir. » Il riait maintenant et son visage semblait brusquement faire peau neuve. Mme Anny Hedeleg sentit un vrai courant d'air sortir de la porte de la cave. C'est pourquoi elle s'enveloppa dans ses propres scrupules moraux qui la réconfortaient et la réchauffaient.

« Oh », dit-elle, « il ne me serait jamais venu à l'idée de lui donner un rendez-vous, mais il ne me laisse vraiment plus tranquille. Il veut absolument faire une promenade avec moi ou que nous nous rencontrions dans un café ; il n'y a d'ailleurs rien de répréhensible dans tout cela. Mais quand même, ça me gêne. Quand je pense à ta mère ! Elle aurait une jolie opinion de moi. Et pourtant il n'y a absolument rien qui, d'une manière ou d'une autre... »

« Et pourquoi pas » dit-il.

« Mais enfin, écoute ! » Les mots avaient jailli de sa gorge.

« Fixez-vous rendez-vous au "Belstler" », dit-il. « Histoire de rigoler ». Le lendemain, Conrad acheta un cahier bleu in-quarto. Les difficultés liées à la conservation de ce genre d'écrit dans un endroit sûr, trouvèrent cette fois une solution d'une étonnante facilité, et ce dès l'instant où il entra dans sa chambre : car il y avait derrière l'armoire une valise plate en cuir jaune qui dépassait légèrement et avec laquelle il était parti en voyage. Les serrures étaient solides et de bonne qualité et il n'était pas possible de les ouvrir sans les clefs au panneton très denté. C'était un objet qui avait coûté cher. A l'époque Lorenz Castiletz avait tout équipé de neuf son fiston en choisissant ce qu'il y avait de mieux. Conrad prêta l'oreille, dehors tout était calme, il semblait qu'il n'y eût personne à la maison. Il ouvrit la valise, il s'en dégagea une odeur de renfermé et de propre, axène et virginale, et celle-ci lui rappela, pendant quelques instants, le salon avec la porte vitrée en face de l'entrée et dont les meubles étaient toujours recouverts de housses en toile.

Dans la valise il y avait une carte postale.

C'était celle que Ligharts lui avait écrit. Il pensait ne plus l'avoir vue depuis des années et ne pouvait plus se rappeler quand il l'avait mise ici. Le Pierrot blanc ou l'arlequin souriait comme autrefois sous son grand chapeau pointu et avait un air qui rappelait Günther.

Conrad regarda par la fenêtre et vit les maisons grises de l'autre côté du canal. Puis il mit le cahier vierge avec la carte dans la valise, mais cette fois-ci il ferma les deux serrures à clef et conserva les clefs dans une poche de son porte-monnaie que l'on pouvait fermer avec un bouton pression et qu'il n'avait jamais utilisée jusqu'à présent.

Mme Hedeleg racontait, Conrad écoutait avec attention, récapitulait par rubriques, et lorsqu'elle faisait des pauses et se répétait, il se dépêchait de repasser mentalement ses rubriques en revue pour bien les fixer dans sa mémoire. Elle ne remarqua tout d'abord rien de spécial dans son comportement. Comme toute cette histoire semblait titiller fortement sa vanité, elle était toute occupée avec elle-même.

« Café Belstler, avec la date d'hier, six heures trente minutes : – elle : je ne croyais avoir d'autre existence pour vous que celle d'une bonne employée – lui : bien au contraire, je soupire après vous depuis des années déjà – elle : M. Castiletz, je suis fort aise, mais je suis mariée tout de même – lui : c'est d'autant mieux, moi aussi – elle : je ne me serais jamais attendue à ça de votre part – lui : ai-je donc l'air si vieux ? – elle : non, ça vraiment pas – lui : me croyez-vous quand je vous dis que je ne me teins jamais les cheveux, quant à mes dents, elles sont meilleures que celles de nombreux jeunes gens (il les lui montre). – Puis, récit de l'histoire de l'oncle de Thuringe avec les deux serviteurs obligés de descendre à la cave en chantant... »

« Mais qu'est-ce que tu marmonnes ? » demanda Anny étonnée.

Il ne s'était pas rendu compte qu'il marmonnait.

« Tu sais, j'ai entendu dernièrement un tango vraiment formidable », dit-il sans réfléchir, « et je ne peux jamais me le rappeler exactement sans le texte. Or, maintenant, il y a toute une ligne du texte qui me manque. »

« Est-ce que c'est celui-ci ? » dit-elle et elle siffla l'air.

« Oui » s'écria Conrad ravi.

A la maison, la nuit, Conrad se marmonna une nouvelle fois tout cela en prenant des notes puis il se mit à écrire. Il travaillait comme un possédé, mettant aussi beaucoup de soin et d'exactitude dans l'écriture. En plein milieu de son travail il se dit une fois à mi-voix : « Alors – des tritons ? » A deux heures tout était fini, le cahier avait réintégré la valise fermée à clef, quant à Conrad, il était mort de fatigue.

Une semaine s'était à peine écoulée qu'un nouveau rendez-vous eut lieu entre Mme Hedeleg et son chef, et une fois de plus Conrad en fut averti à l'avance. « Il me l'a carrément extorqué ! » s'était plainte Anny. Le soir en question, Conrad resta à la maison et mangea seul avec sa mère. « Aujourd'hui, mon mari ne rentre qu'à neuf heures et demie, Sophie, tenez lui le repas prêt », dit Mme Léontine à la jeune fille.

Dans la salle à manger, la lampe semblait flotter au-dessus de la table et des plats, la nappe blanche renvoyait sa lumière comme une dalle, à la verticale. « Alors Kokosch, à Pâques c'est fini l'école », dit la mère en riant, « te voilà déjà devenu un jeune monsieur maintenant. » « Il y a encore l'école de tissage de Reutlingen » répondit Conrad. « Oui, c'est juste... » dit-elle, distraite et sereine. La voile changea de cap et repartit vers un horizon inconnu. Ses yeux obliques au regard aimable frôlaient les plats, elle oubliait de se servir et grignotait un radis. Ce que Conrad savait n'occupait nullement maintenant le centre de ses pensées, quant aux charmes, si l'on veut « romantiques » qu'il avait attendu d'une situation aussi singulièrement piquante, ils se faisaient attendre. Son savoir, au lieu de fonctionner comme une grenade à répétition (pour autant qu'il y en eût de telles, pour la joie des militaires) et de tout agencer pour ainsi dire dans son périmètre, la mère, la table, la lampe, les coins sombres – au lieu de cela son savoir restait tout en minceur, il s'était décentré quelque part et ne maintenait pas sous tension le voile de mutisme sous lequel il se trouvait. Bien plus, les paroles anodines qu'il échangeait paisiblement avec sa mère et qui créaient un climat de connivence, suffisaient amplement à l'éclipser, et elles prenaient de surcroît une forme propre et ne représentaient absolument pas ce qu'elles auraient dû être en fait, un panneau peint qui empêche mystérieusement de porter son regard sur le vrai paysage de la vie. Oui, telle aurait dû être la fonction des paroles de ce soir et rien d'autre. Or, tel ne fut pas le cas. Conrad avait un goût d'échec dans la bouche.

« Mais tu ne manges rien, maman » dit-il en s'interrompant.

« Si ! » répondit-elle en brandissant son radis mi-sérieuse, mi-amusée.

« Mais ça ne suffit pas » dit Conrad en riant.

« J'avais simplement oublié » avoua-t-elle sincèrement, elle se servit et se mit à manger consciencieusement.

Un peu avant neuf heures et demie, Lorenz Castiletz rentra à la maison. En entendant les pas à la fois pesants et souples de son père dans le vestibule, Conrad eut nettement la sensation de quelque chose d'inquiétant. Pour la première fois, et bien que ce ne fût que pour quelques instants, il sut que son père – vivait. Ce savoir, les fils ne l'ont en général que sous la forme d'une évidence pâle et lisse.

Pourtant, lorsqu'il entra, le père recouvra l'apparence qui était sienne, celle d'une figure qui, bien que chérie, représentait l'autorité. Rien ne pouvait cependant empêcher Conrad de le scruter à la dérobée, s'efforçant de fixer quelques observations qui s'avérèrent fort minces.

Les cheveux bouclés et déjà bien grisonnants du vieil homme semblaient légèrement collés sur ses tempes et l'on aurait peut-être pu dire qu'il donnait l'impression de se forcer. Il jeta pourtant un coup d'œil alerte sous la cloche de nickel que Mlle Sophie enlevait maintenant des plats, pour voir ce qu'il y avait dedans, et tout en se mettant à manger il commença à converser et à rire avec la mère.

Etait-ce le fait que tout homme mûr ou même d'un certain âge éveille une impression d'achèvement chez plus jeune que lui et que celui-ci, bien qu'il ait déjà lui-même plus d'une attitude d'emprunt, a toujours tendance à prendre ce qu'on lui présente pour argent comptant – en tous cas ce que Conrad savait venait de perdre toute réalité tangible. Si, tout à l'heure, ce savoir avait glissé, pour ainsi dire, du plateau central de la conscience vers un recoin quelconque, il semblait maintenant bien en passe de disparaître complètement.

Une fois dans sa chambre, allongé sur le lit dans l'obscurité, Conrad fut traversé par la pensée – comme une flèche décochée du plafond – que Anny avait pu tout inventer. Il revoyait maintenant son visage et y décelait cette possibilité. Ce visage était sombre, sombre en dépit de son teint clair, et dans ses recoins on retrouvait la même couleur sombre que dans le gris des grands portails d'usines qu'il avait longés avec Ida. Son visage à elle était clair, il le revoyait maintenant.

Mais si elle avait menti, la Hedeleg (c'est le nom qu'il employait dans ses pensées) d'où pouvait-elle savoir que son père arriverait ce soir en retard pour le dîner ?

Mais si, elle pouvait tout savoir, elle travaillait depuis dix ans avec son père, elle savait à quel moment quelques Hollandais ou quelques Anglais d'importance actuellement en tournée, attendaient le soir dans un hôtel son père, qui représentait leurs filatures. La Hedeleg avait même été souvent obligée de l'accompagner dans ce genre d'entretien pour faire la sténographe. Elle pouvait tout savoir à l'avance.

Conrad essaya de préciser ses réflexions et s'endormit.

13

Dix jours environ après ces « événements », dans la soirée, en l'espace de quelques heures et sans faire de bruit, Mme Léontine Castiletz mourut. Le voile disparut définitivement derrière l'horizon et ne reparut plus. Dans ce vide laissé aux confins de l'azur vinrent s'évanouir quelques barbules de nuages blancs apportés par le vent.

On désigna la cause de cette mort soudaine sous le nom de

thrombose. Il y a des lourdauds dans chaque famille et l'un d'eux fit alors remarquer que la petite nature avait peut-être tout simplement oublié de vivre et qu'elle en était morte, par distraction donc.

Pour l'époux et pour le fils, ce malheur, jeté dans leur vie avec une telle soudaineté et une telle précocité, avait un goût de fruit amer, mêlé à la croyance secrète qu'on pouvait encore le détourner, pourvu qu'on se refuse à l'admettre avec suffisamment de force. C'est avec cette clairvoyance et en même temps ce manque de respect que l'homme arrive parfois à pénétrer le caractère relatif de tous les soi-disant faits qui, parmi les phénomènes de la vie, constituent d'une certaine façon les individus moyens mais des individus aux poings solides.

Dans la maison Castiletz cet événement resta pendant quinze jours comme une toile tendue et partout invisible sur laquelle tout ricochait, qui renvoyait tout, détournait de tout et qui ne permettait aucun répit ni aucune activité.

Le père et le fils se rendirent sur la tombe avec des fleurs, langage gestuel et muet qui est le nôtre vis-à-vis des morts et dont nous espérons quand même qu'il sera compris.

Dans le ciel de ces premiers jours annonciateurs de printemps on trouvait ces constellations de nuages défaits et délavés, qui correspondent en cette saison à l'hésitation de la terre entre la mort et la vie. Entre les tombes, les murs blancs de la chapelle mortuaire affichaient tantôt un reflet clair, tantôt un gris doux, au gré de l'évolution du ciel. Conrad, depuis une certaine nuit de son enfance, n'avait plus pleuré. Même après la perte de sa mère il n'eut pas autour des yeux de cernes chauds et brûlants qui gonflent et que les larmes ensuite inondent et rafraîchissent. Il vécut l'essentiel de cet événement comme retranché derrière plusieurs parois, comme une pression qui voulait indiquer une direction précise. Pour la première fois en effet – il le sentait – il s'était vraiment passé quelque chose dans sa vie, un pieu se trouvait enfoncé sur le bord de son chemin et divisait celui-ci en un avant et un après. Tout ce qui s'était passé jusqu'ici, pensait Conrad, n'était pas irréversible. Ça, c'était définitif. Ce caractère définitif était nouveau, comme un corps étranger qui exerçait une pression.

Il remarquait maintenant que son père, debout au pied de la tombe, mordait le bord de son chapeau, sans bien s'en rendre compte, et son visage était petit et mouillé, comme celui d'un nourrisson qui vagit.

Quelques semaines plus tard, sur le divan rouge, Mme Hedeleg s'emmitoufla dans la chaleur des mortifications comme d'autres dans la fourrure, car Conrad envoyait une sacrée bise. Son dernier compte-rendu avait été au demeurant plus qu'exhaustif, si bien que Conrad avait eu du mal à attendre la fin, mémorisant pendant qu'elle se répétait, mais finissant par interrompre Mme Anny lorsque les redites commencèrent à s'accumuler. Quoiqu'il en soit, les détails nombreux et parfois assez précis avaient quand même réussi à paralyser la méfiance qui s'était éveillée chez Conrad et à redonner à toute cette histoire son caractère de vérité.

« Je ne peux plus regarder ton père dans les yeux » dit-elle.

Il avait parfaitement observé que depuis un quart d'heure environ Anny mijotait un sanglot. Lorsque le résultat fut enfin à point, il dit : « Tu n'as pas besoin de le regarder dans les yeux ».

« Comment... ? » demanda Mme Anny qui se retrouvait face à un vide.

« Regarde dans tes papiers », dit Conrad.

Cette histoire avec la Hedeleg n'avait maintenant plus rien qui vaille.

En plus, on était un peu avant Pâques et le moment de l'examen final à « l'Académie de commerce » (c'est ainsi qu'on appelait l'Institut) approchait, et si Conrad n'avait presque plus rien à apprendre pour cet examen, il avait quand même besoin d'un peu de temps pour se concentrer. Il veilla à en conserver suffisamment afin de ne pas être inquiété pour une chose qui n'aurait pas été à sa place quelque part et à quoi on n'aurait pris garde, chose qui aurait pu ensuite se retourner contre lui à l'oral ou à l'écrit. Mais rien ne se manifesta, il y eut autant d'ordre dans l'exécution que dans les précautions prises, bref il réussit à l'examen avec brio. Lehnder ne s'était pas attendu à autre chose. « Dire que ta pauvre mère ne peut pas voir ça ! » dit Lorenz Castiletz, il prit Conrad dans ses bras et pleura. Son visage paraissait ratatiné et semblait ces derniers temps être vraiment devenu définitivement plus petit. La Hedeleg ne faisait plus partie des têtes que voyait Conrad, vu qu'il n'avait plus mis les pieds dans le bureau durant les dernières semaines qui précédèrent l'examen. Et aux vacances de Pâques il quitta pour toujours ce bâtiment moderne au grand hall clair avec des radiateurs trapus qui brillaient d'un éclat mat et argenté.

Conrad partit à la campagne et s'y retrouva seul. Car tante Berta vivait maintenant en ville et s'occupait de façon exemplaire du père qui, à la seule pensée de partir, s'était effondré, gémissant sur les souvenirs si paisibles et sereins du dernier été. Conrad était un jeune homme qui venait de perdre sa mère, et comme tel il eut droit à la compassion naturelle des gens de la maison, des servantes, des jardiniers et des domestiques et cette occasion révéla ce que l'on avait toujours su : que tous ces gens avaient à leur manière beaucoup aimé Mme Léontine, avec un attachement qui s'était manifesté chaque fois que la famille commençait à prendre ses quartiers d'été, dans la façon déjà qu'on avait de la saluer, de colporter la nouvelle de son arrivée et de disposer de gros bouquets de fleurs colorés dans tous les coins de sa chambre les semaines suivantes.

Les forêts étaient encore grises mais elles n'étaient pas mortes, elles dégageaient au contraire une brillance humide, et les espaces entre chaque arbre étaient autant de plages de silence qui frémissaient au bruissement des eaux. Dans la chambre il y avait des rameaux avec des chatons. Des nappes de soleil occupaient la maison vide.

Hommes, laissez les nouveaux morts reposer en paix, ne les dérangez pas en répétant sans cesse leurs noms. Quand on parlait du dernier été, il était suffisant que l'on pensât aussi à Mme Léontine. Le vieux jardinier eut une fois un sourire et dit qu'au demeurant, cette jeune demoiselle de la ville avec laquelle le jeune monsieur avait fait bien des promenades l'automne dernier – comment pouvait-il donc bien s'en rappeler ? – était morte il y a quelques semaines. Il le savait de Mme Rumpler chez qui elle habitait et dont elle était aussi une lointaine parente. « Tout le monde meurt » se dit Conrad et il eut un tressaillement au plus profond de l'âme car il y incluait aussi sa mère. Morte à Salzbourg. Certes, il savait pour l'avoir appris à l'école où se trouvait cette ville et ce qu'elle était, il connaissait le pays de Berchtesgaden, de Reichenhall. Mais maintenant, dans son for intérieur, il voyait Salzbourg dans une région totalement plate, un château blanc et aride sur une steppe, une steppe saline.

« Elle devait être malade, de la poitrine », dit le jardinier. Conrad ne pensa pas à se renseigner davantage auprès de la blanchisseuse Rumpler. Une promenade le conduisit néanmoins sur le sentier qui longeait le torrent tumultueux, il bifurqua dans la vallée perpendiculaire et commença à monter à travers la forêt de résineux vide et froide. Le silence des branches sombres en toit de pagode n'était pas entamé par le glouglou et le murmure maintenant perceptible du petit ru qui courait vers le torrent, les filets d'eau qui tombaient dans de minuscules bassins babillaient comme pour eux-mêmes, oppressés par le calme alentour.

Conrad parvint à la limite de partage des eaux. Il laissa les conifères derrière lui. Son regard glissa le long de la pente, parcourut les prairies mamelonnées où affleurait la terre et au milieu desquelles se dressaient des arbres et des buissons aux ramures nues, pareilles à des chevelures en désordre et dont la couleur était à peine différente de celle des planches de ce banc gris posé là devant les arbres, mais qui étaient pourtant habitées d'un frémissement de lumière qu'il n'y avait pas dans le bois mort.

En bas, dans la lumière qui, de partout, imbibait profondément la terre et les choses éparses, on voyait la petite route le long de laquelle étaient disposées des fermes isolées. Conrad leva les yeux et regarda la pente en face : sur le versant de la colline on apercevait des touches délicates d'un vert acide et clair qui annonçait le printemps.

DEUXIEME PARTIE

14

Le vieux Castiletz vécut assez longtemps pour mettre son fiston – qui était en fait maintenant un vrai homme et qui le dépassait même par la taille ! – sur les rails, une fois que Conrad eut terminé ses études à l'école de tissage de Reutlingen en Souabe et fut devenu ce que l'on pourrait appeler un « ingénieur en textiles ». Sur les rails : tout comme on avait mis autrefois les petits wagonnets du train miniature sur leurs rails pour les faire rouler ensuite. Il y a des gens dont il est impossible de savoir s'ils sont énergiques ou faibles et pour lesquels il est impossible de porter un jugement exact à cet égard si l'on veut faire preuve d'honnêteté scientifique. Ces gens-là n'achoppent vraiment sur rien et ne laissent des plumes nulle part. Aucune force, aucune faiblesse qui n'aille entamer chez eux la pulpe de la réalité. Il s'agit de ces élèves qui suivent d'une classe à l'autre et ne causent aucun souci à leurs parents ; les professeurs se sont habitués à eux sans bien savoir à vrai dire si ces garçons-là sont vraiment capables ou non. Il s'agit aussi de ces recrues qui attirent le moins les foudres de leurs supérieurs. C'est le genre d'individus à qui on ne va pas chercher ce qu'ils ont dans le ventre. Conrad Castiletz était de ceux-là. A la différence d'autres qui ne manquent pas de faire parler d'eux dans les familles, sujets de conversation riches en soupirs, et dont on ne sait jamais très bien de quel collège ils ont été renvoyés et dans quel collège on vient de les accepter avant de les en exclure à nouveau et qui, plus tard, changent de faculté et de projets de carrière plus vite qu'un Kirghize change de chemises. Pour les gens de cet acabit, un point de départ particulièrement fructueux, axe de la rose des vents de toutes les possibilités, leur sera donné, semble-t-il, par l'étude de la thérapeutique ou de la médecine.

L'édifice de son enseignement contient tellement de logements, de pièces, de réduits, et donne tellement de possibilités intéressantes pour accéder à d'autres domaines tout différents, que le jeune homme se voit embarqué dans un formidable carrousel autour de lui-même. Mais soudain c'est lui qui se retrouve immobile, et les années qui passent comme un cadran qui tourne font défiler devant lui à toute vitesse les mêmes dates d'examen qui se répètent tandis qu'augmentent les connaissances qu'il faut ingurgiter. Chaque individu reçoit son dû suivant le niveau où il se trouve ; et il suffit d'une quelconque catastrophe mineure, d'un manque d'argent ou de la mort de l'oncle qui procurait les fonds jusqu'ici, pour faire sortir notre jeune impétrant du temple d'Asclépiade. Il n'y a rien là de douloureux. Les gens de cette sorte ont au fond une relation très forte et très sûre avec l'existence et une philosophie propre, toute en rondeur, qui leur permet de jeter un regard sur la vie par des fenêtres bien différentes, tout en sachant toujours reconnaître qu'il s'agit de la même, et en sachant toujours l'apprécier. L'aiguillage s'ouvre, on abandonne l'ancienne voie, une nouvelle brille déjà dans la lumière et s'étire jusqu'à l'embouchure sombre du tunnel que l'on traversera sans problème, on le sait bien : l'étudiant est devenu un conducteur de « métro » comme on dit à Berlin, alors qu'on parle de « subway » à New York et de « train urbain » à Vienne par exemple. Le train quitte maintenant le boyau grondant dont les parois, sous l'effet de la vitesse, semblent faites de fumée, alors qu'il n'y en a pas ici : le véhicule se penche un peu dans la courbe qu'il passe à toute allure, les lumières de la ville surgissent d'en bas dans un plan oblique lui aussi, réseau de rues éclairées qui s'entrecroisent dans tous les sens et se perdent au loin, ponctué d'innombrables étoiles terrestres aux lumières vives et blafardes, malades et palpitantes. Autrefois, on voyait tout cela d'ailleurs, depuis les collines, et par intermittence pendant qu'on chantait des chansons de carabins... c'est tout un.

Non, tel n'était pas le genre de Castiletz car, une fois mis sur les rails, il n'était plus question de tergiverser. Et il ne serait même jamais venu à l'idée de Conrad de passer sur une autre voie que celle que lui avait préparée son père depuis longtemps : en homme avisé, celui-ci avait, depuis des années, mis ses voyages à profit et fait jouer ses relations avec d'anciens amis d'affaires. Il avait aussi fait voyager Conrad, muni des viatiques nécessaires. Même la ribambelle de tantes était toujours un avantage. Le fils quitta l'école de Reutlingen au bout de deux ans – ça avait été pour lui une période étrangement vide – et aussitôt après il put entrer dans une grande entreprise, comme stagiaire d'abord, dans une ville moyenne du sud de l'Allemagne. Pour tout autre jeune homme, il n'aurait pas été si aisé de parvenir dès le début sur cette voie dont il semblait au vieux Castiletz que la poursuite ouvrirait un certain nombre de perspectives avantageuses, et pas seulement dans le domaine strictement professionnel. Mais là-dessus il ne disait mot, M. Castiletz, qui avait du reste beaucoup vieilli et avait maintenant une tête chenue.

Il pleuvait à torrent – ce qui est signe de chance comme on dit – lorsque Conrad quitta la gare où il était arrivé, une construction en briques de forme basse et allongée qui, vue en passant, pouvait rappeler la gare principale de Munich. Il traversa le miroir détrempé d'une place asphaltée, hérissée de pluie, et tout en marchant derrière le coursier qui portait ses bagages il avait l'impression que la ville devait se trouver sur la gauche, toute en longueur. Il s'avéra par la suite qu'il en était bien ainsi. Le petit hôtel était situé à droite, de l'autre côté de la place, et décalé par rapport à la gare.

Ce n'est qu'une fois entré dans le hall clair qu'il se rappela – rattrapant pour ainsi dire ce qu'il avait manqué de faire en quittant la gare et en arrivant jusqu'ici – que ce n'était pas la première fois qu'il venait dans cette ville. La famille. Oui, il avait aussi une lettre à remettre, la lettre se trouvait dans sa valise, avec d'autres lettres. Une surtout pour Monsieur le Conseiller privé de Commerce. Demain, à une heure convenable, il lui faudrait aller à l'entreprise pour se présenter.

Le soir, Conrad mangea dans la salle à manger, seul, à part

lui il n'y avait aucun autre convive. Dehors, la place était sombre, enveloppée d'un léger bruissement à cause de la pluie qui redoublait. Le maître d'hôtel qui servait Conrad était d'une déférence un peu revêche, avec des lunettes. Vu les circonstances, comme il n'y avait aucun attrait à rester assis là plus longtemps, Conrad demanda qu'on lui servît une tasse de café dans sa chambre et il monta.

Il ouvrit sa valise et mit la lettre en évidence pour le lendemain. Puis il resta debout au milieu de la chambre à regarder autour de lui, et s'arrêta sans plus bouger, les yeux baissés devant lui, le regard en coin. Avec netteté et précision, comme on s'exerce à faire des gammes sur le piano, il repassa toutes ses affaires dans sa tête : tout était bien en ordre.

On frappa. Conrad sursauta. En pensant à ses lettres, ses visites, ses démarches, ses bagages, son argent (la somme était considérable !) il s'était trouvé, l'espace de quelques instants, vraiment profondément absorbé.

Il but sa tasse de café, debout près de la table. Puis il se dirigea vers la fenêtre. Elle était mouillée, on ne voyait rien. Il l'ouvrit. Avec ses bruits d'eau et de gouttes, ses bruits de pluie lourde et battante, la nuit avançait maintenant nettement jusqu'à la limite de la pièce éclairée. Le bâtiment faisait ici un angle. On voyait deux ou trois fenêtres faiblement éclairées. En bas il y avait une cour, des casiers à bouteilles entassés les uns sur les autres, un toit de tôle, de la lumière venue peut-être de la cuisine éclairait tout ce bric-à-brac. Conrad regarda les fenêtres d'en face. Avec netteté – en dépit de la vision si différente due à la pluie – il revit sa tante Berta, dans la cabine de bain à côté de la sienne. Puis il revit Reutlingen. Il s'étonna. Là-bas tout avait été comme lorsque les enfants font ricocher des galets sur l'eau : tout en surface. C'est comme ça qu'il avait expédié trois amourettes à Reutlingen, on pourrait dire aussi réussi dans la mesure en effet où il n'en avait résulté ni désordre ni demi-mesure. Il était allé plusieurs fois à l'Achalm avec l'une de ces jeunes filles. Ça ne signifiait rien, ça lui était complètement indifférent : aussi indifférent par exemple que les tables dans le jardin d'une auberge où il s'était souvent assis – et c'était aussi maintenant l'ultime chose qui lui revenait de ce temps passé à Reutlingen. Il ferma la fenêtre. Le léger rideau blanc ruisselait. Il eut soudain une bouffée de chaleur. La chambre était très claire. Il prépara son costume pour le lendemain, le suspendit avec soin à un cintre. Puis il se lava la figure et les dents. Ça le prit soudain, alors qu'il était allongé entre les draps frais, guettant dans le silence : il avait l'impression de se trouver sur la partie la plus avancée d'une haute corniche sculptée. Il sentait sa vie, celle qui allait venir maintenant, il aimait cette ville qu'il connaissait à peine, parce que c'est là que pour la première fois il pouvait vivre seul, ici, avec ses valises, avec, avec, – enfin avec col dur et cravate pour ainsi dire. Et voilà que dans le même temps, Conrad se dégageait encore davantage de ce haut-relief et se transformait en personnage romantique. Il éteignit la lumière, pressa un instant sa joue contre l'oreiller. « Oui, c'est ça, bien sûr, – vivre », murmura-t-il. Et il s'endormit.

15

Dans le parloir de la fabrique d'étoffes Carl Theodor Veik, pièce où l'on parvenait par un escalier quelque peu étroit et raide, il y avait une petite table en acajou autour de laquelle étaient regroupés quatre fauteuils étiques et lisses, avec au milieu un de ces ustensiles qui contiennent tout ce qu'il faut pour fumer mais qui n'ont néanmoins jamais vraiment répondu aux besoins personnels d'un quelconque fumeur, ustensile que l'on reçoit parfois en cadeau et que l'on met tôt ou tard dans le parloir quand on est chef d'entreprise, ou dans la salle d'attente quand on est dentiste. Ces objets-là sont autant d'insignes porteurs d'humanité dans un environnement, qui, à part ça, possède toutes les caractéristiques de l'objectivité. On aurait pu en dire autant du houx qui remplissait une fonction équivalente dans un coin du parloir de Carl Theodor Veik.

Une fois que le domestique eut refermé la porte derrière Conrad Castiletz, celui-ci fit encore quelques pas, suivant la loi du moindre effort, et ne s'arrêta que devant l'une des fenêtres. D'ici, on voyait le bâtiment administratif qui faisait une avancée sur la gauche, et en bas on apercevait l'alignement régulier des toits de l'atelier qui montaient et descendaient comme les traits d'une écriture penchée et très propre. En arrière, on voyait le moutonnement des collines et des arbres encore en partie verts.

Ce panorama était pour lui étonnamment comparable à celui que l'on pouvait voir de la cage d'escalier de l'école de tissage de Reutlingen au niveau du troisième étage environ, là où se trouvaient des vitrines avec toutes sortes de métiers à tisser et de machines à filer, modèles anciens et modernes ; là aussi le regard butait à droite sur le bâtiment, en bas il y avait les mêmes rangées de toits et en arrière on voyait l'Achalm, qui était quand même bien plus élevée, avec des vignes et de la forêt.

Une jeune fille aimable ouvrit la porte derrière Conrad et le pria d'avancer.

Une grande rangée de petites tables jaune clair avec une machine à écrire sur chacune d'elles : c'est ainsi qu'il découvrit les bureaux, telle une artère rectiligne que l'on découvre au coin d'une rue et où plonge le regard. Pourtant, le bruit n'était pas excessif. Une housse recouvrait la plupart de ces crécelles à écrire, à deux ou trois endroits seulement on dictait. Conrad traversa la salle, précédé de la frêle jeune fille qui s'effaça devant le bureau du directeur dont elle venait d'ouvrir la porte. Il y avait un grand nombre de plantes vertes en bordure de la fenêtre devant laquelle s'étendait le relief tabulaire de deux grands secrétaires posés côté à côte.

« Alors, M. Castiletz, je vous attends à chaque jour qui passe » dit le vieux Veik sans motif mais avec un rire amène, « c'est vrai, c'est bien le portrait de son père, mais en blond, hahaha... arrivé hier ? ! » La façon dont il dévisageait le jeune homme ne pouvait en aucune manière être pénible à Conrad car la mine du garçon semblait remplir d'aise le Conseiller Privé de Commerce et il ne s'en cachait pas. « Eh bien, toutes mes félicitations, Lorenz ! » s'écria-t-il à l'adresse du père qui n'était pas là, « un grand garçon comme ça ! » Une ombre passa sur son visage et ses grands yeux bleus mouillés devinrent soudain fixes. Ces yeux s'accordaient bien à la barbe, blonde, peu fournie et un peu en désordre. Tout le visage avait quelque chose de dilué, de délayé, comme de la soupe claire.

Ils avaient déjà pris place et s'entretenaient. « Vous n'êtes pas sans savoir, » dit le vieux Veik en tirant sur un cigare – Castiletz qui ne fumait pas avait refusé avec politesse la cigarette qu'on lui avait offerte – « vous n'êtes pas sans savoir qu'il y a ici deux usines ; une usine d'étoffes, l'entreprise Carl Theodor Veik où nous nous trouvons maintenant ; mais, juste à l'autre bout de la ville, il y a encore une fabrique de sangles, l'entreprise Johann Veik et fils. Deux usines très différentes, comme vous vous en rendrez compte, qui n'ont absolument aucun lien entre elles, non, absolument aucun ; ici, chez nous, il s'agit de maintenir toujours la qualité, on fait des mélanges, des motifs, il s'agit de suivre la mode ; là-bas c'est la quantité qui prime, la masse, et la productivité va dans ce sens. A part ça – c'est le prix du jute, le chanvre, le lin. Vous étiez à Reutlingen. Bon, pour la laine, le Technikum de Kottbus par exemple aurait mieux fait l'affaire, mais c'est égal, vous ne tarderez pas à connaître le métier, même avec tout ce qu'on vous a appris à Reutlingen. Mais dites-moi : est-ce que la fabrique de sangles vous intéresse ? Sincèrement ? »

« Oui » dit Conrad posément, suivant en cela les recommandations expresses de son père, « je crois même avoir une certaine préférence pour cela. »

« Oh, mais voyez-vous ça » répondit vivement le vieux Veik. « Bien, naturellement vous commencerez ici, avec moi, votre père en a exprimé le désir, et il y a ici en fin de compte davantage de choses à voir et à apprendre pour vous. Bien sûr. – Vous allez sans doute me demander quel est le rapport entre une fabrique de sangles et une fabrique d'étoffes ; c'est un fait qu'aujourd'hui j'ai les deux entre les mains. Mais à l'origine, c'étaient des établissements qui venaient de deux branches fort éloignées de notre famille, des établissements qui, pour diverses circonstances, auxquelles il faut encore ajouter la mort de mon frère aîné et le fait aussi que mon frère cadet, Robert, a choisi une autre voie, se trouvent réunis en une seule personne. Pour l'autre côté, j'ai cet excellent directeur, le vieux Eisenmann, bon, vous ne tarderez pas à faire sa connaissance non plus. – Au fait, prenez ça avec vous. »

Il tendit le bras vers une étagère derrière lui et donna à Conrad un fascicule peu épais de la forme d'une double page d'album. « C'est l'histoire de notre société et donc aussi celle de ma famille depuis un demi-siècle » dit-il. Nous avons sorti ça l'année dernière, pour fêter notre cinquantenaire. Vous le regarderez chez vous, il y a des choses qui vous intéresseront. Au fait : je dis, "chez vous" ! Et vous êtes sans doute descendu à l'hôtel en attendant. Où est-ce que vous pensez habiter ? Chez des parents à vous, ici ? »

« Mon père désire que je prenne un petit appartement. »

« Parfait. Alors j'ai quelque chose pour vous. »

Il saisit le téléphone, composa le numéro, on entendit alors une voix étouffée sortir du combiné, sur quoi le Conseiller privé de Commerce demanda « C'est bien la direction régionale des finances ? » puis « poste 83 » et finalement : « Est-ce que je pourrais parler à M. de Hohenlocher ? »

La voix qui sortait de l'écouteur avait maintenant une sonorité plus pleine, plus humaine, le vieux Veik se mit soudain à rire : celui qui était à l'autre bout du fil venait apparemment de dire quelque chose d'amusant.

« Voilà, très cher M. de Hohenlocher, ce jeune homme dont je vous avais du reste parlé récemment et qui va s'engager chez moi, et bien, il est là. Or il ne va pas habiter chez sa tante mais pense à un petit appartement... »

On entendit quelques paroles venues de l'autre bout de la ligne, le vieux Veik se remit à rire.

« Comment ! » s'écria-t-il dans le combiné, « qu'est-ce que vous dites ? Celui qui va dans sa famille, court à sa perte ? Merveilleux ! Faites bien attention, M. de Hohenlocher que cela ne vous arrive pas ! Bien sûr. Bon, je voudrais que M. Conrad Castiletz jette un coup d'œil sur ce que vous avez chez vous... »

Il semblait maintenant que ce M. de Hohenlocher du poste

83 de la Direction régionale des Finances eût repris la parole pour quelque temps. Puis le vieux Veik continua :

« Alors c'est parfait. Je l'envoie à quatre heures. Je vous remercie mille fois... » Il raccrocha, mais composa un autre numéro.

C'était apparemment une dame, la voix étouffée par la distance, qui avait décroché.

« Manon ? » cria M. Veik dans le combiné, « C'est toi, magnifique, comment vas-tu chérie ? Oui ? Dis, pense que j'amène un invité aujourd'hui. Le jeune Castiletz. Il est arrivé hier – oui, un grand gaillard. Alors à tout à l'heure pour le repas, chérie. »

« Je suis désolé, M. Castiletz », dit le Conseiller de Commerce en se tournant maintenant vers Conrad, « de n'avoir pu vous recevoir qu'à onze heures et demie ce matin, lorsque vous avez appelé ; ce matin, nous avons fait marcher pour la première fois quelques machines récemment installées – des machines Jacquard – je voulais être sur les lieux, à cause de cela le courrier a un peu attendu ; et pour dix heures et demie j'avais déjà pris un rendez-vous avec M. le directeur Eisenmann de l'autre usine qui voulait faire un saut jusqu'ici. J'espère qu'entre-temps vous avez eu le loisir de visiter notre ville... ? »

Il parla de quelques curiosités. Et c'est un fait que Conrad les avait déjà remarquées. Pour quelques-unes ça faisait du reste déjà plusieurs années... oui, il y a bien longtemps, lors de sa première percée romantique dans une vie pour ainsi dire adulte.

« Oui, et ici » dit le vieux Veik avec entrain « il vous suffira de vous mettre dans le bain. Vous mettre dans le bain et mettre la main à la pâte, là où vous voudrez, au début je vous laisse volontiers carte blanche. Installez-vous devant un métier et tissez si ça vous fait envie, ou prenez la place de quelqu'un qui fait des motifs, ou faites du rattachage, ou installez-vous dans le bureau devant une machine à écrire ou une machine à calculer. Je vous appellerai de toute façon pour la correspondance internationale, nous ferons beaucoup de choses ensemble dans ce domaine – tenez, regardez, ce bureau est orphelin, il y a encore six mois s'y trouvait mon très cher ami, le professeur Schröder, il n'est maintenant plus de ce monde.

Son regard resta posé quelques instants sur le cylindre du second bureau et il se tut. Mais l'entrain de tout à l'heure ne tarda pas à revenir. « Votre père m'a dit que vous étiez excellent en anglais et en français et que le hollandais ne vous était pas inconnu. N'est-ce pas ? C'est parfait ; cultivez vos connaissances dans ces domaines, elles n'ont pour ainsi dire pas de prix. Il me faudra avoir recours à vous dans ce domaine. Et demain matin donc, on commence, à sept heures ! »

Il tendit d'un coup la main de Conrad et celui-ci la serra.

« Vous avez ici tout le processus de production sous les yeux, depuis le bobinage jusqu'au tissage final, à l'exception de la teinturerie. Nous faisons teindre en sous-traitance... »

Conrad accueillit ces paroles avec satisfaction. Cette grande salle basse qu'il y avait à Reutlingen et où l'on arrivait quand on ressortait du bâtiment de l'école par la droite en longeant la chaufferie, ne lui avait jamais été d'un séjour très agréable : l'odeur douceâtre et chaude, bien que fade et peu marquée, qui flottait entre les machines et les appareils dans la salle de teinturerie, l'absence du bruit des navettes qui allaient et venaient à toute vitesse et du sifflement des fuseaux, ce calme relatif – tout cela, il était content de ne pas le retrouver ici.

« Voyez-vous ça, il est déjà midi » dit le vieux Veik en jetant un regard sur sa montre. Presque au même instant la sirène retentit. Ce n'est qu'après l'arrêt de tout ce bruit qui avait soudain fait une irruption forcenée dans les bâtiments alentour, dans la tour de la filature, dans les ateliers de tissage, lorsqu'eut disparu cet amalgame confus de sons, que sa présence dont on avait à peine pris conscience jusqu'ici, devint perceptible. Bizarrement, c'était comme un processus accompli dans les profondeurs de son propre corps, un transfert dans ses fonctions silencieuses et inconnues. Même à côté, dans les bureaux, on n'entendait plus rien, et lorsque le vieux monsieur et Conrad traversèrent la salle tout de suite après, elle était déjà vide.

16

Charmé et troublé, Conrad resta assis en face de la maîtresse de maison pendant et après le repas tandis que la rémanence des événements de la matinée conservait toute la fraîcheur et la couleur des premières impressions, comme si on avait déroulé une tapisserie pleine de vivantes figures derrière le beau visage de Mme Manon Veik : la traversée de la cour de l'usine à la gauche du Conseiller privé de Commerce, l'entreprise maintenant si tranquille, une fenêtre d'où l'on pouvait voir dans une salle, et derrière ses multiples carreaux des éléments de machine qui dépassaient ; puis le trajet dans la grosse limousine filant à toute allure, et au détour d'un pâté de maisons, l'étonnement de découvrir la rue principale de la ville, animée et encombrée, là même où Conrad avait flâné ce matin... oui tout cela s'animait et défilait encore en quelque sorte derrière cette tête droite avec de belles boucles épaisses et blanches ramenées vers le haut, posées comme une perruque rococo sur un visage rose dont les yeux sombres étaient un peu obliques ; son regard s'estompait, souverain, dans une ultime indifférence mêlée de retenue vis-à-vis des choses et de la conversation même à laquelle prenait pourtant part avec beaucoup d'attention et d'amabilité la grande bouche rouge. Un jour, quelqu'un avait montré à Conrad des portraits de femmes peints par la peintre parisienne Marie Laurencin : il y en avait une assise ici en chair et en os : une charmante jeune femme déguisée en vieille dame. Sa délicate présence au monde avait quelque-chose d'incertain et d'insondable, tout en pastels. Et à partir de ce jour Conrad ne l'appela plus pour lui Mme Manon Veik mais Mme Laurencin.

Malgré tout, il n'échappa pas à Conrad que, parmi toute sa ribambelle de tantes, le nom de celle qui habitait dans cette ville était évoqué dans la conversation d'une façon qui ne révélait pas seulement de la bienveillance pour le neveu mais qui indiquait nettement que celle-ci faisait partie des cercles bien en vue de la ville pour les relations de société. Et Conrad de parler aussitôt avec beaucoup de chaleur et d'affection de cette tante Erika – Mme de Spresse, tel était au demeurant son nom – de raconter la visite qu'il lui avait faite quand il était enfant, et comment il avait alors vu la ville, qui lui apparaissait pourtant toute différente maintenant.

« Encore une preuve que l'alpha et l'oméga de la vie se trouvent dans le sujet », dit en riant le Conseiller privé de Commerce et il posa avec méticulosité sa serviette sur le côté. « Je connais quelqu'un qui a passé quatre ans en Asie orientale, il était prisonnier dans un camp russe. Le voyage – dans le wagon à bestiaux d'un train de marchandises – dura plusieurs semaines pendant lesquelles il observa avec grand intérêt, on le comprend, le pays et les gens et tout ce qui se trouvait le long de la ligne de chemin de fer, et il enregistra tout ça. Au retour, quatre ans plus tard, me racontait-il, c'est comme si ça avait été un autre pays et une autre ligne, comme s'il n'était encore jamais passé par là. Voilà comment le monde se transforme suivant l'état dans lequel on se trouve et quand on est jeune il suffit souvent d'un intervalle de quelques années pour le trouver complètement métamorphosé. Ensuite, cela devient plus monotone. »

Conrad suivait ce que disait le vieux Veik du bout de la conscience, sans forcer son attention, comme une main qui glisse le long d'une rampe. Par derrière, sa pensée s'activait :

Cet après-midi, regarder le logement. Puis vérifier le réveil, préparer les habits de travail et les mettre dans le petit sac. Chercher la liaison la plus directe avec le tramway, calculer exactement le temps mis pour aller à l'usine avec le tram et à pied. Quitter la maison bien un quart d'heure plus tôt, par sécurité. Ce soir, regarder l'album. Demain tante Erika – visiblement important.

« Ça dépend chaque fois de la personne » dit Mme Manon « j'en suis depuis longtemps convaincue, à bien des égards. »

« On pourrait peut-être dire », avança le vieux Veik, « que plus quelqu'un a une situation importante, plus on rencontre des cas – où ça dépend de lui justement. »

« Est-ce qu'il ne devrait pourtant pas en être de même pour tout le monde ? » demanda Conrad, modeste, mais en parlant distinctement et lentement.

« C'est juste et c'est logique ! » s'écria le Conseiller de

Commerce et il se remit à rire. Il riait souvent sans raison apparente. Cette façon de rire était chez lui une expression de son être, comme d'autres font par exemple, un certain geste de la main, ce n'était donc pas tant le signe d'un état de gaieté particulière mais un trait constant. Les Veik étaient originaires de Rhénanie et ça se retrouvait à bien des égards dans les manières du vieux Veik, et aussi, soit dit en passant, dans la qualité et la quantité des vins qui arrivaient sur la table.

« Et maintenant il faut que je vous mette au courant au sujet de cet excellent M. de Hohenlocher, et de l'appartement » dit le maître de maison en s'adressant à Conrad, « je l'avais complètement oublié, il y a eu autre chose – c'est ça, j'ai parlé ensuite avec toi chérie et je t'ai tout de suite eue au téléphone, c'était gentil. Ce M. de Hohenlocher donc, M. Castiletz, est Conseiller d'administration, ici, à la direction régionale des finances, c'est une famille fort connue et il appartient, soit dit en passant, à une lignée prestigieuse. Il habite dans un immeuble où il n'y a que de petits appartements, trois par étage, et il a bizarrement loué tout un étage bien qu'il soit vieux garçon, M. de Hohenlocher vit sinon complètement retiré et se paye donc le luxe de ne pas avoir de voisins. Il lui arrive pourtant de céder une location, deux pièces avec bain, et vous seriez absolument tranquille là-bas, avec entrée séparée, il a même fait séparer cette partie : ça serait libre en ce moment et vraiment pas cher. En plus, vous pouvez très facilement aller en tramway de là-bas jusqu'à l'usine, et même jusqu'aux deux entreprises, c'est direct. »

« Ça prend combien de temps pour aller de là-bas à la fabrique d'étoffes ? » demanda aussitôt Conrad.

« Ma foi, je ne peux vraiment pas vous le dire avec précision mais je pense que ça doit faire tout au plus dans les vingt minutes. D'ici il vous faudrait bien presque une demi-heure pour aller jusque chez M. de Hohenlocher car c'est un tout autre quartier et nous sommes venus en voiture. Je vous ferais bien raccompagner par mon chauffeur mais j'ai besoin de la voiture maintenant parce que je dois retourner à l'entreprise. Je vais vous noter l'adresse, M. de Hohenlocher vous attend à quatre heures et ma femme à qui vous tiendrez bien encore un peu compagnie, vous expliquera le chemin – n'est-ce pas Manon ? – Vous arriverez bien à vous orienter. »

« Facilement » dit Conrad, « de là il me suffit d'aller jusqu'à la ligne de tramway n° 3... » et il donna alors l'itinéraire exact.

« Saperlote ! » dit le Conseiller de Commerce en riant, « c'est ce que j'appelle avoir le sens de l'orientation ! »

« Pendant le voyage, j'ai étudié le plan de la ville de façon théorique et ce matin j'ai fait des exercices pratiques » dit Castiletz avec le plus grand sérieux. Cette précision eut un effet quelque peu sidérant sur le vieux monsieur, mais dans un sens visiblement favorable.

Peu après, on entendit le ronronnement souple de la voiture qui passait l'entrée et le portail qui se refermait. Au même instant, alors que Conrad prenait maintenant place en face de Mme Laurencin, dans la pièce d'à côté, devant un guéridon turc où fumait un moka servi dans des tasses minuscules, il se sentit soudain, et sans que la situation où il se trouvait puisse fournir un élément d'explication, extrêmement touché, c'était contre toute logique et pourtant très net. Il se recala un peu sur les lourds tapis qui recouvraient son siège, l'émotion intérieure avait ici besoin de se prolonger dans un petit mouvement maladroit du corps.

« Et comment vous sentez-vous chez nous ? » dit-elle.

« Je suis heureux » répondit-il derechef et il leva les yeux du motif de nacre incrusté dans le petit panneau carré du tabouret. En regardant maintenant Mme Manon Veik, il remarquait plus nettement qu'avant les traits de son visage, comme par exemple ses yeux très écartés et un peu obliques. Ces traits lui apparaissaient maintenant plus marqués qu'avant, ils prenaient pour ainsi dire plus d'importance et étaient bien ceux d'une vieille dame. Sa tête se détachait d'un tapis persan pendu au mur, dont le centre était bleu ciel ; et pendant quelques instants il vit Mme Laurencin devant un arrière-plan en mouvement – qui n'était pas celui de la cour d'usine ou des rues animées – mais un ciel pâle où passaient quelques nuages isolés apportés par le vent. Cette vision délicate persista quelques instants dans cette vaste pièce remplie de lourds fauteuils sombres et de nombreux tapis, avec cette large ouverture arrondie qui conduisait dans la grande salle à manger où l'on avait déjeuné. En arrière, dans l'encadrement de l'une des fenêtres, on voyait la couronne mordorée d'un arbre baigné de soleil, c'était l'automne.

« Et qu'est-ce qui vous rend si particulièrement heureux, mis à part votre jeunesse ? » demanda Mme Manon.

« Eh bien, ce n'est pas si facile à dire – » répondit-il, « c'est justement la... la vie » conclut-il vivement, et il sentit de nouveau ce mouvement le transporter au sommet d'une voûte, comme hier soir au moment de s'endormir, et le pousser en avant comme une figure de proue sur l'éperon d'un bateau.

« J'espère qu'elle va combler toutes vos attentes, M. Castiletz, vraiment toutes » dit-elle en souriant et elle leva son verre à liqueur très évasé.

« Allors disons, vive la vie. »

Conrad s'inclina légèrement et but à la santé de la vieille dame. Il ne faut pas manquer de dire qu'à ce moment là, il était à deux doigts de lui raconter l'anecdote de l'oncle Christian et de l'armoire magique, ce qui était certainement de la part de Castiletz un signe de confiance particulière. Mais il n'alla pas jusque là. La discussion changea, comme il est courant, et s'orienta cette fois dans une autre direction aux allures de confidences et au fil de la conversation Castiletz, emporté par sa sincérité vis-à-vis de celle qui l'écoutait comme une mère, en arriva à dire, chose remarquable, que si jamais il devait se marier, ce ne pourrait être qu'avec une jeune fille qui soit plus âgée que lui.

« Eh bien, M. Castiletz, ce souhait ne devrait pas être trop difficile à réaliser, quand le temps sera venu » dit-elle en riant, « en général on cherche plutôt l'inverse. »

Il avait exprimé sa position sur cette question avec une mâle détermination et c'est peut-être justement ce qui explique que Mme Laurencin ne prît d'abord pas au sérieux cette façon de dogmatiser sur un monde pour ainsi dire à l'envers. Mais sur ce point, la jolie vieille dame se trompait car tout en parlant, Conrad avait pensé à Reutlingen et à ses trois conquêtes (Achalm), avec un vif déplaisir (après-coup).

Toutes les trois étaient plus jeunes que lui. Entre-temps Mme Laurencin était retournée à un autre sujet qui lui semblait plus intéressant, et qui concernait les relations en ville.

« Il y a quelques maisons charmantes chez nous que vous apprendrez aussi à connaître. Il y a d'abord votre tante, Mme de Spresse. Je trouve toujours extraordinaire, et c'est pour moi une marque d'esprit et de personnalité, qu'une dame d'un certain âge, seule, et sans enfants, et à qui ses revenus le permettent, ouvre sa maison – et quelle maison agréable de surcroît ! – et reçoive fréquemment des invités. Elle est vraiment presque parvenue à "tenir salon" comme on disait autrefois, pour autant que l'on puisse parler de "salon" dans une ville purement industrielle comme ici. De ce fait, cette hospitalité a vraiment une note d'altruisme ; elle s'arrange pour mettre tout le monde aussi à l'aise que possible, elle se dévoue entièrement à ses hôtes pour créer un terrain propice où se rencontrent les gens les plus différents. La façon qu'ont certains d'ouvrir leur maison uniquement à cause de leurs filles et d'y mettre fin dès que celles-ci ont quitté le toit paternel, voilà une habitude que je trouve exécrable. C'est comme ça à Vienne par exemple, c'était du moins une pratique avouée dans la Vienne d'autrefois. »

« Vous y avez vécu quelque temps ? » demanda incidemment Conrad que tout cela n'intéressait guère.

« Oui, quand j'étais jeune fille, j'y ai passé deux ans. N'y êtes-vous jamais allé ? »

« Non, » répondit Castiletz. Brusquement une ombre passa sur ses traits et il ajouta :

« Je n'ai même jamais été à Salzbourg. »

Ce changement inopiné et cet assombrissement n'avaient pas échappé à la vieille dame. Elle demanda :

« Est-ce que cette ville a quelque chose de particulier pour vous ? »

« Non – » dit Castiletz lentement, « absolument pas. Tout est en ordre. Mais – Salzbourg n'est-elle pas une ville très austère, coupée du monde, je veux dire, enfin – sévère ? »

Et il se rendit compte en même temps que ce qu'il venait de dire était absurde, mais pourtant moins absurde que s'il avait raconté précédemment l'histoire de l'oncle Christian.

« Ah bon, et comment donc ? » s'exclama-t-elle sans plus cacher son étonnement, « au contraire ! Salzbourg est l'un des plus beaux endroits d'Europe, l'un des plus vivants ! Vous n'avez encore jamais vu de photo de Salzbourg ? »

« Si, bien sûr, chère madame, ce n'est là qu'un préjugé de ma part... », et poussé par une sorte de hardiesse désespérée il prit les devants et changea à son tour le sujet de la conversation pour la ramener au point de tout à l'heure et sortir de cette impasse où il avait failli être malmené et sombrer dans le ridicule.

Elle se rendit à sa volonté sans autre remarque et continua à décrire la société de l'endroit et ses à-côtés, non sans mentionner qu'elle et son époux – « malheureusement nous n'avons pas d'enfants » – ne pouvaient pas s'imaginer la vie sans une maison ouverte et joyeuse. Et à la fin elle ajouta :

« Du reste nous allons vraiment être gâtés pour la vie en société puisque mon beau-frère, Robert, le frère cadet de mon mari, a pu être nommé ici Président du tribunal régional et qu'il viendra s'installer dans notre ville avec toute sa famille dans le courant de l'année. Les Veik sont tous de vrais Rhénans et Robert Veik encore plus : il y a souvent autant d'animation que dans une ruche. Il avait deux filles, il n'en reste maintenant c'est vrai plus qu'une, une très gentille demoiselle. »

« Votre époux n'avait-il pas aussi un frère aîné, qui est décédé ? » demanda Castiletz.

« Oui, Max Veik. Il est mort il y a quatre ans. Il a dirigé pendant plus de vingt ans la fabrique de sangles où se trouve maintenant le vieux Eisenmann. Vous ferez sa connaissance et l'on peut dire que c'est une chose qui en vaut la peine. »

17

A quatre heures moins dix, Conrad descendit du tramway numéro 3, s'orienta encore une fois avec le plan, constata que tout était en ordre et remonta lentement la Hans-Hayde-Strasse légèrement en pente jusqu'au numéro 5.

Il passa devant la maison vu qu'il était encore trop tôt (quatre heures moins huit) et observa à la dérobée le bâtiment brun de quatre étages assez profond avec un jardinet devant, la partie centrale faisait une avancée où s'ouvrait une large porte cochère par laquelle on pouvait apercevoir la cour. En remontant un peu la rue, il y avait un parc sur la gauche conformément au plan et le soleil qui perçait maintenant à travers une trouée de ciel bleu allumait dans les arbres un festival de couleurs. Il regarda de nouveau sur le plan et voulut traverser la rue juste en face d'un bouleau aux feuilles très colorées qui faisait l'angle du parc, à la limite de l'asphalte du trottoir – Conrad recula d'un bond : de la petite rue adjacente qui débouchait près du parc arrivait un énorme camion peint en jaune, un camion citerne comme il put le voir ensuite, il ne faisait presque pas de bruit mais filait droit sur lui. Le chauffeur klaxonna. Conrad plia le plan et reprit ses esprits après cette petite frayeur. Il entra dans le parc propre et désert, il y avait des corbeilles à papier blanches et l'on avait une très belle vue sur les grandes pelouses dont les bords étaient partout jonchés de feuilles mortes de bouleaux, jaunes et blanches. Au loin on voyait dépasser les pignons de quelques maisons aux allures de villas. Conrad put encore constater que la ligne 3 du tramway obliquait ici vers le parc et qu'il y avait à cet endroit un arrêt dans les deux sens. Il aurait pu descendre plus tôt et rejoindre à pied la rue dans l'autre sens. Conrad décida que c'est ici qu'il attendrait le tramway demain, plutôt qu'en bas ; après avoir aussi fait le point là-dessus, il fut temps de faire demi-tour (quatre heures moins deux).

Cette maison, au 5 de la Hans-Hayde-Strasse, qui était d'un brun chaud à l'extérieur, était à l'intérieur toute peinte en blanc, du moins jusqu'au premier étage habité par M. de

Hohenlocher. Sur le palier où semblait régner un silence absolu, il y avait trois portes blanches – pourtant Castiletz entendait maintenant quelque part comme un bruit de fouet, un claquement, quoique faible et étouffé, derrière les portes. Sur celle qui se trouvait à l'extrémité du palier, à gauche, il y avait un cadre de métal vide destiné à accueillir le nom du locataire ou sa carte de visite, celle qui se trouvait au milieu, dans la partie qui avançait, ne portait rien – elle n'avait pas de poignée non plus – et sur la droite se trouvait une plaque de laiton poli : Hohenlocher. Conrad sonna. A l'intérieur on entendit de nouveau des claquements.

La porte blanche s'ouvrit aussitôt entièrement ; en retrait se tenait quelqu'un dont on remarquait d'abord les yeux très grands et clairs au regard avenant et doux dans un petit visage au nez pointu, un petit visage dont l'âge et la couleur semblaient de premier abord aussi peu définissables que ceux d'une honnête blague à tabac qui a beaucoup servi.

Conrad voulut expliquer sa venue mais ceci ne semblait pas nécessaire, la servante – telle semblait être la fonction de la petite bonne femme – l'aida à se débarrasser de son manteau et lui indiqua une grande porte tout aussi blanche que celle du palier par laquelle Castiletz était entré. Il frappa. A l'intérieur il entendit une voix forte et aimable « entrez », et au moment où Conrad ouvrait, un nouveau coup partit : dans la pièce le claquement faisait un bruit terrible.

Non loin de la porte, dans cette vaste pièce – où tout semblait étroit et en hauteur : armoire, fenêtres, rideaux – un homme portant un costume d'intérieur en soie avec cordelette autour de la taille se leva d'une large ottomane ; sur sa poitrine pendait une paire de jumelles d'artillerie Zeiss ; il fit passer de la main droite dans la main gauche le pistolet d'entraînement au canon allongé. Dès qu'il vit M. de Hohenlocher, Conrad pensa à un grand chien de chasse : il en avait tout à fait l'allure, la démarche souple et son visage glabre avait les mêmes plis.

« Hohenlocher » dit le chien de chasse, répondant à Conrad qui venait de se présenter poliment. « Prenez place, je vous en prie, M. Castiletz. Et excusez la pétarade. Mais il faut que j'en tire encore une, j'étais justement allongé dans la bonne position. »

« Vous tirez allongé ? » dit vivement Conrad, courtois et diplomate.

« Oui, par paresse. Vous voyez, sur la cible, là-bas. »

A l'autre bout de la pièce tout en longueur, on voyait au-dessus de la cheminée une grande cible solide en bois clair avec au milieu le petit carton cerclé.

« Et les jumelles ? » demanda Conrad.

« C'est pour que je puisse voir exactement les impacts depuis mon ottomane. Au bout de vingt coups je change de carton. »

« Magnifique ! » s'écria Conrad. « Vous tirez, et à chaque fois vous regardez avec vos Zeiss ? »

« Oui, c'est ça. Je peux alors voir la cible comme si elle était sous mon nez et de ce fait je n'ai presque pas besoin de changer de position. Alors vous voulez voir l'appartement d'en face, M. Castiletz ; Mme Schubert va vous y conduire. Si vous voulez rester, c'est avec elle que vous réglerez tout. »

Il appuya sur une sonnette.

Mme Schubert passa devant pour traverser le palier (un coup de feu claquait maintenant de nouveau derrière eux) et elle ouvrit la porte qui portait le cadre de métal vide.

Ils furent accueillis dans le petit appartement par la discrète odeur de propre et la fraîcheur que l'on trouve dans les pièces qui n'ont pas été utilisées depuis longtemps mais qui sont bien tenues. Les deux pièces d'ici – dont M. de Hohenlocher avait fait une seule grande pièce de l'autre côté – exhibaient leurs meubles neufs, bien lisses et bien nets ; dans la lumière pâle de cette fin d'après-midi l'éclat du verre et du métal brillait doucement dans le silence. Une fenêtre de la chambre à coucher située au fond s'ouvrait sur une cour en demi-lune où débouchait la porte cochère de la maison ; Conrad remarqua que ce que l'on pouvait appeler le côté intérieur de la maison n'était pas de la même couleur que la façade, mais badigeonné en blanc. D'ici, on avait une vue étonnante sur une multitude de toits qui descendaient doucement vers le cœur de la ville. Dans le ciel, le passage intermittent des nuages laissait filtrer le soleil qui éclairait les détails des lointains avant que ceux-ci ne soient repris par la brume. Le crépi blanc de l'arrière cour affichait tantôt un reflet clair, tantôt un gris doux, au gré de l'évolution du ciel.

Conrad savait qu'il resterait ici. Il regarda en bas le dallage de la cour en briques hollandaises et régla avec minutie tous les problèmes avec Mme Schubert. Il se mit déjà d'accord avec elle pour qu'elle le réveillât bien le lendemain à six heures moins le quart (« le réveil sera mis pour cinq heures et demi et elle viendra encore par mesure de sécurité » se dit-il). Puis il tira son portefeuille. Et (se rappelant les préceptes de son père) Conrad donna à Mme Schubert une avance de cinq marks sur le salaire convenu pour le ménage. Si une souris avait pu sourire, elle l'aurait fait comme Mme Schubert le fit à cette occasion.

« Le mieux » dit M. de Hohenlocher lorsque Conrad l'eut rejoint « est que vous envoyiez maintenant la Schubert à l'hôtel de la gare payer votre note et prendre vos bagages. »

Son bras était chargé de bouteilles et de siphons, et il déposa le tout sur un petit guéridon à côté de l'ottomane jonchée de coussins en désordre.

« Qu'est-ce que vous voulez ? » demanda-t-il à Conrad et comme celui-ci, qui ne buvait presque jamais, ne savait pas bien quoi prendre, il dit « prenez du gin, la boisson de toute façon la plus raisonnable » et il remplit pour Castiletz un verre bleuté et évasé.

« Bon alors » dit M. de Hohenlocher et il but à sa santé, « le plus important : avoir un chez soi. »

18

On envoya la Schubert, et depuis l'ottomane M. de Hohenlocher saisit le téléphone pour que Conrad puisse appeler l'hôtel de la gare. « M. le Conseiller Veik », dit Castiletz après avoir reposé le combiné « vous a déjà parlé de moi, M. de Hohenlocher, si je ne me trompe pas ? »

« Oui, mais il n'y avait rien là d'important ou qui puisse

vous intéresser », répondit le maître de maison avec une franchise désinvolte, et à cet instant un instinct solide, sagace et sans vanité, releva chez Conrad, pour la première fois, la supériorité de son interlocuteur, toute différence d'âge mise à part. « Il a seulement été question qu'il allait y avoir un nouveau stagiaire pour sa boîte, le fils d'une de ses relations d'affaires. A propos, à quelle heure devez-vous commencer le matin à la fabrique de tissus ? »

« Sept heures. »

« Peu après minuit donc. Je suis curieux de savoir si vous allez monter jusqu'au poste de président directeur général. »

« Ça m'étonnerait » dit Castiletz en riant. « Je serais déjà satisfait si mes connaissances me permettaient de trouver quelque part, d'une manière ou d'une autre, un poste convenable. »

« Allons bon – Je vois la situation autrement » dit M. de Hohenlocher après un silence et il jeta sa cigarette. « Primo ce n'est pas quelque part – mais ici. Secundo, ce n'est pas : d'une manière ou d'une autre – mais énergiquement et tambour battant. Du reste : vous n'entrez tout de même pas dans l'industrie pour prendre votre retraite comme Haut Conseiller d'administration au bout de vingt-cinq ou trente ans de service. On laisse ces choses-là à des gens comme moi. Mais dans votre cas l'enjeu est différent. »

Il regardait Conrad, les paupières mi-closes. Ses paroles avaient quelque chose d'accessoire dans leur ton, comme s'il parlait de choses qui se trouvaient à cent lieues : et en même temps elles avaient quelque chose d'exact et de précis, une précision pour ainsi dire implacable – tapie quelque part en arrière-plan.

« Et quel serait en fait cet enjeu ? » demanda modestement Castiletz qui, par le passé, avait manqué plus d'une fois les cours du soir de l'institut culturel pour les élèves de commerce et les employés commerciaux (peut-être se souvient-on encore pourquoi) mais qui était là tout prêt à apprendre quelque chose.

« L'enjeu c'est le pouvoir », dit M. de Hohenlocher et il eut un léger bâillement. « Moi, je m'en fiche, et il n'a rien qui puisse jamais m'attirer. Je ne fais que constater. »

« J'ai suivi le désir de mon père » répondit Conrad, comme s'il battait en retraite, « et c'est certainement ce qu'il y avait de mieux. »

« Sans doute » dit M. de Hohenlocher.

Avec lui, il était difficile d'être d'accord ou pas d'accord. Il présentait sa propre opinion à l'autre, parfois sans aucune gêne et en toute franchise mais toujours avec cet air détaché ; puis il se retirait le cas échant, tout comme on referme l'étui à cigarettes qu'on a présenté à une personne qui dit ne pas fumer. D'une manière générale Hohenlocher ne semblait pas vraiment ressentir le besoin de s'exprimer ; quand il parlait c'était un peu comme quand quelqu'un dessine de petits bonshommes dans la marge d'une feuille de papier ; il pouvait ainsi à tout moment s'arrêter de parler, simplement parce qu'il en avait assez (par paresse ?) et il était sans doute fort improbable qu'il se fût jamais accroché avec quelqu'un. Maintenant il se taisait, il étendit la main vers le bouton électrique et il alluma une petite lampe colorée qui était fixée au mur au-dessus du lit ; il commençait à faire sombre.

« Dans la famille Veik il y a surtout des femmes et de vieux messieurs », fit remarquer M. de Hohenlocher après avoir rempli un verre de gin mélangé à de l'angostura-bitter.

« Mais pas de vieilles femmes, semble-t-il » s'empressa d'ajouter Castiletz à qui cette allusion réussie à Mme Laurencin fit plaisir.

« Vous pensez à madame la Conseillère ? Oui... l'autre est pareille, à sa manière, c'est-à-dire fraîche et belle et de surcroît bien plus jeune. »

« Vous parlez de la femme du Président du tribunal, qui... doit être muté ici, d'après ce que j'ai entendu, n'est-ce pas ? » dit Castiletz, poli et empressé.

« Oui, la femme de Robert Veik. Elle s'appelle Gusta. Sa belle-sœur n'a pas d'enfants, comme vous l'apprendrez peut-être, quant à Gusta Veik, elle avait deux filles, maintenant elle n'en a plus qu'une. »

« L'autre est morte ? »

De la rue parvint un cri, assez perçant, comme en pousse une petite fille qui vient d'être découverte en jouant à cache-cache. M. de Hohenlocher tourna la tête et Conrad fit de même par une sorte de politesse, vis-à-vis de l'autre, parce qu'il avait vraiment été effrayé et qu'il voulait le cacher par un mouvement du corps.

« Ma foi, morte... on l'a assassinée » fit remarquer Hohenlocher et il se remit à bâiller.

« Mais... ! » dit Castiletz en se penchant en avant.

« C'était sa faute, entièrement sa faute. Elle a été victime d'un crime crapuleux. »

« Un crime crapuleux... et, dans quelle mesure est-ce que c'était sa faute ? »

« Une bien gentille fille... » dit Hohenlocher comme s'il se parlait à lui-même, « elle avait même une certain caractère, pour autant que l'on puisse parler de caractère chez une personne de dix-neuf ans. Mais folle. Les Veik sont des gens immensément riches, ce n'est certes pas nouveau pour vous. Et le frère aussi, notre futur Président, il a aussi sa part dans l'héritage des usines, ça va de soi, en plus il a une énorme fortune. Enfin, elle était folle, elle était toquée de bijoux, mais à un point tel que je n'avais jamais rien vu ou entendu de pareil. Le vieux, amoureux de sa cadette – la petite s'appelait Louison – avait amassé pour elle au cours des années un véritable trésor des Nibelungen, c'était tout simplement fantastique, je vous le dis, une fortune tout à fait exceptionnelle pour une gamine d'à peine vingt ans, rien que des choses choisies. Ça a fini par lui coûter la vie. Elle voyageait beaucoup, allait voir des parents, ici en Allemagne, ou bien à l'étranger, et à chaque fois, elle charriait tout cet or du Rhin avec elle. En fait, le père n'aurait jamais dû tolérer ça, je ne sais même pas s'il était au courant. Il paraît qu'elle était toujours d'une imprudence extrême, elle s'amusait avec ses bagues, parfois en présence d'étrangers, à l'hôtel ou dans le train. Et puis ça a fini par arriver. D'ailleurs on n'a jamais retrouvé un seul des bijoux. »

« Et les auteurs du crime ? »

« Jusqu'ici on ne les connaît pas. »

« Et – quand donc est arrivé ce malheur ? »

« Je ne sais plus très bien. Ça doit faire quatre ou six ans, à peu près, ou plus encore. »

Conrad se transformait une fois encore en personnage romantique : confronté à un cas pareil, dans ce monde nouveau et captivant... il but de lui-même une grande gorgée de gin. Cette grande pièce dont le fond était plongé dans l'obscurité et où rougeoyaient faiblement les plaques de la cheminée – avant de partir, Mme Schubert avait encore tisonné le coke – la petite lumière colorée et chaude au-dessus du lit, même cette boisson aussi à laquelle il n'était pas habitué, dans des verres évasés, et toute cette conversation qu'ils étaient en train de mener là – Castiletz voyait tout cela maintenant comme de l'extérieur et il y prenait plaisir. Mais la remarque que fit M. de Hohenlocher n'allait guère avec cet ensemble :

« Ce sont là les maladies des gens trop riches. Et certains en meurent. »

Et puis, après un temps :

« Elle avait quelque chose de sa tante Manon, avec laquelle elle n'avait pourtant aucun lien de sang. »

« Ah oui... ? dit Conrad qui s'était levé et (peut-être pour goûter davantage tout le romantisme de la chose) avait reculé jusqu'à la cheminée. Et de là-bas, il lança sa comparaison entre Mme Manon Veik et les tableaux de Marie Laurencin.

« C'est juste » dit M. de Hohenlocher. « Vous avez raison. L'autre, Marianne, ressemble à son père. Louison était brune, tout comme sa mère, Gusta Veik. N'importe comment, il n'était pas difficile de reconnaître qu'il s'agissait de deux sœurs. »

« Ce malheur a dû laisser une marque terrible dans la famille » dit Castiletz, « et... il y a quand même quelque-chose qui me surprend un peu. »

« Oui, et quoi donc ? »

« Eh bien, pardonnez-moi – bien que d'un autre côté il soit tout à fait compréhensible et excusable que je désire en savoir plus sur la famille de mon futur patron, parce que ça m'est utile et nécessaire, ne serait-ce que pour ne pas faire d'impair – pardonnez-moi, il me revient maintenant à l'esprit que Mme la Conseillère Veik, Mme Laurencin donc, parlait d'une vie toujours très animée dans la maison Robert Veik, ce qui est tout de même étonnant. »

« Pas tant que ça, quand on y regarde de plus près – sans compter que ça fait plus d'un lustre que s'est produite cette catastrophe. N'avez vous d'ailleurs rien su de tout cela ?

Votre père connaît pourtant l'actuel patron des deux usines depuis pas mal d'années, pour autant que je sache ? »

« Mon père, autant que je m'en souvienne, ne m'en a jamais rien dit. Peut-être ne savait-il rien lui-même, ou rien de précis, en fin de compte les deux hommes ne sont que des relations d'affaires comme on dit. Et puis – depuis la mort de ma mère, mon père a... énormément changé ; il a vieilli, il s'est complètement replié sur lui-même. Oui, je crois bien que je n'ai entendu prononcer le nom de Veik qu'au moment où il était acquis que je viendrai ici, c'était il y a trois semaines environ. Peut-être aussi que mon vieux père voulait me laisser disponible, je ne sais pas. Je lui poserai la question à l'occasion. »

« Disponible... » répéta M. de Hohenlocher. « Ma foi, c'est fort bien. En ce qui concerne les réceptions chez les Veik, c'est en rapport avec Marianne. Aussi longtemps qu'a vécu sa sœur cadette – il n'y a du reste qu'un an et demi de différence entre les deux jeunes filles – c'est celle-ci qui avait sans conteste le premier rôle, bien que Marianne, ou Marion comme on l'appelait aussi souvent, soit vraiment une jolie fille, grande et blonde – ceci dit, Louison était la plus élégante des deux, la plus intéressante à tous les points de vue. La préférée du père, il n'y avait pas de mystère. Elle avait quelque chose de méridional, comme sa mère, une race bizarre... sa sœur aurait atteint à cause d'elle les tréfonds du malheur, j'ai entendu quelque chose dans ce sens, c'était à Leipzig à une époque où j'étais beaucoup en relation avec les Veik : il y a eu une histoire de fiançailles rompues avec Marianne à cause de Louison, sans que celle-ci en tire apparemment un quelconque profit pour elle. – eh oui, comme toujours, à l'époque, ces choses-là n'étaient un secret pour quasiment personne. Le vieux a reporté tout son amour sur l'unique enfant qui lui restait comme pour rattraper quelque chose de perdu, c'est vrai... c'est compréhensible. Et c'est ainsi que les esprits de la vie se sont par la suite réveillés chez les Veik. »

« Bien sûr, je comprends parfaitement maintenant » dit Conrad qui était près de la cheminée.

« Il me revient à l'esprit » dit Hohenlocher lentement et d'un air pensif, « que Marion a dit une fois de sa sœur

Louison qu'elle était une sorte de "Männlein Zapp", c'est une espèce de petit bonhomme dont l'apparition porte malheur – "une certaine sorte de vieux petits bonshommes, quand je les rencontre dans la rue, à tous les coups il y a quelque chose qui va de travers". C'est ainsi qu'elle parlait. Ça pourrait être du Hoffmann, c'est peut-être de là du reste qu'elle le tient. Elle appelait donc ça des "Männlein Zapp". Et Louison était son "Männlein Zapp". Une sorte de génie naufrageur en somme qui envoie les fiançailles par le fond, si l'on peut dire.

Ces indiscrétions désinvoltes et faites comme dans un monologue plongeaient peut-être leurs racines dans une indifférence si profonde qu'elles ne pouvaient pas apparaître comme telles à Castiletz : cette indifférence se haussait dans le meilleur des cas jusqu'à l'amusement pour toutes ces situations abordées mais pouvait tout aussi bien se muer en quelques instants en un oubli complet des choses. Car sans changer de ton, le maître de maison poursuivait maintenant : « A propos de la Schubert, je voulais vous dire quelque chose. C'est qu'elle a aussi un grain, et il faut le connaître. Elle pense qu'elle arrivera encore à se marier, je crois même qu'elle a un type, avec qui elle prend l'affaire au sérieux. A l'évidence, c'est sans remède – je veux dire, quand on regarde le petit bout de femme. Bien entendu le type fait de temps en temps, ou toujours, des bêtises, il court après une autre, ou bien... bon, en soi il n'y a rien là d'intéressant ; mais c'est dans ces moments-là que surgit ce que l'on pourrait appeler le point faible du caractère de la Schubert, disons : le "punctum minimae resistentiae" schubertien. Et ce n'est pas tout simple à décrire... Chaque caractère possède sans doute au fond de son mécanisme un défaut de fabrication mis là à dessein par le Créateur, il constitue le plus grand danger pour la vie de l'intéressé mais aussi sa plus haute virtualité, dans la mesure où, par exemple, il suffit à quelqu'un de découvrir ce point pour être alors capable d'ôter de ses gonds tout le reste de son caractère, le décrocher et devenir pleinement libre... bon, c'est vraisemblablement là le sens qu'il faut voir à de telles manifestations, ou c'est du moins ce qu'il devrait être pour des esprits croyants, disons : chaque défaut de caractère, une mission pour la vie. Eh bien à la vôtre ! Il y aura davantage corrélation avec les dangers de ce défaut de fabrication ; et le fameux point à partir duquel on pourrait pour ainsi dire, dans le sens que je veux indiquer, attraper sa vie, deviendra dans la majorité des cas le point où l'on se fera attraper par la vie. Bon, chacun a sans doute le sien. Et la Schubert, elle ne démord pas de ses illusions, de ses projets d'épouser quelqu'un, quelque part dans l'avenir. Que ces illusions en viennent à être trop brutalement contrecarrées par les faits, alors – ne croyez pas qu'elle se libère de ces illusions en cédant pour ainsi dire à la pression des faits, non, elle se dérobe, comme un cheval qui ne veut pas sauter, qui se dérobe devant l'obstacle et cherche même à s'emballer, ce qui bien sûr n'est pas possible. Or la vie n'est pas une course d'obstacles avec de grandes haies à gauche et à droite, ou plutôt, les haies y sont à peine visibles, discrètement agencées, on ne les voit pas... en tous les cas, la Schubert à tous les coups elle s'emballe. Elle prend un visage de pleureuse, mais furieux, petit et serré comme un poing mouillé. Une étrange colère s'empare d'elle, une colère sourde, désespérée, et elle se retrouve hors des rails, inaccessible à la raison. Bon, il paraît que toutes les formes de fuite devant la vie sont au fond pathologiques ; eh bien il n'en va pas autrement avec la Schubert. Elle fuit la faiblesse et sa situation de femme qui ne compte pas et se polarise sur la fureur, à seule fin de ne pas être obligée de reconnaître ce qu'il en est. J'ai découvert une fois qu'elle était restée trois jours sans manger tellement elle était furieuse. Elle est tombée comme un mouchoir. Une autre fois, elle s'est coupée (c'était du fait exprès à mon avis) en épluchant les légumes, or pendant toute la journée elle a laissé telle quelle cette blessure qui n'était pas bénigne – ça, il n'y a pas de doute, elle le faisait exprès, ou mieux, tendancieusement – et la cuisine était pleine de taches de sang, comme un étal de boucher. Vous allez me demander pourquoi je ne la fous pas à la porte. Or primo, il n'y a pas plus dévoué, on peut lui faire confiance et c'est une domestique de célibataire qui s'est bien rôdée à mon contact au fil des années, qui ne m'apporte pas des escarpins quand je demande des mocassins noirs et qui sait qu'on ne porte pas de cravate en laine avec un costume de soirée. Secundo, elle ne pique que fort rarement des crises, une fois par an, ou tous les deux ans. Et tertio, ça m'amuse. Je suis curieux de savoir comment les choses vont se terminer. Quand ça devient nécessaire, je ferme le robinet du gaz ainsi que la petite porte qui se trouve devant. – Mais revenons à vous, c'est-à-dire à la recette que je veux vous donner pour la Schubert : il faut faire attention qu'elle ne vous raconte pas ses malheurs, avec un petit visage serré comme un poing mouillé. Car à force de contre-arguments raisonnables on en est immanquablement conduit à dispenser des consolations – et ça ne peut avoir qu'un effet aggravant comme vous l'aurez sans doute compris d'après ce que j'ai dit ; car on se met alors à tirer dans le sens inverse, c'est-à-dire dans le sens de la vie. Or les mécanismes pathologiques ne sont pas aussi simples que l'on puisse les extirper comme on arracherait un clou tordu d'une planche. Même dans les états affectifs normaux il ne suffit pas d'aller en sens inverse. Ainsi donc : ne tolérez pas qu'elle vienne se plaindre à vous. Prenez aussitôt un regard distant et des yeux froids comme du verre qui la fassent sortir de la pièce. Et ça, il faut l'apprendre, hélas. La fausse intégration sociale n'a pas de sens (seule la bonne en a un et elle a d'ailleurs un aspect tout différent). Ça peut être une erreur colossale que de s'adapter d'emblée au premier fou venu, d'être bienveillant, compréhensif et gentil et bon. En agissant ainsi on fait montre d'un comportement de bon samaritain qui ne manque pas d'allure, mais on se marche soi-même sur les pieds et on finit par tomber la tête la première dans sa propre amertume, son ressentiment, sa sentimentalité, bref à s'enliser dans ses plus misérables virtualités. Et on finit par devenir malveillant. Personne ne peut garder longtemps ce genre d'humanité qui cherche à plaire et ce genre de générosité. Ce sont des "chèques tirés sur une banque où l'on n'a pas de crédit" comme disait naguère un poète anglais. Non, monsieur Castiletz, je vous demande donc d'avoir des yeux froids comme du verre, de vrais yeux de verre. Il n'y a pas moyen de s'en tirer autrement, même pas avec la Schubert. De plus, personne n'a le droit de provoquer quelqu'un d'autre sur son point faible. Les yeux de verre sont moins beaux mais ils témoignent sans nul doute d'une plus haute valeur morale que de bons gros yeux bovins. »

Monsieur de Hohenlocher, non seulement ennuyé mais aussi épuisé par ce grand discours qu'il considérait visiblement comme inévitable, sombra dans le silence et dans les coussins au fond de son divan. Mais Castiletz, qui avait depuis longtemps quitté la cheminée pour rejoindre son ancienne place dans le fauteuil près de la petite table encombrée de bouteilles – Castiletz par contre semblait avoir été mis dans un soudain état de tension par les propos du maître de maison. Ses yeux palpaient les verres comme s'il voulait emprunter à ces objets fragiles, transparents et évasés, une forme que son esprit n'arrivait pas à produire parce qu'en ce moment il ne disposait pas d'emblée des mots, comme le buveur dispose d'un verre.

Il se pencha en avant et dit, le regard toujours accroché au rebord de la table :

« Vous pensez donc qu'il est plus avantageux, voire absolument utile et nécessaire de ne pas s'adapter comme ça à chaque individu ou encore à un groupe où l'on arrive, c'est-à-dire de ne pas être trop conciliant et aimable... mais qu'il serait préférable, d'une certaine façon, de rester tout seul et, d'après l'autre possibilité évoquée : de prendre un air froid et distant, ce qui, dans le prolongement de cette possibilité, ferait qu'en fin de compte on rencontrerait bien moins d'obstacles et qu'on serait en fait davantage demandé... Vous pensez qu'il y a plus d'avantages à tirer de ce côté là ? »

Castiletz parlait d'une voix hâchée, sans regarder monsieur de Hohenlocher : sinon il aurait pu remarquer ses yeux maintenant froids comme du verre derrière ses paupières mi-closes, observant son hôte comme on observe une plante rare dans l'herbarium. Ils restèrent tous deux un moment silencieux. Puis le maître de maison dit :

« Bon. Vous dites : avantages, avantageux. Il faudrait savoir qu'il s'agit au fond de ce que l'on appelle généralement un comportement. Or les avantages ou les inconvénients liés à un tel comportement n'ont qu'une importance de deuxième ordre. Le comportement tire sa légitimation d'autre part. »

Conrad leva les yeux. Il savait qu'il venait de faire une erreur. Peut-être même plus que ça : une erreur qu'il ne commettait pas pour la première fois de sa vie et qui était par conséquent importante et significative. Il luttait pourtant en vain pour bien la reconnaître, pour la fixer, bref, pour remettre de l'ordre. Mais en même temps il se trouvait confronté maintenant et pour la deuxième fois à une chose qui se dressait devant lui sous une forme toute nouvelle et qui n'avait été jusqu'à présent que le seul fait de son père : l'autorité.

Avec toutefois la noirceur de l'ébène en moins.

19

C'est à point nommé qu'apparut la Schubert, annoncée par le ronronnement d'un taxi arrêté devant la maison et par les échos de paroles aimables échangées dans l'entrée avec le chauffeur qui l'avait aidée à monter les bagages.

« Faites-nous du café » dit M. de Hohenlocher, « et faites du feu en face, chez M. Castiletz. »

Et à l'adresse de Conrad : « Vous pouvez encore attendre un peu avant de déballer vos affaires, jusqu'à ce qu'il fasse chaud. Au cas où vous voudriez manger ici ce soir, dites-le à la Schubert, elle vous apportera votre dîner. Elle compte généralement soixante-dix pfennings pour un repas, le soir. »

Du même coup le maître de maison avait également dit qu'il souhaitait dîner seul.

Un silence s'ensuivit et il dura longtemps. Dans la cheminée, le coke rougeoyait en silence derrière la grille. A un moment, M. de Hohenlocher dit :

« Oui, oui, les nouvelles choses de la vie et ses à-côtés arrivent souvent à toute vitesse et en filigrane, comme des concepts en quelque sorte, comme le nom d'une ville : mais ensuite les cadres vides se remplissent et se remplissent encore ; leur contenu a un caractère d'engagement parce qu'ils dépassent largement les simples faits, et puis la voilà : la vie – comme on dit si joliment. Mais au départ il a suffi de trouver un train quelconque dans un indicateur de chemin de fer et de partir quelque part. »

« Comme c'est beau – la vie », dit Conrad avec une vivacité qui contrastait avec le ton presque indifférent de Hohenlocher.

« A quarante-cinq ans, je ne peux que confirmer pleinement cette idée », répondit celui-ci. Et puis ils ne dirent plus rien.

Quand il arriva dans l'appartement d'en face, Conrad le trouva chaud et clair. Il était heureux. Si les paroles pleines d'autorité de M. de Hohenlocher n'avaient pas pesé sur sa bouche comme un couvercle, il aurait immanquablement « fait la conversation » avec la Schubert. Mais, en l'état des choses, il n'y eut pas vraiment de conversation et l'échange de vues ne dépassa pas le niveau des faits – c'est-à-dire le rangement des costumes, des chaussures et des piles de linge de Conrad. Il y avait quelques bricoles (même des affaires d'escrime) mais il n'y avait pas tout cet encombrant attirail de fumeur, des étuis, des blagues, des pipes, des pots. Il n'y avait que peu de livres.

Ils se trouvaient dans une petite valise jaune et plate. Conrad l'ouvrit. *Le Tissage des sangles* par Otto Both se trouvait dessus, à côté il y avait *la Teinture* du docteur W. Zänker, bibliothèque des techniques, volume deux cent onze. Et puis du même auteur *Le Traitement chimique de la laine*. Un chapitre désagréable ! Odeur fade ! Curieusement, c'est maintemant seulement, à cet instant, que Conrad remarqua qu'il était un peu éméché (« Prenez du gin, la boisson de toute façon la plus raisonnable ! »). Dans la valise, sur le côté intérieur du couvercle, il y avait une poche en satin plissé, avec un élastique. Conrad regarda dedans et aperçut vaguement un cahier bleu. Il laissa les livres dedans (en soulevant *la Teinture* il découvrit encore *le Banquet* de Platon) et dit à Mme Schubert :

« Mettez cette valise avec les livres sur l'armoire et poussez-la au fond. »

La petite souris aux yeux clairs et engageants monta aussitôt sur une chaise et fit ce qu'on lui demandait, en bourrant avec ses poings de façon burlesque, vu qu'elle était très petite.

« Vous avez beaucoup de linge et du beau, Monsieur », dit-elle ensuite, toute occupée à le ranger.

Conrad ne répondit rien.

Tout fut très exactement mis en ordre et vérifié. Même les affaires de toilette, afin qu'aucun retard ne survienne le lendemain. Avec un instinct remarquablement sûr, Castiletz mit un bleu de travail dans une mallette et non pas la blouse blanche que les élèves de Reutlingen avaient l'habitude de porter quand ils travaillaient aux machines. C'était comme à la rentrée des classes, autrefois, en automne, quand on avait mis un peu son nez dans les nouveaux livres qui résistaient légèrement quand on les ouvrait, qui sentaient la librairie et pas encore l'école. On était là debout au milieu de la chambre qui, bizarrement, paraissait agrandie comparée aux chambres et aux pièces qu'il y avait à la campagne, et qui avait une odeur pleine de promesses et quelque chose qui annonçait des horizons lointains et nouveaux. Oui, tout était neuf (et par conséquent en ordre) et on avait gagné un peu de distance, de froide fraîcheur, par rapport à toutes les choses, la chambre, le chemin de l'école demain, les livres.

Au demeurant, tout ici semblait effectivement neuf, ou refait à neuf, jusqu'au moindre détail. Les coins arrondis des meubles de couleur ocre clair qui sentaient encore un peu le beau vernis lisse avaient un fin liseré de couleur rouge qui faisait d'autant mieux ressortir dans la pièce leurs formes ramassées, au goût du jour.

Bon, tout était maintenant terminé, vraiment. Il se lava les mains dans la petite salle de bains qu'il trouvait particulièrement mignonne et drôle. Mme Schubert arriva avec le repas.

Une heure plus tard, Castiletz se mit au lit, dans la pièce du fond dont les fenêtres donnaient sur la cour pavée maintenant sombre. Il y avait sur la table de nuit le plan de la ville et le fameux album, l'édition du jubilé de la firme Carl Theodor Veik (la « boîte » comme disait M. de Hohenlocher). Conrad était étendu sur le dos. Tout se mêlait et résonnait en lui comme des cordes qui vibrent mais dans un arrangement harmonieux et, d'une certaine façon, heureux. Il ressentit soudain, pendant quelques instants – bien que le repas du soir eût été copieux – une vraie fringale et son imagination lui présenta bien nettement ce que l'on appelle un « Kimmicher », une spécialité de Reutlingen, un gâteau ventru de forme pointue. Pourtant la faim disparut aussitôt et il savait maintenant qu'il n'aurait pas été en mesure d'engloutir un « Kimmicher » et qu'il l'aurait laissé sur la petite table de nuit. Il y avait quelque chose d'autre là-derrière qui descendait vers lui en quelque sorte : l'idée d'une jeune fille blonde et mûre – et sa soi-disant faim de tout à l'heure se révéla être une excitation de toute autre nature. Castiletz se retourna dans son lit, il se mit sur son séant, déplia le plan et repartit à la conquête de sa ville, celle où il allait vivre, seul dans ce logement charmant.

Il voulait se familiariser sans tarder avec sa ville, il voulait tout connaître. Il savait gré à M. de Hohenlocher de lui avoir dit certaines choses, utiles à coup sûr, sur la famille du patron (c'était le mot qu'il employait dans ses pensées : « du patron »)...

Et soudain Castiletz sentit que, un peu comme une tour dans la bataille (pour parler à la Homère, car ces vieux Romains et ces vieux Grecs sont tout de même les hôtes des cartables d'écoliers, ils doivent donc bien servir à quelque-chose !) – comme une tour dans la bataille donc, que M. de Hohenlocher s'élevait au milieu de tous les recoupements et réseaux d'idées, sa voix se retrouvait dans tous les frémissements de cordes, il tirait à lui tous les fils, comme ces petits mâts plantés sur les toits et vers lesquels converge toute une constellation de lignes. Oui, monsieur le voisin se tenait là en arrière-plan, dressé comme la mesure de toute chose, vous engageant par chacune de ses paroles. Conrad s'étonna ; il ressentit une pression qui venait de ce côté-là.

C'est pourquoi notre jeune explorateur, sur le glacis de la vie, s'emparait maintenant de l'album.

La reliure et les épaisses feuilles de papier à la cuve étaient tenues ensemble par un cordon doré terminé par des glands. Ce qu'il avait devant lui – un grand format froid et net, au luxe simple, avec un texte bien imprimé où s'intercalaient les lithographies qui n'étaient pas vilaines, des images de l'entreprise avec toutes les machines imaginables et les hommes qui travaillaient dessus – ce qu'il avait devant lui, c'était comme la transfiguration de quelques milliers de vies, c'était pour ainsi dire le ciel où ils étaient arrivés après une existence passée sous cette forêt irrégulière de toits, ces toits bas avec une moitié de pignon et une lucarne, ces toits que tout le monde connaît pour les avoir entr'aperçus, en passant, de la fenêtre du train rapide où l'on était assis ; une rangée de bâtisses dans ce genre, bien alignées, entrait dans le champ de vision, puis en ressortait, tandis que les cheminées se dressaient comme des saillies rouges dans l'azur ; et soudain tout disparaissait englouti et brouillé dans les horizons du souvenir qui se rejoignaient et basculaient derrière nous. Or, les lithographies montraient ici cette vie qui file devant nous au passage des aiguillages, sous sa forme durable, dans sa pérennité. Et le crayon de l'artiste innocent mais précis, – un photographe aurait peut-être mieux su rendre le côté solennel de la chose – ce crayon avait tout fixé sur le papier, non seulement le gigantesque enchevêtrement des machineries dans les grands ateliers, mais également les jeunes femmes sans charme qui passaient leur vie penchées sur les fuseaux et ce vieux visage d'une époque finissante, empêtrée dans ses besoins au milieu de ce progrès qui sentait l'huile et qui était le sien.

Pourtant – tout cela, Conrad ne le tirait pas du livre. Cette sorte de léger effroi et de gêne-anxieuse qui peut s'emparer du néophyte lorsqu'il pénètre dans des installations industrielles et découvre l'entreprise, cette répulsion pour les odeurs stériles et pénibles à travers lesquelles peut transparaître encore aujourd'hui la forêt où nous avons vécu autrefois – tout cela était étranger à Conrad. Grâce à l'école et aux stages de vacances, le bruit, l'odeur (si ce n'était pas celle d'une teinturerie) et la lumière des salles pleines de machines, que ce soit au tissage ou au filage, tout lui était familier, il les connaissait bien depuis longtemps. Il ne voyait pas seulement les choses de l'extérieur comme quelqu'un de passage, mais il les voyait habitées et animées de leurs rapports propres, innombrables, ingénieux, astucieux et drôles.

Au Technikum de Reutlingen, il y avait bien eu quelques

élèves par ci par là qui ne jouissaient pas d'une telle félicité intérieure. Les étudiants du genre de Conrad gardaient dès l'abord une certaine retenue aimable vis-à-vis d'eux ; on savait d'emblée qui quitterait l'école au bout de six mois ou d'un an et s'orienterait ailleurs, dans une direction inconnue. Il y en avait – rares exceptions – qui étaient malheureux à Reutlingen et à qui on n'avait rien à dire ; entamer des relations avec eux ne servait pas à grand-chose, c'était déconcertant et ça rendait inquiet. On devinait qu'on ne pouvait pas se fier à eux et on pressentait qu'ils étaient capables de changer aussi vite et aussi souvent d'écoles que d'idées de carrière. La pointe de pitié qu'il était possible d'éprouver pour leur situation malheureuse était pourtant endiguée par le fait qu'on savait secrètement qu'ils s'accommodaient très bien au fond de leur situation et qu'ils possédaient une certaine disponibilité qui faisait à soi-même défaut. Car cela signifiait aussi le passage sur une autre voie, chose difficilement imaginable quand on l'envisageait avec sérieux et dont la mise en pratique dépassait les bornes du concevable. Mais eux en étaient capables, ils se sentaient malheureux, ils en parlaient et un jour on ne les voyait plus à l'école – ils étaient donc d'une certaine façon supérieurs et nullement à plaindre par conséquent. C'est aussi ce qu'avait éprouvé Conrad à l'égard du fils d'un grand fabricant d'étoffe en Souabe qui, obéissant aux volontés de son père, était venu au Technikum de Reutlingen.

Conrad revoyait maintenant ce jeune homme, éclairé seulement par le demi-jour de l'imagination, disons à droite du livre dont il tournait les pages pour contempler maintenant l'image d'une bobineuse puis celle d'une ourdisseuse à meule (il trouvait les deux dessins « vraiment bien »). Il revoyait la tête étroite avec les grands yeux un peu humides et les cheveux plaqués sur les côtés, coupés pour faire ce que l'on appelle des « pattes », c'est-à-dire qu'ils descendaient un peu sur les tempes. Ils étaient tous les deux dans le couloir devant le secrétariat du directeur, avec d'autres camarades, et celui-ci avait dit :

« Si seulement je pouvais repartir d'ici ! »

Et les autres laissaient ces paroles glisser sur eux,

qu'auraient-ils d'ailleurs pu répondre à cela et à ce mouvement dédaigneux du menton avec lequel l'autre montrait les escaliers qui descendaient vers l'atelier de tissage ? Or, c'est bien là l'extraordinaire : ce camarade là, Conrad l'avait rencontré, après sa sortie de l'école de tissage, dans la ville de ses parents, où il occupait depuis longtemps un bon poste dans une banque... !

Il arrivait maintenant à la galerie des ancêtres de la famille Veik, au début du livre, rien que des tisserands ; un homme avec de grands yeux très bons, à côté sa femme, double menton imposant et visage d'imperator. Et puis des messieurs en redingotes des années quatre-vingts, boutonnées haut.

Conrad lut encore : « pour les ouvriers et les employés il fut en tous points un exemple, par son labeur acharné, mais aussi par sa bonté et sa serviabilité. »

Et il s'aperçut alors qu'il n'arriverait pas au bout de l'album aujourd'hui. Quoiqu'il en soit, il était tout de même bien mieux préparé qu'il ne l'était autrefois pour l'école, à l'automne... Cette phrase au-dessus de lui, bien détachée et étrangement nette, monta vers le plafond de la chambre où la lumière atténuée de la lampe de chevet faisait une douce auréole. Brusquement une odeur lui parvint et s'attarda un instant, un parfum dont il savait qu'il ne devait pas vraiment l'aimer, qu'il lui était désagréable : quelque chose comme de la gomina. C'était pourtant réconfortant et agréable, oui – comme un petit ruisseau qui venait à sa rencontre. Mais voilà qu'apparut un visage d'homme, il arrivait des lointains brumeux du demi-sommeil et resta là quelques instants : haut et allongé, mou et faible, avec des pommettes décharnées et, semblait-il, un peu humides.

« Ida ! » dit Conrad distinctement comme s'il appelait celle-ci, parce que le flot contenu du petit ruisseau, ou de quoi que ce soit d'autre, se mettait à suinter. Il sortit de sa léthargie, réveillé par le mot qu'il venait de prononcer et qui restait suspendu entre les meubles silencieux, comme un objet, mais un objet sonore.

Conrad utilisa les derniers instants de lucidité pour éteindre la lumière. Il aurait été facile d'ordonner et d'élucider, avec les paroles de Hohenlocher – qui ressortaient étrangement maintenant – l'état de rêve dans lequel il ne tarda pas à replonger ; c'était absolument clair. Pourtant, il n'arriva pas à remettre les mots dans l'ordre pour en faire une phrase. Il arriva seulement à formuler encore ceci :

« Les choses nouvelles arrivent en filigrane, tout en filigrane. Leur contenu se remplit. Avec les cadres vides. On a d'abord commencé par chercher le train. »

20

Les cadres vides se remplirent. De leurs contenus adéquats, naturellement. Et les semaines et les mois qui suivirent passèrent comme s'il s'était agi de quelques jours. Conrad était déjà rentré une fois chez lui, pour des vacances, voir son père, secondé désormais par tante Berta qui s'occupait du ménage. A l'exception des mois d'été, elle vivait maintenant en ville, occupant même l'ancienne chambre de Conrad. Celle-ci fut ainsi complètement engloutie pourrait-on dire, comme la prairie avait été autrefois engloutie, lorsqu'avait pris fin le temps des tritons. On avait d'ailleurs construit là-bas – comme Conrad put le constater avec mauvaise humeur au cours d'une brève promenade faite cet hiver et qu'il n'avait pas tardé à abréger – il y avait partout des clubs, des associations sportives, des centres de repos et d'autres choses du même genre, tous privés, autant de parties du paysage où l'on ne pouvait donc plus entrer si l'on n'était pas membre de ce genre de guildes et en possession d'une autorisation : pour l'individu isolé et qui se promène en solitaire, il ne semblait plus y avoir de place. Quant à son père, Conrad le trouva en relativement bonne forme. Le comité directeur du « Hellas » siégeait encore de temps à autre et tante Berta avait bien vite su trouver le ton malicieux qui sied à l'unique dame et maîtresse de maison de ce cercle.

Albert Lehnder était désormais accueilli dans ces soirées, bien qu'il n'eût jamais pratiqué l'escrime – ou alors, seulement au sens figuré du terme – mais sa présence était justifiée par plus d'un autre avantage et par ses talents d'homme de société. Lehnder avait du reste noué un précieux contact à Berlin : il avait découvert là-bas une sorte de protecteur qui lui réservait d'ores et déjà – examens terminés et en cours de stage – une place dans son grand cabinet d'avocat, profession à laquelle Lehnder se préparait avec ardeur ; et il semblait tout désigné pour cela autant par ses qualités du dehors que du dedans. L'excellente mère prussienne de Lehnder vivait encore, et lui chez elle.

Le père et le fils avaient l'habitude de s'écrire une fois par semaine : dans les lettres, ils parlaient de leur état mais aussi du métier et des affaires. Ces dernières étaient maintenant chez Lorenz Castiletz dans la situation que le commerçant appelle liquidation. Le vieux voulait se retirer. Se rendant parfaitement compte que les agences commerciales, même si elles s'appuient sur les relations les plus éminentes, les plus éprouvées et les meilleures, doivent quand même toujours rester une chose étroitement liée à la personne, pouvant le cas échéant rapporter gros, mais faisant à coup sûr un patrimoine douteux – se rendant parfaitement compte de cela, M. Lorenz n'avait jamais vraiment vu en son fils son successeur, il l'avait au contraire destiné depuis toujours à cette autre carrière qui faisait mieux l'affaire : l'industrie. Il s'agissait maintenant d'arranger au mieux la situation de fortune du garçon ; et lorsque le père repassait en silence ces choses dans sa tête, il s'avérait que les chances de Conrad étaient bien meilleures que quiconque pouvait s'en douter. En plus, son avenir semblait assuré : le ton des lettres du vieux Veik avait déjà atteint au bout de quelques mois les cimaises de la louange.

C'est ainsi que sa vieillesse, en dépit de la lourde perte qu'il avait subie – il allait toutes les semaines sur la tombe – s'annonçait agréable. On pouvait aussi avoir la plume badine avec un fils aussi bien réussi que Conrad, comme par exemple :

« Tu me questionnes à propos de la catastrophe avec

Louison Veik. En fait, je devrais en déduire que j'ai été un piètre éducateur car, pour la lecture des journaux, je n'ai jamais eu le moindre succès avec toi, comme on le voit maintenant, bien que je t'aie chaudement et souvent recommandé, toi l'étudiant en commerce, de prendre chaque jour un journal et de t'entraîner à le lire en détail. Je ne voulais certes pas parler des affaires policières. Mais comme on le voit, tu n'as même pas lu celles-ci non plus, bien qu'elles t'eussent peut-être plus intéressé à l'époque que la partie commerciale – bon, plaisanterie mise à part : j'ai encore souvenir de cette terrible affaire qui n'a pas été élucidée. On évaluait à un chiffre élevé la valeur des bijoux, mais je ne m'en souviens plus. Quant à la date, en y réfléchissant un peu, j'en ai conclu que ça devait à peu près coïncider avec ta visite chez tante Erika ; l'accident s'est probablement passé après, sinon tu aurais dû en entendre parler chez elle. Je ne sais rien de plus ; en lisant la nouvelle dans le journal j'ai envoyé mes condoléances à son oncle. Quant à la pauvre demoiselle, je ne la connaissais pas. »

A cette occasion, Conrad observa un changement dans ses propres habitudes. De retour chez lui le soir, quand il sortait de la salle de bains, la Schubert avait l'habitude de poser, à côté du café, le journal auquel il était abonné depuis quelques semaines. Il prenait alors le journal aussi naturellement qu'il avait mis ses pantoufles et enfilé sa veste d'intérieur. M. de Hohenlocher – que Castiletz voyait rarement – arriva un jour à cette heure de quiétude ainsi organisée. « Vous avez là de drôles de chaussons » dit-il en observant ces symboles à carreaux du confort (et de pire encore) aux pieds de Conrad : il y avait sur le devant des sortes de pompons décoratifs qui ressemblaient à des têtes de pissenlit après la floraison. « Les vôtres sont plus jolies » dit Castiletz avec sincérité. « Les vieilles chaussures de soirée font les meilleures chaussures d'appartement, on n'a pas besoin de les acheter exprès, » répondit M. de Hohenlocher qui s'étira et repartit aussitôt.

A d'autres égards encore il y eut des changements, bien sûr Conrad ne s'en rendait pas compte expressément. Les soirs d'hiver, au retour du travail, quand il descendait à l'arrêt du 3, en haut, en bordure du parc aux arbres dénudés, et descendait la Hans-Hayde-Strasse – celle-ci était maintenant toute différente et ceci ne tenait pas seulement au fait qu'en partant le matin et qu'en revenant le soir la saison ne lui montrait plus maintenant l'alignement des maisons dans la lumière du jour. Non, il serait nécessaire de dire que toute une série de détails qu'il avait relevés autrefois et qu'il utilisait même au début pour se repérer s'étaient entre-temps pour ainsi dire effacés – par exemple, il ne prêtait plus attention, en rentrant, à la grande enseigne rouge d'un magasin de thé, un bon point de repère qui indiquait qu'on allait bifurquer en direction du parc et que c'est là qu'il fallait descendre. Non, il y avait maintenant des dizaines d'autres jalons qui, chacun pris séparément, pouvaient tous servir à se repérer, or, on ne s'y tenait même plus : tout cela faisait un magma informe qui suffisait pour retrouver son chemin à coup sûr. Et il en allait ainsi partout en ville. Certaines choses avaient vraiment un autre aspect, surtout l'usine qui avait été maintenant épluchée dans tous ses détails ; il en allait de même avec la villa du Conseiller Veik ; Conrad n'aurait plus jamais été en mesure de revoir les deux grandes pièces, la salle à manger et le salon attenant, comme il les avait vus la première fois ; à partir du guéridon turc, assis à côté de la belle Mme Manon, à travers l'ouverture arrondie. Le fait qu'il n'y ait plus de feuillage doré par l'automne, derrière la fenêtre, ne faisait au fond qu'une différence minime.

Confusément il sentait bien l'accomplissement de l'habitude – même chez lui dans sa petite chambre – et celle-ci lui était chère parce qu'il l'avait appelée de ses vœux dès le premier instant. Il était seulement étonnant que tout ce qui touchait à sa ville natale et qui remontait de temps à autre à la surface diffuse d'un souvenir furtif surpassât tout le reste en intensité, baigné d'une lumière étrange comme celle d'un matin nouveau qui n'a encore rien effleuré si ce n'est les images d'autrefois, les premières au monde à être touchées par ses rayons : qu'il s'agisse du chemin de l'école, du pont, d'une ruelle le soir, ou du coude du canal avec au loin les cheminées d'usine comme autant de flèches dans un carquois.

Dans la vie professionnelle, une deuxième couche était

venue se superposer chez Conrad à celle des premières impressions. Car au bout de quelques mois, le vieux Veik avait dit en riant (il riait toujours) qu'il devait maintenant arracher Conrad à ses chers métiers et à ses chers fuseaux et l'exiler derrière la deuxième table de son bureau, car il y avait beaucoup à faire. C'est aussi à cette époque qu'il y eut une discussion entre le Conseiller et un contremaître qui travaillait depuis déja un certain temps dans l'atelier de tissage III, celui-ci faisant remarquer à cette occasion que Conrad avait, de par sa formation, plus d'une corde à son arc et qu'on ressentirait son absence. Dès le troisième jour déjà, il avait remarqué ce dont il était capable après un « coup de peigne » où le nouveau stagiaire était intervenu pour renouer les fils sectionnés.

Quoiqu'il en soit, Conrad devait maintenant rester avec le Conseiller privé qui n'était pas très sûr de ses connaissances linguistiques, semblait-il : il s'agissait du courrier avec l'étranger ; il était devenu nécessaire de décharger le personnel qui s'occupait de ces affaires et c'est le Conseiller privé lui-même qui se chargeait du plus important, avec Castiletz. En effet, Conrad devait aussi rédiger seul beaucoup de modèles de lettres.

On montra ensuite ceux-ci au vieux Eisenmann qui était également versé dans beaucoup de langues : et il jugea que ce qu'avait fait Conrad était excellent. Mais les vues de M. le directeur Eisenmann sur le travail de Castiletz n'en restèrent pas là et firent que le brave Conseiller perdit son secrétaire, car – sous les violents coups de semonce d'Eisenmann – il dut le céder à celui-ci et à la fabrique de sangles. Et c'est ainsi qu'on en arriva finalement à la deuxième couche mentionnée plus haut et qui se superposa aux premières impressions du début.

Les coups de semonce furent lancés en veste de fourrure que le directeur n'avait même pas ôtée après avoir quitté la voiture de service, grimpé l'escalier un peu raide, traversé le parloir (là où se trouvait tout le nécessaire du fumeur et le houx), traversé les bureaux pour finalement faire irruption dans le cabinet de travail du Conseiller privé. Il était maintenant assis là, les bras arc-boutés sur les cuisses, sa tête intelligente de Souabe un peu penchée et la peau au-dessus de la racine du nez faisait un petit pli qui semblait exclure toute contradiction.

« Très cher monsieur le Conseiller privé, j'ai une requête à vous faire. Vous êtes tombé d'accord avec M. Peter Duracher, celui-ci a abandonné son poste et dans quatre semaines il prendra place ici derrière ce deuxième bureau où était assis autrefois M. Schröder, Dieu ait son âme. En outre M. Duracher est un excellent ingénieur chimiste et vous envisagez bien de construire vos propres ateliers de teinture. Et puis de toute façon vous avez besoin de quelqu'un à qui vous puissiez donner procuration. Pour ma part, je ne demande rien de tel. Mais le stagiaire, il me le faut. Je me vois conduit à en faire la demande expresse, surtout après tout ce que je lui ai appris ces derniers temps là-bas à l'usine. Dans la situation où on est maintenant, je ne peux plus faire face. Et en plus, je demande seulement quelqu'un qui – ne coûte rien. »

« Pour ce qui est du dernier point, ça ne peut en effet plus durer comme ça, à mon avis, » dit le vieux Veik. « Bon, mais c'est là chose accessoire dans notre cas. Cependant vous l'aurez, cher directeur, vous l'aurez si vous ne me mangez pas sur place pour la pause de dix heures, c'est tout ce que je demande. » Et il se mit à rire. Comme d'habitude.

C'était un autre monde dans lequel Conrad entra quelques jours plus tard (il en fit part aussitôt à son père). Et chose étonnante, il se découvrit après-coup, une fois dans la fabrique de sangles, une sorte d'aversion pour l'usine d'étoffes, pour son atmosphère molle et étouffante où se retrouvait toute une gamme d'odeurs, depuis l'odeur grasse de suint des peaux de moutons que l'on nettoyait en partie ici, jusqu'au passage du tissu dans le « bain » qui lui faisait reprendre de façon artificielle son caractère, disons, animal. A mesure qu'on avançait dans le processus de fabrication des étoffes, l'odeur grasse et bestiale était tout doucement supplantée par cette atmosphère morte que l'on retrouve dans les ateliers de tailleurs. Près du broyeur et du mélangeur – ce dernier ressemblait à un Vésuve à l'envers, car le ventilateur faisait valser dans le cône du cratère de la montagne de laine des tourbillons ininterrompus de flocons – à ce stade il y avait encore loin jusqu'au tissu sortant lentement au rythme des navettes. Même en distance. Entre les deux, il y avait toute une succession de salles. Les machines à carder. Le cardage. Le cardé tombait en larges chutes odorantes. Le vieux Veik disait des jeunes bobineurs : « Ils entrent ici quand ils ont fini l'école, à quatorze ou quinze ans, et ensuite, suivant leurs capacités, ils accèdent avec le temps à tous les autres travaux. » Dans l'atelier de foulage, les machines faisaient un tapage infernal, enfermées dans de grands caissons tout en hauteur, et lorsque l'on ouvrait la porte pour jeter un coup d'œil dans le mécanisme, on aurait dit qu'un type en pantalons longs n'en finissait pas de grimper à toute vitesse à travers une cheminée. Par contre, dans la salle de séchage archichaude : ça sentait tout bonnement comme dans un atelier de tailleur, mais dans des proportions gigantesques.

C'était un monde tout différent que celui où le vieux Eisenmann faisait désormais se démener notre Conrad Castiletz, l'envoyant partout où lui-même ne pouvait se rendre sur le champ, faute de temps – mais où il le rejoignait pourtant chaque fois et où même on s'étonnait de le trouver déjà. La grande luminosité de l'endroit ne semblait pas seulement provenir du fait que cette usine était composée en majeure partie de bâtiments récents et tout nouveaux : non, le matériau avec lequel on travaillait était différent, l'odeur était pure et amère, non sans rapport avec celle d'un atelier de bourrelier ou de cardier ; le produit fini et sec tombait dans des caisses de bois propres et claires derrière les métiers, avec des contorsions de reptiles : des cordeaux de store, des sangles de transport, des sangles de halage, mètre après mètre, avec des fils bleus ou rouges pris dans la couleur sable du jute, du chanvre ou du lin. Il n'y avait pas de claquements de navettes. Il y avait relativement moins de bruit que dans la fabrique d'étoffes, et l'on pouvait s'entendre parler sans difficulté entre les métiers – servis deux par deux par une ouvrière, debout près du marchepied. Un crépitement doublé d'un cliquetis régulier remplissait ces salles. Bien alignés, les excentriques oscillaient, et les tambours de bois ou d'aluminium, immobiles, flanquaient les métiers comme autant de rondaches.

D'une façon générale, on s'était habitué dans l'usine de sangles – au bout de quelque mois même seulement – à voir en Conrad Castiletz une sorte d'adjudant du directeur, qui devait veiller à tout, à qui tout le monde s'adressait (ce qui ne tarda pas à traduire la loi du moindre effort), que ce soit à cause d'une tournure anglaise particulière dans une lettre, ou à cause d'une bobineuse qui était restée coincée ou encore pour une sonnerie défectueuse dans les bureaux. Sa serviabilité, son empressement ajoutés au fait qu'en fin de compte il savait effectivement chaque fois ce qu'il fallait faire et trouvait la solution, lui attirèrent les embêtements d'une bonne à tout faire, tout en faisant échec à l'envie et à la jalousie des plus anciens qui n'auraient sinon pas tardé à se manifester à l'encontre du nouveau venu. Plus tard, il s'avéra qu'un bon nombre d'ouvriers et d'ouvrières avaient pensé au début que le jeune Conrad Castiletz était parent avec le directeur Eisenmann.

En bon Souabe, celui-ci n'avait d'ailleurs guère de ménagement pour son second, il était toujours à tutoyer Conrad, et ceci avait peut-être aussi sa part dans l'idée qu'il y avait des liens de parenté entre les deux.

Mais quand le vieux Eisenmann revenait enfin à plus de modération dans l'invective, il donnait alors généralement une tape dans le dos de Conrad et lui offrait une cigarette : chose que Conrad avait accepté avec beaucoup de présence d'esprit la première fois, sans arguer qu'il ne fumait pas ; le cadeau transitait jusqu'à l'ouvrier le plus proche. Et le vieux Eisenmann offrit pendant assez longtemps des cigares à son adjudant et cordier d'adoption, sans qu'il l'ait jamais vu fumer.

Au milieu de tout cela, quelques courants d'habitudes s'asséchèrent : il en fut ainsi de la ligne 3 du tramway, tout comme de l'arrêt en bordure du parc qui avait depuis longtemps reverdi et de la grande enseigne rouge du magasin de thé... certes la ligne 3 aurait tout aussi bien pu continuer à faire l'affaire pour aller à la fabrique de sangles Johann Veik et fils, comme pour aller à la fabrique d'étoffes. Mais Castiletz ne prenait plus le tramway pour aller au travail. Le vieux Eisenmann avait un jour déclaré sans commentaire ni ménagement (chose étrange, au fond !) que Conrad n'aurait plus besoin d'arriver à l'usine de si bonne heure le matin, mais qu'il arriverait en même temps que lui : car il voulait l'avoir maintenant exclusivement pour lui. Castiletz devait maintenant se mettre en faction tous les matins à sept heures et demie précises devant la maison au 5 de la Hans-Hayde-Strasse, et au bout de quelques minutes la voiture tournait à gauche au coin de la rue en bas, derrière était assis le vieux Eisenmann (sans veste de fourrure maintenant), à qui le trajet par la Hans-Hayde-Strasse convenait pour se rendre tous les matins à l'usine : la voiture s'arrêtait alors un instant, l'adjudant était pris à bord et on repartait. Le matin il convenait au demeurant de ne pas adresser la parole au vieux Eisenmann ; si on le faisait quand même, on en prenait pour son grade, avec son lot d'invectives classiques relativement modérées.

A l'occasion d'un des derniers trajets en tramway que fit Castiletz pour aller à la fabrique et pour en revenir, il rencontra une vieille connaissance du premier jour – et il s'en faillit de peu que celle-ci ne l'écrasât, lui et la mère Schubert, qui était en fait la cause de l'incident. C'était près du bouleau, au coin du parc. Ce bouleau était bien sûr vert maintenant, c'était le printemps – et non pas jaune vif comme ce camion citerne qui déboulait de la petite rue adjacente près du parc, presque sans bruit mais à toute allure : juste au moment où Castiletz voulait traverser la chaussée, chose qu'il aurait encore pu faire sans problèmes – si Mme Schubert ne s'était pas trouvée, par cette belle soirée de printemps, dans un de ces états justement que M. de Hohenlocher avait en son temps jugé nécessaire de décrire avec tant de précision : elle courait droit vers Castiletz et, chose étrange, à l'instant où il l'aperçut, Conrad sut ce qu'il en était. Elle regardait par terre. Avec un petit visage serré comme un poing mouillé. Elle filait droit devant elle, dans une course pour ainsi dire impitoyable, fonçant au milieu de la rue sur Conrad qui fit un écart, sur quoi elle se déporta brusquement du même côté, et le jeu se répéta, mais cette fois vers la gauche. Et déjà le camion leur arrivait dessus, faisant crisser les freins de ses quatre roues. Castiletz attrapa la

Schubert, et la tira simplement en arrière de son côté. Elle leva les yeux vers lui, comme quelqu'un qui regarde du fond d'un puits. Mais il s'en tenait depuis longtemps à un regard froid comme du verre, à la Hohenlocher, (pour que tout soit en ordre) et il la laissa plantée là.

21

Les cadres se remplirent ; de leurs contenus adéquats, naturellement. Et avec le temps, ces cadres devinrent invisibles ; leurs contenus n'avaient pour ainsi dire plus besoin d'eux, ils se maintenaient d'eux-mêmes, cernant Conrad de toutes parts. Qu'il ait suffi au départ de trouver un train quelconque et de partir quelque part – voilà une idée qui avait depuis longtemps perdu de son évidence pour Conrad. Il y avait bien des détails dans ce changement de situation et de disposition qui avaient leur origine dans la personne elle-même, ils apparaissaient dans la lumière brève et troublée d'un demi-regard en coin qui durait tout de même suffisamment longtemps pour présenter à Conrad des choses surprenantes : le fait par exemple qu'ici, et dans une certaine direction, il n'avait encore rien réussi pour en rester aux idiomes de Conrad Castiletz à Reutlingen. De temps en temps, le soir avant qu'il ne s'endorme, une faim intense le tourmentait, la vision d'un « Kimmicher » surgissait – mais elle ne remontait pas assez haut à la surface de la conscience pour que Conrad en fût allé jusqu'à préparer un petit quelque chose à manger – un morceau de gâteau par exemple – sur la petite table de nuit. Par contre, une attention soutenue et tendue à l'endroit de la gent féminine de la ville était déjà bien dans les habitudes de Conrad. Mais pour certaines petites rues de la vieille ville, tout se passait – surtout à cause de contretemps et d'empêchements de nature extérieure – comme avec le « Kimmicher ».

On jouait au tennis. Surtout le samedi et le dimanche sur un terrain aménagé à cet effet qui se trouvait dans le parc de la villa du Conseiller de Commerce. Castiletz jouait beaucoup et il devint avec le temps un excellent joueur (« au tennis, tu avais vraiment de l'allure aujoud'hui » aurait dit Albert Lehnder). Le vieux Veik adorait rester assis pendant des heures sur la plate-forme surélevée où se tiennent généralement les juges pendant les tournois. Installé en haut de ce bâti en bois de la hauteur d'un étage où l'on grimpait par un petit escalier, le Conseiller se sentait bien dans le soleil, qu'il fût assis devant sur le petit banc d'où il suivait la partie avec une extrême attention ou qu'il fût dans sa chaise longue pour laquelle il y avait suffisamment de place sur la plate-forme, et qui était protégée par un grand parasol multicolore.

Manon Veik en simple contre le directeur Eisenmann (le Conseillé privé appelait pour lui cette formation « the old boys »). Pourtant, ils jouaient de façon fort honorable et Eisenmann n'avait pas la partie facile. Comme elle plaçait bien ses balles, il courait sur le terrain en soufflant, et il n'était pas rare qu'il fût battu. Le vieux Veik ne manquait pas ce genre de parties, il quittait aussitôt sa chaise longue pour s'asseoir devant sur le petit banc lorsque les deux partenaires entraient en lice, et d'en haut partaient alors des cris d'encouragement et beaucoup d'éclats de rire, entrecoupés aussi de cris d'admiration.

Mais la plupart du temps c'était les jeunes qui se dépensaient sur le terrain de sable rouge et les parties devenaient des affaires déjà fort sérieuses et âprement disputées, il y en avait quelques-uns dans le lot qui étaient doués, aussi bien parmi les filles que parmi les garçons.

Avec le temps on prit l'habitude, quand on jouait en double, de donner un avantage au camp qui jouait contre Conrad Castiletz.

Le soleil dardait ses rayons sur tout ce monde, et sur le terrain de tennis et sur le grand parasol coloré du Conseiller privé, planté là-haut comme un champignon : mais voilà qu'on refermait celui-ci maintenant.

L'automne n'exigeait plus ce genre de protection. C'est M.

de Hohenlocher qui, prenant prestement les devants sur le Conseiller privé, se chargeait de le replier, témoignant d'un désir d'action rare chez lui. En outre, c'est à lui qu'incombait maintenant le soin d'arbitrer la partie entre Castiletz et Peter Duracher (le nouveau fondé de pouvoir de la fabrique d'étoffes), dont on n'avait pas encore pu apprécier la force, car c'était la première apparition de Duracher sur le terrain.

Hohenlocher traversa la large plate-forme jusqu'au petit banc où était déjà assis le Conseiller privé, tandis qu'en bas, Castiletz et Duracher, au filet, tiraient à pile ou face pour décider qui jouerait le premier face au soleil. Au-dessus du col blanc de la chemise, la solide nuque du Tyrolien italien avait l'éclat chaud du cuivre tandis qu'il regardait tomber la pièce par terre. Duracher était plus petit que Castiletz, la quarantaine environ, il ressembait aux anciens Romains comme on les imagine généralement, les épaules larges, les cheveux noirs, épais et très bouclés. Il fallait bien reconnaître qu'il était exceptionnellement beau, avec son nez droit, pas grand, mais trapu. Tous deux levaient maintenant les yeux. Au lieu de s'asseoir, M. de Hohenlocher leva le bras au-dessus de la tête et, d'un geste lent qui lui était propre, il fit un signe en direction du chemin qui traversait un espace de prairie pour relier la maison au terrain de tennis. Plusieurs jeunes personnes, tant des filles que des garçons, qui avaient déjà joué aujourd'hui, arrivaient sur le chemin en compagnie de deux dames, dont Conrad savait seulement qu'elles lui étaient inconnues. Hohenlocher et le Conseiller descendirent de la tribune.

Castiletz éprouva successivement deux formes très différentes, voire vraiment opposées, d'une première confrontation avec un nouveau visage, lorsqu'il fut présenté à Mme Gusta Veik, puis à sa fille Marianne. Mme la Présidente du Tribunal – dont on pouvait vraiment dire qu'elle était belle avec ses cheveux de jais à peine effleurés par le gris – Mme Gusta Veik donc était un être en retrait, tout de douceur et de modestie pour ainsi dire. Sa fille, par contre, avait la présence de quelqu'un qui a le souci de s'affirmer : une belle coulée de cheveux blonds et de peau blanche comme du lait posée sur des hanches aux rondeurs évidentes ; et dans ce visage étroit, autour de la bouche et des yeux, ces premières rides qui font déjà de la confiance en soi une nécessité chez une jeune fille de vingt-neuf ans, ou qui sont alors peut-être justement dues à cet aplomb que l'on affiche. La situation fit que Conrad la regarda calmement et assez longtemps pendant qu'il tenait sa main et s'inclinait légèrement. Il remarqua alors que la racine du nez s'enfonçait assez profondément sous le front très pur et très blanc de Marianne. Elle portait des vêtements un peu plus longs qu'il n'était courant à l'époque ; Conrad le remarqua ; il remarqua aussi – lorsque tout ce monde s'assit sur les bancs en bordure du cours – que Mlle Veik avait les mollets un peu plus forts que ne le voulait la mode.

Et maintenant il lui fallait jouer, il n'était bien sûr pas question de retenir M. Peter Duracher et lui-même. Debout devant Marianne qui était assise là, il quittait maintenant à contre-cœur cette parcelle de terrain où étaient posés ses pieds. En lui s'inscrivait de façon étrangement nette le contraste entre ce visage de jeune fille étroit et presque maigre, et ses formes par ailleurs si féminines.

Les adversaires entrèrent en lice – et leur étonnement ne fut pas moindre pendant le premier set. Aucun des deux n'arrivait à percer, ils se heurtaient à un mur, aucun d'eux ne pouvait prendre le dessus et la partie s'éternisait. Duracher et Castiletz semblaient être de force parfaitement égale, même les conditions se trouvaient désormais équilibrées, vu qu'un rideau d'arbres faisait maintenant presque entièrement écran au soleil. Il y avait des applaudissements lorsque les points étaient jolis, d'un côté comme de l'autre. Le résultat n'eut rien de significatif. La partie avait été épuisante pour les deux joueurs.

Conrad respirait encore profondément lorsqu'il jeta sa veste colorée sur ses épaules. On traversa le parc. Il était un peu en avant avec Mlle Veik. Il pressait sa serviette contre sa poitrine mouillée, dans l'échancrure de sa chemise, et il sentit qu'elle le regardait. « Vous allez attraper froid, mettez votre veste » dit Marion, ce qu'il fit. Elle avait souri et les rides de l'assurance se marquèrent davantage sur son visage. On pourrait dire de Conrad qu'il se dirigeait tout droit sur Marianne, intérieurement, la réflexion déjà en éveil. Pendant ce temps, aucun des deux ne remarquait que le reste de la compagnie avait pris un autre chemin qui obliquait légèrement à travers le parc, ils entendaient maintenant à côté d'eux des voix et des rires entre les arbres et les buissons, ils n'y firent pas attention mais se dirigèrent vers l'entrée du potager où se dressait un vieux poirier, à côté de la grille, avec un banc qui courait tout autour et dont le siège et le dossier étaient devenus tout gris à force de pluie et de soleil.

Sur la cime des arbres fruitiers l'automne avait déjà planté ici et là ses banderilles dorées. Marianne montra les poires suspendues dans le feuillage, et en cinq mouvements Conrad fut en haut, sans faire le moindre cas de son beau pantalon blanc. Il secoua énergiquement une branche ; trois, quatre fois, les fruits tombèrent dans l'herbe avec un bruit mat.

Marianne se baissa, Conrad l'avait déjà rejointe en bas et s'empressait de ramasser les poires. Sous l'étoffe tendue de la robe vert cendré, les hanches de la jeune fille l'effleurèrent alors dans un attouchement tout de rondeurs. Lorsqu'il se redressa avec les poires, il vit qu'elle était assise sur le banc.

Il lui tendit les poires et elle en prit une. Il n'y eut aucun mot de prononcé. A un moment, elle respira profondément et soupira un peu. Et elle le regarda alors calmement, tout comme lui l'avait observée lors des présentations. Son regard soupesait et comparait, mais il ne savait pas quoi, il le sentait bien et ça le rendait inquiet.

« Mais, où sont-ils donc passés ? » dit-elle enfin, posément, et elle se leva. Tous deux rebroussaient maintenant chemin jusqu'à la bifurcation près du terrain de tennis.

22

Au début de l'hiver il y eut une grande réception dans la nouvelle demeure du Président Veik, où Conrad était déjà venu entre-temps, car il y avait fait sa première visite peu de temps après la partie jouée contre Peter Duracher.

Cette fois-ci il partit avec M. de Hohenlocher. En descendant de la voiture de louage et en entrant dans le hall de la maison aux lambris bruns, ils tombèrent sur l'architecte Georg Lissenbrech qui faisait partie des relations de Hohenlocher, ou plus exactement, de la « collection de Hohenlocher », où l'on pouvait trouver quelques personnages singuliers quand on y prêtait attention : pourtant Lissenbrech était extérieurement un homme à l'air affable, un peu replet, très digne dans son habit de soirée. Tous trois gravirent de conserve une volée d'escaliers en bois qui faisait une avancée. Derrière la première large porte vitrée, ils trouvèrent Mme Gusta en train d'accueillir ses hôtes, prise dans un grande robe de soirée noire qui faisait ressortir ses épaules poudrées comme deux ailes blanches. Mais le rayonnement venait ici surtout de l'astre central de la maison, c'est-à-dire du maître de maison, grand, large et solide, attirant chacun dans son cercle par l'irrésistible force d'un flot de bonne humeur ; il réussissait surtout à mettre à l'aise les jeunes gens en leur lançant trois mots, comme on lance à quelqu'un un gros ballon de couleur ou un coussin de plumes en guise de plaisanterie. Conrad sentit une légère bourrade dans les côtes, le vieux Eisenmann lui tendit la main et dit : « Ça me fait plaisir que tu sois là aussi, "mon petit gars". » La foule augmentait, on put tout juste encore saluer le Conseiller privé, petit et malingre comparé à son frère. Conrad fit un baise-main à Mme Manon. Poussé par le flot des invités, les trois nouveaux arrivants se retrouvèrent par hasard tous ensemble, dans la pièce suivante, et plus loin encore. Enfin Marianne était là, blondissime et bellissime, dans une robe d'étoffe très brillante qui – en avance sur le dernier cri de la mode – lui descendait jusqu'aux chevilles. Le décolleté était relativement peu échancré, sous la soie chatoyante on voyait l'arrondi de sa poitrine haute ; le vêtement avait une coupe espagnole à l'ancienne, comme un boléro, mais il se perdait dans la coulée des plis de la robe qui ballait en bas dans un volant de plumes. Marion n'avait pas assez de mains pour dire bonjour, les hôtes n'en finissaient pas d'arriver. M. de

Hohenlocher, Lissenbrech et Castiletz parvinrent à s'extraire de ce tumulte. Pièce après pièce. Ça devenait plus calme. « Cigarette après le premier assaut ? » dit Hohenlocher à l'architecte. Ils restèrent seuls ici ; c'était un petit salon, un ultime refuge.

Les deux hommes fumaient. Conrad qui ne connaissait pas cette pièce située à l'écart, regardait autour de lui. La lumière des nombreuses bougies électriques sous des abat-jour topaze s'insinuait partout mais éclairait surtout un grand tableau accroché au-dessus d'un minuscule secrétaire.

C'était un portrait de femme. Debout devant, il le regardait pourtant comme on regarde un paysage. Le tableau, peint à la manière du XVIIIe siècle, montrait le visage et les épaules éblouissantes d'une jeune fille encore à la fleur de l'âge, assise dans un lourd fauteuil, tenant devant elle, dans la main gauche, trois ou quatre fleurs, tout en ayant le regard dirigé ailleurs : droit sur le spectateur. Les yeux légèrement obliques, sous lesquels des joues pleines remontaient un tout petit peu, étaient d'un bleu profond, tandis qu'une lourde chevelure noire encadrait le front blanc. L'arrière-plan du tableau était clair ; mais on n'y voyait rien d'autre que quelques nuages évanescents esquissés par de légères touches de pinceau.

Ici, pour la première fois, devant ce tableau, et en quelques fractions de secondes, quelque chose d'impensable jusqu'ici devint évident pour Conrad : la possibilité d'une vie différente de la sienne, voire un changement de voie – cela devenait concevable, cela prenait même étrangement corps. Le brouhaha des invités arrivait plus distinctement des pièces voisines, tout gonflé de bruissements, comme de longues traînes que la conversation de tous ces gens tirait derrière elle. Conrad le percevait, puisque celui-ci atteignait la frange d'un formidable silence qui régnait en lui, la frange d'un état de méditation telle qu'il n'en avait plus guère connu depuis son enfance. Bien sûr, il suivait sa voie. Mais il y avait là à deux pas une autre voie, toute différente. Il regardait le visage muet de la jeune fille qui le fixait dans son cadre, comme on fixe un horizon lointain et les dernières bandes vertes du soir étagées au-dessus. Mais soudain, au moment où il comprenait mieux, quoiqu'encore imparfaitement, un second visage s'intercala qui, tout laid qu'il était, avait sa place devant cet horizon et devant aucun autre : mou et faible, une tête étroite avec de grands yeux humides et des cheveux qui descendaient assez bas sur les tempes : c'était le camarade de Reutlingen, celui qui avait quitté l'école, pensait Conrad. Non, ce n'était pas lui. Et ces instants perdirent toute consistance.

« Qui est-ce ? » demanda-t-il en montrant le tableau à M. de Hohenlocher qui se tenait derrière lui.

« Le génie naufrageur » répondit celui-ci, calmement. « Louison Veik, la morte. »

Cette expression sembla effrayer le brave architecte, il regarda le tableau avec un air de regret lénifiant. Conrad, comme sous l'effet mystérieux des secondes précédemment écoulées, faisait soudain remonter de quelque part dans le temps l'odeur nette de peinture fraîche, en tout cas il tirait ça de lui-même, il le savait. Le groupe des trois hommes se tenait sans mot dire devant le tableau, personne ne faisait un geste, pas même lorsqu'arriva le flot des autres personnes qui franchissait maintenant la porte : et Marianne Veik se tenait là, dans l'encadrement de la porte en bois d'ébène très noir, blonde et immaculée.

Elle ne posa qu'un œil rapide sur le tableau ; puis elle regarda Conrad dans les yeux. Il posa son regard sur celui de la jeune fille et eut nettement l'impression qu'on le mettait de nouveau à la toise et que celle-ci, dans la situation présente, ne pouvait plus lui être aussi totalement inconnue et incompréhensible.

23

Qu'il soit ici permis de devenir méchant et de dire que Conrad Castiletz réussit à s'empêtrer avec beaucoup de méthode. Et il semble bien que M. de Hohenlocher ait effectivement dit quelque chose de ce genre. Avec beaucoup de méthode donc : toute activité régulière sans exception, même si elle accapare au début beaucoup l'individu, lui coûte des efforts et le submerge complètement pour ainsi dire, devient avec le temps partie intégrante de sa vie, et l'habitude acquise exige une dépense d'énergie toujours moindre, que l'on finit même par ne plus éprouver. Cet équilibre, Castiletz l'avait atteint depuis longtemps : il s'entendait avec le vieux Eisenmann sans dire un mot (ayant soin de garder le silence, le matin surtout !) il faisait son travail de tous les jours qui ne lui apportait rien de nouveau, et ne fut bientôt plus que routine ; avec en plus un salaire confortable tous les mois qui, ajouté aux copieux émoluments versés par notre M. Lorenz, faisait un revenu qu'il faut qualifier d'inhabituellement élevé pour quelqu'un d'aussi jeune que Conrad.

C'est dans une situation ainsi stabilisée, le fléau de la balance ayant fini d'osciller, que Conrad était un jour assis près du guéridon de Mme Gusta Veik, il regardait des photos d'enfance de Louison, tout entier absorbé, écoutant le récit qu'on lui faisait. Une frange lointaine de ciel s'ouvrait et s'élargissait toujours davantage dans une lumière pâle, échappée incompréhensible, même devant le tableau de la morte qu'il voyait maintenant pour la première fois à la lumière du jour.

Mme Veik glissa de nouveau les photos dans la boîte et repoussa celle-ci en faisant un petit geste de la main horizontal et doux, scellant par le silence le sujet qui avait été abordé par elle et Conrad : car on entendait maintenant le pas de Marianne là-bas dans le hall et sur l'escalier de bois.

Comme toujours – et dès qu'elle faisait son entrée – elle masquait à Conrad le fragile horizon qui se trouvait encore ouvert. L'infini ne lui seyait pas, chez elle aucune touche de ces lointaines franges de ciel. Elle n'avait pas besoin de cela, réceptacle limité au contenu identifié et pourtant si puissant.

En général ils étaient assis à trois et prenaient le thé. Parfois le Président arrivait, on buvait alors du Wachenheimer Luginsland. Même M. de Hohenlocher venait, accompagnant Mme Manon ; tout lui était parfaitement égal, mais rien pourtant ne lui échappait. Une ou deux fois, Marianne et Conrad furent invités ensemble par Mme la Conseillère ; on était assis à trois là-bas car on n'attendait personne d'autre. Toute cette ambiance familiale était comme une gracieuse vasque ornementée ; et il fallait bien que Conrad se rendît compte – en dépit de sa nature modeste – que c'est Marianne et lui qui se trouvaient au milieu de cette vasque, pendant que les autres regardaient du bord avec bienveillance.

Au début du printemps, après les dernières festivités, on annonça à tout ce monde les fiançailles célébrées dans la plus stricte intimité. Tout le monde s'y était attendu ; surtout Peter Duracher dont les prédictions faites au début de l'hiver étaient connues d'un bon nombre depuis longtemps. Car Duracher avait des entrées partout ; pour la joie des femmes et même, en dépit de son âge mûr, des jeunes filles. Les mères semblaient moins enthousiasmées de voir que leurs filles dansaient avec un homme divorcé qui avait dû s'engager à de très importantes prestations vis-à-vis de son ancienne épouse, ce qui laissait supposer que c'est lui qui portait les torts... tout cela aussi on le savait depuis longtemps. Cependant, ce dieu bronzé du sport dansait comme pas deux et on avait en outre entendu dire que c'était un as à ski et qu'il avait été capable de se mesurer avec les skieurs émérites du Vorarlberg.

Duracher, donc, avait été un de ceux qui avaient pénétré dans le petit salon aux abat-jour topaze à la suite de Marianne Veik – lors de la première réception dans la maison de son père – au moment où Marianne, debout dans l'encadrement d'ébène de la porte, avait aperçu les trois hommes devant le portrait de sa sœur défunte.

On n'avait pas imposé une trop longue période de fiançailles à Marianne et Conrad. Quoiqu'il en soit, elle fut plus longue que prévue en raison d'un événement extérieur.

24

L'appréciation que la bonne société porta sur cette union était soit dominée par l'idée que Conrad avait tout simplement fait là son bonheur, ou bien on soulignait que Marianne, jeune fille bien plus âgée et sans aucun talent particulier, pouvait être plus que satisfaite d'avoir un époux si jeune et si joli (qu'elle n'aurait jamais eu sans sa fortune, ça personne ne manquait de le dire ou du moins de le penser par devers soi). Qu'en fin de compte tous les deux aient pu d'abord être amoureux et soient heureux, voilà une supposition qui ne vint à l'idée de personne. La différence d'âge provoquait ici et là des scrupules et même les paroles du vieux Eisenmann allaient aussi dans ce sens, lui qui disait que Conrad n'allait pas avoir la vie facile.

Pour le reste il félicita « son petit gars » de façon cordiale et simple, avec force tapes et bourrades. Cela se produisit vers quatre heures environ, par un de ces après-midi brumeux de printemps dans le bureau d'Eisenmann d'où Conrad s'apprêtait à partir car il devait prendre la voiture de service et se rendre chez le Conseiller privé à la fabrique d'étoffes. Eisenmann souhaitait avoir son avis sur le projet de déclaration d'impôts de l'usine de sangles pour l'année écoulée. Conrad mit le dossier assez épais dans une serviette de pécari et partit.

La voiture vira large devant la fabrique d'étoffes, cahota en douceur en traversant la voie ferrée et s'arrêta devant le bâtiment administratif. Sur l'escalier étroit et un peu raide qui menait au bureau, Conrad se rappela la première fois qu'il était monté ici, il y a assez longtemps, mais c'était maintenant tout petit et très loin au fond de lui, comme vu à travers des jumelles d'opéra tenues à l'envers, insolite au fond.

« Il y a du nouveau » dit le Conseiller privé, « c'est-à-dire un nouveau plan,et j'aimerais bien que tu regardes aussi de plus près ce projet à l'occasion, et plus tard aussi le cas échéant, si ça devait se réaliser. Nous ne voulons plus faire teindre en sous-traitance mais construire notre propre teinturerie. »

M. Peter Durache entra et salua Conrad., « Ecoutez, M. Duracher » dit le Conseiller, « quand le projet de la teinturerie sera terminé, faites en profiter M. Castiletz, il s'intéresse à ce genre de choses. » « Oui, bien sûr ! » dit le fondé de pouvoir. « C'est en effet M. Duracher qui a remis l'affaire en train », ajouta le Conseiller privé « et les premières estimations me semblent tout à fait encourageantes. »

Conrad prit l'automobile de service pour rentrer chez lui et il renvoya la voiture à la fabrique de sangles. Un fin rideau de bruine, poussé par le vent, battait dans la Hans-Hayde-Strasse. La cage d'escalier n'était pas encore allumée, plongée dans une obscurité profonde. Au moment où Castiletz mettait la clef de son appartement dans la serrure, la porte s'ouvrit à l'autre bout du couloir.

« M. Castiletz » dit M. de Hohenlocher, « je voudrais vous demander un petit service, vous qui êtes un technicien, il y a ici quelque chose qui me tracasse et que je remarque pour la première fois. » Conrad retira sa clef et se dirigea de l'autre côté. « Ayez la bonté, je vous prie, quand je serai à l'intérieur, d'actionner une fois la sonnette de ma porte, vous allez tout de suite savoir de quoi il s'agit, il faut seulement que je m'en assure encore une fois. » Sur ce, Hohenlocher disparut dans l'obscurité du vestibule et repoussa la porte. Castiletz appuya sur le bouton. « Aha, oui, je ne me suis pas trompé ! » s'écria-t-il de l'intérieur. « Maintenant, à vous » dit-il vivement, il ouvrit la porte à Conrad et éclaira dans l'entrée, « lorsque quelqu'un appuie sur le bouton de la sonnette, il se produit alors une pâle étincelle dans le vestibule au-dessus de la porte, là où est fixée la sonnerie. Je viens juste de le remarquer, vu que le facteur est venu et que j'ai dû ouvrir moi-même, parce que la Schubert n'est pas là pour l'instant. C'est en traversant le vestibule sombre que j'ai vu l'étincelle. Peut-être y a-t-il quelque chose de détraqué qui fait alors ce qu'on appelle un court-circuit ? » Conrad leva les yeux vers le bord supérieur du chambranle de la porte. Il avait un soupçon de méfiance et cela déjà suffisait à l'empêcher de se mettre aussi peu que ça soit en avant.

« Non » dit-il, laconique, « il ne peut vraiment rien arriver, tout est en ordre. Si vous voulez, vous pouvez sonner encore une fois et je regarderai dans le noir. »

« Alors ? » cria M. de Hohenlocher de l'intérieur, « est-ce que vous voyez l'étincelle pâle ? »

« Oui, bien sûr » dit Conrad.

« Et qu'est-ce qui se passe là-haut ? » demanda Hohenlocher.

« Rien », répondit Conrad avec une certaine détermination. « Toutes les sonneries électriques doivent nécessairement faire une étincelle, aussi longtemps qu'elles sonnent et que l'interrupteur est enfoncé. Si on peut le voir ici, c'est seulement parce que le petit couvercle de bois, qui ferme d'habitude le boitier, s'est ouvert, suite à des vibrations quelconques, peut-être à cause des gros camions citernes qui passent quelquefois en bas. Il faudrait que la Schubert monte sur une échelle et le ferme, sinon ça va prendre la poussière. »

« Bon, j'en suis heureux et je me sens tout léger », s'exclama M. de Hohenlocher. « Je vous remercie mille fois, M. Castiletz. » Conrad lui tendit la main, s'inclina légèrement, dit rapidement « bonsoir » et se dirigea vers son appartement. Lorsque la porte se fut refermée derrière lui, debout dans son petit vestibule éclairé, il eut la nette sensation qu'il s'était comporté comme il fallait, et qu'il avait même vraiment bien tenu le coup.

Il resta soudain songeur, dans le silence. Y avait-il peut-être quelques défauts en lui qui étaient tout simplement en train – de s'assoupir ? Ce dernier mot qu'il trouva soudain tout à fait approprié, agit sur Conrad comme une teinture qui décante la solution. Au moment où il pénétrait dans son appartement et faisait de la lumière, trouvant qu'il faisait chaud ici avec le poêle qui marchait – il lui apparut très clairement, l'espace d'un instant, que Hohenlocher avait encore voulu se moquer, cette fois-ci des « techniciens et de leurs grands airs » (chose qu'il avait dite lui-même il n'y a pas si longtemps !) et peut-être aussi de l'empressement et de la bonne volonté que Conrad avait mis à se pencher sur ce « cas ». Aussi touchante que puisse être l'ignorance pour les choses techniques dont certains semblent se piquer, cette affaire de sonnerie était tout de même incroyable. Non, Hohenlocher cultivait tout ce qui était caprices ou lubies ; mais il avait en plus une prédilection pour les personnages bizarres qu'il renforçait encore dans leurs extravagances... comme par exemple Lissenbrech. Hohenlocher lui faisait des compliments. Uniquement parce que ça l'amusait...

« En tous cas, ça ne m'intéresse pas de prendre place dans sa collection de cactus » se dit Conrad, mot pour mot. Il était debout aù milieu de la pièce à côté de la table et il se délectait de la clarté et de la pertinence de ses propres paroles, tout comme quelqu'un en train de faire des exercices de gymnastique prend du plaisir à exécuter ses mouvements. Pendant ce temps, alors qu'il était encore près de la table et avant qu'il n'enfile ses chaussons – c'est en fait ce que Conrad voulait faire maintenant – cette clarté intérieure déborda un peu vers l'extérieur, remplissant tous les recoins de l'espace de sa vie présente, taquinant ici et là les idées dont était remplie cette grande alvéole de lumière ; tout autour, à l'extérieur, il y avait comme un halo par-delà l'espace encombré de choses et d'éléments identifiables... Et beaucoup plus près de lui, cachée derrière la paroi, derrière cette paroi, il y avait une certitude qui faisait encore partie de l'avenir : il posséderait Marianne. Laissé seul pendant quelques secondes avec cette pensée – devant laquelle toutes les autres pensées avaient pris la fuite – il dut pourtant bientôt la réfréner, et ce faisant il révéla son aptitude à sa propre sauvegarde ! En cherchant maintenant avec empressement une autre nourriture à son esprit, il finit par tomber sur le point délicat qu'il avait oublié et qui l'avait pourtant inquiété pendant tout ce temps : la teinturerie. Il savait bien qu'il y avait quelque chose qui n'était pas tout à fait en ordre.

On entendit la Schubert introduire de l'extérieur sa clef dans la serrure pour apporter à Castiletz, chose habituelle à ce moment là, son café. Elle était même bien en avance aujourd'hui. Elle avait sans doute remarqué qu'il était déjà rentré.

« S'il vous plaît, Mme Schubert, passez-moi donc la valise jaune qui se trouve là-haut sur l'armoire. »

Et comme lorsqu'elle l'avait poussée autrefois à petits coups de poings, la souricette, montée sur une chaise, eut du mal cette fois à la descendre de là-haut.

Après le départ de la Schubert, Castiletz voulut s'installer avec le journal ; mais il n'était pas possible de se retrancher confortablement derrière cette occupation qui avait autrefois fait l'objet de recommandations et qui aujourd'hui était devenue, depuis un certain temps, une chose toute nouvelle. Conrad s'en trouvait écarté. Il se dirigea aussitôt vers la valise et l'ouvrit. Tout était là, commodément disposé, car la Schubert avait posé le joli bagage sur un fauteuil, à portée de la main ; et Conrad aurait pu aussi la refermer – *la Teinture* du docteur Zänker était dessus, tout comme *le Traitement chimique de la laine* – aussitôt après avoir pris les livres. Ils pesaient un peu dans la main, cette chimie du textile, certes toute une science à elle seule, était son point faible. Dans la discussion, il s'agissait d'être prudent, de ne pas se découvrir, mais en tout cas il fallait rafraîchir ses connaissances, se préparer – en attendant, il posa *la Teinture* et l'autre livre sur la table, retourna vers la valise et regarda dedans.

Bien qu'il n'ait plus rien à y chercher. Il restait là, plongé dans le vide apparent de ces instants, où le corps et l'esprit de l'homme se confondent complètement tandis que, immobile, les ailes déployées, on plane au-dessus de Dieu sait quelles vallées et de quels abîmes du temps passé. Sans raison, guidée par aucune décision, sa main, écartant les livres qu'elle trouvait pour l'instant trop pesants, ouvrit l'élastique de la poche de satin plissé à l'intérieur du couvercle, il remarqua un cahier bleu et le sortit.

Il vit d'abord qu'il y avait quelque chose qui dépassait de travers. C'était une carte postale. Les vestiges d'une quelconque époque révolue, enfouis depuis longtemps, même si ce sont les plus tordus et les plus bêtes – aide-mémoire pour l'école, petits bonshommes dessinés là il y a bien longtemps – on les reconnait avec une profonde sensation d'évidence, presque comme une partie de son propre corps. Mais celui-ci n'avait rien de tordu. Le Pierrot blanc ou l'arlequin souriait comme autrefois sous son grand chapeau pointu et ressemblait au garçon qu'avait été Günther Ligharts.

Conrad ouvrit le cahier et lut sa propre écriture et il savait exactement que sa régularité frappante venait de ce que tout cela avait été écrit d'un seul jet et en une seule nuit :

« Café Belstler, avec la date d'hier, six heures trente minutes ; elle : Je ne croyais avoir d'autre existence pour vous que celle d'une bonne employée ; lui : Bien au contraire, je soupire après vous depuis des années déjà ; elle : M. Castiletz, j'en suis fort aise, mais je suis mariée tout de même ; lui : C'est d'autant mieux, moi aussi ; elle : Je ne me serais jamais attendue à ça de votre part ; lui : Ai-je donc l'air si vieux ?... »

Pendant cette séance de poucettes qui se serraient toujours davantage au fur et à mesure qu'il lisait, Conrad s'efforçait de trouver un mot qui aurait été aussi bien approprié que cet « assoupissement » des défauts de tout à l'heure, pour faire de la clarté et de l'ordre. Mais rien ne venait ; et il dut laisser retomber le cahier. – et puis vint : « sottises de jeunesse. » Ça avait le même éclat que « royaume de petit garçon » ou « pays d'enfant » – au moment où il était retourné chez lui pour la première fois pendant ses congés et qu'il avait traversé les prairies pour constater avec mauvaise humeur qu'elles étaient soit envahies par des constructions, soit occupées par des associations qui les avaient clôturées.

Il s'approcha du poêle et voulut soulever le couvercle incliné qui fermait l'ouverture par où l'on versait le coke.

Il était debout devant le poêle et avait posé le cahier sur une chaise à côté de lui.

La sonnette stridente retentit dans l'entrée. Conrad sortit de la pièce en pensant vaguement à M. de Hohenlocher, il ouvrit et vit la casquette d'un télégraphiste.

25

Le lendemain matin Conrad arriva avec le rapide dans sa ville natale, une voiture le conduisit à travers les rues larges et bruyantes baignées par la lueur d'une pâle journée bavant de partout son humidité sur le pavé. La voiture traversa le pont pour aller de l'autre côté du canal – c'est à peine d'ailleurs si

Conrad le remarqua – tourna à droite, remonta rapidement la rue et s'arrêta devant la maison qui n'était maintenant plus la dernière de l'alignement, car on en avait construit entre-temps quatre autres. Même les tas de bois qui se trouvaient en face sur le talus du canal avaient disparu.

Les funérailles de son père n'eurent lieu que le surlendemain. La fin avait été douce et rapide, un infarctus, chose qui, médicalement parlant, devait arriver tôt ou tard. Sans attendre, tante Berta s'était déjà activement occupée des premières formalités et des premiers détails, et Conrad lui en savait gré. A l'enterrement, le fils marchait à côté d'elle.

Le lendemain il se rendit encore une fois au cimetière, seul, sur la tombe de ses parents qui reposaient maintenant côte à côte et pour ainsi dire confondus, car ils étaient tous les deux ensevelis sous un monceau de fleurs et de couronnes. Un soleil blanc de printemps perçait ici et là sans pouvoir se décider et filtrait sur les bâtiments lointains et sur les murs de la chapelle mortuaire au milieu des tombes des jeux de lumière pâle tour à tour obombrés. Le vent avait asséché le pavé par endroits ; mais ici, sur les chemins gravillonnés, il y avait encore de l'humidité et le sol devant les tombes, avec son gazon gris qui n'avait pas encore reverdi, avait un aspect dur et hivernal.

L'espace d'un instant, il sentit quelque chose lui monter furieusement à la gorge : sa mère. Puis ça s'arrêta.

Comme une langue de feu jaillie du sol froid, quelque chose l'embrasa : Marianne.

Cet avenir était grand ouvert, à portée de main. Depuis son retour il passait presque toutes ses heures libres chez elle, attelé à cette possession future, et il éprouvait avec une certaine volupté la légère pression de cette ligne de démarcation imposée ici par une éducation très stricte : et lorsqu'il arrivait à Conrad de venir furtivement frayer jusque là, il se reposait alors bien volontiers sur la barrière derrière laquelle se tenait sa fiancée, sans se poser beaucoup de questions, comme s'il ne pouvait en être autrement. Il avait le pressentiment que son comportement d'épouse serait dès le premier instant le même que le sien, dans l'autre sens. Le visage de Marion était devenu un tout petit peu plus sévère depuis que les fiançailles avaient été rendues publiques. Il serait tentant de dire – plus raffermi, s'il ne s'agissait pas là d'une horrible expression boursière.

Elle avait accédé à des droits, au moins autant que Conrad. Ses droits étaient gravés sous son front blanc et virginal, là où la racine du nez s'enfonçait quelque peu. Ils irradiaient à partir de ce point, comme une sorte d'attente ou d'exigence que ressentaient tous ceux qui adressaient la parole à Marion : elle était promise.

26

Ce n'est qu'en tournant constamment autour de Marianne, en l'ayant toujours devant lui, son cou, sa main, son bras, l'étoffe tendue de sa robe, sa jambe qui s'amincissait fortement sur la cheville, c'est seulement de cette façon que Conrad croyait bizarrement pouvoir maintenant meubler et supporter l'attente que le deuil avait prolongée. Et le voyage de noces était depuis longtemps entamé lorsqu'il découvrit en fait pour la première fois, à Bologne, le rapport et la ressemblance qui existaient entre Marianne et Louison et dont Hohenlocher avait dit dès le début qu'ils n'étaient pas difficiles à reconnaître.

Sa femme dormait à côté de lui et la lumière était allumée. Elle était tournée vers lui, étendue, à une distance d'un bras environ, une joue appuyée sur le coussin d'où elle avait un peu glissé pendant le sommeil : et cela faisait remonter doucement la joue contre l'œil. Or, il apercevait maintenant la même chose sur l'autre joue, dégagée, inchangée, vu que cette exagération de la forme lui avait ouvert les yeux. C'est alors seulement qu'il sentit vraiment – et cela le traversa comme une flèche décochée du plafond – qu'ici dormait la sœur de Louison. Dans le silence, un coup de sifflet prolongé retentit de la gare à proximité de laquelle était situé le grand hôtel, puis mourut. Conrad revit sa chambre d'enfant, telle qu'elle avait été autrefois – et non pas comme il l'avait retrouvée. Il aurait bien aimé réveiller Marianne.

Ce fut un vrai voyage de noces. Sous le ciel haut et bleu il y en avait un deuxième, invisible, limpide comme du verre, tendu jusqu'à la limite de la déchirure et qui enserrait le couple de partout. Assis dans le train qui traversait l'Apennin pour les emmener de Bologne à Florence, ils recevaient des bouffées d'air frais de la montagne qui, à travers le store qui claquait au vent, se mélangeait à la forte chaleur, et puis la plaine entra dans le champ de vision et là-bas – ramassée et compacte, vraie ville au bord de la grande fenêtre de l'horizon ouvert – se trouvait Pistoia.

Le soir au repas, lorsqu'ils levèrent leurs coupes et se regardèrent dans les yeux, le regard de Marianne brillait. Elle monta les escaliers devant lui, vive et décidée. Avant la première nuit déjà, elle avait marché comme ça. A Florence, lorsqu'ils avaient vu le drôle de « train des trois Rois Mages » de Benozzo Gozzoli, dans la petite pièce carrée et fermée, presque sans lumière, où le préposé tenait en l'air au milieu une lampe puissante au bout d'un long fil pour que l'on puisse voir tous les personnages, les petits et les grands – Conrad avait alors dit après coup : « C'est comme si cette pièce avait été autrefois une chambre nuptiale. » Le bout des doigts de Marianne qui effleurait les siens avec douceur tandis qu'ils quittaient le palais, pressait maintenant sa main, ses reins se creusèrent et un frisson le traversa, l'espace d'une seconde.

Le grand appartement soigneusement installé où le couple emménagea après son retour n'était pas loin de l'ancien pied-à-terre de Conrad, dans la rue qui débouchait justement sur la Hans-Hayde-Strasse, à proximité du parc. Le couple Castiletz habitait ici dans la maison qui faisait l'angle et il occupait tout le deuxième étage, dont les fenêtres donnaient pour partie sur la Weissenbornstrasse. C'est dans la Weissenbornstrasse que la maison avait son entrée, au numéro 17. En bas il y avait un garage où se trouvait la voiture de Marianne, qu'elle ne conduisait cependant pas elle-même. Elle prenait un chauffeur.

M. de Hohenlocher fit une sorte de sacrifice solennel à Bacchus, au gin (de toute façon, la boisson la plus raisonnable), lorsque Conrad vint faire chercher ses dernières affaires qui étaient encore là, par la Schubert qui plus est, laquelle secrétait pour ainsi dire par tous les pores et les plis de son visage – elle n'osait pas entamer la conversation – une approbation réjouie parce qu'il y avait eu mariage. Pendant le déménagement, le chien de chasse était presque toujours en travers du chemin, costume d'intérieur en soie avec cordelette, bouteille sous le bras, verre dans la main, vu qu'en ce moment on ne pouvait être sûr de rien quand on posait quelque chose. « Vous devriez faire encore un autodafé avant que la Schubert n'emballe le reste » dit M. de Hohenlocher « il y a des choses qu'on n'emporte pas dans son trousseau, je veux dire des lettres ou des affaires de ce genre. » Il montra les étagères où étaient empilés des cahiers, des journaux et des livres.

Non, Conrad n'avait absolument rien de ce genre.

Soudain, il plongea la main dans la poche de son pantalon, sortit une clef d'une poche de son porte-monnaie et rouvrit la valise plate en cuir jaune. Le cahier bleu qui avait encore une dernière fois trouvé refuge ici, fut soustrait aux plis de satin. M. de Hohenlocher brandit son briquet à essence, vu que Conrad Castiletz, qui ne fumait pas, cherchait désespérément des allumettes. Conrad lança le paquet enflammé vers la gueule du poêle avec un mouvement gauche et précipité qui manqua son but, il y mit la main et la salit, mais le cahier qui faisait déjà de grandes flammes tombait maintenant dans les entrailles sombres, il prit un coup d'air, s'écartela en feuilles calcinées et partit dans un grand embrasement. Lorsque Conrad se rendit compte qu'il avait aussi brûlé la carte de Günther avec le Pierrot, puisqu'il l'avait remise dans le cahier, il fut effrayé pour de bon. Et le temps d'une pensée, rien ne lui sembla caractériser davantage le début d'une nouvelle phase de sa vie que ce détail précis.

27

Le vestibule était très grand, presque carré, le sol était tendu d'une étoffe gris-vert. Sur la droite à bonne distance, se trouvaient quelques sièges de métal nouvelle-mode, ilôt perdu dans cet espace. Au fond, les larges portes vitrées qui menaient aux pièces d'habitation filtraient une lumière laiteuse. Il y avait d'abord à gauche, donnant sur le parc, la chambre à coucher avec, à côté, une grande pièce dont on remarquait le vide, où il n'y avait en fait que les armoires, on l'appelait le « dressing » et elle pouvait faire un jour chambre d'enfant. Il y avait un petit salon attenant dans le style sévère que l'on appelle Empire, avec le bureau de Marianne et les autres attributs d'une dame. Dans le coin de la maison se trouvait la grande salle de séjour, avec des fenêtres donnant sur les deux côtés, sur la Weissenbornstrasse et sur la Hans-Hayde-Strasse. Elle était meublée légèrement, c'est-à-dire sans surcharge, il n'y avait pas de tapis au milieu mais une grande jetée de parquet miroitant, selon la formule, et deux groupes de petits fauteuils dorés avec des housses à fleurs. Ensuite venait la salle à manger : sombre et sévère, comme l'est un repas servi à l'heure exacte, lorsque la pendule carillonne comme un clocher. A côté, la pièce de travail du maître de maison où, se levant de son large bureau de diplomate, il aurait pu apparaître dans l'encadrement de la porte à l'instant où retentissait la cloche de la cathédrale : car quand la soupe sonne midi, il faut que l'horloge soit sur la table – non c'est le contraire bien sûr, car il aurait été tout à fait incongru de poser cette horloge sur la table, elle avait deux mètres de haut, ou plus encore.

D'autre part, chez les Castiletz on mangeait à midi et demi et pour cela on envoyait la voiture prendre le maître de maison à l'usine. Le dimanche seulement Conrad arrivait de sa table de diplomate où il n'écrivait pourtant jamais rien. Le plateau de verre était occupé par quelques objets massifs et au milieu par un sous-main en cuir à côté duquel était posé un gigantesque coupe-papier en ivoire avec un lourd manche en argent ; pour un sauvage il aurait été sans nul doute une arme très prisée, ce cadeau de mariage du directeur Eisenmann.

Ces grandes steppes mobilières qui, le soir venu, s'assoupissaient dans l'ombre autour de la chambre éclairée du jeune couple ne se remplirent pas de vie tout de suite mais n'en eurent d'abord que les prétentions, auxquelles s'ajoutaient cependant celles relatives à leur constant entretien assumé par la femme de chambre et le domestique, si bien que l'odeur acidulée toujours perceptible des vernis neufs et celle plus sévère du cuir imposaient constamment leur présence invisible. Ces pièces donc qui, il y a peu (chez un Conrad par exemple), étaient encore remplies par les images tumultueuses de ses attentes comme par une foule exaltée et enfiévrée – étaient maintenant toutes calmes et, bien que meublées, elles faisaient vides. La chose qui devait maintenant prendre place ici lui donna du fil à retordre dans les semaines et les mois qui suivirent : c'était le quotidien. Cette suite d'habitudes demandait maintenant une grande dépense d'énergie, elle le submergeait même souvent jusqu'à épuisement complet ; et le fait que cet état inquiétât Castiletz n'était pas précisément fait pour soulager l'engagement de ses forces. Le matin il avait du mal à se lever et il était toujours en souci à cause de la bonne, du réveil, du temps qu'il lui restait.

Dans le bureau, ou « bibliothèque » comme on disait maintenant, on avait installé une énorme bibliothèque américaine dont il n'était pas facile d'assouvir les appétits, qu'il fallait pourtant bien satisfaire, vu qu'elle en faisait étalage sans vergogne, grande bouche sombre et béante. Conrad ne possédait guère de livres. Le contenu de la valise de cuir jaune n'était là qu'une mauvaise plaisanterie et une goutte d'eau dans un tonneau (les deux ouvrages *la Teinture* et *le Traitement chimique de la laine* étaient d'ailleurs maintenant posés en général sur le large bureau), mais le soir, il suffisait à Castiletz de sentir sous lui le fauteuil pour que déjà la fatigue rendît de telles lectures impossibles. Même Marianne ne s'était jamais beaucoup intéressée aux livres. Mais entre-temps elle était partie en chasse dans la maison paternelle et avait confisqué, outre une encyclopédie de conversation et quatre ou cinq longueurs de classiques, une partie de la bibliothèque de sa défunte sœur, tout en ne prenant parmi tous ces livres que ceux qui semblaient lui offrir quelque chose d'intéressant, des romans par exemple dont le titre avait quelque chose d'attrayant ou qui se passaient dans un endroit prometteur comme elle avait pu le constater en les feuilletant rapidement.

Ces mesures littéraires firent que les époux prirent désormais l'habitude de lire le soir dans leurs lits, pour Marianne il ne s'agissait du reste rien moins que des *Faux-Monnayeurs* d'André Gide, un livre qui lui plut beaucoup.

Conrad, de son côté, vit pour la première fois le nom de Louison Veik écrit en tête d'un livre, en ouvrant un roman d'aventures traduit de l'anglais. Il en fut saisi sur l'instant, comme si on lui avait touché un nerf ou si lui était parvenue une nouvelle étonnante. Il referma aussitôt le livre et lança du coin de l'œil un regard sur sa femme qui lui tournait le dos et lisait à la lumière de la lampe de chevet. Conrad rouvrit alors la couverture à la page du titre. Il y avait marqué ici : Louison Veik. L'écriture n'avait rien de moderne ou de nerveux. Elle ressemblait à ces belles écritures soignées d'antan ; les caractères, tracés à la plume, étaient ronds et nets. Castiletz ne lut pas beaucoup ce soir là. Il regarda entre-temps deux ou trois fois l'écriture. Bientôt le sommeil le gagna.

Le lendemain qui était un dimanche, on dînait chez les parents, une habitude qui avait été prise tout comme celle que les jeunes époux avaient de boire le thé à cinq heures dans le petit salon Empire, à côté du « dressing », où la bonne, avant de partir pour sa sortie dominicale, avait tout soigneusement préparé, de sorte qu'il ne restait plus qu'à brancher la prise. Cette pièce et l'heure tardive de l'après-midi qui amorçait la soirée pouvaient procurer une sorte de bien-être achevé, où il n'était pas difficile de se laisser aller et de se laisser prendre. Il s'y ajoutait une forme de piété : cette habitude venait des premiers temps où Marianne et Conrad vivaient ensemble.

C'est ce dimanche-là, vers le début du mois de mars, à l'heure où ils prenaient le thé, que Conrad eut en fait pour la première fois avec sa femme une discussion assez approfondie sur Louison. Il s'était allongé par terre sur une peau d'ours blanc : c'était une habitude qu'il avait toujours ici. La petite cheminée au gaz que Castiletz avait devant lui avait été mise en marche et son embrasure en cuivre projetait une bande de lumière et de chaleur qui glissait vers Conrad pour atteindre ensuite les jambes de Marianne, toujours assise à la table.

Cette bande de lumière bien nette qui venait de la cheminée rendait la pénombre du petit salon plus profonde qu'elle ne l'était, la pièce semblait presque sombre.

« Je ne possède presque rien d'elle, que des babioles » dit Marianne. « On s'est vite débarrassé de tout. Au reste, nous avions l'habitude de faire des échanges de temps en temps pour les choses identiques que nous possédions toutes les deux. Nous avons été confirmées le même jour, bien que je sois plus âgée ; et chacune reçut de tante Manon la même paire de pendentifs d'oreilles en béryl monté sur or. Au bout de quelques années nous avons fait l'échange, si bien qu'en fait aujourd'hui c'est moi qui ai celles de Louison. »

« Je ne t'ai jamais vue les porter » fit remarquer Conrad.

« Non », répondit Marianne, « Je ne les porte pas. Il y a une chose que je regrette aujourd'hui. Dans les objets qui ont été volés il y avait un petit cadeau que je lui avais fait, il n'avait pratiquement pas de valeur mais Louison l'aimait bien et l'avait toujours avec elle : c'était un étui à cigarettes, ou plutôt une jolie petite boîte de tabac à priser en vieil argent, dont quelqu'un avait cru un jour devoir m'honorer, bien que je ne fume jamais. Louison a pris assez tôt l'habitude de fumer des cigarettes et je lui ai donc offert cette babiole, bien que celui qui me l'avait offerte y ait fait graver mes initiales : M. et V. Ils se turent.

Conrad fixait la chaleur blanche et dit au bout d'un moment, en parlant un peu plus fort qu'il n'était nécessaire dans le silence qui régnait ici, comme s'il devait briser une résistance dans sa bouche, comme si les mots se faisaient obstacle les uns aux autres : « En fait, comment est-ce que l'accident est arrivé exactement ? Comment est-ce que Louison a été tuée, et où ? »

Derrière lui il y eut un petit moment de silence, pourtant la réponse sortit de la bouche de sa femme avec aisance et assurance :

« On lui a complètement fracassé le crâne avec un objet contondant ; ça s'est passé dans le train, et la nuit... »

Elle parlait encore lorsque de la rue monta un cri qui s'amplifia encore jusqu'à atteindre les sommets stridents du désespoir, pénétrant complètement dans la pièce malgré la fenêtre fermée. Juste avant, on avait entendu trois ou quatre coups de klaxon énergiques.

Conrad se retourna d'un bond et leva les yeux vers sa femme qui s'était maintenant redressée dans son fauteuil, les yeux écarquillés d'effroi, sans pourtant tourner la tête vers la fenêtre : ils s'y précipitèrent alors tous les deux en se bousculant et l'ouvrirent avec précipitation.

Le spectacle qui s'offrait à eux expliqua aussitôt la situation. Un enfant avait échappé à sa mère, une jeune femme qui le tenait par la main sur le trottoir, il était juste en train de traverser la chaussée en trottinant dans son petit manteau blanc, lorsqu'une grosse et belle limousine déboucha de la Hans-Hayde-Strasse en donnant des coups d'avertisseur et tourna dans la Weissenbornstrasse. Le chauffeur fut obligé de constater, horrifié, que la petite fille, qui portait un bonnet bien serré, ne faisait pas attention à ses coups de klaxon répétés, bien plus même, qu'elle courait droit sur la voiture. Mais en désespoir de cause, – voyant la petite fille tout près de la roue avant gauche – il avait fait faire une embardée à son véhicule – qui bondit sur le trottoir près du parc, à la limite de la perte d'équilibre, enfonça la petite grille qui se trouvait non loin du fameux bouleau au coin, et finit par s'immobiliser, les roues avant enfoncées dans la terre meuble. Au pire moment, croyant son enfant perdue, la mère avait crié : et c'est de la croire perdue qui avait transpercé dans son cri avec une virulence peu commune et le rendait si terrible. Tous les gens qui s'étaient attroupés félicitaient maintenant le conducteur et certains essayaient de consoler la petite qui, dans les secondes qui avaient décidé de son sort, s'était simplement assise sur son petit derrière, effrayée par le gros véhicule qui avait obliqué juste devant elle.

Conrad ferma la fenêtre et fit coulisser les rideaux jaunes. Pendant quelques instants, sa femme resta là sans bouger, un pli profond s'était creusé au-dessus du renfoncement de la racine du nez, ce qui donnait maintenant à son visage une expression sombre, butée, presque brutale. Castiletz contemplait sa femme, interdit, anxieux même. Il entrevit soudain avec lucidité que cette violente frayeur, chose qui n'est pas inhabituelle chez les gens de caractère, menaçait de se transformer subitement en colère. Elle se détourna vivement et quitta le petit salon, sans toutefois fermer la porte qui menait dans le vestibule. Il la vit traverser cette large surface tendue d'étoffe, ouvrir la salle de bains et éclairer la lumière. Aussitôt après, cette porte se referma bruyamment derrière elle.

La poitrine de Conrad était en proie à un tumulte, comme si le silence alentour tournait sur lui-même, pareil à une roue de moulin. La chose dont il venait brusquement de prendre conscience – depuis l'instant où il avait suivi Marianne des yeux pendant qu'elle traversait le vestibule – était aussi peu en rapport avec les derniers événements qui venaient de se produire qu'elle était irrémédiable dans sa certitude : il ne désirait plus du tout sa femme.

Castiletz s'appuya contre le chambranle de la porte – pénétré par un effroi plus lent mais aussi plus profond que celui causé par le cri de tout à l'heure – et regarda dans le grand vestibule en partie éclairé par la lumière qui venait du salon. Ce chez-soi pesait brusquement sur lui comme un cercle magique et muet dont le code et la clef avaient, semble-t-il, disparu, et où l'on se retrouvait enfermé.

Il épiait. Pas un bruit ne parvenait de la salle de bains. A pas lents, une allure qui n'était pas vraiment la sienne et qu'il maîtrisait mal, il commença à pénétrer dans le vestibule et arriva jusqu'à l'îlot de tables et de chaises. Le métal des meubles brillait par endroits sous la lumière frisante. Castiletz s'assit prudemment, comme un homme qui a une jambe de bois, sans bouger le fauteuil.

Le silence se prolongeait. Puis il prêta l'oreille : un bruit d'eau. C'était un son presque réconfortant.

Et puis un bruit de sanglots, comme des hoquets, qui enflaient régulièrement ; elle pleurait, comme quelqu'un qui boit à longs traits.

Conrad tressaillit et ses jambes devinrent froides jusqu'au dessus du genou. En cinq pas il fut devant la porte de la salle de bains. Les sanglots étaient maintenant forts, tout près :

« Marianne » appela-t-il et il frappa à la porte. Comme elle ne répondait pas, il essaya d'ouvrir la porte. Elle céda, elle n'était pas fermée à clef. Sa femme se tenait debout, juste derrière.

« Mon Dieu ! » dit-il sur un ton interrogateur.

« Oui, mon Dieu ! » s'exclama-t-elle au milieu des spasmes de larmes qui n'en finissaient pas de couler. « Tu dis ça maintenant. – mais c'est toi qui as commencé ! Il suffit de prononcer son nom... et voilà pour moi un malheur qui arrive. Tu es resté des heures auprès de ma mère, avec ses photos... est-ce que je n'en serai jamais débarrassée ? Jamais ? Elle a gâché ma vie, à cause d'elle ma jeunesse n'a été qu'une suite de tourments... Voilà que tu arrives : et de nouveau – Louison, Louison. Comme c'était terrible, ce cri ! C'est elle, c'est elle qui a fait ça. Elle ne veut pas que nous prenions le thé ensemble. Nous ne le referons jamais plus. Mais je ne veux pas de Louison, pas ici... »

« Non ! » cria-t-elle soudain d'une voix perçante, « non ! assez ! elle m'a tout gâché, toujours, enfant déjà, oh tu ne te doutes pas... je ne veux jamais plus entendre parler d'elle... »

Il était presque heureux qu'elle s'emportât maintenant. Et s'il avait été capable de se sonder plus avant dans ces instants bizarres : alors il ne lui aurait pas échappé que l'impossibilité de prendre maintenant sa femme dans ses bras pour la consoler, le soulageait. Avec quelque chose d'absolu, qui forçait à accepter cette agitation de premier plan et donnait le calme nécessaire pour cela, la morte reposait en arrière-plan comme un paysage, indifférente aux gesticulations de la vivante. Et s'il restait une issue pour échapper à l'emprise de cette situation présente, cette issue était certes éloignée mais accessible d'une façon ou d'une autre, comme la dernière bande verte dans le ciel vespéral au-dessus de l'horizon. Conrad était absolument calme ; et il restait ainsi fidèle, d'une étrange façon, à Louison Veik, au milieu de la tourmente.

Il y eut un bruit de verre, un jaillissement d'éclats qui tombèrent en pluie dans la baignoire. Marianne avait saisi le premier verre venu et l'avait lancé contre les carreaux. Elle s'effondra alors et tomba dans les bras de Conrad, son visage posé contre son épaule. Il sentit ses cheveux qui exhalaient une odeur sèche, une odeur simple de poupée, comme du lin ou du coton.

Lorsque quelqu'un dit pour soi-même « c'est absurde ! » en regard de quelque chose, c'est le signe, la plupart du temps, qu'il n'en est pas venu à bout.

Il y avait cependant pour Conrad, il faut bien l'avouer, un handicap qui devenait toujours plus sensible dans le fait qu'il ne dormait plus seul dans une chambre : ces petits instants de recueillement dont il avait besoin pour superviser les espaces proches et lointains de sa vie et pour voir si tout était en ordre – ces instants s'étaient, dans les dernières années, de plus en plus associés à la position allongée, avant le sommeil et après le réveil. Et maintenant, quand il développait ces cercles, en commençant par le centre, il butait pour ainsi dire sur sa droite contre sa femme. Avant, au 5 de la Hans-Hayde-Strasse, il était même parfois allé jusqu'à se lever pour faire un rapide contrôle de son espace vital, continuant debout ce qu'il avait commencé couché. Ici c'était exclu, car cela n'aurait pas manqué de susciter des questions. Conrad était rarement seul à la maison. Et au début, ça ne lui servait d'ailleurs pas à grand-chose. Le silence inhérent à ces pièces dans la mesure où, dans cette maison relativement neuve, toutes les portes et les serrures se fermaient et s'enclenchaient sans faire de bruit, le grand vestibule qui insonorisait totalement les pas, tout cela faisait que l'on errait sur toute cette surface disponible comme un esprit, et de façon presque insolite, si ce n'est inquiétante pour soi-même. Or en plus il se croyait souvent seul, alors qu'il ne l'était plus depuis longtemps puisque Marianne était entre-temps rentrée à la maison ; et même en tendant l'oreille, depuis la « bibliothèque » par exemple, il était possible de ne pas l'entendre arriver car la porte de palier n'émettait pas le moindre bruit quand on l'ouvrait et que la nouvelle serrure obéissait à la légère pression de la détente.

Mais avec le temps, il se forma autour de la large ottomane dans le bureau – qui en fait était ainsi devenu une pièce de repos – le périmètre souhaité qui protégeait du reste de l'appartement et tenait bon même lorsque les autres pièces s'animaient ensuite modérément de la présence de Marianne ou de tel ou tel esprit serviable. Ce genre d'animation était toujours tempéré. Issue d'une grande maison qu'elle avait menée le plus souvent seule durant ces dernières années, Marianne ne connaissait pas de difficultés ni d'embarras d'ordre domestique, d'autant moins qu'elle ne manquait pas d'aides formées à la meilleure école.

C'est ainsi que l'espace de la vie castiletzienne arriva à se développer en cercles excentriques à partir de l'ottomane, sans rien heurter, et l'ancienne vigilance put s'exercer à superviser l'ordre d'un certain nombre de choses. D'abord l'appartement, ici, et ce mariage. Dans ce domaine il apparaissait remarquablement décisif pour Conrad (dans le sens de l'ordre donc) et même éminemment décisif que cette affaire n'ait pas été menée – en vain. Il avait quand même renoncé à sa liberté. Ce dernier concept, assez vague, ne fut pas examiné plus avant par Castiletz qui n'était pas un penseur professionnel. Sinon, il serait peut-être arrivé au résultat que l'élaboration du concept venait de Reutlingen. Dans ce sens-là donc, tout semblait en ordre, un ordre qui se situait en outre devant un autre arrière-plan apaisant, on pourrait presque dire, sonnant et trébuchant : en héritant de son père il était lui-même devenu quelqu'un d'aisé et il aurait presque tout aussi bien pu maintenir son niveau de vie actuel en n'utilisant que ses propres ressources. Il aurait été impossible d'apporter la preuve que cet héritage ait fait quelque impression dans la famille Veik. Et pourtant Conrad Castiletz savait avec certitude que cette impression existait bien au sein de la famille, à son avantage. Il savait aussi – par Eisenmann – qu'on envisageait de donner dans quelque temps au gendre une procuration dans la fabrique de sangles et que si l'on hésitait encore, c'était uniquement parce qu'il était bien jeune. Eisenmann souhaitait cette consolidation de la situation de Conrad ; en outre, malgré son air frais émoulu, cette juvénilité n'avait rien de si évident, puisqu'il n'aurait pas été possible de déceler chez lui quelque chose comme un « manque de maturité ». Il faisait dans les trente ans, l'âge le plus indécis.

Mais vus de l'ottomane, de tels sujets de réflexion faisaient encore partie des cercles intérieurs, des préludes en quelque sorte. Ils se développaient quand, à six heures, le café lui était servi comme quand il était célibataire, non plus par la Schubert cette fois mais par une bonne encore assez jeune qui posait également ses chaussons devant le divan et emportait les chaussures de ville que Conrad enlevait alors.

Depuis quelques jours il y avait des fleurs dans la pièce, une attention de Marianne, parmi lesquelles deux jacinthes. Leur senteur nouvelle et très vivifiante se mélangeait sous les narines de Conrad à l'odeur du journal qu'il lisait, et prenait le dessus. Castiletz laissa retomber le journal et se renversa contre le dossier du fauteuil. Comme attendu, comme un signal même, voilà que les souvenirs d'anciennes périodes de sa vie se pressaient, vifs et intenses, tout un flot, ou mieux un souffle qui avait déjà marqué ces derniers jours. Toutes ces images étaient des images de sa ville natale, elles baignaient dans une lumière étrangement insolite comme celle d'une aube toute nouvelle, elles laissaient dans la bouche un goût et une odeur qui leur étaient propres, elles faisaient même pénétrer dans tout le corps la sensation physique correspondante. Dans ces brefs instants où il se retrouvait pour la première fois séparé de la vie qu'il menait alors, Conrad commençait tout doucement à avoir un passé. Et bizarrement, vu de là, le cercle de sa vie présente se desserrait, ne la laissant plus seulement apparaître tout à fait comme un progrès par rapport à ce qui avait été, mais bien au contraire comme un appendice étranger ajouté et posé là de façon arbitraire, comme peut l'être une prothèse sur une jambe vivante.

Il rencontrait alors toujours – quand il poussait aussi loin – assez loin en effet pour être étonné de ce lourd bureau par exemple, ou qu'une femme puisse rentrer à la maison – il rencontrait alors toujours le visage de Louison, comme la prolongation vivante et proche de sa vie passée, sans rien d'étranger ni de rapporté. Elle aussi se tenait dans une lumière insolite mais c'était la même qui baignait ces années passées ; il y avait un point-limite à cet éclat qui coiffait déjà le coude du canal et les lointaines cheminées d'usines, alignées comme des flèches dans un carquois, et les rues qui descendaient jusqu'au bord de l'eau et le pont – toutes choses que Castiletz n'avait pas vues, n'avait pas remarquées lors de son dernier séjour dans sa ville natale ; il y avait un point-limite à cet éclat et si on y regardait de plus près, on trouvait à cet endroit Ida Plangl qui attendait au terminus du tramway. Mais quand on remontait à partir de là vers le présent, tout devenait plus rêche et plus sombre, épais comme le bois des meubles massifs qui étaient ici, une sorte de gigantesque couvercle dont Castiletz soupçonnait bien qu'il ne s'agissait que d'une simple couverture : c'était l'effet le plus caractéristique et le plus secret exercé par Louison ; car elle se dressait maintenant à l'autre extrémité, celle qui lui faisait face et en-dessous de laquelle il se trouvait encore lui-même ; pourtant, elle était de la même veine que la première partie de sa vie, celle qui finissait devant ce terminus de tramway où se trouvait Ida.

Après ces quelques secondes passées dans le tréfonds des méandres de la vie, Conrad, qui n'était pas un penseur professionnel et qui n'avait absolument pas l'habitude de la méditation, se mit à sursauter, tout effrayé, si bien qu'il renversa du café de sa tasse en heurtant le guéridon à côté de l'ottomane. Ces pensées qu'il venait d'avoir, arrivées à un tel point de densité, se révélaient pourtant déjà réelles et denses, dans la mesure où elles laissaient en lui, pareille à des cristaux ou un corps solide, l'impression qu'il y avait ici quelque chose – à faire. Chose qu'il ne savait pas par quel bout prendre. Toujours est-il que toute cette nouveauté conduisit les pas de Conrad dans une direction inhabituelle, puisque, passant à côté du bureau, le voilà qui traversait maintenant la pièce, ouvrait la porte qui conduisait à la salle à manger puis au grand salon d'angle.

C'était peut-être bien la première fois qu'il faisait ça. Castiletz entrait ordinairement dans son bureau par le vestibule et sortait par le même chemin.

La pièce était vide, le sol miroitait, les petits fauteuils étaient recouverts d'une housse grise et poussés contre les murs. La lumière du jour était encore là ; aujourd'hui samedi, Castiletz avait arrêté le travail plus tôt, après le repas il n'était plus retourné à l'usine. Tout en marchant sur le parquet sonore qui grinçait légèrement, Conrad avait l'impression d'aller à la rencontre d'une décision ou d'une affaire de grande importance : c'est comme s'il avait eu la sensation de sa propre épaisseur et de sa propre consistance, il sentait ses épaules. Devant l'une des fenêtres qui donnaient sur la Weissenbornstrasse, il tira le rideau, ouvrit en grand les deux battants et regarda le parc.

Le temps s'était adouci. Il n'y avait encore aucune trace de vert par terre dans le parc, tout plongé dans sa propre immensité et dans l'entrelacs infini des branches dénudées. La rumeur de la rue s'était tue, tout était calme. A droite derrière lui, Castiletz sentait maintenant son ancien appartement tout petit et rétréci, en bas de la Hans-Hayde-Strasse, et comme repoussé à la limite extrême de son nouvel environnement.

Il avait été convenu qu'il irait voir son beau-père cet après-midi, chose qu'il faisait maintenant assez souvent. En fait, c'était seulement ces derniers temps qu'il avait mieux fait la connaissance du Président Veik. Lorsque M. de Hohenlocher affirmait qu'il était impossible de connaître vraiment les « deux Veik », parce qu'ils « étouffaient tout et tout le monde avec leur gaieté perpétuelle », il avait tort, du moins en ce qui concernait le beau-père de Conrad. Hohenlocher allait jusqu'à jouer avec l'idée que l'on devrait faire parvenir un jour à l'un des deux frères une nouvelle vraiment désagréable (mais en matière d'impôts il n'y avait jamais d'opportunité pour cela) ou encore qu'on devrait leur demander un service qui les mettrait dans l'embarras, « pour voir enfin le vrai visage de ces rieurs professionnels. »

C'était inexact. Robert Veik penchait même assez souvent vers une certaine mélancolie. Castiletz pensait maintenant à certaines heures passées cet hiver dans le bureau de son beau-père, parlant avec lui de choses et d'autres, abordant beaucoup de sujets et même finalement tous les sujets... c'était d'ailleurs une ambiance toute nouvelle pour Conrad : les fauteuils profonds dans lesquels on était à moitié allongé, un verre de vin du Rhin dont on buvait de temps à autre une gorgée, une boisson dont le goût étonnait chaque fois par sa rondeur ondoyante et chatoyante. On était assis derrière des nuages de fumée de cigare. Et c'est ici que Conrad avait découvert pour la première fois un petit havane léger et blond. Cela faisait partie du rituel. Il aimait ça, il ne fumait en effet d'ordinaire jamais, si ce n'est lors de ces causeries.

Maintenant, debout devant la fenêtre, tout cela lui faisait plaisir et cet après-midi y gagnait encore en intensité. Marianne était en ville avec sa mère pour faire des courses ; ce soir, Castiletz et sa femme avaient l'intention d'aller à l'opéra, il lui fallait donc être rentré à temps pour prendre Marianne et aussi pour se changer. Il refermait les battants de la fenêtre et laissait retomber le rideau tout absorbé par ses pensées, lorsqu'il sentit nettement, et après-coup, l'enrichissement qu'avaient représenté ces quelques instants passés tout à l'heure sur le divan et qui l'avaient alors tant effrayé.

Il décida d'aller en ville à pied puisqu'il avait encore le temps et il se prépara. La porte se referma sans bruit derrière lui ; cette serrure, on ne l'entendait jamais et Conrad avait l'habitude, une fois dehors, de pousser sur la porte du plat de la main pour s'assurer qu'elle était bien fermée.

L'air était rempli d'humidité, dans le parc le gravier était encore meuble, une brume cachait la vue sur les nombreux décrochements des pelouses et sur les avancées de bosquets d'arbres. Ça sentait la terre. Conrad retrouva l'asphalte près du marchand de thé à la grande enseigne rouge. C'était ici le début de la Wackenroderstrasse, une rue longue mais étroite où passait en plus le tramway – la ligne 3 – et qui débouchait à l'autre extrémité dans une des artères principales du centre ville.

Les magasins se succédaient, de petits commerces pour les besoins de la vie courante. Le trottoir offrait juste la place pour deux piétons. Le tramway sonnait et chaque fois qu'il s'arrêtait, le ronflement des voitures qui attendaient faisait comprendre aux voyageurs qui montaient et descendaient qu'ils devaient se presser. Le soir commençait à tomber sur toute cette agitation où chacun semblait avoir des buts totalement différents de ceux du voisin, mais il restait suspendu au milieu de la rue, comme une toile de tente accrochée aux rangées de réverbères qui avaient commencé, bien avant sa venue, à émettre une faible lueur là-haut. Castiletz déboucha dans la Königsstrasse, large et majestueuse. Ici, la nuit était pour ainsi dire déjà proclamée, prématurément, mais le ciel encore ouvert sur un crépuscule blafard devait se replier vers les ténèbres du haut et battre en retraite devant les lumières qui s'affrontaient ici de partout par vagues successives, lignes droites, lignes brisées, décrochements, des rangées de lettres en rouge et bleu, de gigantesques panneaux remplis d'inscriptions lumineuses vertes et au loin quelques points lumineux épars mais qui brillaient fortement à l'angle des toits. Sur la chaussée, les voitures n'en finissaient pas de tracer des bandes de lumière.

29

« Non, cher Koko » (c'est ainsi que le Président appelait son gendre, en simplifiant son petit nom), « ça ne mènerait à rien. Il n'y a plus rien à faire. Il existe des cas en face desquels la raison doit céder. Ce sont là les exemples typiques du destin. J'ai aussi connu, durant ma longue expérience, tel ou tel crime qui n'a jamais trouvé son expiation ; par manque de preuves peut-être. Mais ici, dans la tragédie de Louison, le procureur n'a même pas pu porter plainte, ça n'allait même pas jusque là. Ce Henry Peitz n'a jamais vraiment été en détention préventive et la police s'est vu obligée de le remettre en liberté peu de temps après. »

Un nuage de fumée s'étirait au-dessus de la table et s'affaissait doucement sur la droite ; son extrémité touchait maintenant le verre de vin de Conrad. Il sentit, à cet instant même, qu'il était impossible de laisser le cas de Louison sans suite, tout à fait impossible pour lui.

Le Président se taisait. Son grand visage glabre avait l'air préoccupé, mais il n'était nullement écrasé par le chagrin et le fardeau de la vie : même maintenant il conservait l'expression vigoureuse d'une intelligence recueillie : celle-ci n'était pas téméraire, elle n'allait pas bien sûr jusqu'à ces profondeurs qui auraient révélé tout ce que celle-ci avait de fragile ; elle était pourtant indubitablement à la hauteur des tâches de cette vie et elle avait gagné en humanité sous les effets de résonance de l'expérience, même de celle qui fait souffrir. Le visage de Robert Veik avait quelque chose de nordique, avec son nez retroussé, ses joues larges et ses yeux à peine enfoncés, on aurait pu le prendre pour un Suédois. Ses cheveux blonds étaient courts, très frisés et encore très fournis sur le derrière de la tête.

« Ceci mis à part, je fus obligé d'admettre, après y avoir mieux réfléchi, que Peitz était totalement innocent. Je ne pus alors m'empêcher de me demander ce qu'on pouvait bien ressentir dans une telle situation ; innocent accusé d'un meurtre crapuleux et détenu par la police pendant des semaines. Cet homme a peut-être subi des préjudices importants dans ses affaires sans aucune possibilité de dédommagement, sans parler du côté moral de l'affaire. »

C'est donc au pied de ce mur que se trouvait Conrad Castiletz, en train de chercher malgré tout, et contre toute raison, une porte ! Pendant tout ce temps, son regard était resté fixé sur une grande photographie placée sous verre dans un cadre et accrochée au-dessus du canapé de cuir, en face de lui. Il s'agissait en fait d'un portrait, or, ce n'était pas celui d'un être humain mais celui d'un chat, un chat angora dont la belle tête occupait toute l'image. Le regard profond de ces yeux grands ouverts, fortement bombés et un peu obliques avait, même sur cette image inanimée, quelque chose de presque fascinant qui donnait à cette tête de chat la majesté d'une divinité animale en quelque sorte.

« Le chat de Louison » dit le Président qui remarquait que Conrad regardait la photo. « Il s'appelait Tschitschi-Peter, il est mort peu de temps après elle. Elle l'aimait beaucoup et prétendait qu'il lui ressemblait par sympathie. »

« C'est tout à fait possible, » dit vivement Conrad, « d'après ce que je connais des photos de Louison... les yeux obliques par exemple, légèrement réhaussés par l'appui des joues. »

« Tu ressembles aussi parfois à un chat, Koko » dit le Président.

Albert Lehnder avait l'habitude de dire la même chose autrefois, Conrad y repensait maintenant. « En conséquence, Louison et moi pourrions avoir une ressemblance éloignée, par le biais des chats » répondit-il.

« Oui ! » s'exclama le Président et il se mit à rire.

« Mais, tout à fait sincèrement : entre toi et Louison il existe une sorte d'affinité physiognomonique, je l'ai su dès le premier instant, lorsque tu es venu ici pour la première fois. Effectivement, c'est étonnant ! »

Ils se turent, Robert Veik remplit les verres. Puis son visage disparut derrière quelques nuages de fumée d'où s'échappaient maintenant ces paroles :

« Oui, elle est susceptible sur ce point là, Marianne, comme tu as bien dû le remarquer. On comprend en fait mieux un certain nombre de choses quand on connaît le passé. Cet homme dont il était question à l'époque, était un homme remarquable ; il ne vit plus d'ailleurs. S'il se trouvait à Leipzig à ce moment-là, c'était comme représentant de peintres français modernes dont il surveillait l'accrochage des tableaux dans le cadre d'une exposition ; de plus, il se trouvait être lui-même le plus connu de tout le groupe à l'étranger, on peut même dire le plus célèbre. Derainaux – c'est ainsi qu'il s'appelait, tu as bien dû déjà entendre ce nom – avait autour de trente-cinq ans à l'époque, bien plus âgé que nos deux filles, il était au sommet de sa gloire et d'une beauté vraiment délicieuse. Après l'ouverture de l'exposition, il fit une conférence en allemand sur la peinture française moderne ; ma femme et moi, nous y allâmes et Marianne nous accompagna, plus par hasard que parce que cela l'intéressait. Quelques jours plus tard Derainaux est venu à la maison pour la première fois – à l'époque tout le monde venait chez nous, le cercle de nos relations à Leipzig s'étendait pour ainsi dire de partout, comme un large filet tendu où l'on trouvait de tout. En plus, l'organisateur de cette exposition à Leipzig était un de mes amis. Je m'attachais tout de suite à Derainaux, c'était l'homme le plus naturel que j'aie jamais vu, un Breton d'ascendance germano-normande en fait, mais doué de tout le charme d'un vrai Parisien. Quant à Marianne, je savais tout dès le début. C'était comme l'éclosion d'un bourgeon, une de ces explosions qui font peu de bruit mais sont d'une force inouïe et qui me donnent toujours l'impression que le printemps est une saison terrible et cruelle, et que les vergers en fleurs sont des endroits pleins de violence. C'était l'amour, je ne dis pas le grand amour ou l'amour-passion, mais bien l'amour, grandeur indivisible, nombre premier de la vie, existant au même titre que l'inertie d'un corps terrestre ou que la pression exacte mesurée dans les capillaires d'une tige végétale. A mon avis, Derainaux ne se trouvait pas dans une situation aussi tranchée, même s'il l'a peut-être cru lui-même. Il succombait à une certaine forme de fascination, je serais même enclin à admettre que cette fascination provenait de l'irruption soudaine d'une image toute faite qu'il avait, lui Français, de la jeune fille allemande, de la Gretchen allemande, vue du côté français, pour ainsi dire... nous sommes toujours heureux quand nous voyons l'incarnation vraiment conforme d'un type, nous souhaitons que l'Anglais soit aussi anglais, le Viennois aussi viennois que possible, comme autant de preuves d'un ordre qui existerait bel et bien encore sur la terre malgré tout... Et à travers Marianne, telle qu'elle était à l'époque, voilà que cet ordre universel se trouvait confirmé de façon étonnante et ravissante. Et Derainaux resta donc à Leipzig où il n'avait plus rien à faire depuis longtemps, mois après mois, il loua un atelier et commença à travailler. Je sentais très nettement à l'époque que pour Derainaux, pour l'artiste, tout cela représentait son « expérience allemande », absolument, ni plus ni moins. Oui, je dis : « plus ». Or, en fait il ne peut pas y avoir de plus, plus qu'une expérience... »

Avec cette absence de vanité dans les paroles qui convenait à sa maturité d'homme, Robert Veik s'interrompit, il oublia un instant de continuer et laissa en quelque sorte tomber le fil qu'il était en train de tisser. Son visage bienveillant, lourd et énergique, dont les traits exprimaient une fois au moins qu'il n'avait pas démérité en s'efforçant de trouver son équilibre dans l'appréciation de notre vie (et quel plus grand mérite peut avoir un homme adulte, je le demande ?) son visage se couvrit du voile de la méditation, dont les dieux auréolent le front de celui pour qui une chose familière apparaît soudain nouvelle et dont le visage se tourne vers l'intérieur, pour mieux voir.

« Il y a des situations dans la vie » dit-il, en reprenant finalement, « où l'on prévoit ce qui va arriver, sans rien faire contre ; pourtant, si l'on ne fait rien, ce n'est pas par négligence ou parce qu'on en repousse toujours le moment, tout en ayant mauvaise conscience : celle-ci n'a aucune place là-dedans, signe que ce qui nous paralyse a une origine plus profonde ou, si l'on veut, plus élevée. Mais lorsque l'événement prévu arrive enfin vraiment dans les conditions prévues, il surgit alors en nous une sorte de prétention légitime à lui dénier toute validité parce que nous l'avions anticipé depuis longtemps. C'est dans les petits détails banals que ceci est le plus net. Ce verre au bord de la table dont nous savons qu'il va tomber – et nous le savons même depuis suffisamment longtemps pour pouvoir encore l'en empêcher – on ne le saisit pas pour le mettre dans un endroit plus sûr ; pourtant, lorsque les débris de verre jonchent le sol, c'est comme si nous ne voulions pas les reconnaître à cause de la prémonition que l'on avait. On pourrait expliquer ce phénomène de façon rationnelle en disant que, dans chaque individu, il y a encore un souvenir lointain de l'époque où il n'était pas encore né, pas encore désuni mais n'était effectivement qu'une particule, qu'un atome de Dieu. Or, l'imagination ou la fantaisie de celui-ci est si considérable que chacun de ses mouvements engage aussi la matière, la déplace, la façonne, l'arrête ou la détruit. Mais l'homme n'a généralement gardé de sa haute origine que les prétentions, et non les capacités. Et ces prétentions sont surtout promptes à se manifester au moment précis où se produit ce qui, dans sa tête, est depuis longtemps une affaire classée. L'incident n'en est pas pour autant moins violent et c'est ça qui pique l'individu au vif et lui montre l'impuissance et la faiblesse de son esprit. J'ai fait cette digression pour définir justement l'état, on pourrait même dire l'état d'équilibre, dans lequel je me trouvais avec Derainaux et Marion. Je prévoyais tout. Ma femme aussi assurément, elle était au courant à sa manière et elle agit, rapidement même. Elle chercha en effet à empêcher l'arrivée de Louison sur cette scène ainsi occupée, prouvant en cela qu'elle voyait cette affaire de la même façon que moi, mais non son inexorabilité que je ressentais sans équivoque. Louison était à Paris à cette époque et avait alors exprimé le souhait de passer en plus une partie de l'été à Deauville, une station balnéaire où les amis chez qui Louison habitait à Paris avaient l'habitude d'aller tous les ans.

Au début, ma femme n'était pas enthousiasmée à l'idée de devoir se passer de sa fille pendant de si longs mois. Or, voilà qu'elle encourageait maintenant Louison dans son projet, veillant à ce qu'elle disposât de suffisamment d'argent, et elle lui écrivit même qu'elle avait dans l'idée de venir elle-même à Deauville. – Voilà, ce sont des détails auxquels je faisais attention, comme pour le verre d'eau qui va bientôt tomber du rebord de la table ; je considérais que les précautions de ma femme étaient vaines au fond et j'avais raison. Car quinze jours plus tard, Louison était à Leipzig. »

Conrad qui devait certes bien se rappeler ici les allusions faites alors par M. de Hohenlocher, écoutait avec avidité. Chaque information concernant Louison – et c'est elle qui, pour lui, occupait le centre du récit du Président, et non pas Marianne – chaque information sur Louison était un suc qu'il aspirait goulument quand l'occasion se présentait mais que le tact et la prévenance l'empêchaient généralement de faire couler par des questions.

« Dans ce qui arrivait maintenant » continua le Président calmement, « ce qui m'apparaît essentiel, c'est que ça n'arrivait pas pour la première fois – c'était seulement la première fois que ça arrivait de cette façon, avec une telle tension impérieuse dans les capillaires de la vie. Mais pour le fond, c'était la mise en marche d'un mécanisme que je connaissais depuis l'enfance et l'adolescence des deux filles, que j'avais observé du coin de l'œil, en y jetant des demi-regards. Tout à fait en passant. Comme un verre d'eau sur le rebord de la table, qui n'est encore jamais tombé pour donner de vrais éclats de verre qui obligent finalement à une prise de conscience claire – du moins, après coup –... un fait significatif auquel nous nous étions peu à peu habitués : lorsque les filles étaient petites, tout le monde n'en avait d'abord que pour Marianne, pour ses joues rouges, ses tresses blondes comme les blés, ses jambes solides et fortes et ses réponses si raisonnables. On fit d'abord moins attention à Louison, silhouette brune et mince qui restait en retrait, toute de douceur et de modestie. Mais tôt ou tard, tous ceux qui avaient d'abord adoré et gâté la blonde et solide petite Marianne, se sont tournés vers Louison d'abord restée dans l'ombre. Je prétends du reste que les parents ne sont en fait pas facilement prêts à considérer leurs enfants comme des êtres vivants, et c'est la même chose pour les enfants vis-à-vis de leurs parents, ils ont davantage une idée de ce qu'ils devraient être réciproquement les uns pour les autres, chose qui est quasiment incompatible, quand on y regarde de plus près, avec la pensée qu'un père puisse par exemple aussi avoir une vie propre, une histoire propre... Or, à mon avis, ce serait surtout le devoir des parents, plus qualifiés dans ce domaine, de briser une telle prévention ; mais on ne se doute pas quelle force il faut pour regarder bien en face une chose que l'on perçoit, lui donner le contour précis d'un fait, par la magie conjuguée de la réflexion et du verbe... Non, on regarde du coin de l'œil – et le verre reste alors sur le rebord de la table. Bon, tu vas tout de suite voir où je veux en venir dans toute cette affaire Derainaux, et comment elle s'est déroulée... depuis le début en effet, il y a longtemps, j'avais quelque chose en moi qui savait ce qu'il en était en fait de la relation entre ces deux enfants, en amour et en haine – et c'est justement cette dernière que l'on refuse en tant que père, lorsqu'elle survient entre ses enfants, au lieu d'y porter toute son attention, je veux dire, sur les causes de la haine. Bien sûr, par la suite, j'ai beaucoup réfléchi là-dessus, j'en ai beaucoup parlé avec ma femme qui était aussi au courant à sa manière, tout comme moi – trop tard ; du moins la véritable clarté est venue trop tard. Il y a des individus-ponts. C'est une expression que j'ai trouvée. Il y a des individus qui conduisent vers d'autres individus comme des ponts et la vraie relation qu'ils ont avec ceux-ci se limite justement à cette fonction qu'est la leur ; et ces « pontifices » finissent par être traversés, dépassés, c'est dans l'ordre des choses. C'est dans un mécanisme analogue qu'étaient prises Marianne et Louison, depuis toujours, seulement ce qui leur fut donné à moudre par la suite, c'était le grain autrement plus lourd et substantiel de la vie et non plus la faveur des tantes, les amitiés enfantines, les gâteries qui s'étaient alors peu à peu reportées régulièrement de la petite Marianne sur Louison... Je veux montrer par là que tous ces gens ne racontaient que des fadaises quand ils disaient que Louison, à son arrivée à Leipzig, par sa vivacité d'esprit, sa compréhension pour toutes les questions qui agitent un artiste comme Derainaux, aurait aussitôt laissé sur place le prosaïsme de Marianne. C'est l'allure que prit l'affaire cette fois-ci, dans ce cas précis – c'est pourquoi il est bien compréhensible d'un autre côté que les gens aient pris pour ainsi dire le contenu pour le moule, ou encore le grain pour le moulin, et qu'ils en soient restés aux vieilles comparaisons. Aujourd'hui encore, je suis moi-même profondément convaincu que si Louison avait été là dès le début, Derainaux aurait commencé avec Marianne et n'aurait en aucun cas fait l'impasse sur son « expérience allemande » ; il en aurait fini avec elle exactement de la même façon, sans jamais l'avoir eue – tu pardonneras cette expression crue mais qui clarifie bien les choses. Peut-être que cette anticipation dont je parlais tout à l'heure est vraiment plus forte chez l'artiste, son imaginaire reste éloigné de celui de son créateur et unique souverain, mais il lui ressemble un peu plus que chez les autres individus, si bien que cet imaginaire est au moins capable de le transformer lui-même, s'il ne transforme pas le monde extérieur... »

Dans la tête de Conrad, c'était un imbroglio confus de pensées. Il repensait à cette soirée où son père, après avoir pénétré dans la salle à manger, était redevenu son père, avait retrouvé les attributs de son autorité, alors qu'il était davantage parvenu pendant son absence – pendant qu'on le savait ou le croyait avec la Hedeleg – à le voir pour ainsi dire vivant. Puis Conrad fut repris d'une étrange mauvaise conscience, et ce n'était pas la première fois, à cause de la scène avec Marianne après ce cri effroyable venu de la rue... bien que tout fût en ordre de ce côté-ci, c'est-à-dire que lui-même n'ait absolument pas été responsable des larmes de son épouse, si on s'en tenait aux faits. Et pourtant, face aux beaux-parents, cette affaire lui était revenue plus d'une fois en mémoire, il s'était même demandé si Marianne n'était pas allée en parler à sa mère par exemple...

« Bon », dit Robert Veik après une pause, « en fait j'ai raconté tout ce qu'il était intéressant de rapporter. Le rôle – le rôle principal – dans lequel Louison fut désormais confiné, personne ne voulait y croire, surtout pas sa sœur aînée. Même pas Derainaux qui cherchait maintenant à conquérir Louison, sans aucune chance de succès. Il est possible qu'elle lui rappelât son pays, moins au sens géographique que dans un sens vraisemblablement plus profond... »

En entendant les paroles de son beau-père, Conrad eut l'impression d'être entraîné par une force puissante qui le soulevait de l'appui solide où il se trouvait ; et ses mains qui voulaient aussitôt saisir les rênes de l'ordre, ne saisirent rien du tout car elles étaient vides. Il glissa ainsi pendant quelques instants sur une fine pellicule de glace avant que le sol ne perdît sa transparence et retrouvât sa fermeté.

« Elle a certes fait preuve de compréhension pour toutes les questions qui agitent un artiste – elle était ainsi faite et ne pouvait faire autrement. Elle montra pour Derainaux une attention extraordinaire, et même plus que cela : un instinct sûr et précis pour l'autorité qui se manifestait ici. Et face à un intellectuel ne compte finalement que ce qui permet à la critique de venir chaque fois à bout d'elle-même, car tous les défauts d'une telle personne ont leur place dans la nature de celle-ci. En tant qu'homme, le Français ne lui disait absolument rien. Jusqu'à aujourd'hui nous sommes en effet les seuls, ma femme et moi, à vraiment le savoir. Nous le savions déjà à Leipzig. Mais tu penses bien que nous ne pouvions pas nous aviser de faire allusion à cela, ne serait-ce qu'une seule fois, devant Marianne. Sa peine était si effroyable, je devrais même dire si animale, qu'elle ne pouvait faire autrement que d'imaginer à chaque fois que Louison était l'instigatrice de tout – on appelle ça aussi une construction polémique – comme pour anesthésier sa douleur dans la haine, une haine qui, comme l'étincelle qui court sur le cordon du détonateur, remontait jusqu'à l'enfance et bien sûr lui présentait a posteriori l'état des choses précédemment décrit comme énorme, mais – comme l'œuvre de Louison. »

Conrad se rappela encore une fois la manière détachée, et qui lui apparaissait maintenant désinvolte, avec laquelle M. de Hohenlocher avait alors évoqué tous ces événements. Il en éprouvait soudain de l'irritation – avec en même temps une pointe d'envie et même une véritable attirance pour cette façon impassible et souveraine de voir les choses. « C'est l'année suivante que survint la catastrophe avec Louison », dit le Président.

« Quand est-ce arrivé ? » demanda Castiletz sans véritable nécessité : son père le lui avait écrit exactement.

« Ça fera huit ans cet été » répondit le Président.

Conrad aurait certes alors pu dire qu'à l'époque où l'accident était arrivé, ou peu avant, il était dans la ville chez sa tante, Mme Erika de Spresse, il avait dix-sept ans. Cependant, après l'avidité avec laquelle il avait enregistré tout ce qu'il avait entendu, il était maintenant en proie à une lassitude manifeste et presque accablante. Celle-ci lui faisait même redouter le petit effort de dire ça, ce qui aurait probablement entraîné l'obligation de répondre à des questions. Il garda donc le silence.

« Derainaux a fait au moins dix tableaux de Louison et les a emportés avec lui » dit le Président au bout d'un moment. « Ces tableaux étaient splendides et de sa meilleure veine – sauf un, né de la conviction momentanée – on pourrait dire aussi : de l'idée fixe – que Louison ne pouvait être rendue qu'avec les moyens d'une toute autre époque que la nôtre. Il peignit donc comme s'il avait été un contemporain de Watteau et la chose échoua bien entendu : le tableau était frappant de ressemblance, mais du point de vue pictural c'était ni plus ni moins qu'une horreur. Ce tableau, Derainaux nous l'a laissé ; il est resté dans son atelier, et lorsqu'on n'a plus entendu parler de lui, on l'a d'abord entreposé chez nous. Deux ans plus tard, les journaux annonçaient la nouvelle de sa mort. Ma femme partit pour Paris, espérant que les magnifiques portraits de Louison se trouveraient peut-être dans les œuvres qu'avait laissées Derainaux. A l'époque où Derainaux avait fait ces tableaux, il avait été impossible d'en obtenir un seul de lui, bien que nous ayions été prêts à payer n'importe quel prix : mais il ne les lâcha pas et les emmena avec lui. A Paris, les acheteurs se ruèrent après sa mort sur tout ce qu'il y avait ; ma femme put néanmoins voir toutes les œuvres qu'il avait laissées : parmi elles, il n'y avait aucun portrait de Louison, ils restèrent introuvables. Il les a probablement tous détruits. Nous ne possédons ainsi que celui qui est accroché au fond du petit salon. Tu le connais bien. »

Le beau-père arrêta là son récit ; après une petite pause, il fit glisser la conversation sur différents sujets, sur sa propre carrière même, en faisant bizarrement remarquer que sa position et sa fonction de haut magistrat semblaient ne pas vraiment bien s'accorder avec le train de vie propre à sa maison, qui était le fait de sa femme et de ses filles. Pour son épouse, issue des milieux industriels rhénans, c'était pourtant une chose toute naturelle. Or, un juge devrait en fait vivre comme Caton l'ancien, disait le Président. Puis il se tut un moment et finit par dire que, depuis la disparition tragique de Louison, son cabinet de juge lui faisait endurer mille tourments et qu'il redoutait par avance tout procès criminel de quelque importance. Ses travaux scientifiques de nature juridique qu'il menait depuis des années lui donnaient bon espoir de pouvoir troquer dans quelque temps son siège de juge contre une chaire de professeur à l'université : il devait avouer sincèrement qu'il en était heureux.

Pour Castiletz, il était temps de partir. Lorsqu'il passa la grande porte vitrée et descendit la volée d'escaliers en bois qui menait dans le hall bien chauffé, il sentit sous ses pas comme un espace nouveau qu'il ne pouvait certes pas encore ouvrir ni entamer pour ainsi dire, mais dont la présence exerçait comme une pression qui le soulevait, de sorte que Conrad avait l'impression d'être moins lourd et d'avoir le pas plus léger. La rue bordée de villas où se trouvait la maison louée par Robert Veik – elle s'appelait la Benningsenstrasse – conduisait directement au bout de la Königsstrasse. Conrad éprouva soudain du dégoût à l'idée de retrouver là-bas les embarras de la circulation et les zig-zag lumineux, tout cela n'aurait maintenant pas manqué d'agir en lui comme du sel sur une blessure ouverte. Puisqu'il y avait des taxis au coin de la rue, il en prit un. La voiture tourna si brusquement dans la Wackenroderstrasse que Castiletz se retrouva pressé contre un côté. Il vit que la petite rue, tout à l'heure si animée, était maintenant presque vide.

Marianne était déjà occupée à s'habiller. Castiletz se dépêcha et lorsqu'il entra dans la chambre en costume de soirée, elle était prête, assise devant le miroir en train de choisir ses bijoux. Elle était habillée de blanc et d'argent, avec un grand décolleté cette fois ; son buste paraissait large, plein et presque puissant, il s'élançait vers lui, debout derrière sa chaise, comme porté par des ailes de cygne. Alors Conrad se pencha un peu en avant et avança la main par-dessus l'épaule nue de sa femme vers l'un des petits tiroirs de la coiffeuse restés ouverts, où se trouvaient quelques écrins et étuis. Il en prit un, qui avait des moirures mordorées et était en cuir ; lorsqu'il fit sauter le petit couvercle, deux pendendifs d'oreilles apparurent posés sur du velours ocre, du béryl vert sur une large monture en or.

« C'est ceux-là ? » demanda-t-il.

« Oui » dit-elle en se tournant à demi vers lui.

« Tu ne veux pas les porter une fois ? » dit Conrad.

« Pas aujourd'hui », répondit-elle sur un ton conciliant. « Il n'y a que les perles pour aller avec cette robe, bien que je n'aime pas ça. Et puis pour les porter, la monture en or est trop lourde. Elle finit par faire mal. »

Il se pencha davantage sur le décolleté de la robe ; il lui donnait de petits baisers près de l'oreille droite.

« Porte-les une fois – la nuit » dit-il.

Dans les yeux de Marianne une petite étoile jaillit en mille éclats, comme un kaléidoscope de possibilités. Parmi elles il y avait aussi peut-être quelque part celle d'envoyer son poing dans la figure de son mari. Mais, comme elle était tournée vers lui, et qu'il relevait un peu la tête, leurs regards se rencontrèrent. Il y avait de la douleur dans le sien, pas très forte mais compréhensible. Quant à elle, dans ses paroles et dans son intonation revenaient maintenant une attitude et un mouvement comme aux premiers temps de leur mariage, peut-être ce mouvement était-il apparenté à celui qu'elle avait eu autrefois en Italie en montant l'escalier devant lui. Le kaléidoscope de ses yeux s'arrêta donc sur un juste milieu. Et elle dit : « Oui, si tu veux. » Car il n'était pas le seul à espérer. Elle aussi espérait.

TROISIEME PARTIE

30

Il est bien rare que le vaisseau du mariage quitte le port sans qu'à un moment ou à un autre, on ne voie sur ses gréements le génie naufrageur. Et, à strictement parler, cela a fort peu d'importance, surtout quand on pense que le mariage lui-même n'est rien d'autre qu'une suite embrouillée d'équilibres et d'oscillations entre sa fin perpétuelle, devenue même une disposition permanente, et les retours périodiques de sa durabilité. Parmi l'équipage de notre bateau on remarquait d'ailleurs dès le début la présence de Mme Schubert (M. de Hohenlocher l'autorisait à arrondir ainsi ses gains à l'occasion), qui, pendant que le jeune couple séjournait encore à Rome, était montée à l'abordage sur des escabeaux avec de nouveaux rideaux pour le nouvel appartement.

A part ça, s'étaient embarqués sur le « Castiletz » ceux qui se trouvaient là, des relations pour les heures de loisir ; comme par exemple Peter Duracher avec toute la clique de « jeunes gens du tennis » dont certains étaient de vraies tombes avec une teinture de bronzage. M. de Hohenlocher appelait ces disciples du fondé de pouvoir, hommes et femmes, la « Caterva » – du nom que le chroniqueur Salluste avait autrefois donné aux amis de Catilina – sans pour autant tenir Duracher, qu'il ne pouvait pas souffrir, pour un Catilina. M. de Hohenlocher y ajoutait de sa collection personnelle l'architecte Lissenbrech. Il avait un jour emmené Conrad chez lui, bien avant ses fiançailles, pour lui faire voir la bataille de Redfontein pendant la guerre des Boers – c'était en effet chose possible chez M. Lissenbrech, et il y avait d'ailleurs toujours là, à intervalles, une nouvelle bataille, de Hohenfriedberg à St-Privat, de Colombo à Königgrätz : toutes représentées par des milliers de soldats de plomb, de petits chefs-d'œuvre de précision quant à la conformité de l'habillement et de l'armement pour chaque époque. Ils couraient, tiraient, galopaient, tombaient, mettaient un genou en terre ou gisaient blessés sur d'immenses tables de plusieurs mètres-carrés, ils déferlaient par vagues sur les pentes de petites collines artificielles, s'échappaient de maisons en feu (Lissenbrech était toujours à la recherche de beaux modèles de ce genre), ou bien ils attaquaient à cheval en uniformes chamarrés, dolman au vent. Aucun détail ne manquait. A Redfontein, dans le camps des Boers, derrière, on trayait les vaches, on portait des seaux d'eau, on préparait le repas. Mais tout ce déploiement reposait sur une étude historique, géographique et stratégique extrêmement minutieuse, et une telle reconstitution de bataille se référait toujours à une heure précise de cette journée mémorable et à la situation du combat à ce moment-là. D'après un registre tenu avec exactitude, Lissenbrech possédait soixante deux mille cinq cents soldats de plomb.

Il n'était pas belliciste. Il avait bravement servi son pays mais ne faisait absolument pas partie de ces gens pour qui rien n'est plus important que leurs années de guerre, si bien que celles-ci constituent dans leur appréciation personnelle un nœud ou une sorte de tumeur qui n'arrive jamais plus à se dissoudre dans le reste de la vie réelle mais reste intacte pour ne s'ouvrir qu'occasionnellement avec toujours cette même profusion d'histoires toujours identiques, surtout vis-à-vis des générations montantes qui doivent alors respectueusement céder du terrain, même si elles n'y sont pour rien dans le fait qu'elles n'y étaient pas. Non, notre brave architecte ne faisait pas partie de ces diseurs, et ce n'est pas de cette manière qu'on aurait pu expliquer qu'il soit devenu un conducteur de bataille en quelque sorte. C'était une chose difficilement compréhensible de prime abord, quand on le connaissait, c'est-à-dire qu'il était difficile ou impossible d'établir une relation entre les deux.

Celle-ci se manifestait pourtant parfois lorsque, debout

devant la large table, il inspectait ses colonnes armées. Un reflet clair, presque blanc, éclairait soudain son œil bleu, transformé en bille transparente, qui, pareil à un corps étranger menaçant et explosif, faisait passer sur son visage, sa personne et cette demeure si confortable des lueurs pâles comme des éclairs de chaleur. Alors on savait que cet homme affable bien qu'un peu irritable aussi, n'était pas seulement capable de mauvaise humeur mais aussi de colère profonde, inextinguible, rentrée, plongeant vers l'intérieur.

C'est peut-être ce qui faisait marcher les régiments, qui sait. M. de Hohenlocher, pour sa part, devait à l'architecte une aventure dont il disait souvent, et longtemps après encore, qu'elle faisait partie de celles qu'il n'oublierait pas, de celles qu'il ne pourrait plus effacer de sa vie et sans lesquelles « cette vie même ne pourrait pas être considérée comme vécue » (ceci mot à mot).

En effet, quinze jours avant cet après-midi ensoleillé d'automne où Conrad Castiletz avait été présenté à Mlle Marianne Veik et avait ensuite bataillé contre Peter Duracher, il y avait encore eu une réception entre beaux-esprits chez Mme Erika de Spresse, comme elle les aimait (la comparaison qu'avait faite M. de Hohenlocher entre la tante de Conrad et cette chèvre des enfers à qui la grand-mère du diable tirait du lait tous les matins pour son café, était exagérée, pourtant, elle était bien maigre notre Mme de Spresse). La soirée fut sélecte et fructueuse ; sélecte, vu que chacun crut absolument devoir se fendre de quelque chose de poétique ou de bien tourné et le cravater d'un ruban de soirée ; mais fructueuse, parce qu'on y vit tout ce qui peut se passer pendant un quatuor à cordes, et pas seulement dans les âmes sublimes des auditeurs.

Hohenlocher et Castiletz s'esquivèrent pendant la musique, profitant aussi de l'occasion pour faire un détour dans cet endroit très dignement carrelé de faïence et de marbre, qui se trouvait à côté de la spacieuse garde-robe. Mais lorsque M. de Hohenlocher eut ouvert l'une des portes laquées de blanc qui fermait un petit coin, il recula, saisi, et resta sans bouger, secoué par la violence d'une impression qui lui fit bientôt monter les larmes aux yeux. Castiletz accourut. Au demeurant, l'ouverture de la porte coïncidait presque exactement avec un bruit de chute d'eau.

Dans la cuvette propre se tenait – l'architecte, debout, pieds nus, en frac, le pantalon remonté jusqu'aux genoux, actionnant la chasse d'eau à intervalles réguliers comme il l'expliquait maintenant, et sous la pression de cette situation embarrassante son visage bonhomme avait pris une expression de petit garçon effrayé, comme quand il avait quatre ou cinq ans.

Les chaussures vernies neuves et beaucoup trop étroites attendaient tranquillement pendant cette opération dans un coin du petit endroit avec les chaussettes, tandis que les trombes d'eau froide apportaient des vagues de réconfort à ses pieds martyrisés. L'architecte trouva nécessaire d'expliquer que l'utilisation de la table de toilette dehors n'aurait pas offert les mêmes commodités pour le bain de pieds et qu'il était du reste à craindre que l'un des domestiques qui se trouvaient dans la garde-robe ne pénétrât dans l'endroit et ne le trouvât dans les toilettes, pieds nus, position insolite et ridicule. Et voilà maintenant que dans son désespoir il avait mal poussé le verrou.

Mais à quoi bon toutes ces explications raisonnables et ces précisions sur toute la situation pour un M. de Hohenlocher dont le visage n'était plus qu'une fontaine de larmes et dont les rires devenaient presque inaudibles tant la fréquence des spasmes était rapprochée. Quoi qu'il en soit, on porta secours à l'architecte. Ayant à peine retrouvé son souffle, Hohenlocher se précipita vers le téléphone et on l'entendit dire :

« Schubert ! Emballage immédiat de vieux souliers vernis, prenez une voiture, direction chez Mme de Spresse. Et au trot ! »

Elle arriva et ce fut une véritable rédemption. Auparavant, le sauveur avait prestement ôté une de ses confortables chaussures vernies et l'architecte l'avait essayée, ne sachant vraiment pas s'il fallait rire ou pleurer.

M. Lissenbrech voyait aussi parfois Castiletz chez Hohenlocher, le soir, quand celui-ci buvait avec quelques amis, réunions auxquelles Castiletz était assez souvent invité. Il y avait encore ici quelques figures originales comme le docteur

Velten par exemple, un neurologue qui jouissait de la considération particulière de Hohenlocher depuis qu'un jour, excédé et assommé par les interminables jérémiades de son patient, il avait lancé à celui-ci – « Mettez ce masque sur votre visage, je vous prie, pendant que vous parlez de vous ! » – en lui tendant un masque de carnaval qui se trouvait accroché là au mur par hasard. Et l'autre était resté assis là avec son gros nez rouge et sa barbiche blanche, à confesser ses angoisses et ses obsessions, sérieux comme un pape. Ainsi la consultation n'était-elle pas perdue pour le praticien suffisamment occupé maintenant à réprimer son rire. Le docteur Velten était fonctionnaire, il se contentait parfaitement de ses modestes honoraires, ne vivant d'ailleurs que pour la recherche sur les phénomènes de dégénérescence intellectuelle chez les enfants et leurs causes ultimes ; il y avait pourtant une flopée d'oisifs et de demi-fous à la vie intérieure douteuse qui ne voulaient s'ouvrir qu'à lui, à lui précisément et à aucun autre médecin. Ils faisaient le plein de ses consultations, et il lui arrivait parfois de fuir ce genre de patients. Le docteur Velten était un homme très grand, d'un rare laisser-aller dans sa façon de s'habiller, un peu comme s'il avait oublié de se déshabiller la veille. Dans le monde scientifique il jouissait d'une grande réputation. Sa façon de parler dépassait aussi largement celle de M. de Hohenlocher, si on peut dire : car dans le cas du docteur on avait vraiment l'impression qu'il perdait ses phrases par pur hasard, au sens strict du mot, comme quelqu'un laisse tomber des allumettes de la poche de son panlaton.

Cette fois-ci, lorsque Castiletz arriva après le dîner, à neuf heures, au 5 de la Hans-Hayde-Strasse, il y avait dans la grande pièce, appuyé contre la cheminée, un quatrième homme, qu'il n'avait encore jamais vu et qui se présenta comme étant le commissaire principal, Docteur Inkrat, de la préfecture de la ville. M. de Hohenlocher avait rangé Inkrat dans sa collection sous l'appellation zoologique de « Varanus aridus Inkrat », et il y avait effectivement quelque chose de reptilien et de sec chez cet homme. Ce compromis entre l'humain et l'inhumain se révélait, quand on y regardait de plus près, dans le fait que – sa tête était dépourvue de tout ce qui n'était pas absolument indispensable, la presque totalité des cils et des sourcils et une grande partie des cheveux. Quand il vous regardait, on aurait dit que ses yeux n'avaient pas de paupières et quelques clignements de « nictitante » n'auraient pas déparé dans ce visage. La tête allongée, piriforme même, ne bougeait presque jamais, et le grand corps aux larges épaules évitait également tout changement superflu de position. Sous les vêtements les muscles étaient durs, semblait-il. Même sa façon de parler était parcimonieuse et maigre, reptiloïdo-aride si l'on veut. Elle ne semblait encore jamais avoir été bousculée ou infléchie par un quelconque effet de sentiments. Après les salutations, « Varanus aridus » avait aussitôt repris sa position première près de la cheminée. Le docteur Velten était étendu sur une partie de l'ottomane – où se trouvait le guéridon avec les boissons – étalant négligemment ses membres ici et là, tandis que l'architecte, qui tenait plutôt du hamster roulé en boule, restait coi. Il était assis sur le bord du lit de repos, penché en avant, les bras sur les genoux. Aujourd'hui il y avait une deuxième table avec des bouteilles, près de laquelle s'affairait maintenant Hohenlocher, au fond de la pièce.

« Buvez » dit-il à Conrad, « Vous allez en effet passer tout de suite un examen ; vous devez bien encore savoir quelque chose, parce que vous avez quitté les écoles il y a moins longtemps que nous. »

« Mais pas de question sur la teinture et la chimie des textiles » dit Castiletz avant de porter à ses lèvres le verre bas et bleuté ; il trouvait ce gin excellent. M. de Hohenlocher servit de nouveau.

« Non, ce sera une question d'histoire » dit-il ensuite.

« Faire ses classes, s'en défaire – seule est heureuse l'âme qui aime », dit le docteur Velten.

« Excusez-moi – mais que voulez-vous dire par là ? » demanda M. de Hohenlocher.

« Rien » dit Velten.

« Alors, c'est bien » répondit Hohenlocher. « A vous, M. Castiletz : que savez-vous de l'Inquisition espagnole ? »

« Eh bien... » dit Conrad, « ça sentait le roussi... »

« Ça a dû arriver aussi en d'autres occasions » dit une voix forte près de la cheminée.

« Insuffisant » constata l'architecte.

« Asseyez-vous » dit M. de Hohenlocher à Castiletz.

« Nous parlions de cela... », fit remarquer l'architecte, tourné vers Conrad. « Mais – ce qui m'intéresserait le plus dans toute cette histoire » continua-t-il « ce serait de savoir : d'où nous vient en fait notre connaissance exacte, expurgée de calembredaines, sur les mécanismes intérieurs et les détails de cette terrible institution ? »

Pendant quelques instants, un silence général succéda à cette question sur les sources. Il durait depuis un petit moment lorsqu'une voix étale, venue de la cheminée, finit par dire :

« Le dernier secrétaire général de l'Inquisition, au XIXe siècle déjà, était un certain Llorrente. Cet homme ne portait pas cette institution dans son cœur. Il a eu accès à tous les documents, et plus tard, après la dissolution de l'Inquisition en Espagne, il a publié une histoire circonstanciée de celle-ci en plusieurs volumes. C'est surtout de là que vient ce que nous savons. »

Une fois ceci dit, sa bouche se referma comme une boîte aux lettres, toute en largeur et presque sans lèvres.

« Le savoir comme catastrophe » dit le docteur Velten ; il pensait en fait tout haut, perdant quelques paroles par mégarde.

« Mais – d'où savez-vous tout ça ? » dit l'architecte avec un étonnement qui béait comme une bouche d'enfant.

« J'ai eu l'intention, une fois, d'écrire une histoire de la police secrète à toutes les époques et dans tous les pays. L'Inquisition en fait aussi partie, sorte de police secrète coiffée de dogmatisme. C'est dans ce contexte que j'ai lu l'œuvre de Llorrente. »

« Ça aurait été un livre extraordinairement intéressant » s'exclama l'architecte. « Et en plus, écrit par un spécialiste de la police ! Ne voulez-vous pas le terminer ? »

« Je ne l'ai jamais commencé. J'en ai simplement eu le projet autrefois. » Conrad était maintenant émoustillé par le sujet abordé. Il se sentit effleuré par ce romantisme qu'il avait éprouvé il y a quelque temps dans cette même pièce – et aujourd'hui encore, comme il convient à une fraîche soirée de printemps, le coke (tisonné par Mme Schubert) rougeoyait derrière la grille du poêle, la pièce était baignée par la lumière chaude et douce de la lampe colorée au-dessus du divan.

« Je me suis toujours imaginé que ça devait être horrible de vivre à une époque telle que celle-ci, en Espagne, au moment de l'Inquisition, » dit Conrad. « Le moindre soupçon ou une quelconque fanfaronnade suffisait à provoquer le pire. Comment pouvait-on seulement être content de vivre, ou bien s'intéresser à quelque chose... »

En prononçant ces derniers mots, Conrad pensa immédiatement à Günther Ligharts, à son ancienne chambre d'enfant et au récipient avec les tritons noirs, en haut sur l'armoire – pourtant cette idée l'effleura si rapidement, en se faufilant entre deux autres, qu'il n'eut même pas le temps de s'étonner.

« Les aspects terrifiants ou splendides que les hommes ont retenus d'une époque et qui sont parvenus jusqu'à nous, nous les voyons pour ainsi dire condensés, à cause du spectre de la perspective. A l'époque, tout cela était réparti, dilué dans l'air du temps, c'était même souvent quelque chose qui allait quasiment de soi. En n'exagérant qu'un tout petit peu, pour plus de clarté, je pourrais très bien imaginer que la plupart des gens ont dû se rendre aussi peu compte de l'Inquisition que les contemporains de la "Renaissance" se sont rendus compte de la grande floraison artistique en Italie. »

La boîte aux lettres se referma après ces paroles.

« En plus l'Inquisition en Espagne s'est essentiellement attaquée aux riches et aux nobles, » fit remarquer l'architecte. « Donc à un groupe restreint d'individus. »

« A cause de la confiscation des biens. En plus, dans les pays méditerranéens, le bois de chauffe est cher. La rentabilité a peut-être joué un certain rôle dans tout cela, » dit M. de Hohenlocher.

« Je connais déjà quelques personnes qu'il serait rentable de faire brûler », dit le docteur Velten. « Même parmi mes patients. Des schizoïdes très secs. On pourrait même s'en servir pour le chauffage si on les réduisait en petits morceaux. »

« Un bon médecin doit être un homme bon » cita l'architecte, toujours assis en boule comme un hamster sur le bord de l'ottomane ; il eut un petit rire qui le secoua un peu.

Conrad voulait qu'on retournât à des vues plus romantiques qu'on était en train de lui gâcher. « Il y a bien eu des choses de ce genre, plus près de nous » dit-il. « Pensez à la fameuse "Troisième section" de la police russe impériale, celle qu'on appelait l'"Ochrana". J'ai lu un roman là-dessus une fois, ça se passait à Saint-Petersbourg. »

« Soit », dit le docteur Inkrat. « Elle est peut-être devenue particulièrement célèbre à cause des circonstances exceptionnelles. Mais vous oubliez que partout dans le monde il y a, et il doit y avoir, une police secrète. »

« C'est quand même bizarre ; se rendre suspect à cause, par exemple, d'une broutille idiote de rien du tout et se faire alors observer et surveiller, pauvre individu inoffensif que l'on est. » Conrad prenait plaisir à attiser son propre intérêt, comme on souffle sur une petite flamme.

« Allons, personne ne devrait se faire de mauvais sang pour ça », dit le spécialiste avec insouciance, immobile comme un reptile. « Nous ne savons pas, et nous ne l'apprenons heureusement jamais non plus, tout ce qui souvent se trame contre nous et puis reste en panne quelque part, sans que nous n'en sachions jamais rien. Sinon on ne pourrait jamais dormir tranquille, on passerait son temps à faire de la quadrisection capillaire au carré pour terminer comme patient chez le docteur Velten, en bois de chauffe. Non, je suis d'un autre avis. Il y a contre chacun de nous, quelque part et d'une manière ou d'une autre, une procédure ouverte, qui est complétée de temps en temps par des notes et des directives. Une fois la procédure terminée il y a des chances pour qu'on s'aperçoive que le filigrane du papier contenait déjà tout ce qui a été inscrit dessus par la suite. Et, pour revenir maintenant à la police secrète – celle-ci n'est en quelque sorte qu'un symbole, et rien d'autre que la mise en évidence d'un fait très général de la vie, dans un endroit donné et sous la forme d'une institution nécessaire. »

« Une procédure est ouverte contre vous, M. le docteur Inkrat, elle vient de la bouteille » dit M. de Hohenlocher, et il lui tendit son verre : « Varanus aridus » se résolut alors à bouger, prit le verre et le vida d'un trait.

« C'est étonnant » dit le docteur Velten.

« Qu'est-ce qui est étonnant ? » demanda l'architecte.

« Eh bien... cette sûreté de jugement. Maintenant par exemple. C'était excellent, le plus sérieusement du monde, Docteur Inkrat. Mais tout jugement, toute opinion, tout cela reste finalement pour moi dans un certain sens étonnant, qu'elle qu'en soit la précision et la justesse... aussi à cause de la rapidité. Ça m'intéresserait beaucoup de savoir si vous... tout ce que vous venez de dire maintenant, si vous l'avez déjà peut-être pensé une fois en des termes analogues ? »

L'hésitation et la concentration qu'il y avait dans ses paroles excluaient toute nuance d'ironie ; une fois de plus le docteur Velten semblait seulement méditer à haute voix :

« J'ai même écrit ceci autrefois, dans des termes quasi analogues, comme essai d'introduction à ce livre que je voulais écrire » dit le varan. « Cependant je crois savoir où vous voulez en venir, docteur, et je dois avouer que sur ce point je ressens la même chose que vous. »

« Faites bien attention Castiletz » dit Hohenlocher au passage, pendant qu'il versait à boire, « Ici, en plus de la boisson, vous pouvez encore apprendre des choses. »

« Oui – et qu'est-ce que vous en pensez – je veux dire, qu'est-ce qui, à votre avis, est ressenti par nous comme – étonnant ? »

« Je ne suis pas psychiatre, » répondit lentement la boîte aux lettres. « Je ne peux donc pas disséquer la chose de la façon donc vous seriez peut-être capable de le faire, mais simplement de façon logique. Notre étonnement sur la rapidité et la diversité des jugements appliqués tout autour de nous à toutes sortes de choses vient, comme je le crois, de ce que nous nous arrêtons toujours à la forme que revêtent ces propos, qui n'apparaissent comme des jugements qu'à cause justement de leur forme et de leur mouvement logique – langage oblige ! – mais qui, à l'intérieur, sont remplis d'exactement la même substance que celle qu'il y a dans les nombreuses convulsions de la vie, dans l'attaque ou dans la défense, dans la tentative d'affirmer sa propre valeur ou de rabaisser celle de l'autre, dans la tentative de dire tout haut ce que l'on serait soi-même enclin à croire sur l'instant parce que ça fortifierait notre propre vitalité... bref : ce que nous prenons pour des jugements, fasciné que l'on est par la forme logique dont s'affuble tout ce qu'il y a d'illogique dans la vie, n'est pas fondamentalement différent par exemple de ce brusque mouvement de la main avec lequel on chasse ce moustique, ou bien de ce changement d'expression du visage quand on discute dans une réception avec des personnes différentes et dissemblables... et dans ce cas, on ne s'étonne pas de la rapidité de cette réaction automatique. Ces "jugements" là n'ont absolument rien de différent, ils sont simplement affublés d'un costume logique – avec lequel le langage habille toute réaction qui transite par la bouche. Une dose de liquide trouble puisé au hasard dans la vie mais contenu dans l'éprouvette de la logique, voilà ce que sont les "jugements" ; ils surviennent aussi vite qu'un toussotement, un sourire, une contrariété. Oui, pour l'essentiel ils ne sont rien d'autre que la nuance du teint que nous avons sur l'heure ou que notre préférence passagère à nous endormir sur le côté droit, puis de nouveau sur le côté gauche. En effet, la plupart des gens ont une façon de juger qui est simplement la généralisation de leurs émanations personnelles. »

« A la vôtre ! » dit M. de Hohenlocher.

« Critique du raisonnement » fit remarquer l'architecte.

« Non, mais des semblants de raisonnement » dit Inkrat impassible.

« Permettez » protesta M. de Hohenlocher, « si demain par exemple je dois juger une affaire fiscale, est-ce que le résultat de mon travail ne sera qu'une simple émanation ? »

« Eh bien » dit le docteur Inkrat, « si vous avez l'habitude de réagir spontanément au dossier fiscal d'une personne que vous ne connaissez absolument pas, alors oui. »

« C'est trop demander » fit remarquer le docteur Velten.

« On pourrait finalement aussi considérer que le comportement intempestif est celui des deux qui a le plus de valeur humaine » dit l'architecte, vers lequel tout le monde se tournait maintenant, car c'était la première opinion personnelle qu'il émettait de la soirée, « par exemple : explosion de colère de force modérée à la seule vue de l'écriture d'un contribuable, suivie de l'anéantissement de ce dernier par l'impôt, autant que faire se peut. » Ses yeux sortaient un peu de leurs orbites comme des billes transparentes.

« Et c'est comme ça que parle un général en chef dont la tâche devrait être de réfléchir posément ! » s'exclama Hohenlocher. « Mais ce que je trouve encore pire, c'est qu'un officier de police judiciaire ne croie pas à la logique qu'il devrait pourtant monter en haute école. »

« Les jugements purement logiques n'existent pas dans la vie pratique » dit le docteur Inkrat, toujours immobile près de la cheminée, « et surtout pas en criminalistique. » Aucun cas n'a encore été élucidé de cette façon. Même en médecine, il n'existe pas de diagnostic purement scientifique comme vous le confirmera bien volontiers le docteur Velten, s'il n'est pas trop paresseux pour cela. »

« Trop paresseux » dit Velten faiblement et d'un ton chagrin.

« Il traite des fous à qui il met un masque, » dit Hohenlocher. « Où est la logique là-dedans ! »

« Elle est une astreinte et un modèle dont nous cherchons toujours à nous rapprocher » répondit Inkrat. « Mais un policier entretient avec le criminel, un médecin avec son patient, des relations bien plus profondes, et ce sont elles qui permettent de découvrir quelque chose. Du reste, je vous rappelle que ça fait sept ans que je ne fais plus partie de la police criminelle – vous savez bien depuis quand – mais du service du personnel, bien plus inoffensif. »

« Depuis que vous avez eu des émanations erronées dans l'affaire de Louison Veik » dit avec enjouement M. de Hohenlocher qui avait la dent dure et il plissa le nez.

« Tout à fait exact » répondit Inkrat. « J'avais atteint les limites de cette science et je me suis fait muter dans un autre département. »

« Ce jeune monsieur est marié avec la sœur de la victime » dit Hohenlocher en montrant Castiletz.

Inkrat remua à peine, il tourna seulement un peu la tête vers Conrad et dit : « Bon, alors vous savez de toute façon tout ce qu'il y a à savoir sur cette mystérieuse histoire, autant que la police, c'est-à-dire : rien. »

Pour la première fois Castiletz eut l'impression que quelque chose commençait à le poursuivre qu'il avait jusqu'à présent toujours cherché à provoquer : la conversation en était arrivée d'elle-même à Louison, de façon très étonnante. Il se sentait presque mal à l'aise maintenant. Pourtant il rattrapa aussitôt la balle au vol ; il lui aurait été impossible de laisser passer cette occasion en se taisant.

« J'en sais en fait encore moins » dit-il, « dans la mesure où je ne connais même pas les circonstances extérieures de la catastrophe. Vous comprendrez qu'il ne m'est pas facile de poser des questions trop précises dans la famille, et que je ne dois pas aller trop loin. Mon père, quand il vivait encore, m'a écrit quelques lignes là-dessus, mais il a justement omis les détails matériels qui m'auraient intéressé puisqu'ils permettent de se faire une idée de la chose. Quant à moi, j'avais quinze ans au moment de l'accident et je ne lisais pas encore les journaux. Je vous serais vraiment reconnaissant, cher monsieur, si vous pouviez me parler un peu de la fin de la malheureuse sœur de ma femme. » Après ces mots, Conrad sentit avec satisfaction qu'il avait été poli dans la présentation de sa requête.

Hohenlocher agita une bouteille. « Racontez, racontez ! » s'exclama-t-il.

« Moi-même j'aimerais bien entendre ça dans l'ordre et avec précision. Dans les journaux il y avait du reste aussi pas mal de balivernes vite servies. Allons – faites ce plaisir à notre benjamin, il en a fait la demande avec tant de correction. Castiletz, vous êtes vraiment un homme très poli, je vous en donne mon billet. Toutefois – avant le récit de Sherlock Holmes : trinquons ensemble ! »

« Allez vous faire voir, Hohenlocher, » dit Inkrat. Pour la première fois de la soirée, on le vit rire. Sa grande carcasse se mit en mouvement, il se détacha de la cheminée et plongea, bras et jambes étendus, dans un fauteuil en rotin avec coussins en cuir.

La Schubert apparut avec le café noir et des verres à champagne. Même l'architecte Lissenbrech s'était maintenant déniché un fauteuil confortable et n'était plus roulé en boule sur son ventre, comme un hamster, mais appuyé sur le dossier, ce qui faisait ressortir une bedaine imposante. Seul le docteur Velten restait étalé comme avant sur le divan, tandis que les autres formaient maintenant un demi-cercle autour de la table.

Il y avait aussi sur celle-ci, à côté d'autres ustensiles de fumeur, une boîte de petits havanes ouverte. Castiletz, qui était du reste une nouvelle fois porté par le « romantisme de la situation », comme le nageur par l'eau – tandis que dérivait en même temps dans cette eau quelque idée imprécise qui semblait avoir partie liée avec le nom de « benjamin » – Castiletz donc se pencha en avant, prit l'un des petits havanes, manœuvra le coupe-cigare et mit le cigare dans la bouche. C'était une première. Il sentait tout le charme de la nouveauté ; c'était la première fois qu'il allumait une chose de ce genre ailleurs que chez son beau-père et qu'il en prenait donc pour ainsi dire l'initiative. Oui, c'était une première et une étape, au même titre que lorsqu'il avait brûlé cette carte de Pierrot de Günther Ligharts. C'est à ça qu'il pensait maintenant.

« Depuis quand est-ce que vous fumez ? » demanda M. de Hohenlocher. Et comme Conrad, au lieu de donner une vraie réponse – qu'il n'aurait d'ailleurs pas été facile de préciser – se contentait de sourire éloquemment, M. de Hohenlocher ajouta : « comme un conseiller de commerce ! »

« Les faits sont les suivants et on peut les raconter en quelques mots », dit Inkrat après s'être une nouvelle fois immobilisé comme avant dans sa nouvelle position. « Le 25 juillet de l'année 1921, le train-rapide de nuit en provenance de Stuttgart et à destination de Berlin arrivait comme tous les jours à Erfurt à quatre heures et demie du matin. Au moment du contrôle il s'avéra qu'un compartiment de deuxième classe de l'avant-dernière voiture du train était fermé. Le contrôleur ouvrit avec sa clef de berne et vit à l'intérieur le corps d'une jeune fille dont la tête portait une terrible blessure. Il y avait du sang partout, par terre était étalée une valise dont le contenu s'était vidé et éparpillé. Entre ses mains crispées, la morte tenait un coffret ou une boîte vide. La fenêtre était abaissée. Le corps gisait en travers de la banquette opposée au sens de la marche. La victime semblait avoir eu de fortes convulsions d'agonie. L'employé ne perdit pas son sang-froid, il referma aussitôt le compartiment, prévint la direction de la gare et un quart d'heure plus tard nous étions sur place avec la commission d'enquête. »

« Vous en étiez, je veux parler de la commission d'enquête ? » dit M. de Hohenlocher. « Je ne savais pas ça. »

« Oui, à l'époque j'étais en poste à Erfurt. C'est un an après toute cette histoire que j'ai été muté ici, à ma demande. Cette enquête m'a aussi bien sûr amené à avoir des contacts très étroits avec les parents de la victime ; dans cette affaire j'ai été plusieurs fois à Leipzig, chez ceux qui sont désormais des vôtres, M. Castiletz, et qui habitaient là-bas à l'époque. »

« Qu'a constaté alors la commission ? » demanda le docteur Velten depuis son divan.

« Sa tâche se borna d'abord à dresser sur place un procès-verbal circonstancié et à prendre les mesures immédiatement nécessaires. Il y eut pourtant immédiatement auparavant un incident frappant qui conduisit à l'unique piste que l'on a pu trouver et suivre dans cette affaire, bien que sans résultat comme on le verra tout à l'heure. Le train avait bien sûr été arrêté, tous les passagers avaient dû donner leurs papiers et décliner leur identité. Les deux dernières voitures furent détachées et mises sur une voie de garage, en outre personne parmi les gens qui s'y trouvaient, n'avait le droit d'en descendre, et tous les voyageurs furent même rassemblés dans un seul wagon : nous avions organisé tout cela grâce aux effectifs de police de service à la gare, dès que l'information nous était parvenue ; ce n'était pas du goût des passagers, comme vous pouvez facilement l'imaginer. La police pourtant sait très bien à quel point le néophyte est loin d'avoir seulement la moindre idée de toute la subtilité qui entre ou peut entrer dans ce genre d'enquête ; la police ne doit donc pas se soucier à mauvais escient de sa popularité, mais simplement de l'accomplissement de sa tâche difficile. Je passai devant en traversant la gare avec un vieil inspecteur de la criminelle pour voir si les mesures ordonnées étaient prises ; nous avions en effet mis sur pied en quelques instants un plan pour lequel il était nécessaire qu'aucun employé de chemin de fer ne se trouvât dans les wagons décrochés. Nous organisâmes tout cela rapidement. Quelques minutes avant que ces autres messieurs arrivent – je veux parler de la commission avec le commissaire principal, le médecin, le photographe, etc. – nous montâmes dans le wagon de deuxième classe et nous arrêtâmes devant la porte fermée à clef du compartiment en question, dans le couloir où s'étaient regroupés les passagers retenus, les uns de mauvaise humeur, les autres curieux. Et je tentai alors mon expérience qui reposait pour l'essentiel sur la méfiance qu'avait éveillée en moi cette fenêtre si ostensiblement ouverte – il semble que ce détail ait particulièrement frappé le contrôleur qui avait découvert la morte et on nous en avait aussi fait part entre autres dans le premier rapport. J'avais moi-même l'écouteur à l'oreille vu que j'étais de nuit ; cette fenêtre ouverte ne me plaisait pas, je dirais même que j'éprouvais là-contre elle, comme de l'opposition. Cette circonstance me souffla une idée bien trop précise pour pouvoir attendre, il fallait l'exécuter... D'où mon idée de faire d'abord un essai avec la porte ; car je pouvais toujours revenir à la fenêtre si un élément manquait dans ma construction. Quant aux contrôleurs, si nous les avions tous éloignés, c'est pour la simple et bonne raison que chacun d'eux a sur lui une clef de berne ; tout le monde sait que l'on peut verrouiller un compartiment de l'intérieur mais que de l'extérieur, aussi bien pour l'ouvrir que pour le fermer, il faut une clef de ce type. Des voyageurs en ont parfois sur eux, bien que son utilisation soit en fait interdite à un passager et réservée au personnel des chemins de fer. Nous étions donc dans le couloir devant la porte fermée : j'avais ainsi l'occasion désirée et artificiellement provoquée de m'adresser poliment aux voyageurs des deux derniers wagons, retenus et regroupés dans le reste des compartiments et pour une part dans le couloir, et de leur demander si quelqu'un avait peut-être sur lui une clef de berne car j'en avais besoin d'une à l'instant. Tous dirent que non et regrettèrent. Là-dessus j'ordonnai qu'on les fouillât. Bon, il y avait dans les trente-quatre passagers, dont plusieurs dames, il fallut faire venir des auxiliaires féminins – bref, l'agitation n'était pas mince et l'opération pour laquelle on utilisa un compartiment de l'autre voiture, dura assez longtemps ; la commission était arrivée entre-temps au complet depuis longtemps et s'activait dans le compartiment du crime, ouvert avec ma propre clef. Je m'y trouvais aussi encore lorsqu'on m'annonça qu'une clef de berne avait été trouvée sur l'un des passagers. Je regardai l'homme et me rappelai aussitôt qu'il s'était trouvé non loin de moi dans le couloir lorsque j'avais posé ma question et qu'il avait aussitôt répondu par la négative et qu'il regrettait. La clef était accrochée à son trousseau avec ses autres clefs. Je fis aussitôt arrêter ce monsieur – il s'appelait Henry Peitz et montra la plus extrême indignation. »

« Ces détails n'étaient pas dans les journaux » dit M. de Hohenlocher.

« Non », répondit Inkrat. « Il n'y a aucune raison de communiquer aux journaux ce qui fait partie des méthodes de travail. Si Peitz avait comparu devant un tribunal, alors on aurait discuté en détail pendant le procès de ces circonstances importantes. »

« Est-ce qu'il n'a pas été possible de relever des empreintes dans le compartiment de la victime ? » demanda Castiletz tout excité.

« Celles qu'on a pu relever étaient les siennes propres », dit Inkrat. « Au reste, vous accordez trop d'importance à cela. Le monde des criminels a depuis longtemps rattrapé le progrès que représentait autrefois la dactyloscopie pour la criminalistique, tout au moins le monde des professionnels ; dans des cas pareils, on met des gants. »

« Et qu'est-il ensuite advenu de Peitz ? » demanda l'architecte dont les yeux étaient redevenus très mobiles et d'une certaine façon clairs et transparents.

« Il fut bien sûr arrêté. On laissa partir les autres après avoir noté leur nom et leur adresse, inspecté leurs bagages et vérifié encore une fois leurs papiers. L'identité de la morte ne tarda du reste pas à être connue puisqu'on retrouva son passeport. Elle venait de l'étranger, de Zürich, elle se trouvait donc depuis quatre heures de l'après-midi dans le train et possédait un billet pour Leipzig où elle était attendue le lendemain matin par ses parents. C'est bien sûr à nous qu'incombait le devoir de prévenir ceux-ci ; en outre, il s'agissait par la même occasion d'élucider une série de faits importants. C'est ainsi que nous apprîmes l'existence des bijoux qui s'étaient trouvés dans le coffret. On s'en était tout de suite douté, tout ça donnait l'image sans équivoque d'un crime crapuleux. »

C'est à peu près à cet endroit du récit d'Inkrat que Castiletz en arriva à saisir l'état dans lequel il se trouvait momentanément : il était ivre, c'était tout, il ne supportait vraiment rien. Tout simplement ! D'où ce sentiment de paralysie bizarre qui le tenait prisonnier et qui faisait que tout ce qu'il entendait ici arrivait sur lui en ordre toujours plus serré, lui tombant dessus en quelque sorte. C'était trop embrouillé pour l'instant pour pouvoir être remis en ordre ; mais qu'il faille remettre de l'ordre dans tout ça, voilà qui ne faisait pas l'ombre d'un doute, et même de façon extrêmement approfondie. La voie qui menait à cet ordre passait par un cahier qui se trouvait dans la valise – cette idée un peu vague lui procurait même un certain soulagement maintenant. Il suffisait d'aller le chercher. Cependant – comme un rêveur tiré de son rêve – ces images qui brouillassaient devant lui gagnaient maintenant en clarté et en consistance : et au même instant, elles se révélèrent absurdes, dépourvues de réalité et vides d'espoir.

« Dans les bagages de Henry Peitz on trouva un sac avec des clubs de golf. Les médecins avaient laissé entendre qu'il était possible d'envisager qu'un instrument de ce genre ait pu servir d'arme du crime ; mais ils inclinaient plutôt à penser qu'il s'agissait d'un instrument plus court, plus massif. La position de la morte sur la banquette du compartiment, même en supposant que celle-là se soit modifiée pendant l'agonie et aussi à cause des secousses de la voie, accréditait pourtant l'idée, tout comme la nature de la blessure à la tête, d'une attaque frontale et venant même plutôt légèrement de la gauche, de la seconde place près de la fenêtre à peu près. Or, les essais que l'on fit montrèrent qu'il était pratiquement impossible de prendre un élan assez vigoureux avec un objet de la taille d'une crosse de golf, déjà rien qu'à cause de l'avancée des filets à bagages. L'examen des clubs ne révéla aucune trace de sang – qu'il aurait d'ailleurs été facile de faire disparaître. Les clubs étaient également au complet ; vous savez qu'au golf on en utilise plusieurs différents. Il n'en manquait aucun, à ce qu'on voyait. Pourtant tous, sans exception, avaient sur le côté de la frappe d'importantes traces de poussière de charbon ou de suie. Et il y en avait également sur la blessure à la tête de la victime. »

« Je l'aurais fait pendre aussitôt » dit l'architecte d'un air bonhomme, « Ça aurait été plus simple. »

« Un rondouillard doit être un homme bon » répliqua le docteur Velten.»

« Doucement, doucement, messieurs ! » s'écria Inkrat. « Vous n'auriez certainement pas fait pendre Henry Peitz en connaissant la suite, mais vous auriez été obligés de le laisser filer, comme le fit finalement la police. »

« Pour émanations erronées » dit M. de Hohenlocher. « Le cas échéant : pour les avoir généralisées. »

« Si vous voulez, » répondit Inkrat. « Mais écoutez la suite : les médecins refusèrent de trancher avec une absolue certitude si les souillures de la blessure venaient du coup porté ou – ce qu'il était facile d'imaginer, vu la fenêtre ouverte – si c'était la fumée et la suie du train qui s'y étaient déposées après-coup. Celui-ci traversait, comme je me permettrai de vous le rappeler, une région montagneuse entre Grimmenthal et Erfurt, il s'agit en effet de la forêt de Thuringe, avec des tunnels. Par la fenêtre ouverte il y a forcément de la fumée et de la suie qui sont entrées, ça ne fait aucun doute. Peitz indiqua entre autres qu'il faisait partie d'un club de golf dans la région industrielle de Rhénanie-Westphalie, ce qui était exact. A certains endroits du terrain de ce club, il y avait dans le sol du poussier et des scories de mines, ce qui expliquait les taches sur le côté de la frappe des crosses. Or, un examen chimique révéla alors que ces traces étaient d'une autre nature que les particules de suie restées collées un peu partout sur la blessure ouverte. Je ne suis pas un spécialiste et n'étais donc pas habilité à vérifier. La différence résidait, paraît-il, dans le fait que la suie de chemin de fer est un pur produit de combustion, ce sont des retombées de fumée. Bon, il est possible que ce fût vrai, comme toujours : en tous cas c'est ici que commencèrent les difficultés et les incertitudes. Les médecins constatèrent que « la mort était intervenue il y a quelques heures, mais vraisemblablement déjà avant minuit. » En théorie, ça nous laissait toujours tout le trajet entre Stuttgart et Erfurt comme champ d'investigation. Car c'est à la gare de Stuttgart que Louison Veik a été vue vivante pour la dernière fois, je veux dire, par quelqu'un qui la connaissait, par une amie du nom de Maria Rosanka, qui était venue pour dire bonjour à Mlle Veik sur le quai, lors de son passage. Cette Rosanka est restée avec elle jusqu'au départ du train à neuf heures et demie du soir. »

« La Rosanka ! » s'exclama Hohenlocher. « Mais c'est la femme peintre ! »

« Tout juste » dit le docteur Inkrat.

« Charmante et complètement folle » fit remarquer Hohenlocher. « Elle sait apprécier ses propres excentricités et c'est ce que j'aime chez elle. Grande, maigre, brune, une femme en cuir, et avec ça un large visage bizarrement saugrenu. Je ne savais pas que Louison Veik était amie avec elle. »

« En tous cas, un témoin important » dit le docteur Inkrat.

« Est-ce que cette demoiselle Rosanka vit toujours à Stuttgart ? » demanda Conrad poliment mais avec insistance.

« Et comment ! » s'exclama Hohenlocher. « Oui, elle est toujours là-bas. Elle faisait justement une nouvelle exposition, je l'ai lu dernièrement dans les journaux. Mais continuez donc M. Holmes. Comment ça s'est passé avec Peitz ? »

« J'y arrive. – Je disais donc qu'il nous fallait considérer presque tout le trajet, ce qui veut dire : chercher à retrouver le butin jeté peut-être hors du train ; au reste, l'arme du crime avait peut-être subi le même sort, tout comme les serviettes, les mouchoirs ou autres chiffons qui auraient pu être utilisés pour enlever les traces de sang. Mais ces détails n'avaient pas d'importance ici, il y en a encore davantage qui sont toujours soigneusement pris en compte dans des cas pareils. Malgré tout, nous portions un intérêt particulier à la portion de voie qui traversait la forêt de Thuringe. Le train y était passé à l'aube, donc à une heure où même les voyageurs les plus insomniaques s'assoupissent généralement un peu ; en outre, l'expérience montre que dans les trains les voleurs affectionnent tout particulièrement les tunnels à cause du vacarme, qui fait qu'on n'entend pas les bruits ou un cri par exemple. On chercha donc avec le plus grand soin, mais sans succès. Bien entendu, la police s'inquiéta de savoir si quelqu'un était descendu pendant la nuit, alors qu'il aurait pu aller plus loin avec son billet ; rien de semblable ne put pourtant être constaté. »

« Comment est-il possible d'expliquer » demandait maintenant M. de Hohenlocher, « qu'une telle quantité de bijoux précieux comme en avait Louison Veik dans le fameux coffret, puisse complètement disparaître, sans que plus tard on n'en retrouve jamais un seul quelque part ? »

« C'est justement ça qui ne me paraît pas si incompréhensible, » répondit Inkrat. « Bien sûr, nous avons transmis une description exacte des bijoux partout où nous l'avons jugé nécessaire, sans pourtant attendre beaucoup de ce côté-là. C'est justement ce genre de butin, riche en pierres précieuses et en or, mais sans valeur artistique unique et exclusive, qu'il est extraordinairement difficile de retrouver, car il ne refait généralement jamais plus surface sous sa forme primitive. Un malfaiteur capable de commettre un vol dans un train ne va pas ensuite au mont-de-piété. Les bijoux de ce genre sont souvent complètement démontés, voire même fondus, avant d'être écoulés perle par perle, pierre par pierre, chez des receleurs ou à l'étranger. Il s'agissait du reste ici de pierres, essentiellement des émeraudes, qui ont pris énormément de valeur ces dernières années ; il n'y avait aucune perle (à ces mots, Castiletz pensa qu'il s'agissait peut-être ici de l'un des rares points communs entre Louison et Marianne, qui n'aimait pas les perles non plus). Le fait justement que pas la moindre pièce du butin n'ait resurgi, laissait supposer qu'on avait affaire à un malfaiteur professionnel, un homme de bonnes relations, et d'une discrétion pleine de sagesse pour ainsi dire. Or, tout ça, hélas, ne cadrait vraiment pas avec notre Peitz. Secundo : si le butin avait été jeté hors du train, près d'un quelconque repère sur la voie – un cas même assez fréquent ! – le malfaiteur courait alors le risque de le perdre si quelqu'un tombait inopportunément dessus et ramassait le tout ou une partie, au cas où le butin se serait dispersé par suite de l'éclatement du sac ou de quelque chose de ce genre... Imaginez alors un peu toutes les possibilités qu'il y a pour que disparaissent certains bijoux, ou même tous les bijoux, dans les inégalités naturelles du terrain, et en plus dans une région montagneuse et boisée. Il suffisait d'une averse pour faire le reste. Bien entendu, on signala l'affaire partout le long du trajet, particulièrement dans la portion montagneuse, et les employés des chemins de fer firent de leur mieux. En vain, peut-être même trop tard. Il faut aussi se remettre dans le contexte de cette année 1921 : c'étaient les pires années de l'après-guerre et les fondements de l'honnêteté étaient fortement ébranlés. Il y avait bien une récompense à gagner mais celle-ci n'atteignait pas la valeur des bijoux. Au bout du compte : la disparition complète du butin reste encore pour moi, vu ce qu'il y a encore à éclaicir dans cette affaire, l'un des faits les moins étonnants. »

« Et Peitz ! Et Peitz ! » criait M. de Hohenlocher.

« Oui, nous en arrivons maintenant à Peitz » poursuivit le docteur Inkrat. « Je voulais seulement jeter quelques lumières sur les détails et les difficultés d'une telle enquête, et ce sont loin d'être les seuls. – Je disais tout à l'heure que nous avions été obligés de considérer tout le trajet. Les indications données par le contrôleur en service à ce moment là étaient certes importantes, mais la moisson n'était pas abondante. Le compartiment dans lequel se trouvait Louison Veik était ce que l'on appelle un « compartiment de dames » aucun voyageur homme n'avait le droit d'y entrer. Mlle Veik s'y était retirée aussitôt après que le train ait quitté la gare de Stuttgart. Un quart d'heure après, le contrôleur pénétra dans le compartiment où il n'y avait que cette seule femme et contrôla le billet. Il fut en effet le dernier à la voir en vie. A partir de ce moment, elle n'apparut plus dans le couloir. Les rideaux étaient hermétiquement tirés. Et pendant la nuit aucune dame ne monta, qui aurait pu se rendre dans le compartiment réservé aux voyageurs femmes. Louison Veik resta donc seule. Savoir si elle avait verrouillé son compartiment de l'intérieur, les employés ne furent pas en mesure de l'indiquer. Puisque le billet avait été contrôlé, il n'y avait plus aucune raison de déranger le sommeil de la voyageuse. Elle ne mit pourtant pas la lumière en veilleuse, celle-ci resta éclairée. Le compartiment dans lequel voyageait Louison Veik était le premier de la rangée, il ne jouxtait donc que par un côté un autre compartiment, de l'autre côté il y avait la plate-forme qui prolongeait le couloir. Personne n'avait entendu de cri ou de bruit suspect, ni passager, ni employé. Les voisins de Mlle Veik étaient des jeunes gens qui buvaient et riaient ; ceux-ci n'allaient pas loin, vers minuit ils étaient tous descendus et à partir de ce moment le compartiment resta vide. C'est dans le suivant qu'était assis Henry Peitz, à part lui il y avait encore un homme d'affaires et un conseiller d'administration de Berlin. Ces trois personnages ne se connaissaient pas et n'entamèrent même pas la conversation. L'important c'était de savoir si Peitz avait quitté le compartiment et à quel moment ; mais comme les deux autres voyageurs dormaient, il ne fut pas possible d'obtenir un renseignement précis. Une fois, vers les deux heures du matin, très approximativement, il est dit que Peitz serait sorti, vraisemblablement pour aller aux toilettes. Savoir s'il avait un objet quelconque dans la main ou caché sous sa redingote, là-dessus les deux hommes n'étaient pas en mesure d'indiquer quoi que ce soit. Peitz était assis près de la fenêtre, le conseiller d'administration était en face de lui, étendu sur la banquette avant dans le sens de la marche, et le troisième était du même côté que Peitz dans le coin, côté couloir. C'est de lui que provenait l'indication selon laquelle Peitz était sorti car ce dernier avait dû passer par-dessus ses jambes. En ce qui concerne Peitz lui-même, ce qui le décharge le plus c'est le fait qu'il ait été encore là à Erfurt. Toutefois, cet élément de disculpation est atténué par le fait qu'au moment de son arrestation Peitz était un peu gris. Il y avait dans ses bagages un litre de cognac presqu'à moitié vide. Il pouvait s'être endormi. Mais cette supposition n'avait rien de très vraisemblable. »

« Quelle sorte d'individu était-ce, ce Henry Peitz ? » demanda le docteur Velten toujours étalé sur son divan.

« Eh bien – d'un point de vue physiognomonique c'était le genre que l'on rencontre assez fréquemment à notre époque et dans les grandes villes. Un de ces individus qui ont trouvé très rapidement, je dirais presque par court-circuit, un style seyant et personnel, peut-être déjà à quatorze ou quinze ans, et qui ont aussi trouvé par là la bonne manière de s'habiller, de se déplacer, de parler. Peitz était incontestablement élégant, bien mis, toujours égal à lui-même à cet égard, même quand il se fâchait tout rouge – et nous avons largement eu le loisir de le connaître sous cet aspect. Je ne peux pas imaginer par exemple qu'un individu de cette sorte ait jamais connu les torpeurs et les tristesses de l'enfance, je veux dire les balourdises d'un corps dégingandé comme il y en a malheureusement chez les gens de cet âge moins bien lotis. Il y avait sans le moindre doute beaucoup d'harmonie dans son tempérament et il ne s'était certainement jamais trouvé en désaccord avec lui-même. Il est bien connu que les individus de ce genre sont portés à la critique, ils ont le sentiment marqué de la justice, surtout quand il s'agit de leurs propres droits, et sont volontiers exigeants vis-à-vis de leur entourage. S'ils se sentent en position de faiblesse – ces poids-plumes minces et blonds n'ont guère de force brute mais du courage – certains d'entre eux ont alors une tendance marquée à se sentir offensés, c'est-à-dire qu'ils profitent volontiers des occasions qui leur en sont données, se replient indignés et un peu raides, tout en savourant en silence le grandissement de leur propre valeur par le tort qui leur est fait. Pendant les interrogatoires, Peitz était généralement assis de travers dans le fauteuil, le buste raide, penché de côté et rejeté en arrière sans prendre confortablement appui sur le dossier : on avait déjà l'impression que chaque question était pour lui une offense personnelle, devant laquelle il reculait avec indignation ; ou encore qu'il redoutait d'être offensé et rejetait le buste en arrière pour mettre par avance encore un peu plus de distance entre lui et l'interrogateur importun. Sa physionomie s'accordait parfaitement bien avec tout cela : le coin extérieur des yeux était chez lui plus bas que le coin intérieur, à l'inverse d'un Japonais par exemple ; en plus il avait cette forme de paupière qui fait un pli de peau sur les coins extérieurs des yeux et que l'on appelle l'épicanthus. Je suis fermement convaincu que si nous lui avons vraiment fait du tort, nous pouvons en tous cas nous attribuer le mérite d'avoir encore accentué son caractère pour les prochaines années de sa vie, du moins son côté offensé. Peitz poussait de vrais glapissements pendant les interrogatoires, et parlait essentiellement du tort qui résultait pour lui de cet incident, pour sa réputation et son crédit, mais surtout à cause du rendez-vous qu'il allait manquer dans un litige très important pour lui et qui devait être débattu devant le tribunal de première instance de Berlin, le 26 juillet ; cette dernière information s'avéra parfaitement exacte. Peitz avait à Berlin un assez grand magasin d'appareillages électriques. Il n'avait ni antécédents judiciaires, ni mauvaise réputation. Dans son dépit, il brandissait toutes les menaces possibles qu'il avait l'intention de mettre à exécution, et les recours qu'il allait intenter – bien que nous le traitions malgré tout avec beaucoup d'égards – mais tout cela ne faisait bien sûr guère impression sur la police. Les éléments à charge contre lui finirent par se réduire à sa seule attitude au moment où j'avais demandé la clef de berne... »

« Emanation de clef » lança M. de Hohenlocher qui semblait décidé à caracoler sur ce mot pour le reste de la soirée.

« C'est bon : l'émanation de clef. Or, nous dûmes convenir que la raison alors invoquée par Peitz pour motiver son refus, cadrait très bien avec son personnage, tout comme ses gestes, sa façon de s'asseoir de travers et son épicanthus... il dit en effet simplement : par agacement et parce qu'il avait prévu – M. de Hohenlocher dirait : bien fleuré – que cet incident lui apporterait beaucoup de gêne dans ses affaires à cause du temps perdu ; en plus, ses pensées étaient complètement absorbées par l'audience du lendemain. Et teigneux, il prétendait par dessus le marché que dès le premier instant j'avais eu une dent contre lui : il l'avait tout de suite senti, disait-il, pendant que j'étais devant la porte du compartiment avec l'inspecteur. »

« Voilà quelque chose pour vous, monsieur l'architecte », dit Hohenlocher.

« Accès de fureur modéré à la seule vue d'un inconnu, suivi d'une destruction aussi complète que possible du dit inconnu. »

« Hohenlocher – on devrait vous mettre à la trappe » dit le docteur Velten, en retrait.

« Je crois qu'il est impossible de parler sérieusement avec vous » fit remarquer l'architecte avec un sourire bienveillant.

« Eh bien, j'accorde beaucoup d'importance à cette impossibilité. On en vit que mieux et on a davantage de tranquillité. »

« Ce n'est pas impossible », dit le docteur Inkrat. « Mais pour en venir à la conclusion : le procureur refusa, sur la base des indices existants, de porter plainte contre Henry Peitz pour crime crapuleux. J'ai oublié de mentionner que sa situation commerciale s'était révélée solide à l'examen, on pourrait presque dire réjouissante. Le dossier nous fut donc retourné jusqu'à la découverte de nouvelles preuves. C'était là chose impossible. Nous fûmes obligés de remettre Peitz en liberté. En dépit de tous nos efforts, il fut impossible de trouver une piste autre que celle ouverte par ma sacrée clef de berne. »

« Fin de Sherlock Holmes », dit M. de Hohenlocher. Le docteur Inkrat opina du chef et se mit à rire. Puis ce fut le silence pendant un petit moment.

« Considérez-vous Peitz comme innocent ? » demanda alors Castiletz. La question arrivait avec quelque brusquerie, mais cette forme d'élocution venait simplement du fait que sa langue ne lui obéissait plus complètement après tout ce qu'il avait bu.

« Bien que je ne sois plus à la criminelle, M. Castiletz » dit le docteur Inkrat, sans bouger, « je suis quand même toujours policier. Et qui dit police, dit attitude d'esprit particulière. Un vrai policier considère comme coupable tout homme qui ne lui a pas prouvé le contraire de façon péremptoire. Or, ce Henry Peitz n'a pas pu le faire. On a dû le relâcher par manque de preuves. »

« Drôles de personnages, ces policiers, » dit M. de Hohenlocher.

« Mais nécessaires » répliqua Inkrat. « Il n'existe pas, hélas, de règlement de police et donc pas de procédure juridique contre les chineurs de votre espèce, vous n'êtes qu'un écornifleur de l'esprit. »

« Bravo ! » (l'exclamation venait du divan).

« Qu'on en finisse avec lui ! » dit l'architecte d'un ton furibond et il leva son verre. Tous trinquèrent en riant avec M. de Hohenlocher.

« Ce fut encore une soirée charmante et agréable chez vous » ajouta Lissenbrech, « nous remercions ce cher maître de maison. »

Cependant, Hohenlocher montrait sans mot dire – comme un chef d'orchestre montre l'orchestre au moment des applaudissements – le docteur Inkrat.

Sur quoi celui-ci s'inclina sans rien dire.

En partant il y eut encore un incident amusant dans le couloir.

Castiletz, absorbé par l'idée qu'il lui fallait maintenant aller chercher quelque chose – se dirigeait rapidement vers la porte de son ancien appartement, prenait son trousseau de clef dans sa poche et essayait d'ouvrir.

Un rire sonore éclata derrière lui. « Hoho » – s'écria M. de Hohenlocher, « pas par là, pas par là, il faut rentrer au bercail ! » Et, tourné vers les autres, il ajouta : « Vous voyez : voilà un célibataire, il ne l'a pourtant pas été longtemps, qui continue à vouloir rentrer à son ancienne écurie. »

31

La maison de Mme Erika de Spresse faisait partie de ces maisons savantes et ça se voyait déjà de l'extérieur. Des fresques la décoraient. Dans le grand jardin où les rosiers étaient encore soigneusement paillés, on voyait par endroit les taches claires de bustes en marbre le long des chemins (Platon, Pascal, Giordano Bruno) et dans les gloriettes, ces asiles de calme isolés et propices à la méditation, se trouvaient des statues (Aristote, Sophocle, Leibniz). Il n'était plus guère possible de marcher normalement ici : il fallait cheminer.

Il est vrai que toutes ces choses avaient maintenant un aspect un peu raide, vu que les dispositions horticoles ne prennent tout leur sens que lorsque la végétation arrive à maturité et que, jusque-là, l'impression qu'on en retire manque plutôt de consistance, avec des perches, des piquets et des grillages, dans la première lumière de printemps, ténue et pure, où l'on a du reste l'impression que tout vient juste d'être créé ou est même en cours de gestation et donc d'une certaine façon provisoire. Il était pourtant permis de croire que l'influence vertueuse de tout cet univers pouvait d'autant mieux dépasser ses limites essentiellement livresques que les haies n'avaient pas encore recouvré leurs feuilles. Et si, en plus, on entendait du piano par la fenêtre ouverte, comme par exemple *l'école de la vélocité* de Czerny, ou si Mme de Spresse était pensivement accoudée à la lucarne de l'atelier installé dans les combles, le pinceau à la main : voilà en vérité qui aurait dû suffire à faire de vous un érudit au moment où vous passiez sur le trottoir de la rue légèrement en pente, ou du moins à vous faire sentir le fluide mystérieux d'une humanité supérieure.

Conrad remontait la rue, le soleil dans les yeux, ce qui le gênait même carrément pour marcher. Pour lui, toute cette activité printanière était purement extérieure : comme un processus bruyant dont on perçoit bien l'intensité mais du fond d'une pièce close et tapissée de tentures.

Dans le hall – avec la garde-robe toute lambrissée de chêne et les magnifiques pièces adjacentes toutes carrelées – il cligna des yeux dans la pénombre, lorsque la bonne lui prit son pardessus qui lui avait déjà tenu trop chaud pendant tout le trajet.

Ses visites chez tante Erika avaient été fort rares au début. Mais depuis que Conrad avait passé ce probatoire définitif et explicite à tous les points de vue, Mme de Spresse semblait accorder plus d'importance à son commerce : elle demandait de temps à autre des nouvelles de sa femme et de lui-même. Le jeune couple fut même invité plusieurs fois. M. de Hohenlocher qui ne reculait devant rien, avait déjà dit il y a longtemps à Castiletz : « Arrangez-vous pour être bien avec la grand-mère du diable, ou plutôt avec sa chèvre laitière ; le contraire serait tout bonnement stupide, et rien d'autre. Pensez que vous pourriez avoir des enfants. Bon, vous ne manquez de rien ; mais pour ses descendants, on a le devoir de faire tout ce qu'il est possible de faire pour eux. Cette femme est plus riche qu'on ne le croit et elle a réussi à garder intacte sa fortune malgré toutes les dévaluations, je ne sais pas avec l'aide de quel diabolique conseiller. C'est vous que cela touche en premier chef. Agissez donc avec discernement et clarté. » Il avait aussitôt ajouté pour conclure : « Depuis que vous fumez le cigare, ces derniers temps, vous avez vraiment l'air d'un futur président directeur général. Seul le ventre semble encore en être resté à l'état de concept » Castiletz assimilait sans résistance les propos que M. de Hohenlocher avait l'habitude de tenir sur Mme de Spresse, il les acceptait et ceux-ci exerçaient vraiment une influence sur son comportement. Bien qu'il fût chaque fois taraudé par le soupçon qu'avec lui Hohenlocher voulait au fond seulement cultiver ou modeler pour ainsi dire un certain type – pour s'en amuser – comme par exemple un « type de président-directeur-général » avec des relations soignées et des perspectives d'héritage, et auquel Conrad devait peu à peu être rendu conforme. Même pour le ventre, nécessaire plus tard dans cette opération, Hohenlocher semblait, d'une façon plus ou moins cachée, sûr de son coup.

Bon, pour ce qui est de la « descendance » qui jusqu'ici tardait à venir : peut-être Mme Gusta était-elle un peu malheureuse, sans le dire, de ne pas avoir de petits-enfants.

Cette fois-ci Conrad s'était annoncé seul chez sa tante. La bonne le conduisit et Mme de Spresse le reçut près de la table à thé, exceptionnellement dans la bibliothèque, car il y en avait aussi une ici, au sens le plus surchargé du terme ; il n'y en avait pas des mètres mais des mètres cubes ; jusque sous les lambris du plafond de la pièce on voyait encore s'aligner là-haut les dos de volumes reliés en cuir ou en tissu, derrière des vitrines. On pouvait monter sur des échelles mobiles faites exprès pour cela. Les bonnes s'y retrouvaient très bien et étaient en mesure de sortir à partir du fichier n'importe quel volume désiré. Au milieu de la salle – c'est le mot qui convenait à cette bibliothèque – il y avait une vitrine où l'on pouvait contempler par en-dessus les lettres de quelques grands hommes (il y en avait aussi une d'Adalbert Stifter, auteur dont Mme de Spresse aimait d'ailleurs bien faire des lectures à haute voix). En plus il y avait une pièce rare, un objet appelé « astrolabe », sorte d'appareil ou d'ustensile qui servait en astrologie ; certains invités, particulièrement ceux qui se souciaient de fréquenter cette maison, n'y allaient pas par quatre chemins et racontaient ailleurs que c'était l'astrolabe de Seni, avec lequel celui-ci avait fait autrefois l'horoscope de Wallenstein : « un vieil objet de famille chez les de Spresse. »

Il faisait frais ici, c'est la première chose que ressentit Conrad ; la porte qui donnait sur le jardin était ouverte et le soleil déclinait déjà. Mme de Spresse tendit la main que Conrad embrassa, tandis que la bonne versait le thé. La tante était vraiment maigre ; ainsi éclairée de trois quarts par la faible lueur de la lampe, on avait presque l'impression qu'elle était toute aplatie, en deux dimensions comme un soldat de plomb. Conrad ressentit soudain sa propre présence ici comme quelque chose de grotesque. Aucune trace de « romantisme », en dépit de l'environnement somme toute inhabituel.

« Alors, comment ça va chez toi, à la maison ? » demanda-t-elle après que Conrad se fût poliment enquis de sa santé.

Il la remercia et dit « bien ». Comme il arrive que l'on ressente au moment de s'endormir un petit tressaillement, un peu comme si l'on tombait – alors que les membres tressaillent vraiment – Conrad tomba ici soudain, à son grand étonnement, dans un espace du souvenir complètement vide et il faillit faire un mouvement malgré lui. Petit garçon, il avait été dans cette maison, bien que certainement fort peu souvent dans la bibliothèque. Mais dans le jardin, dans le vestibule... or, il ne retrouvait rien, aucune sédimentation d'impressions visuelles et affectives qui auraient pu trancher sur les impressions du moment. Il était pourtant quand même déjà à l'époque (« je portais déjà col et cravate », se disait-il) un tant soit peu adulte...

Elle écuma son étonnement par une question :

« J'ai entendu dernièrement que ta femme s'était mise à faire beaucoup de sport ? »

Castiletz sentait maintenant nettement qu'il était par exemple impossible de dire à sa tante Erika ce qui venait de se passer en lui : pourquoi était-ce impossible ? Elle n'en aurait pas compris un traître mot. Et d'où cela venait-il, elle qui lisait des livres toute la sainte journée et peignait encore par-dessus le marché ? Il avait froid ici, dans cette bibliothèque, face au petit soldat de plomb au regard sévère. Si Castiletz avait été moins « textilien » (le mot est évidemment de Hohenlocher, sans qui, qu'on le sache ici, cette histoire n'aurait jamais été écrite) – donc, s'il avait été moins « textilien », il aurait été en mesure de déceler la raison du malaise que lui causait Mme de Spresse : c'est que celle-ci n'avait en effet pas la moindre disposition pour penser de façon imaginée, tout comme une plante qui est restée longtemps à sécher n'a plus de sève. C'est seulement pour ça qu'il lui était possible de s'occuper avec empressement, jour après jour, des sciences et des beaux-arts, sans jamais sentir le poids d'une telle activité (elle avait du reste écrit aussi un livre, il s'appelait : *Belle lectrice*, avec en sous-titre : *Œuvres de la littérature mondiale dans le miroir de l'âme féminine*). Bien évidemment, comment aurait-elle pu sentir le poids de quelque chose dont la véritable dimension lui échappait et lui échapperait toujours ! Pourtant cette fois-ci, notre Castiletz ne trouva même pas l'expression toute simple « manque d'imagination ».

« Oui », répondit-il à la question de sa tante, « je crois que ça lui fait du bien. J'espère qu'elle n'en fait pas trop. »

« Même les femmes s'y mettent aujourd'hui, et pas seulement les jeunes filles », dit tante Erika. « Je crois que jusqu'ici Marianne ne jouait même pas au tennis ? »

« Non, pas que je sache » répondit Conrad.

« Eh bien, elle trouvera maintenant en toi un professeur et un partenaire excellent. »

Castiletz commençait à succomber à une sorte de paralysie. Qu'en cours de route, en descendant du tramway et en remontant lentement la rue en pente, face au soleil, il se soit vraiment senti d'attaque et eût même l'intention de demander certains renseignements à sa tante – voilà une chose qu'il avait complètement perdue de vue et il n'avait plus qu'un souhait : partir loin d'ici. Enfin la bonne réapparut, elle ferma la grande porte vitrée qui donnait sur l'extérieur et alluma un radiateur qui se trouvait à côté. Conrad se laissa servir du thé qui, du reste, n'était plus chaud.

« Je n'aurai pas beaucoup le loisir de jouer au tennis, cette année », dit-il ; et parce qu'il sentait que c'était ce qu'il y avait de mieux et de plus sérieux pour prévenir d'autres questions, il ajouta : « Nous avons beaucoup trop à faire maintenant. »

Vraiment, l'idée de jouer au tennis ou de pratiquer une quelconque activité sportive lui était aussi étrangère ou extérieure que ce printemps qui avançait et gagnait de toutes parts.

Il se sentait peu de dispositions pour les usages de la saison qui venait.

« M. Peter Duracher, qui est d'une certaine façon le chef de file de toute cette jeunesse, avec laquelle se retrouve maintenant souvent ta femme, est paraît-il un peu une sorte d'autorité en matière sportive », dit Mme de Spresse.

« Pas seulement là », répondit Castiletz. « Surtout en chimie des textiles. Mais c'est en effet un excellent sportif. Tout ce monde vient d'ailleurs fréquemment chez nous. »

Il se sentit obligé de souligner ce dernier point et il le fit comme pour se défendre (en même temps il se rappela que toute l'équipe apprenait maintenant le « crawl » à la piscine municipale avec Duracher, ce qui expliquait pourquoi Marianne n'avait pas voulu l'accompagner). Est-il possible que ces dernières paroles de Conrad aient trahi dans leur intonation de la fatigue ou de l'indifférence – en tout cas sa défense manqua de rapidité et de vigueur ; et elle ne put empêcher que Mme de Spresse exhibât un lorgnon qu'il n'avait pas vu jusque là, dirigeât l'arme contre lui et regardât ainsi Conrad pendant quelques instants ; ce n'est qu'ensuite, comme pour sauver la face, qu'elle jeta un regard scrutateur, derrière son pince-nez, sur le service de table, sonna et fit desservir.

32

Le projet de teinturerie pour la fabrique d'étoffes Carl Theodor Veik fut arrêté. En cette année 1929 on n'avait pas besoin d'avoir le flair du Conseiller de commerce pour sentir la crise : elle était déjà évidente.

La première conséquence pour Castiletz fut que les deux livres posés depuis un certain temps sur son bureau disparurent, à savoir : *la Teinture* du docteur W. Zänker (bibliothèque des techniques, volume deux-cent-onze), et *le Traitement chimique de la laine* du même auteur. Les deux fascicules ne faisaient pas particulièrement chic sur le bureau de diplomate, c'est surtout *la Teinture* qui apportait une fausse note dans ce décor distingué, avec sa couverture rouge brique. Pour la bonne, ces deux livres faisaient du reste depuis longtemps partie intégrante du dessus de bureau et ils avaient droit à l'époussetage tout comme l'audacieux coupe-papier du directeur Eisenmann. Conrad n'avait maintenant plus besoin de s'abriter derrière l'autorité de ce dernier pour qu'il fût bien clair que sa présence était absolument indispensable et nécessaire dans la fabrique de sangles, au cas où le Conseiller aurait eu l'idée d'inciter Conrad à venir se mettre à la teinturerie dans la fabrique d'étoffe, « juste pour voir » : le vieil Eisenmann aurait su quoi répondre, si cela avait été nécessaire, avec ou sans veste de fourrure.

Quant à Duracher, il compensait la perte de cette dominante textilo-chimique par une dominante sportive, chose qu'avait remarquée Mme de Spresse et pour laquelle il avait d'autant plus de temps maintenant. D'une façon générale, tout le monde avait plus de temps ; c'était bien ce qu'il y avait de suspect. De ce point de vue, Conrad avait dit tout le contraire de la vérité.

Marianne changeait. Le soir, quand elle était couchée dans le lit à côté de Castiletz, on voyait ses bras bronzés qui sortaient des manches courtes de sa chemise de nuit. Elle commençait incontestablement à mincir, tout le monde le disait. Mais le grand changement n'était pas celui du corps, bien que celui-ci fût touché au premier chef, il se logeait derrière le front maintenant hâlé, là où la racine du nez s'enfonçait un peu. Elle était décidée. Voilà ce qu'il aurait fallu dire de son visage. Il y avait sous son front l'affirmation opiniâtre d'une volonté et d'une ligne de conduite qui pouvait l'amener indifféremment à prendre une raquette de tennis ou à se soumettre dès maintenant à de dures séances de gymnastique en prévision du ski de cet hiver ou encore à apprendre à la piscine la bonne technique de respiration, qui transformait un visage de femme en une tête de poisson remontant régulièrement à la surface, gueule ouverte. Conrad évitait pourtant de parler avec elle de tout ce qu'elle entreprenait autrement que d'une façon purement objective et quand la discussion en arrivait au sport, chose qui n'était pas rare – puisqu'elle lui posait aussi beaucoup de questions – il se voyait aussitôt prendre malgré lui une position interne au cadre de ses hésitations. C'est aussi parce qu'il n'avait plus en lui l'assise nécessaire pour prendre une position critique qui se situât en dehors. Elle semblait à peine remarquer qu'il ne prenait aucune part active à toutes ces choses – bien qu'elles lui fussent toutes familières – en tout cas, elle ne lui en tenait pas rigueur.

On jouait au tennis. Marianne était entraînée par Duracher qui avait placé un des jeunes gens de l'autre côté du filet – pour des raisons inconnues, on appelait celui-ci Peggy – tandis que lui-même restait à trois pas de Marianne, surveillait chacun de ses mouvements, intervenant de temps en temps de la voix pour corriger. Certains utilisaient la plate-forme du haut pour se faire bronzer, sinon, pour cette séance de débutants, les autres spectateurs étaient assis sur les bancs en bordure du court. Parmi eux on trouvait aussi Conrad, mais en costume de ville. Il se sentait aujourd'hui mieux que ces derniers temps ; et ce qu'il trouvait agréable, c'était cette sorte d'inattention pour le monde extérieur qui grandissait en lui. Au milieu de tous les cris, les rires et les conversations, il entendait nettement – peut-être était-il le seul – le sifflement et le gazouillis intermittents des oiseaux dans le parc, particulièrement dans le verger, il y prenait un certain plaisir qui venait peut-être du fait qu'il pouvait y avoir chez lui une plus grande sensation d'espace que chez ceux qui parlaient de la facilité qu'avait Marianne à porter ses coups, regardaient, ou bien se limitaient dans leur conversation à ce qu'il y avait de plus proche et au voisin immédiat. Le soleil s'infiltrait de partout en force et en profondeur. Pour Castiletz c'était la première fois cette année qu'il goûtait au soleil d'avril.

Au bout d'un moment, il prit pourtant congé de sa femme et des autres. L'attrait de l'appartement vide, de la solitude, s'imposait maintenant dans ce grand silence goulu de printemps qui, quels que soient les bruits qu'on y jetait absorbait ces derniers avec souplesse comme un étang, un étang muet plein d'espérance.

Castiletz aussi avait changé. A peu près à la même époque où disparurent de son bureau les deux fameux livres, arrivèrent d'autres choses qui ne restèrent pas posées sur le bureau mais trouvèrent refuge dans ses profondeurs : il s'agissait de quelques petites boîtes de cigares et aussi, depuis peu, de paquets de cigarettes. Mais c'est dans la bibliothèque, derrière les classiques et le dictionnaire de conversation, alignement immobile et inviolé, que se trouvaient quelques bouteilles de cette boisson « de toute façon la plus raisonnable » ; lorsque la bonne apportait maintenant le café en fin d'après-midi en même temps que les pantoufles, il y avait aussi sur le plateau un verre bas et bleuté pour le plaisir de la dégustation.

Oui, Conrad avait maintenant parfaitement appris à se déployer pour ainsi dire en cercles excentriques, en toute quiétude.

Il était allongé, tout était calme, il n'y avait pas de voiture. L'alcool savouré montait à la tête, bien chaud, gonflant et dilatant toutes les pensées, toutes les idées qui allaient et venaient. Ce qui, depuis peu, remontait d'habitude en premier à la surface de ces « pensées » – des pensées que même M. de Hohenlocher n'aurait pas pu qualifier de purement « textiliennes » – c'était la sensation qu'il y avait là une voie ouverte. Et il y avait là sans aucune doute, du moins dans la forme, une affinité dans l'attitude ou la situation intérieure des deux époux. Bien que ces voies fussent divergentes.

Car elle portait sur la sienne un regard énergique abrité par ce front où s'enfonçait la racine du nez (son visage avait maintenant une expression très opiniâtre, presque violente) et elle saisissait cette voie à deux mains, sûrement et solidement, bien qu'un peu déçue et donc un peu butée au fond d'elle-même. Or lui n'avait que des intuitions. Et c'était tout pour l'instant. Lorsqu'une telle intuition se manifestait sans qu'il ait fait usage de la « boisson de toute façon la plus raisonnable » ou du tabac, elle était claire et lumineuse, un peu comme le soleil de printemps qui filtre dans le sol, de sorte qu'on pourrait croire qu'il dispense encore sa lumière sur les racines, à un pied sous terre. Alors, il y avait quelque chose en lui qui voulait se soulever, une sorte de couvercle qui, à partir d'un certain endroit, recouvrait sa vie. Alors il n'était pas rare, tandis qu'il était allongé sur l'ottomane, qu'il ressentît encore une fois la lumière déclinante de ce fameux après-midi où, tressaillant subitement, il avait traversé la salle à manger adjacente et le grand salon dont le parquet sonore craquait sous ses pas, et avait ouvert la fenêtre là-bas.

Peu à peu il en arriva à attendre l'arrivée de cette disposition d'esprit dès qu'il se retrouvait seul. Et, à strictement parler, il ne faisait usage de cette « boisson de toute façon la plus raisonnable » que lorsque celle-là se faisait attendre. Ce qui arrivait rarement. Notre Castiletz en était ainsi arrivé à avoir une relation fort singulière avec la boisson qui, pour l'instant du moins, consistait essentiellement à avoir près de soi un verre plein, bas et bleuté ; celui-ci était ensuite emporté tel quel par la bonne : quant à cette dernière, il lui aurait été facile de prendre l'habitude de boire, si ce breuvage n'avait pas tant brûlé la bouche et le gosier. Oui, ces expédients à la Hohenlocher n'étaient au fond rien d'autre pour Castiletz que des insignes, des symboles d'une époque nouvelle, rarement ravalés au niveau de la consommation proprement dite.

S'il arrivait pourtant que ce fût le cas – comme quand il avait pris le journal une fois de plus (qu'il reposait du reste maintenant souvent sans le lire), avait levé les yeux de sa lecture, porté ses regards dans la pièce qui soudain l'ennuyait, toute opaque et inerte, ne voulait pas céder, ne voulait pas devenir pour quelque temps le simple réceptacle de ses pensées – s'il arrivait donc que ce fût le cas, il prenait alors le verre plat du plateau, buvait et s'allongeait. Or, ses « pensées » et ses idées, qui jaillissaient maintenant, grossies par l'effet réchauffant et vivifiant de la boisson, dérivaient alors presque toujours, comme des nuages emportés par le vent, vers la même région de son âme (du moins pendant les tout premiers temps) : voilà qu'ici aussi la « voie » redevenait visible ; pourtant un inconnu l'avait empêché de continuer le pont, un inconnu qui se trouvait maintenant quelque part à l'extérieur, dans cette sphère ultime de la vie qui ne contenait plus rien de dénombrable et qui faisait comme un halo autour de l'espace plus proche, distinctement rempli de choses personnelles. Or, cet inconnu avait réussi il y a huit ans, à claquer pour ainsi dire la porte de la vie au nez de Castiletz et à murer la sortie. Au plus profond de lui-même il trouvait que le sort du malheureux peintre Derainaux était encore le plus léger ; tandis que pour lui, semblait-il, le pont ainsi coupé débouchait sur un vide aussi mystérieux que désespérant.

33

Inévitablement, de telles idées devaient conduire avec le temps à des sentiments de vengeance : et quand ceux-ci rencontrèrent dans le vide quelque chose à quoi s'accrocher, ce ne pouvait être que l'image de Henry Peitz, telle qu'elle s'était formée chez Castiletz d'après le récit d'Inkrat.

C'est sans doute à cause de cela que Castiletz se rendit au domicile privé du docteur Inkrat pour une visite dont il l'avait averti auparavant. Sa maison était située derrière une grande église vraiment belle, et le portail roman avec ses colonnes et ses chapiteaux – c'est l'aspect qu'avait le portail de cette maison de rapport – était peut-être une sorte de contamination du voisinage. Castiletz quitta les vapeurs d'asphalte et le ciel bleu et s'engagea dans une cage d'escalier blanchie à la chaux. C'est Inkrat qui ouvrit en personne. Ils passèrent dans une pièce démesurément grande, comparable à celle de M. de Hohenlocher dans ses dimensions, mais dépourvue de cette touche personnelle : on avait plutôt l'impression qu'il s'agissait d'un aménagement repris tel quel (Inkrat habitait avec sa mère) et cela expliquait peut-être les quelques scènes de bataille insolites et pompeuses qui ornaient les murs dans leurs lourds cadres dorés et montraient des dragons français à l'attaque, crinières au vent. Même le piano s'accordait mal à l'hôte de cette pièce et donnait l'impression d'être abandonné là depuis déjà infiniment longtemps, avec son couvercle fermé comme un mâchoire.

Ici aussi il y avait un verre de cette « boisson de toute façon la plus raisonnable » ; quant aux cigarettes qui lui étaient offertes, Conrad les acceptait maintenant (soit dit en passant : le vieux Eisenmann avait toujours l'habitude de lui offrir de temps à autre un cigare mais ceci relevait déjà d'un droit coutumier du directeur).

« Je suppose qu'il y a une raison précise pour que vous veniez me voir, » dit "Varanus aridus".

« Oui », répondit Castiletz. Il se sentait soudain très bien. La scène ne manquait pas de romantisme ; elle aurait pu avoir sa place dans une de ces histoires de détective qu'il lisait autrefois de temps en temps. Celles-ci lui revenaient maintenant en mémoire tout comme la phrase : « Je pourrais bien sûr m'occuper sérieusement de toute cette affaire en toute tranquillité. » Immédiatement après, il pensa à Günther Ligharts. Certes, tout cela ne dura que quelques secondes, tandis qu'il regardait dehors l'arrondi de l'abside de l'église.

Inkrat attendait, immobile.

« Cela concerne notre récente discussion », poursuivit Castiletz, « et donc : ma défunte belle-sœur. Je ne veux pas encore vous demander, cher Monsieur, une réponse que vous m'avez déjà faite, à savoir si vous tenez Henry Peitz pour coupable. Il s'agit d'autre chose. »

« Et ce serait », dit le varan, sans toutefois lever la voix à la fin de l'interrogative si bien que celle-ci affichait un air d'indifférence ou de supériorité.

« Je voulais vous demander – ce que je ne peux certes pas savoir étant novice dans ces choses-là – si, dans un cas comme celui d'Henry Peitz, il y a une surveillance de mise en œuvre après la libération, c'est-à-dire si la police garde aussi un œil sur ce genre d'individus par la suite, et pendant combien de temps ? »

« M. Castiletz » dit le varan avec son regard sans paupière et une aridité complète, « tout cela est exact et le principe est le suivant : tout homme qui a eu affaire une fois dans sa vie à la police d'une manière ou d'une autre, ne sera finalement jamais perdu de vue. Ce que je dis là n'est bien sûr pas à prendre au pied de la lettre dans la pratique. Mais ça reste vrai sur le principe. Qu'une quelconque police du monde en vienne à abandonner cet axiome fondamental – qui tient toujours le crime pour imminent, comme le médecin la maladie – et elle ne suffirait plus à assurer la sécurité dans l'état, comme c'est son devoir. Le médecin, le policier tout comme – ceci pour mieux faire ressortir encore tout l'aspect intellectuel de ce type – le prosateur pur, le narrateur à l'intérieur de son art : tous, pour autant qu'ils représentent leurs types avec pureté, ont fait le plus grand sacrifice qu'il est possible d'accomplir en esprit : voir le monde tel qu'il est, jamais comme il devrait être ; et tenir en plus toutes les prétentions logées dans les coulisses du cœur ou assoupies dans le berceau du rêve et ayant trait à un désir de changement de ce monde, les tenir pour nulles et non-avenues. Pour les esprits que je viens de nommer il n'y a qu'une seule et unique réalité, il n'en existe pas de seconde dans laquelle on pourrait chercher refuge, peut-être même sous prétexte que celle-ci pourrait être réalisée un jour : c'est là pourtant que commence le domaine réservé d'un autre type, qui est en soi tout aussi fermé, mais qui n'est capable de vivre et d'agir avec puissance et beauté qu'en optant pour une toute autre nourriture spirituelle et une attitude d'esprit toute différente : sans pour autant effacer ou même contredire la valeur et la nécessité de cette première attitude : même s'il modelait le monde entier d'après ses désirs. Car autrement celui-ci, aussi beau soit-il, perdrait son équilibre et plongerait dans le vide d'un abîme. Si vieille que soit la race humaine, elle connaît encore fort peu l'histoire naturelle de l'esprit, sa biologie. Là, chaque forme indispensable s'enracine dans le socle de la forme vitale et de l'attitude fondamentale qui lui sert de base et qui lui est appropriée : si l'on veut la placer sur un autre, parce qu'on trouve que c'est bien, alors la figure se désagrège sans rémission. Imaginez seulement quelle part de modestie héroïque, dirais-je, il faut pour assigner à sa force intellectuelle ce seul et unique but : pouvoir dire oui à tout, sans rien exclure, sans rien vouloir changer ; ne donner aux choses un contrepoids et un équilibre qu'à l'intérieur de soi-même ; être capable de faire vraiment l'expérience que ce monde tourne toujours comme il faut sur ses gonds. Et pour finir rattraper dans toute l'intégrité de sa personne un savoir et une faculté qu'il est possible que tout vagabond de barrière ait eus avant nous : lui qui, dès le début, voit le monde absolument comme il est, bien qu'il soit en bas et ne puisse en apercevoir que le ventre qui râcle dans la fange. – C'est pourquoi je dis qu'en fin de compte la police est l'un des rares endroits d'où l'on puisse se convaincre par expérience de la nécessité du criminel, et partant, où l'on est toujours viscéralement prêt, et sans colère, à compter avec lui. »

Bien que la disposition d'esprit « textilienne » de Conrad se fût bien élargie, comme on a pu le remarquer – c'était quand même trop. Rapide comme l'éclair, son cerveau s'agrippa à la pensée que ce docteur Inkrat était peut-être un excellent théoricien, mais que, dans la pratique, il ne devait pas être le genre d'officier de police judiciaire qu'aurait exigé l'affaire Louison Veik où il s'était sacrément peu agi d'être capable de tenir des propos plus ou moins sagaces. Et c'est à cause de ça que lui, Castiletz, devait maintenant errer devant un mur sans porte. Avec une supériorité très feutrée qui filtrait du plus intime de son être – la plus grande force que possède l'individu sans culture dans de pareils cas – il orienta de nouveau la conversation sur une voie plus concrète :

« Etes-vous au courant, cher Monsieur, de ce que fait aujourd'hui ce Henry Peitz et où il se trouve ? »

« Non », dit Inkrat. « Je n'ai plus rien à voir avec ce genre de choses depuis des années. Il doit être à Berlin comme avant et faire marcher son commerce. Dans les premiers temps qui suivirent sa libération, nous ne pûmes d'ailleurs jamais rien constater quoi que ce soit d'anormal dans sa manière de vivre. »

Conrad accrocha de nouveau son regard sur l'arrondi gris de l'abside dehors, comme s'il s'agissait du mur sur lequel il cherchait le bon endroit pour passer à travers. Il commençait déjà à faire bien sombre dans la pièce et Inkrat alluma une lampe. La lumière qui fusait dans tous les coins eut soudain un effet revigorant sur Castiletz.

« Le renseignement le plus important que j'aimerais obtenir de vous, cher Monsieur, est en fait de nature purement formelle » dit-il très vivement, « à savoir, s'il serait dans les choses admises, à strictement parler, que j'essaye de mon propre chef, en tant que plus proche parent de la défunte en quelque sorte, de clarifier ce cas ? »

Savoir si Inkrat était surpris, voilà une chose que son immobilité ne permettait pas de déceler. Parfaitement calme et sur un ton – peut-être vraiment – indifférent, il dit :

« Il n'y a absolument rien à objecter à cela. »

Ils se turent. Castiletz sentait sur sa peau le regard d'Inkrat qui l'observait de côté, en toute tranquillité. La lampe se trouvait derrière Inkrat sur le bureau et projetait toute sa lumière sur Conrad. Pendant quelques instants, une image remonta en lui, claire et nette : il se revoyait assis dans le bureau de son beau-père, en train de boire du vin – en face de lui au-dessus du sofa était accroché le portrait du chat Tschitschi-Peter aux yeux de divinité animale – et il éprouvait maintenant, comme si elle était de nouveau venue se loger dans ses membres, cette lassitude et cette paralysie qui l'avaient saisi alors, après que le Président eut fini son récit sur Louison et Derainaux. Et même maintenant, ici, dans le cône de lumière de la lampe, sous le regard d'Inkrat qu'il sentait sur sa peau, une sorte de gêne, voire même la peur de l'effort nécessaire pour parler, paralysait la langue qui voulait ou devait dire que lui Castiletz, garçon de quinze ans, s'était trouvé ici juste au moment du crime, dans cette ville, chez sa tante Mme Erika de Spresse. « Puis-je vous demander » dit le docteur Inkrat, « si, dans votre idée de faire vous-même des recherches, vous êtes guidé par un indice particulier ? » Et pour atténuer la franchise de cette question, il ajouta aussitôt : « Je peux en outre vous dire que, si tel était le cas, et que vous deviez en trouver confirmation pendant que vous vous occuperez de cette affaire, vous n'êtes nullement tenu de faire part de vos découvertes à la police, s'il vous paraît préférable, pour mieux faire la lumière sur ce crime, de retarder d'abord l'intervention des autorités. »

Pendant un instant, Conrad se sentit vraiment maître de la situation. Oui, c'était bien son intention de « s'occuper » de cette affaire ! Il en avait aussi largement le temps, vu les circonstances. Tout cela était clair et simple. Il s'attellerait à cette affaire et la mettrait en ordre. Il sentit en lui une ardeur soudaine qui n'était pas si différente de celle qu'il avait éprouvée lorsque M. de Hohenlocher, pour se moquer, était venu pour cette stupide étincelle de sonnette électrique. Cette disposition d'esprit permit à Castiletz de laisser maintenant la dernière question d'Inkrat sans réponse. Il remercia beaucoup celui-ci pour ses aimables renseignements, prit poliment congé et descendit les escaliers aux murs blanchis à la chaux qui étaient maintenant éclairés.

34

Lorsqu'il arriva dans la rue, il était six heures et demie et les magasins étaient encore ouverts. D'ici à chez lui, Conrad n'avait guère plus de cinq minutes de marche, la rue où habitait le docteur Inkrat faisait un embranchement avec la Wackenroderstrasse sur laquelle donnait aussi la façade de l'église. Après avoir longé toute la longueur de ce bâtiment qui n'en finissait plus, Conrad tourna au coin de la rue. A cette heure de la soirée, il y avait beaucoup de circulation dans la Wackenroderstrasse, cela empêchait de se concentrer, et en plus Castiletz s'aperçut qu'il avait bien entendu oublié quelque chose : demander au docteur Inkrat de lui procurer, par un quelconque moyen officiel, la description exacte des bijoux volés, avec croquis si possible. Ce serait pour la prochaine fois ! Terminé. Castiletz s'arrêta devant la devanture d'une papeterie.

Tandis qu'il regardait toutes ces choses – classeurs, tampons-buvards, presse-papiers et stylos-plumes de toutes les couleurs et de toutes les tailles – il sentit un blocage au fond de lui-même au moment d'entrer et de faire un achat tout à fait approprié vu la clarté de ses projets. Il ressentit soudain le désir, avant de se consacrer maintenant à l'affaire Louison, de prendre encore une fois suffisamment de distance par rapport à tout ça, de prendre clairement ses distances, pour pouvoir ensuite s'en occuper par un mouvement de libre décision pour ainsi dire. Oui, Castiletz brûlait vraiment de prendre ses distances et de choisir en toute liberté. En même temps il pensait à Günther Ligharts, mais l'image de Günther était pour ainsi dire beaucoup trop près de lui pour qu'il ait pu la remarquer ou constater lui-même sa présence. Là-dessus il entra et acheta un cahier bleu in quarto.

Il ne trouva pas encore Marianne à la maison. Conrad se retira dans la « bibliothèque » jusqu'au dîner.

Bien sûr, il avait lu des histoires de détectives. Mais cette affaire avait une toute autre teneur, Castiletz le sentait bien : il ressentait trop bien qu'il ne s'emparait pas simplement de cette affaire, qu'il ne la prenait pas simplement en main – bien que c'est justement comme ça que ça aurait dû être, et pas autrement. Une orientation librement choisie ! C'était ça. Cette expression le satisfit énormément, comme autrefois l'« assoupissement des défauts ». Tandis qu'il pensait à cette « orientation librement choisie », il se revit, petit garçon assis sur l'arbre dans la prairie en bordure de l'étang, tout près du sol comme sur un banc, vu que le tronc recourbé avançait un peu à l'horizontale, en train de regarder les prés. Il voyait aussi le petit seau rouge. Pourtant il ne pensait pas à sa mère maintenant.

Conrad fit d'abord les premiers relevés nécessaires. Premièrement, pas encore réglé : « Description exacte des bijoux ! » Entre-temps, il avait écrit sur l'étiquette de la couverture du cahier « Louison Veik ». Puis il commença à faire courir rapidement sa plume sur le papier, notant consciencieusement tous les faits qu'avait alors mentionnés le docteur Inkrat chez M. de Hohenlocher : Castiletz menait déjà une lutte difficile avec eux, avec les mots qui servaient à les fixer, lorsque la bonne frappa à la porte qui communiquait avec la salle à manger, ouvrit (Conrad vit Marianne déjà assise à table) et pria le maître de maison de venir manger. Il glissa le cahier bleu sous le sous-main.

Au retour de l'usine, le lendemain après-midi, celui-ci était posé sur le sous-main.

Bien sûr, Castiletz comprenait que pour une bonne avec plumeau et chiffon ce genre de cahier sur son bureau était à ranger dans la même catégorie que *la Teinture* et *le Traitement chimique de la laine*. Reconnaissant cela, Conrad réprima bien tout mouvement d'humeur à l'encontre de la jeune fille ; mais ça n'arrangeait rien à l'affaire. Ce soir-là,il ne poursuivit pas ses relevés mais plaça le cahier bleu dans un tiroir de son bureau qu'il ferma à clef.

La mine et le comportement de Marianne ne révélèrent d'abord aucun changement, ni rien de marquant, même après le repas, Conrad ne pouvait donc pas encore savoir si elle avait pénétré dans le bureau pendant la journée ou si le hasard l'en avait détournée. Plus tard, lorsqu'on se retrouva allongé dans les lits, plongé dans la littérature comme tous les soirs, il reçut pourtant une sorte de réponse à ses questions, à ses supputations et ses appréhensions intérieures.

Marianne lisait, allongée du côté de la lampe, le dos donc tourné vers lui, la nuque bronzée solide et large, surmontée de cheveux blonds toujours plus clairs ces derniers temps, dépassait de la chemise de nuit blanche ; ceux-ci donnaient l'impression d'être un peu plus raides et un peu plus durs qu'autrefois. Et c'est alors seulement que Castiletz remarqua qu'aujourd'hui elle n'avait pas les boucles d'oreilles vertes en béryl.

A cet instant, il frissonna. La réponse, bien que muette et issue d'un détail, était plus violente qu'une violente parole, et restait inattaquable dans son ambiguïté toujours possible. Ses efforts et ses entreprises en rapport avec Louison, sa façon d'agir – qui, pour l'instant, ne dépassait pas une visite à Inkrat et l'achat d'un cahier – tout se retrouvait là pour ainsi dire fixé et chevillé, et déjà les conséquences se faisaient sentir. Pour Castiletz c'était tout simplement trop difficile, trop oppressant d'accepter sans mot dire ce langage muet et d'en prendre son parti. Il hésita un peu et dit alors :

« Ma petite Marianne... ? »

Elle ne répondit pas. Peut-être que le livre était captivant après tout.

« Ma petite Marianne... où sont donc passées aujourd'hui tes jolies boucles d'oreilles ? »

Même là il y eut quelques instants désagréables avant qu'elle ne répondît, sans détourner la tête, d'une voix légère et assurée :

« J'en ai perdu une et je ne peux plus remettre la main dessus ; je ne veux pas porter l'autre toute seule. »

« Bien sûr » dit-il en se contentant de cette réponse ; il lui en était vraiment reconnaissant.

Quelque temps après les époux se mirent d'ailleurs – dans la meilleure entente – à faire chambre à part, Conrad prit d'abord ses quartiers de nuit sur un large sofa dans le « dressing », mais plus tard il alla dormir sur l'ottomane dans la « bibliothèque ». Il y avait à cela des raisons diverses et évidentes. Castiletz avait pris l'habitude de lire de plus en plus tard le soir ; or, Marianne devait maintenant partir tous les jours aux aurores, puisque Duracher organisait généralement une séance d'entraînement pour débutants de cinq heures et demie à six heures et demie (cet homme prenait plaisir à faire ce pour quoi on paye d'ordinaire les gens), avant d'aller à l'usine donc. Il s'agissait alors pour Marianne d'être bien reposée. Mais en second lieu, Conrad gênait son repos, surtout ces derniers temps où il se retournait constamment, avait le sommeil agité et parlait en rêvant. C'est pour ces raisons que Marianne lui dit – pour la première fois : « Tu devrais faire du sport comme avant, ça te manque visiblement. »

Une nuit, alors qu'ils dormaient encore dans la même chambre, Marianne alluma dans un sursaut de peur sa lampe de chevet qui creusa une faible alvéole de lumière dans l'obscurité de la pièce : Conrad avait crié, un cri terrible. Elle se pencha au-dessus de lui et le secoua par les épaules. « Tu as rêvé ? » demanda-t-elle sans beaucoup réfléchir et avec plus de colère dans la voix que de réconfort. « Je ne sais pas, » dit-il et il la regarda, tout endormi et effrayé. Il savait pourtant. La lumière une fois éteinte, le rêve flottait encore au-dessus de lui dans l'obscurité, dense et compact, la pression semblait même vouloir revenir bien que ce fût presque à Conrad maintenant de vouloir chercher à tâtons l'interrupteur de la lampe. C'était la nuit, au milieu du dressing, bizarrement éclairé du haut par une lumière faible, sur le parquet il y avait une forme noire, humide, brillante qui avait quelque chose de terriblement indécent – un gigantesque triton japonais d'un mètre de long. Au fond, on voyait le grand miroir qui se trouve là-bas entre les deux fenêtres. Le triton s'appelait « Benjamin ». Il était impossible de s'en débarrasser, surtout parce que Conrad, pour cela, aurait dû s'en saisir. Mais voilà qu'arrivaient dans le vestibule recouvert de reps vert (depuis quand ?) plusieurs personnes, inexorablement, et parmi elles son père et la tante Erika de Spresse. Pour bien mettre tout ça en ordre, pour en venir à bout, il aurait fallu un peu de temps, un peu de calme et un peu de recueillement ; il fallait marcher très lentement vers le miroir, les yeux mi-clos, même si pour cela il fallait s'approcher très près du triton : ce n'est que de cette façon, en plissant les yeux et en regardant intensément dans le miroir, ce n'est que de cette façon que l'on pouvait faire disparaître « Benjamin ». Conrad cherchait désespérément à puiser dans l'impuissance du rêve la force nécessaire pour saisir l'unique possibilité d'une issue heureuse dans cette affaire : et maintenant il y arrivait. Lentement, et comme lesté de pierres, il arrivait à se diriger vers le miroir. Déjà « Benjamin » disparaissait.

Mais voilà que ce que Castiletz voyait maintenant dans le miroir s'ouvrait comme un abîme hurlant. Il cria.

Et c'est là que Marianne avait allumé.

35

Du printemps qui avançait on passa peu à peu à la torpeur chaude et contrainte du plein été. On peut dire que Conrad Castiletz « mûrissait ». Il ressentait ce nouvel état un peu comme la disparition d'une pression qui avait maintenu jusqu'à présent sa vie dans une forme et un ordre figés et indiscutables, mais qui commençait à faire place à une attitude plus réceptive : et là où les choses de son existence avaient porté sur le front une étiquette – et chaque étiquette est déjà l'expression d'un « doit être » de l'objet, comme l'a dit un jour un philosophe malicieux – on voyait maintenant apparaître derrière la façade d'appellations plus ou moins lumineuses pour chaque objet une sorte de prolongation à rebours, ce qui donnait pour partie aux choses une apparence différente de leurs noms (par exemple : « mettre en ordre et régler » ou « royaume de petit garçon et pays d'enfant dans la prairie » ou « s'occuper d'une affaire en toute liberté de jugement »). Bien des choses livraient leur origine première qui résidait simplement dans le fait qu'on avait commencé un jour à parler comme le père et qu'en choisissant les mêmes mots on avait aussi emprunté la même façon de remuer la bouche et les lèvres, et qui était devenue une habitude. Cela ne valait pourtant pas seulement pour les quelques trésors du patrimoine familial empruntés au registre de l'anecdote. Mais pour donner un exemple : Castiletz n'était pas loin de considérer cette fameuse impossibilité radicale qu'il éprouvait lorsqu'un individu changeait de voie dans la vie et quittait un chemin tout fait, pour une sorte de valeur de contrebande qui avait quitté le domaine paternel et était passée chez lui en fraude, sans le moindre contrôle...

Or, cette « attitude réceptive » était déjà tout ce qu'il y a de sérieux, même si elle n'arrivait pas aussi clairement à la conscience de l'expression par trop nette qui en rend compte. Castiletz commençait d'une certaine façon à céder et à abandonner un certain nombre de choses ; et s'il est loisible d'un côté de comparer ce genre de caractère juvénile à un nœud bien serré, la comparaison avec un bassin, une coupe ou un quelconque autre récipient qui accueille une masse liquide sans s'y opposer, serait alors davantage appropriée pour désigner l'état actuel de Conrad.

Et ce développement portait ses fruits. Il commençait à comprendre le « sérieux de la vie » de façon toute différente d'auparavant (le jeune homme est en général confronté à ce "terminus technicus" au moment où il quitte le lycée, parce qu'à cette occasion les adultes s'en tirent rarement sans utiliser des tournures solennelles de ce genre). Le sérieux de la vie : c'était que maintenant il se passait vraiment quelque chose et qu'on quittait sa position accroupie pour y faire face, carrément étonné maintenant de sa propre taille.

Quoiqu'il en soit, l'été est une saison qui accorde relativement peu de liberté d'esprit à l'individu. Tout est touffu, foisonnant et les frondaisons sont comme des dômes bien ronds. On ne peut guère faire autre chose que de laisser couler le miel dans sa coupe quand on a le bonheur d'en avoir justement une à sa disposition.

En août, Marianne partit en Haute-Bavière avec plusieurs des jeunes gens en compagnie de Peter Duracher pour grimper dans le Wilder Kaiser. C'était le seul sport qu'elle avait pratiqué autrefois, quand elle était jeune fille. Huit jours après son départ, Conrad reçut pourtant un petit bonjour des glaces du Silvretta autrichien (la carte postale était encombrée de signatures). Lorsque, quelque temps après, elle lui écrivit de cette partie montagneuse du nord de la Styrie que l'on appelle ordinairement le « Gesäuse », pour lui dire qu'elle avait trouvé relativement facile l'ascension du « Bischofsmütze » et du « Buchstein », quelqu'un fit remarquer à Conrad qui lui racontait cela que, dans plusieurs courses de la région, on avait l'occasion en fin d'ascension et au moment de quitter la paroi de voir juste en dessous de soi entre ses jambes écartées le départ tout en bas et tout petit.

Ceci ne fit aucune impression à Castiletz, même pas sur le moment et passagèrement. Il était seul et ça lui plaisait. Quand il avait bu du gin, le « sérieux de la vie » s'ouvrait comme une coupe, parfois de façon bizarre comme quand par exemple un gros camion qui passait dehors lui rendait nettement perceptible le caractère éphémère de chaque instant : le grondement venait de tout faire trembler dans la Weissenbornstrasse, puis dans la Hans-Hayde-Strasse. Maintenant le silence se refermait. Les choses muettes comme les meubles par exemple semblaient plus en connivence avec lui que l'homme : c'est pourquoi ils avaient cet aspect hautain qui ne trahissait rien. Jamais plus ce véhicule ne repasserait à cet instant comme il venait de le faire. Le mot « passé » se remplissait d'été, comme une coupe se remplit de miel. Et pourtant il restait, d'une certain façon, ambigu voire douteux. Oui, ça aussi, Castiletz en faisait l'expérience maintenant ; et de façon vraiment « non-textilienne ». Au début de ses vacances, il retrouva Marianne à Innsbruck pour partir avec elle dans une station balnéaire italienne. Elle avançait à côté de lui dans l'une de ces rues, au bout desquelles on aperçoit toujours une montagne gris-vert à l'aspect frais et rude dans la chaleur de l'été.

Les cheveux de Marianne semblaient presque blancs, sa nuque était brune comme une noisette. Castiletz était un peu désemparé tandis qu'il ressentait avec une netteté extraordinaire combien elle s'accordait bien avec ce décor puissant ; il s'étonnait du reste que personne parmi toute la clique de Marianne ne soit venu avec elle. C'est ensuite à Rimini que pour lui la réalité s'arrêta pour ainsi dire définitivement, si bien qu'il s'habitua vraiment à vivre sans elle, que ce soit à l'hôtel où ça sentait parfois un peu la friture de poissons, ou sur la plage entre les « cabines » et les pliants. Bizarrement, cette plage avec toutes ces choses branlantes lui rappelait le jardin de tante Erika au début du printemps, oui, la mer légèrement moutonnante pouvait très bien être prise pour le ciel blafard qu'il avait seulement entraperçu à l'époque derrière les arbres et les espaliers dénudés en traversant le jardin, mais dont il avait maintenant un souvenir net et posé. Oui, en gros : de cette côte orientale de l'Italie il ne garda vraiment qu'une seule impression véritable qu'il est juste de considérer comme accessoire, et pourtant c'était la seule : lorsqu'ils partirent pour Venise, il vit sur la droite, une fois que le train eut quitté la gare, un grand gazomètre peint en gris (c'était en tout cas une chose de ce genre), planté devant le sable jaune de la plage de nouveau déserte ici qui défilait à toute allure le long de la voie et sur le bord de laquelle une légère brise faisait déferler la mer en petits rouleaux opalins. Sur ce gazomètre, ou quoi que ce soit d'autre, il y avait de fines lignes noires peintes en carré, superposées de telle façon qu'on aurait dit des moellons ou une muraille. En haut se dressait un paratonnerre. Castiletz se retourna sur la construction qui disparaissait à toute vitesse : elle semblait en quelque sorte délimiter la mer qui se trouvait derrière, la réduire et même transformer presque la plage en berge de rivière ; c'est ainsi qu'il le ressentait. Tout cela ne tarda pas à disparaître. Castiletz se rendait parfaitement compte que des choses de ce genre, tels les carrés noirs peints sur le gazomètre, ne retiennent généralement que l'attention des enfants (qui posent aussi des questions à ce sujet) tandis que les adultes passent en général là-dessus avec une certaine suffisance.

La magnificence des musées de Venise fut ressentie par Conrad comme une chose désagréable qui ne permettait pas le recueillement, constamment happé que l'on était par un étonnement sans but – auquel il se sentait bizarrement tenu. Séjourner ici huit jours ou plus lui apparut dès le début comme un terrible fardeau qui ne se trouva pas allégé par les visites du Lido. Cette plage étranglée par des alignements d'hôtels, la splendeur suspecte du « Stabilimento » (à l'époque il était encore là, celui que les dieux courroucés firent brûler quelque temps après), tout cela l'oppressait, au même titre que la canicule qu'il avait beaucoup moins ressentie à Rimini, puisqu'on n'avait presque rien sur le corps la plus grande partie de la journée. En plus, Marianne développait un engouement nouveau et insolite pour les visites de curiosités et de trésors artistiques, chose que Conrad ressentait comme un transfert de la discipline sportive vers des domaines de la vie où elle n'avait rien à y faire. Le premier jour, il l'accompagna (il avait su repousser le projet d'aller à Padoue) et il se retrouva dans le palais des Doges à côté de sa femme à regarder ces quantités monstrueuses de membres et de nuages, installés autrefois ici par le Tintoret. Il n'eut que de rares instants de plus grande liberté, avec un peu de brise sur le front, et des regards plus doux qui portaient plus loin, c'était tout là-bas, Riva Schiavoni, juste derrière le restaurant « la Spezia » ; les alignements de dalles, ces marches plates qui montaient et descendaient le long d'une balustrade en marbre – tout cela lui apparaissait, le temps de souffler, comme un pont qui pourrait conduire à une meilleure disposition d'esprit.

Mais tout ne tarda pas à se décanter, c'était dans la calle S. Felice, devant la maison qui portait le numéro 4082 A. Marianne voulait aussi flâner dans les petites ruelles étroites comme il y en a à Venise, et cette fois Conrad était ravi de l'accompagner. Un peu distrait, il lisait une plaque apposée sur la-dite maison et où était écrit « Laboratorio Tedesco », c'est-à-dire « atelier allemand » (c'était un chapelier) – lorsqu'il entendit soudain la voix claire de Marianne, des bruits et des rires de salutations remplirent l'étroite ruelle et la situation et les circonstances s'en trouvèrent modifiées ; car on venait de rencontrer trois jeunes gens du tennis.

Marianne, qui s'entretenait avec eux dans une ambiance de joyeuse camaraderie, ne semblait du reste pas surprise outre mesure, comme le révéla la suite de la discussion, de voir ces trois là ici (« Peggy » était aussi du nombre). Conrad sentait en lui quelque chose qui le paralysait, au milieu de tous ces rires et de toutes ces discussions il était comme une pierre dans un torrent bouillonnant ; or, voilà qu'il découvrait maintenant un moyen de sortir de cette eau, il engagea aussitôt sa réflexion sur cette voie – ils étaient encore dans la Calle S. Felice ! – bien que l'esquisse d'un regard en coin tentât de lui montrer que ce n'était peut-être pas vraiment la bonne voie, du moins considéré d'un certain point de vue... (il eut alors une pensée furtive pour tante Erika).

Le soir, il demanda à Marianne si Venise lui plaisait bien. C'était venu de façon peut-être un peu abrupte, presque maladroite même, mais lorsqu'au bout de quelques secondes, son léger étonnement se fut dissipé, elle dit « merveilleusement » et regretta qu'ils n'y soient pas allés pour leur voyage de noces, chose dont elle était elle-même responsable avec ses préjugés contre les « lunes de miel à Venise ». Lorsqu'il put sentir que cette charnière fonctionnait et qu'elle se laissait facilement manœuvrer, il proposa à sa femme qu'elle passe encore huit jours ici, ce qui était d'autant plus faisable qu'elle avait maintenant trouvé de la compagnie et qu'elle avait trois messieurs à sa disposition qui comptaient rester encore. Quant à lui, pour faire plaisir à Eisenmann qui devait être surchargé, il voulait renoncer à ses derniers jours de vacances.

Le lendemain soir, Conrad partit. Mais il ne rentra pas à la maison, il passa par Innsbruck, Munich et arriva à – Stuttgart.

36

C'est ici seulement, sur le palier, au dernier étage d'une maison de la Stiftsstrasse, que se dissipa pour la première fois l'empreinte empesée de l'été finissant, et qu'il eut vraiment l'impression que c'était l'automne, octobre. A travers la fenêtre de l'escalier, le regard glissait de l'autre côté sur les parties basses de la ville et sur les larges collines découvertes des alentours. D'innombrables points isolés brillaient ici et là dans cette mer de maisons, une pomme sur l'arête d'un toit, la vitre d'un battant de fenêtre qui faisait saillie dans le soleil.

Sur la porte il y avait une feuille de papier à dessin fixée par des punaises sur laquelle était écrit en lettres brunes tracées au pinceau : Maria Rosanka. Castiletz sonna. Mais ceci ne déclencha aucune sonnerie. Alors il frappa et des pas se rapprochèrent, tout à la fois grands et légers.

« Je m'appelle Conrad Castiletz et j'aimerais vous parler, chère Madame », dit-il. A cet instant il lui apparut que l'assurance qui était maintenant la sienne depuis peu et dont il faisait aussi montre sans bien sûr le vouloir avait d'autres origines que toutes les ruses qu'il avait trouvées jusqu'à présent dans sa vie. Elle venait, si l'on peut l'exprimer ainsi, de la droiture de son maintien qui remplaçait une attitude courbée. Maria Rosanka avait ouvert grand la porte, sans méfiance. « Je vous en prie » dit-elle en faisant un pas de côté. Elle portait des vêtements de peintre en bâtiment avec des pantalons longs constellés de petites taches de peinture, on aurait dit qu'ils étaient couverts de confettis multicolores. Ce costume, la Rosanka le portait avec dignité, comme un habit de convenance. Personne ne pouvait douter qu'il avait ici affaire à une dame.

« J'aurais dû me faire annoncer par M. de Hohenlocher, dont vous vous souviendrez peut-être encore » dit Castiletz en la suivant.

« Facilement » répondit-elle « puisqu'il y a huit jours il était chez moi et m'a acheté deux toiles. Il a du reste mentionné votre nom. »

« Ah oui – et comment donc, à quel propos ? »

Ils pénétraient maintenant dans l'atelier. Castiletz était frappé par ces hasards qui lui aplanissaient les difficultés, alors qu'il venait juste il y a une demi-heure de relever l'adresse de Maria Rosanka dans l'annuaire, à la gare.

« A propos – de la défunte sœur de votre femme. C'est-à-dire que Monsieur de Hohenlocher m'a fait ici, dans cet atelier, une description très drôle d'une soirée entre hommes qu'il avait organisée chez lui au début de l'année... »

Ça allait de soi. Tout allait déjà de soi ici, le fait même qu'elle ressemblât exactement à la description de Hohenlocher. Castiletz regarda à travers la verrière inclinée : la ville, les montagnes, les lointains formaient une masse dorée sous un ciel bleu comme au printemps et pourtant profond comme une basse d'orgue. Ici, ça sentait le vernis et les couleurs. Il y avait des choses de partout, réparties avec beaucoup d'allure, éparpillées non sans une certaine élégance pour ainsi dire, qu'il s'agisse des pinceaux posés sur la grande table de bois blanc près de la fenêtre ou d'une veste jetée sur une chaise avec la doublure de soie couleur jaune citron tournée vers l'extérieur, d'une paire de gants qui menaçaient de tomber de la table... Devant la vitre inclinée, un gros bouquet d'asters rassemblait pour ainsi dire toutes les fibres de l'automne en un point précis. Tandis que Maria Rosanka débarrassait une chaise pour Castiletz, il dit :

« Je suis venu pour ça... à cause de Louison. »

« Ah oui... ? » dit-elle et elle ajouta, pensive et troublée : « A cause de Louison. »

« Vous étiez très amie avec elle ? » dit prudemment Castiletz.

« Oui, je l'ai beaucoup aimée » répondit l'artiste simplement.

Ses projets, ses demandes de renseignements, les recherches qu'il avait en vue, tout cela lui apparut, après ces paroles et pendant quelques instants, tout sec, pauvre, presque pitoyable. Cette femme avait connu Louison, l'avait vue.

Enfin je vis ! – pensa-t-il très nettement, avec acuité même et en même temps il s'en étonna beaucoup. Maria Rosanka s'était levée et avait disparu dans une pièce attenante. La voilà qui revenait maintenant portant trois tableaux encadrés qu'elle disposa comme il fallait par rapport à la lumière, comme sait le faire un peintre.

Oui, c'était Louison. Avec des fleurs (un gros bouquet, et pas comme dans le tableau de Derainaux mais penchée en avant et le visage animé). Puis le rire aux lèvres sur l'autre tableau. Et à demi-nue sur le troisième, dans un pagne javanais, un « sarong ».

« Avez-vous connu Derainaux ? » demanda-t-il brusquement.

« Oui » dit-elle. « A Paris. »

« Et les tableaux – qu'il a faits de Louison ? »

« Non, à mon grand regret. Pendant toute cette période je n'ai presque pas eu de nouvelles de Louison. Et à l'époque je ne me serais pas permise d'aller à Leipzig... bien qu'elle me l'ait demandé. A cause d'elle, à cause de Derainaux, à cause – de Marianne, je veux dire... à cause de celle qui est maintenant votre épouse. Surtout à cause de Derainaux. Parce que j'étais tellement amoureuse de lui. L'homme le plus superbe que j'aie jamais vu. Et pourtant : je sais bien que j'ai l'air ridicule. Ah, Derainaux... mon Dieu, quand on pense à Marianne... »

Elle s'interrompit, toute effrayée. Mais ses yeux sombres et brillants, francs comme ceux d'un animal dans ce grand visage tanné, avaient une telle intensité qu'on aurait dit qu'elle ne regretterait jamais aucune de ses paroles. Oui, elle avait aimé Derainaux. Et elle avait l'air ridicule. Et elle n'avait pas osé partir pour Leipzig au moment où Derainaux se trouvait là-bas.

« Je vous demande de me céder ces tableaux », dit Castiletz.

« Hélas, je dois vous dire non » répondit Maria Rosanka. « Vendre ces toiles à qui que ce soit et à quelque prix que ce soit, voilà qui est hors de question, bien que je ne sois pas Derainaux. »

Il se tut. Qu'aurait-il fait d'ailleurs de ces tableaux ? Est-ce qu'il aurait pu les emporter pour les accrocher par exemple ? Non. Il éprouvait pour la première fois, ici dans cet atelier, que sa vie présente et passée avec ses circonstances – à prendre au pied de la lettre : les choses qui étaient dedans et tout autour ! – n'était en fin de compte que provisoire et contingente, comme une chose que – l'on pouvait abandonner. Or c'est justement ça qui lui redonnait de l'allure et du maintien, et il fut ainsi possible à Castiletz de revenir maintenant à son but premier et au projet lié à sa visite.

« Vous êtes, chère Madame », dit-il avec une prononciation soignée qui avait un goût nouveau dans sa bouche, « la dernière personne parmi tous les amis, les parents et les connaissances de Louison, qui l'ayiez vue vivante. C'est pourquoi je suis venu chez vous. J'ai toujours beaucoup compati à la disparition tragique de Louison sitôt que j'en ai entendu parler. En outre : j'ai pris la décision d'essayer d'éclaircir tout ce mystère, toute cette affaire restée jusqu'ici sans solution. »

Ses dernières paroles lui parurent vraiment ridicules.

Maria Rosanka dit : « Ah, vous voulez dire : l'assassin, les bijoux disparus, etc. Bizarre, tout ça ne m'a en fait jamais intéressée. On m'a du reste interrogée avec précision, bien sûr je n'avais pas grand-chose à dire. »

« Vous avez peut-être été interrogée par un certain docteur Inkrat ? »

« Tout à fait exact », dit-elle. « Varanus Aridus Inkrat, intégré plus tard dans la collection de Hohenlocher. »

Castiletz se mit à rire, mais par politesse simplement. « Vous savez donc ça aussi ! » s'exclama-t-il.

« Je sais toujours tout », dit Rosanka, « pour la bonne raison que je suis une sorcière. »

Elle prononça ces derniers mots sans sourire le moins du monde, mais en regardant devant elle de ses yeux sombres et brillants d'animal. Pendant quelques instants, Castiletz eut l'impression que le sol se dérobait un peu sous son siège, que celui-ci basculait et que lui-même rêvait. Pourtant voilà qu'il était soudain en mesure de classer ces yeux : ils appartenaient à la même catégorie que ceux du chat Tschitschi-Peter.

« J'ai aussi cette impression », dit-il très sérieusement en guise de réponse à la remarque bizarre de Maria Rosanka. « Et c'est pourquoi je vous demande de me dire avant tout – si vous voulez – ce que vous pensez personnellement de ce docteur Inkrat ? »

« Un personnage très malheureux », dit-elle. « Il s'est retrouvé ou plutôt fourvoyé dans une catégorie professionnelle où il n'a que faire, parce que c'est philosophe ou médecin qu'il aurait dû devenir. Dans sa position déplacée d'officier de police il s'est escrimé en toute honnêteté à tenir la place dans laquelle il était tombé, c'est-à-dire avant tout à rattraper la mauvaise donne de sa vie, à la faire sienne, à intégrer en lui et au plus profond de lui-même cette situation de fait, si je peux m'exprimer ainsi. Il a donc essayé de cerner ce qu'était au fond un officier de police judiciaire. Ce faisant il n'en est pas devenu un mais bien plutôt un théoricien, et l'on peut seulement regretter qu'il ne se soit pas tourné vers la littérature. »

« Je crois même qu'il a voulu le faire », dit Castiletz. « Mais vous, chère Madame, très sérieusement, vous êtes une sorcière. »

Ils se turent. Il était facile de se taire avec Maria Rosanka ; on pouvait le faire sans la moindre tension, sans qu'aucune pression ne montât du silence grandissant. Conrad oublia tout pendant quelques instants et contempla les portraits de Louison. Même celui avec le « sarong » était aussi proche de lui que son propre cœur ; et il ne vit aucune frange de chaleur s'embraser autour du teint brun-rouge de la chair, comme autrefois autour de la peau blanche de Marianne au-dessus de laquelle l'air avait pour ainsi dire frémi comme au-dessus d'un feu qui couve. Une langueur douce, infinie, s'emparait de lui et ce sentiment semblait venir de l'extérieur, du paysage, un flux subtil et fort qui traversait la verrière inclinée.

« Vous voulez savoir quelque chose sur ma dernière entrevue avec Louison », dit Maria Rosanka au bout d'un moment, d'un ton léger et fluide. « Il n'y a pas grand-chose à dire là-dessus et vous serez tout aussi déçu que le fut ce bon docteur Inkrat. Je me suis bien sûr fait connaître aussitôt comme témoin, en bonne citoyenne. Un quart d'heure avant le départ du train, Louison m'a renvoyée du quai, où j'étais venue avec quelques fleurettes. » (Castiletz sentait maintenant ce qu'avait déjà mentionné Hohenlocher à l'époque, à savoir la tendance de la Rosanka à ironiser sur elle-même mais de façon très sobre, peut-être par le seul choix du mot « fleurettes » et la façon de le dire) » – je ne suis guère restée plus de cinq minutes avec elle. Elle disait qu'elle voulait aller dans son compartiment – c'était un compartiment de dames de deuxième classe ; Louison n'a jamais aimé voyager en wagon-lit, j'aurais voulu qu'elle le fasse, j'ai toujours eu l'impression que ce genre de choses ne peut pas arriver dans un wagon-lit, mais c'est sûrement absurde. Pourtant dans un wagon-lit il y a toujours quelque employé dans le couloir. Le docteur Inkrat a également dit que ce que je pensais là était absurde et que le destin n'a pas l'habitude d'épargner les voyageurs des wagons-lits... Donc Louison me renvoya, elle voulait se reposer. Elle n'était manifestement pas dans son meilleur jour, c'est la seule chose qui m'ait frappée et que j'aie pu indiquer à l'époque... mais pour celui qui la connaissait d'un peu plus près, ce n'était pas nouveau : je parle de ses dépressions. A l'époque, lorsque je faisais des portraits d'elle dans l'atelier, elle venait un jour souple comme un arbuste de printemps et le lendemain elle faisait des pas hésitants et franchement mal assurés, elle se retournait à chaque instant et sursautait quand un moineau s'ébrouait dans la gouttière. La dernière année, après cette histoire avec Derainaux, j'ai eu l'impression qu'elle était nerveusement à bout, ce qui n'est pas étonnant finalement après une telle accumulation de malentendus de la part de tous les intéressés. Toute cette histoire m'est toujours apparue comme l'exemple même de ce que l'on a l'habitude d'appeler une « erreur fondamentale »... Bon enfin, à l'époque, lorsque je l'ai vue pour la dernière fois, Louison allait de nouveau très mal. Je me rappelle très bien qu'elle a sursauté de frayeur sur le quai, tout simplement parce qu'un chariot à bagages passait derrière elle ; elle a fait un bond de côté en poussant un petit cri. Or d'habitude elle était tout sauf anxieuse. C'est d'ailleurs tout de suite après ce petit incident que nous nous sommes embrassées pour la dernière fois et que nous nous sommes dit adieu. »

Si Castiletz n'avait pas regardé maintenant Maria Rosanka, il n'aurait pas remarqué qu'elle pleurait. Elle le faisait sans aucun bruit et sa voix n'en avait rien trahi quand elle avait prononcé ces derniers mots. Sans un sanglot, les larmes coulaient rapides et légères de ses grands yeux ouverts qui avaient une fixité désemparée comme le regard d'un enfant effrayé, effrayé de ses propres pleurs. Conrad était à deux doigts de faire la même chose. S'il n'y avait pas eu là au fond, « dans les temps reculés », quelque part dans sa vie un certain endroit où la possibilité de tels épanchement vulnéraires et apaisants n'avaient pas semble-t-il disparu comme une rivière dans le Karst, il se serait certainement laissé entraîner maintenant.

Il se contint donc, attendit sans rien dire en regardant le panorama ensoleillé qui venait doucement s'adosser à la verrière inclinée. Il savait qu'il lui fallait partir maintenant. Et pendant quelques instants il lui fut difficile de s'en aller. Pendant qu'il faisait un baise-main à Maria Rosanka avec un sentiment de profonde et chaleureuse déférence, ce fameux mot de « passé » se remplit de nouveau, et toute cette heure écoulée ici dans la clarté de l'atelier qui sentait le vernis resta derrière Castiletz comme un rayon de miel dans l'été finissant.

Bien qu'il fût à pied, il ne prit pas le chemin le plus court pour aller à la gare (oui, il avançait comme enveloppé dans une délicate bulle transparente !), il longea le parc municipal, passa devant l'Ecole Polytechnique et prenant ensuite une grande artère rectiligne il déboucha à gauche du grand bâtiment de la gare. Il aurait fallu manger, mais Castiletz prit seulement quelque chose debout au buffet ; il avala ce qu'on appelle des « œufs à la russe » ou quelque chose dans ce genre. Il regarda les horaires des trains. Sa situation s'annonçait sous des auspices clairs et sereins dans la mesure où il lui restait encore quatre jours de congé et qu'il pouvait donc prendre tranquillement une toute autre direction que celle de la maison. S'il voulait s'occuper sérieusement de l'affaire Louison Veik – et ça ne faisait maintenant plus aucun doute pour lui – il avait tout intérêt à étudier d'un peu plus près tout le trajet, à faire le voyage en train, peut-être par petites étapes ; et surtout ce tronçon que la police, à en juger par ce qu'avait dit Inkrat, avait manifestement négligé... Pour Castiletz c'était absolument convaincant dans l'instant, comme un petit cercle nettement éclairé. Il prit un billet pour Heilbronn et alla chercher ses bagages à la consigne.

Conrad était seul dans le compartiment. Peu après le départ de la gare, lorsque le train traversa en grondant le « tunnel de Prague », il se redressa tout droit sur son siège. Bon, c'est une chose qui pouvait être laissée de côté ; mais tout de même, dès ces premières minutes de voyage il apprenait de nouvelles choses dont il ne s'était plus rendu compte. Il était maintenant tout excité et attentif. Lorsque le paysage s'ouvrit, que le Neckar devint visible, les méandres du fleuve, le moutonnement des collines vinrent prendre place, avec une grande fraîcheur et une grande netteté, dans la clarté de sa conscience lavée comme un pré après la pluie et tendue comme la voûte de verre d'un ciel vespéral et limpide. De la fumée flottait au-dessus des toits d'ardoises, entre les pignons le regard plongeait jusqu'au cœur des petites rues des localités ; la lumière de cette fin d'après-midi nuançait les lointains et enveloppait les environs de l'or incertain des rayons obliques du soleil. On s'arrêta une fois, deux fois. Conrad était maintenant debout à la fenêtre qu'il avait abaissée et il se pencha un peu au dehors en regardant dans le sens de la marche. L'air frais de la campagne se mêlait à la fumée du train qui filait, cognant, battant, soufflant, se dépêchant de tout laisser derrière lui, que ce soit les pignons des maisons, les cimes des arbres ou des canards au bord du ruisseau. Voilà déjà une demi-heure qu'on était parti de

Stuttgart. Un coteau large et doré barrait le paysage et grandissait comme une paroi à mesure que l'on se rapprochait : en haut la vigne festonnait le ciel bleu. Le train passa en grondant à côté d'une gare et continua tout droit vers cette paroi ; et c'est seulement maintenant que l'on apercevait à sa base une petite bouche noire de suie. Puis le train s'engouffra en grondant dans le boyau dont les parois semblaient faites de fumée.

Castiletz bondit de son siège. Dans les ténèbres du dehors c'était un long déchaînement de hurlements entrecoupés d'innombrables petits bruits d'éclatement, comme si l'on vidait des caisses pleines de débris de verre. Il sembla que ça durait longtemps. Mais soudain tout ce tohu-bohu resta en arrière, comme avalé par une grande bouche de caoutchouc et le train filait maintenant de nouveau dans un bruit souple et métallique. Conrad avait devant lui un monde nouveau qui, à cette heure entre chien et loup, s'élargissait et se refermait en même temps : un grand cirque montagneux, parfaitement rectiligne en haut et se découpant ainsi de façon presque inquiétante devant le ciel du soir, l'écume grise des feuilles sur ses flancs assombris qui encerclaient, tels les bords réguliers d'un entonnoir, le fond de la large cuvette où le train s'engageait maintenant dans une courbe. Et en regardant en arrière, Castiletz aperçut alors là-bas au pied de la paroi, minuscules, deux trouées noires de suie, par l'une desquelles on venait juste de sortir. Tout excité, il se balançait d'une jambe sur l'autre. Si le train pouvait s'arrêter maintenant !

L'instant d'après il remarqua que l'allure se ralentissait, les freins gémissaient, mouvement d'aiguillage, la gare. Il arracha sa valise du filet à bagages; et il s'en fallut de peu qu'il ne cassât une vitre. La façon dont il descendit avait vraiment quelque chose de frénétique comme si l'on n'avait concédé que dix secondes d'arrêt à ce brave tortillard. Cependant, des flots d'hommes et de femmes sortaient tranquillement de partout, qui avec des sacs, qui avec des paniers, pendant que notre Conrad Castiletz se frayait un chemin, rapide comme l'éclair, et arrivait sur le quai. Sa hâte qui n'avait pourtant maintenant plus aucun sens ici, baissa à peine d'un degré. Lorsque le contrôleur qui avait bien remarqué que le billet de

Conrad allait jusqu'à Heilbronn, lui demanda au portillon s'il désirait s'arrêter ici, il laissa tout simplement son ticket dans les mains de l'employé, sortit et arriva avec sa valise sur la place de la gare. Tellement il était possédé par l'idée d'avoir atteint le but de son voyage. Et là, au point d'éclatement de ce projectile castiletzien qui avait fini par se calmer, il se trouva quelqu'un à qui il apparut tout à fait plausible qu'un homme avec des bagages s'enquît d'un bon gîte : et c'est ainsi qu'il lui indiqua l'auberge dont la partie avancée recouverte d'ampelopsis rouge se trouvait de l'autre côté de la place, et juste en face de la gare.

37

Les murs étaient recouverts jusqu'à hauteur de poitrine environ d'une tapisserie sombre ; ensuite il y avait une baguette. Et à partir de là commençait un badigeon clair et accueillant avec des motifs gentiment naïfs. C'est la première chose que vit Conrad lorsqu'il se réveilla dans le grand lit en bois. Au bout d'un moment la vie reprit les formes qui sont ordinairement les siennes et fit pièce à celles du rêve. C'est ainsi qu'apparaissaient déjà des détails, comme par exemple l'étonnement que cette auberge ait des chambres avec chauffage central, de grandes tables de toilette avec eau chaude et eau froide, dans une bourgade aussi minuscule. Mais en cela Conrad se trompait car il n'en avait vu qu'un petit bout près de la gare. Dehors, des pas se rapprochaient maintenant et il entendit que l'on posait des chaussures devant sa porte, elle avaient sans doute été nettoyées, tout comme son costume que l'on suspendait au porte-manteau à côté de la porte dans un bruit de cintre. Puis on frappa doucement et les pas s'éloignèrent. Parmi tous ces détails et ces petits riens, Castiletz, dans son lit, constata véritablement avec regret qu'il n'avait pas emporté avec lui ce fameux cahier bleu in quarto où il notait depuis longtemps tout ce qui avait une quelconque importance (ça n'aurait pas vraiment été la chose à faire pendant le voyage en Italie avec Marianne !). Ainsi, en l'absence de ce support, il était en quelque sorte plus difficile de s'attaquer méthodiquement à toute cette affaire, une activité délibérément choisie.

A peine une heure plus tard, il traversait le bourg et son animation paisible dans le soleil du matin, une charrette pleine de paille de maïs et une voiture remplie de fûts... Lorsqu'il arriva sur la grand-route qui partait à gauche, comme Castiletz le remarquait maintenant, et grimpait sur le contrefort en pente douce du cirque montagneux, il vit une partie de ce majestueux trois quart de cercle étalé devant lui dans le soleil du matin, culminant semblait-il à plusieurs centaines de pieds, écran abrupt, un vrai mur auquel s'accrochait là-bas de l'autre côté le moutonnement des frondaisons comme de l'écume figée.

Si les habitants de cette région avaient souvent l'habitude d'expliquer l'étrange configuration de ce paysage en disant qu'il y a bien longtemps le Neckar était passé par là et avait creusé cette courbe régulière, ce n'étaient là que des paroles dites en passant qui ne résistent pas au raisonnement. Pourquoi le fleuve, qui est maintenant obligé d'éviter toute cette cuvette, serait-il autrefois venu, dans une boucle extrêmement serrée, à contre-courant même, contourner une deuxième fois cette montagne qu'il n'a pas réussi à percer jusqu'à aujourd'hui ? Non, ces contreforts aux rebords rectilignes, tracés au cordeau – disposés en arc légèrement elliptique dont le plus grand diamètre est d'environ deux milles sept cent cinquante mètres – ne cachent pas leur origine, même si le nectar ambré du soleil incline parfois à métamorphoser la grande sévérité du lieu en des horizons de douceurs, et sur ces pentes il y a comme l'éclat éphémère d'un sourire joyeux sur un visage dur. Si Castiletz s'était intéressé à tout ça (« intéressé » comme l'était le jeune Günther par les monstres antédiluviens), peut-être aurait-il compris le mystère de cette région. Telle qu'elle est, son origine n'est vraisemblablement pas de notre monde. Obstinée et fidèle, elle conserve peut-être dans son aspect le souvenir surhumain d'une catastrophe : la chute d'un corps céleste repoussant l'écorce fragile de calcaire en un bourrelet circulaire et s'enfonçant profondément en son centre qui, aujourd'hui encore, a la forme d'un cône, pierre tombale du géant englouti dans un déferlement de tonnerre et de lave en fusion : une poussière seulement contre cette planète qui l'a autrefois dévié de sa course céleste par une terrible force d'aspiration, l'a fait basculer et se précipiter dans la matière terrestre. Oui, tout cela a un aspect revêche, solitaire et dur en dépit des forêts magnifiques, et on dirait un « cratère lunaire ».

Un chemin que Castiletz remarquait maintenant, conduisait dans ces parages en bifurquant à droite de la route. Conrad avançait rapidement au milieu des labours. On peut dire qu'il avait l'air franchement décidé dans sa tenue de sport avec pantalons courts et chaussures solides. Il avait dans sa poche une tablette de chocolat, des cigarettes et en plus une puissante lampe électrique.

C'était le matin, il faisait frais, le soleil était doux et ténu, le silence était partout, comme un reliquat de la nuit. Le chemin finissait près d'un ravin vide qui s'étirait entre des saules, presque parallèle au cirque montagneux qui se dressait là-bas sur la gauche, de plus en plus escarpé, ici il n'était pas encore recouvert de forêts mais planté de vignes. Un sentier longeait le ravin. Castiletz le suivit. Ici l'herbe verdoyait. Toutefois là-bas en face, dans les moutonnements de feuillages accrochés aux pentes raides, on voyait par endroits des taches vives rouges et jaunes. Au bout d'une centaine de pas il rencontra l'avancée d'une colline qui faisait une sorte de barrage au ravin. Après avoir gravi la colline, Conrad se retrouva au bord d'un étang dont l'odeur de croupi l'avait accompagné depuis un certain temps. C'est seulement maintenant qu'il s'en rendait compte. Il y avait ici un banc pour se reposer.

Conrad s'approcha de la berge, se pencha en avant et regarda dans l'eau (un instant il voulut même s'accroupir pour mieux voir). Mais il ne pouvait rien discerner. L'étang glauque et étale aux profondeurs poisseuses comme la peau d'un fruit trop mûr qui commence à pourrir était entouré d'une couronne de roseaux blanchis par l'automne qui, en séchant, prenaient par endroits des allures d'ossuaires, se penchaient, plongeaient dans l'eau dans un mouvement de soumission indolente. Les saules – arbres indécents et bourgeonnants dont la grosse tête explosait en d'innombrables bras – semblaient souscrire à cette pourriture marécageuse et cette lassitude automnale. Seuls les autres arbres qui se trouvaient en arrière, grands et élancés, poussaient leurs frondaisons joliment colorées vers l'azur lointain.

A partir de l'étang il y avait de l'eau dans le ravin ; en plus celui-ci se rapprocha bientôt de l'enceinte montagneuse jusqu'à une distance d'un jet de pierre, écart qu'il conservait ensuite. Sur la gauche il y avait maintenant quelques arbres et des buissons qui remplissaient l'espace jusqu'aux premières pentes escarpées. Toute cette zone de prairie semblait humide, fraîche, attirante avec ses innombrables petits refuges et ses chemins. Cela réveilla chez Castiletz un sentiment de bienvenue comme s'il n'avait plus été à la campagne depuis des années ; et cette forêt dense avec ses coupoles de feuillages d'essences diverses, à laquelle faisaient directement suite les vignes là haut sur les contreforts, était pour Conrad un spectacle délicieux et fastueux comme s'il avait fallu attendre jusque-là pour que s'effacent la canicule et l'aridité de l'été italien. Les premiers signes de l'automne dégringolaient de la forêt sur la pente escarpée, des rouges et des bruns, comme autant de bannières, de nébuleuses et de traits, avec des touches de jaune pâle montant comme un appel dans le ciel qui avait déjà atteint, maintenant que le soleil était plus haut, une intensité sonore de bleu. Les taillis de la prairie étaient ponctués par le rouge-garance de l'épine-vinette. Le sol respirait ; ça sentait les feuilles, l'eau et l'herbe. Il faisait plus chaud ; Castiletz n'en accéléra pas moins le pas. Car la voie de chemin de fer se rapprochait en décrivant une grande courbe autour du cône central, elle traversait le ravin juste devant Conrad et filait sur la gauche, droit sur la montagne.

Castiletz coupa à travers les fourrés, les orties et les sous-bois ; puis il escalada le talus à l'entrée du tunnel. Ici tout était aplani, remblayé, gravillonné ; dans le soleil, les traverses dégageaient une odeur d'huile ou de goudron. Le regard portait loin sans être gêné. Pourtant Conrad tourna le dos à ce paysage dégagé.

Tel le temple oublié d'une divinité, la double entrée du tunnel se dressait devant lui avec ses deux portails sombres, le large fronton encastré dans la forêt et l'avancée des murs obliques de soutènement à droite et à gauche, pareils à d'énormes pieds. Bien que la pierre fût depuis longtemps délavée par les intempéries et toute noire de suie ailleurs, les taillis et les arbres qui se tordaient en haut et sur les côtés semblaient indiquer que la nature refluait comme sous l'effet d'une excitation. Et pourtant, d'un autre côté, il y avait bien ici depuis longtemps déjà une sorte de connivence, voire presque d'amitié réciproque, entre les austères blocs de pierre et l'épaisse végétation : sur la terre déposée par le vent au-dessus des entablements poussaient des buissons.

Castiletz resta sur le bord. Il y avait ici une petite plate-forme entourée d'une barrière. En se penchant on pouvait voir dans le tunnel. Et voilà justement que le dieu de ces lieux remplissait maintenant la bouche intérieure du temple de son grondement toujours plus terrifiant. Et il sortit, tout noir. Castiletz recula, derrière sa petite barrière il avait l'impression d'être protégé contre un animal sauvage. Il filait devant lui entraînant à sa suite un convoi plein de marchandises lourdes et muettes, wagon après wagon, une échappée de roulements, de battements et de cliquetis hors du boyau. La longue chaîne rouge-brique fonçait maintenant là-bas dans le soleil, décrivant une grande courbe vers la gauche, contournant le piton central pour déboucher dans la plaine. Une légère fumée sacrificielle continuait à s'échapper de la bouche du temple, elle monta un peu et disparut dans les branches des arbustes qui se penchaient là-haut en toute confiance au-dessus du parapet, effleurant le lourd portail de leurs tiges frêles.

Peu après, un autre bruit tout différent lui parvint, d'abord faiblement puis plus distinctement, un cliquetis ou bien comme des bruits de petits pas rapides. A intervalles on entendait un coup sonore. Castiletz, à qui son instinct bourgeois avait soufflé dès le début qu'il n'avait en fait rien à chercher ici, se pressa habilement un peu plus à l'écart entre les buissons.

De là, il put voir le garde-voie, lorsque celui-ci sortit au bout d'un moment de la galerie, du côté de Conrad, c'est-à-dire à droite quand on regardait le paysage. Et Conrad comprit de quel bruit il s'agissait. L'homme avançait au milieu des traverses trop espacées pour qu'il puisse en enjamber une à chaque fois et trop rapprochées pour permettre autre chose que cette espèce de trottinement qui à la longue devait être quelque peu fatigant. L'employé quittait maintenant la voie et s'avançait sur le terre-plein entre les deux bouches du tunnel où il y avait une grosse sonnerie de signalisation ; il s'avéra qu'il y avait un téléphone derrière, que le garde-voie mit en branle en tournant une manivelle, manifestement pour faire son rapport. Puis il reprit son marteau à long manche qu'il avait posé à côté et disparut dans l'autre bouche du tunnel poursuivant son trottinement sur les traverses.

Le calme avec lequel Castiletz s'alluma une cigarette ne manquait pas de romantisme. Il s'agissait en tout cas d'attendre un moment ici ! Eh bien, soit. Pourtant Sherlock Holmes eut une surprise. Car au bout de ce long moment – presque trente minutes à la montre – les trottinements se rapprochèrent une nouvelle fois et l'homme en veste bleue réapparut avec sac et corne de signalisation en bandoulière, quittant le tunnel par la droite. Et il continua, le regard rivé sur les rails et les traverses, avançant régulièrement à petits pas comme une petite mécanique. Castiletz le suivit longtemps des yeux. Son assurance paraissait un peu ébranlée par les usages impénétrables de l'administration des chemins de fer.

Il réfléchissait et attendait. Au bout de quelque temps un bruit de roulement grandit là-bas sur la ligne et dans la solitude de ces lieux la sonnerie retentit alors puissamment. Un panache de fumée décrivait un arc de cercle autour du piton central. La machine qui se rapprochait ne tarda pas à pousser un mugissement bref avant de s'enfoncer dans le noir. C'était encore un train de marchandises, battant et cliquetant, les wagons rouge brique disparurent les uns après les autres dans le boyau de l'autre côté. Castiletz remarqua qu'aucune fumée ne s'échappait du tunnel où avait disparu le train, et le portail n'en portait pas non plus la moindre trace. La voûte n'était noircie que de son côté, à droite.

Il fallait encore attendre la sortie d'un train ; ensuite il pourrait y aller.

Au bout d'un quart d'heure environ, un tumulte remplit le tunnel. Puis une locomotive en sortit soufflant avec ardeur, tirant seulement quelques voitures de voyageurs. Sur la dernière plate-forme arrière se tenait un contrôleur. Mais celui-ci ne pouvait pas voir Castiletz caché par les buissons. On entendait encore le roulement lointain du train qui venait juste de disparaître dans la courbe lorsque Conrad se redressa et – avec le sentiment de quelqu'un qui croit à l'autorité et fait quelque chose d'incroyable ! – enjamba la petite barrière et monta sur la voie. Dans son désir de se soustraire à d'éventuels regards il courut dans le tunnel encore rempli de fumée, marchant assez maladroitement sur les traverses. Il voyait maintenant la sortie de l'autre côté de la montagne, qui, dans la fumée, apparaissait bizarrement rouge, puis jaune et finalement blanche, comme un disque rond. Ça paraissait proche. C'est seulement à ce moment qu'il fut saisi par l'idée qu'il était entré ici à toute vitesse, sans réfléchir, ... sans même bien savoir au juste ce qu'il était venu chercher. Les bijoux, c'est-à-dire d'après Inkrat le butin jeté et peut-être éparpillé... Si le crime avait eu lieu dans ce tunnel, il serait bien difficile d'y retrouver le butin. La conscience d'être venu ici sans avoir raisonnablement réfléchi était comme un entonnoir dans lequel menaçait de sombrer tout le projet. Pourtant, toute cette boule palpitante d'idées entrecroisées fut brusquement tranchée, tel le fameux nœud gordien, par une seule et unique question – derrière laquelle Castiletz vit se profiler presque triomphalement pendant quelques secondes une quelconque erreur de raisonnement d'Inkrat :

A droite ou à gauche le long de la paroi ?

Ce fut une sorte de détermination incontrôlable des muscles qui répondit chez Conrad à cette question et non une réflexion. Le cône lumineux de sa lampe de poche se dirigeait déjà à droite de la voie sur l'étroite bande en partie remblayée qui s'étendait dans le tunnel entre les traverses métalliques et le mur. Mais là il perdit courage. Trouver parmi toutes ces pierres noircies, dans ces innombrables interstices n'importe quels petits objets qui aujourd'hui, plus de huit ans après, devaient être recouverts d'autant de suie que tout le reste ici... voilà qui était impossible à faire, du moins avec hâte et précipitation. Il fallait d'abord une autorisation, une deuxième lampe plus forte et quelqu'un pour l'accompagner. Conrad trébucha. Il ne savait pas bien s'il devait avancer sur l'extrémité des traverses ou sur l'étroite bande à côté. Jusque là il avait fait environ une centaine de pas dans le tunnel. Il fit demi-tour : toujours penché, éclairant le sol. Il y avait ici une toute petite feuille verte apportée par le vent. Il la regarda. Soudain, d'un coup même, il lui sembla revivre un moment du passé lointain. Une fois, il y a bien longtemps, il avait observé dans la rivière endiguée des petits cailloux qui avaient tout à fait l'aspect d'une écrevisse. Et il avait vu ensuite que c'en était vraiment une. Or cette fois-ci c'était une boucle d'oreille en béryl monté sur or.

Castiletz s'agenouilla lentement. Tandis que son cœur semblait s'arrêter complètement, de sorte que dans sa poitrine il n'y avait que calme et silence, il retira avec deux doigts le petit bijou de la fente où il se trouvait et le tint tout près de la lampe.

Oui.

Castiletz sortit du tunnel et descendit le talus, le poing gauche fortement serré. Il écartait les broussailles avec les épaules, arriva sous les arbres étagés sur la pente abrupte et ouvrit la main, lentement, prudemment, comme s'il avait attrapé un animal.

Oui.

Il fallait procéder par ordre. Il essuya délicatement le peu de suie qu'il y avait sur l'or et la pierre avec son mouchoir, ouvrit son porte-monnaie et mit le petit bijou dans une poche que l'on pouvait bien fermer et dans laquelle se trouvait jusqu'à présent une clef, toute seule.

Et ce fut la fin de l'ordre. Après avoir encore soigneusement fermé la poche de son pantalon, Castiletz commença à gravir en toute hâte la pente excessivement escarpée, cherchant à s'agripper ici et là à un arbre ou un arbuste. Cette pénible ascension qui n'en finissait pas lui donnait une sorte de calme. Un peu plus haut la pente s'adoucissait un peu, il y avait de petites marches par endroits et des épaulements sur la montagne. Conrad était assis dans la forêt. Devant le ciel, toutes sortes de branches s'entrecroisaient, des vertes, des colorées, des brunes, des branches de conifères aussi qui donnaient maintenant l'impression d'être noires.

Il finit par arriver en haut et passa la cassure du rebord. Ici s'étendaient des champs parfaitement plats. Castiletz se retourna en soufflant et regarda dans la vallée. En bas la campagne semblait gaufrée avec les damiers brun foncé des champs, le vert clair du blé d'hiver, en arrière-plan l'horizon n'avait plus sa limpidité automnale mais était plongé dans une brume épaisse. Il était là comme sur le toit de sa vie, oui, pareil à quelqu'un qui a habité une maison pendant des années et qui, pour la première fois, grimpe pour regarder par une lucarne, contemplant de cette hauteur les choses familières avec des yeux neufs.

38

Là-haut, en traversant les champs, il retomba sur la route et la suivit. La régularité de son pas apaisait un peu le tumulte qui l'habitait ; et s'il n'était pas encore question de réfléchir, il était temps en revanche,de manger le chocolat dont Castiletz cassait des morceaux dans la poche droite de sa veste. Ses yeux restaient rivés sur le sol devant lui, c'est à peine s'il voyait ce qui l'entourait, il apercevait seulement du coin de l'œil le bord gris-vert de la route. Au bout d'un moment la route descendait. Conrad conserva la même allure. Il sentit un peu la faim, et même plus que ça encore, une véritable envie de – vin, un état que l'on appelle d'habitude un peu à tort la "soif". C'est là qu'on voit à quel point notre homme avait changé ! Il y a trois ans encore, une telle "soif" lui aurait été incompréhensible. Mais bien sûr, les relations familiales, l'influence du milieu familial – c'est étonnant à quel point un individu jeune est porté à sous-estimer ce genre de choses ! Ce n'était plus le cas de Conrad, car ces derniers temps justement, en examinant de plus près son patrimoine spirituel, il avait eu l'occasion de constater l'origine de telle et telle chose.

Apposé à l'une des premières maisons du bourg, pas très loin de l'endroit où ce matin Castiletz avait quitté la route, un panneau signalait l'auberge. L'esprit toujours aussi roide et encombré, il entra aussitôt, en fait ce n'était pas vraiment une salle d'auberge mais plutôt une habitation dont une pièce servait à cette activité – un droit qui était peut-être attaché à cette maison. A peine entré, Conrad sentit qu'il y avait ici comme une confusion, deux façons différentes de vivre, et vraisemblablement de parler, de penser, d'être. Du reste, le mobilier à lui seul l'exprimait déjà, avec un mélange à la limite de l'onirique entre cuisine et – salon de musique. Il y avait plusieurs tabourets, un baquet à lessive, un gigantesque vaisselier d'une hideur toute naïve (n'avait-elle pas quelque chose qui l'apparentait aux tableaux de tante Berta ?) et dans le coin il y avait, comme complément justement, un grand piano à queue noir. La dame qui apportait du vin à Conrad – pour la deuxième fois bientôt, car il avait descendu le premier verre comme s'il s'était agi de cette « boisson de toute façon la plus raisonnable » – était, tout comme ses meubles, un mélange troublant et original d'odeur de cuisine, de dignité en cheveux gris, d'aura artistique – le tout mâtiné de quelques mots bien sentis qu'elle criait dans le jardin depuis la fenêtre de la pièce d'à-côté. Elle portait au doigt une bague en or avec une très belle calcédoine. « Eh bien, ça vous étonne », dit-elle en lui servant un deuxième quart, « de voir cet instrument ici ? » Il faut savoir que ma fille est mariée à un ingénieur de Bamberg, une très bonne famille ; elle joue magnifiquement du piano. Par exemple *la Sonate au clair de lune* et toutes ces choses classiques, qui demandent justement qu'on ait la tête faite pour ça. Alors j'ai acheté ce piano à queue pour qu'elle ne soit pas obligée de se passer de son art quand elle est chez ses parents. Nous sommes aussi très musiciens. » Avec Conrad elle était tombée sur l'homme qu'il fallait pour la musique classique. Mais on aura remarqué qu'il avait acquis un certain flair pour ainsi dire, sinon il n'aurait pas non plus constaté à Venise que sa femme transposait ces derniers temps les principes de la discipline sportive dans le domaine de la jouissance artistique... Il en est de l'esprit comme de la boisson : une nouvelle source de vie, mais qui n'est pas sans danger. L'homme regarda à l'intérieur, près de la porte. Il était grand et gras comme un bœuf hongrois mais remarquablement bien rasé, tout luisant ; pour le reste il paraissait muet, et obéissant aussitôt à un regard manifestement très froid de sa femme, il disparut de la porte. « Monsieur est dans les affaires ou il est venu pour se reposer ? » « Pour des activités », dit Conrad, et comme autrefois chez monsieur de Hohenlocher, il constata tout bonnement qu'il était un peu ivre. Malgré tout il était pris d'angoisse, de façon même étrangement lucide ; pendant quelques instants, il eut sérieusement l'idée de considérer toutes ces choses comme le résultat tardif d'un désordre issu de sa vie passée... mais comment ?

L'instant d'après il ne comprenait déjà plus ces pensées. Mais il y en avait une autre qu'il comprenait (et qu'il rejeta comme trop simpliste pour ainsi dire, il est sûr qu'une trouvaille ne pouvait pas chasser l'autre, non ce serait trop « lumineux » d'une certaine façon – « je suis ivre ! ») – et cette autre pensée établissait une relation à bon compte entre ceux qui ont la chance de tomber sur des objets précieux éparpillés dans la nature et une fille à qui l'on payait un piano de concert pour les vacances. C'est vrai, qu'il arrive aux filles de jouer *la Sonate au clair de lune*...

Conrad paya et abandonna toutes ces chimères. Lorsqu'il arriva à l'hôtel, il était midi passé depuis longtemps. Il mangea plus que copieusement dans l'agréable salle – il semblait que cette pièce excitât l'appétit comme par enchantement ! – il monta dans sa chambre, jeta chaussures et habit et s'endormit aussitôt, vu qu'il avait encore dégusté pendant le repas un demi-litre de ce magnifique "Lauffener".

39

Le motif qui se répétait au-dessus de la baguette du mur représentait deux trois-quarts de cercle ou deux faucilles qui venaient se taquiner et faisaient comme une danse. Au bout d'une heure, Conrad se réveilla tout à fait reposé et il n'eut aucun mal à se mettre à penser. Le vin local était semblait-il très bénéfique pour le corps et ne laissait rien de mauvais dans la tête.

Il semblait bien qu'Inkrat ait supposé dès le début que les bijoux avaient été jetés dehors à droite – dans le sens de la marche – un « paquet de butin » (Castiletz se mit soudain à rire tout fort de cette expression dans la chambre silencieuse). Il avait peut-être éclaté. Tout cela était absurde. Au contraire : c'est sur la partie bien dégagée de la voie qu'on l'avait lancé, à un endroit où on avait pu tout de suite le retrouver, peut-être au petit matin de cette même journée. Toutefois : la traversée du tunnel avait duré une minute tout au plus (en cela Castiletz se trompait, c'était beaucoup moins). Qu'il ait été possible de ficeler le « paquet » dans ce laps de temps : il ne s'attarda pas davantage là-dessus.

Bon : provenance de la boucle d'oreille ?

Il y eut de nouveau un déclic dans sa tête : il y avait eu lutte, le pendentif d'oreille avait été arraché. L'état dans lequel on avait trouvé le « compartiment de dames » où avait voyagé Louison apportait dans une certaine mesure de l'eau à son moulin. Castiletz sauta de son lit et se rhabilla. Puis il descendit à toute vitesse les escaliers recouverts d'un reps quelconque et fila à la poste à côté de la gare. Il demanda « de toute urgence » le numéro de Maria Rosanka dont il avait cherché le nom pour la deuxième fois dans l'annuaire et n'eut pas à attendre longtemps. Il y eut d'abord un bourdonnement puis un sifflement.

Elle était là.

« Allo, ici Conrad Castiletz, chère Madame ! »

« Oui, ici Maria Rosanka. » La voix était proche, claire et posée.

« Est-ce que vous m'entendez bien, chère Madame ? »

« Très bien », dit-elle comme si elle se trouvait à deux mètres de lui.

« Je suis en province... à cause des recherches au sujet de Louison Veik, le long de la voie ferrée. Je vous prie de répondre à deux questions si vous êtes en mesure de le faire. M'avez-vous compris, chère Madame ? »

« Très bien », la voix était métallique mais très nette. « Posez vos questions, je vous prie. »

Tandis qu'il lui parlait il ressentait le bonheur, la supériorité de cette femme. L'atelier baigné de soleil dans la Stiftstrasse. Les auteurs du crime, les bijoux : tout cela n'avait jamais intéressé Maria Rosanka. elle avait perdu sa meilleure amie et confidente, peut-être la seule. Pour elle c'était tout. Elle avait pleuré en silence. Il était obligé de se forcer pour parler :

« Ma première question est la suivante : Louison a-t-elle voyagé dans un wagon dont les compartiments se trouvaient à gauche dans le sens de la marche, avec le couloir à droite, de sorte par exemple que si vous, chère Madame, vous aviez le train à main droite en arrivant sur le quai, Louison aurait encore pu vous dire adieu de la main depuis le compartiment sans aller dans le couloir qui se trouvait par conséquent de l'autre côté, à droite dans le sens de la marche ? M'avez-vous bien compris ? »

« Parfaitement », dit-elle tranquillement, posément même. « C'était comme vous venez de le dire. Louison était debout dans le compartiment et m'a effectivement encore tendu la main par la fenêtre avant que je ne quitte le quai. En outre, j'étais précédemment montée dans le wagon où elle voyageait pour voir à quoi ressemblait ce « compartiment pour dames ». Il était à gauche du couloir, c'est-à-dire qu'après être monté on traversait la plate-forme arrière et on arrivait dans le couloir, derrière les compartiments. Je m'en rappelle encore avec une parfaite précision ; vous imaginez bien qu'en tant que peintre je suis très visuelle par nature. Stuttgart est une tête de ligne ; c'est-à-dire que le train est entré et qu'il est ressorti par la même voie. Par conséquent, vu dans le sens de la marche, le couloir était à droite. »

« Je vous remercie », dit Castiletz en luttant de toutes ses forces contre son excitation. « Maintenant ma deuxième question ; je ne sais pas si vous pourrez aussi répondre à celle-ci : lorsque Louison Veik a parlé avec vous pour la dernière fois, portait-elle des pendentifs, des boucles d'oreille ? »

« Non, absolument pas », dit-elle nettement et avec assurance, « car je n'aurais pas manqué de le remarquer. Elle n'en portait en effet jamais et n'en avait qu'une seule paire, toute pareille à celle que votre femme avait aussi à l'époque, ou a peut-être encore. Elle se trouvait pourtant presque toujours avec les autres bijoux qu'elle avait avec elle car elle aimait beaucoup le béryl. »

« Une pierre verte montée sur or ? » demanda Castiletz.

« Tout à fait exact », répondit-elle à l'autre bout de la ligne.

« Vous pouvez donc m'assurer avec certitude que ce soir là Louison ne portait pas de pendentifs d'oreilles ? »

« Avec certitude. Je l'aurais remarqué. Des choses comme ça, une femme les remarque. »

Castiletz la remercia encore plusieurs fois et arrêta la communication. Lorsqu'il sortit sur la place devant la poste et la gare, le soleil était à ce point doré qu'il arrosait tout des douceurs de l'automne, comme un fruit éclaté ruisselant de partout, et tissait un écran de lumière presque aussi dense que de la matière. Après la fatigue de cette longue conversation dans la cabine, Conrad se sentit troublé par tout ce flot. Il chercha refuge au Café de la Gare et prit une tasse de café. D'un côté, il lui semblait que Maria Rosanka consolidait les bases des déductions qu'il avait échafaudées et qu'il voulait multiplier et affermir ; mais d'un autre côté – dans le cas des boucles d'oreille – elle venait de l'ébranler sérieusement. Et comme lorsque Conrad s'était précipité la première fois dans le tunnel, tout son projet menaçait ici aussi de disparaître dans la béance d'une sorte d'entonnoir qui s'ouvrait par en dessous. Il commença à trouver que ce qu'il faisait là était superficiel, ne valait pas grand-chose, était trop « lumineux » (c'est ce mot là qu'il employa en pensée !) et derrière tout ceci il sentit soudain l'ébauche d'un cheminement plus ample, plus long, plus profond. Bizarrement : même la découverte pourtant incontestable de la boucle d'oreille n'arrivait pas maintenant à justifier aux yeux de Castiletz la façon dont il était venu jusqu'ici, comme par hasard (pouvait-il tolérer, lui qui voulait s'occuper de cette affaire avec méthode, une telle façon de procéder, une fois de plus beaucoup trop « obscure », précipitée ?). Tout semblait partir à vau-l'eau maintenant, cela devenait même presque ridicule comme la veille dans l'atelier de la Stiftstraße chez Maria Rosanka. Pourtant, alors même qu'une véritable morosité se profilait, qu'une trombe de mauvaise humeur menaçait de partout, venue de ces espaces de la vie qui ne recèlent plus aucune chose, aucun détail, aucune raison, aucun motif que l'on peut désigner par un nom – c'est précisément à ce moment là qu'un point d'ancrage se dégagea au bord de cet entonnoir au fond mouvant, comme un poteau indicateur, une balise solide et claire que l'on découvre enfin :

Oui (se dit-il), il y a eu lutte dans ce « compartiment de dames », pendant la traversée du tunnel. Cette cassette que Louison, même morte, tenait contre elle, le meurtrier n'a pas été capable de la lui arracher. Or dans cette cassette il y avait aussi les boucles d'oreille. L'une d'elles est tombée du wagon, peut-être au moment où Louison chancelait vers la fenêtre ouverte après avoir reçu le coup. Cependant, le criminel se sera aussitôt assuré de son butin en s'emparant du contenu de la cassette. Peut-être était-il sur place dès l'aube pour ramasser ce qui s'était éparpillé. L'attaque s'est terminée juste avant la sortie du tunnel. Oui ! (Il revoyait maintenant le terre-plein gravillonné et dégagé entre les deux voies, là où se trouvait la sonnerie de signalisation). Ici, il était facile de tout retrouver. Quant à la plus grande partie des bijoux, on en a fait un paquet qu'on a jeté hors du train à un autre endroit, beaucoup plus tard, à droite ou à gauche, depuis le couloir ou le compartiment. Sans doute des toilettes. Mais comment ? On a retrouvé ce Peitz à Erfurt tranquillement assis à sa place (et ivre !). Tout à fait possible. Il avait un complice. Celui-ci est aussitôt descendu après le crime pour repartir dans l'autre sens par exemple – avec le butin. Ils n'avaient plus besoin de se débarrasser de rien, voilà une supposition qui n'est en rien nécessaire. Mais peut-être que Peitz n'a absolument rien eu à voir dans toute cette affaire ? Non, à rejeter ! Il y a toujours cette histoire d'Inkrat avec la clef de berne et là il a bien joué, il faut le dire, il faut le lui concéder ! Peitz est resté assis pour détourner les soupçons. Mais à la fin il a tout de même commis une petite erreur. Prochaine destination, Berlin : je veux voir à quoi ressemble cet homme. Mais d'après mes conclusions, il n'y a plus grand-chose à trouver dans ce tunnel. Et même si : qu'est-ce que ça apporterait de nouveau ? Non. L'histoire de la boucle d'oreille est l'un de ces glorieux hasards, grâce auxquels souvent les crimes remontent à la surface. Ils auront sans doute constaté la disparition de la deuxième boucle d'oreille – et avec pas mal d'inquiétude au début, non pas tant à cause de sa valeur que parce qu'elle signale le lieu du crime !

Ses pensées coulaient sans difficulté, alertes, comme quelqu'un qui écrirait une lettre, emporté par sa plume. Il arrêta là, parfaitement rasséréné pour ainsi dire, et quitta le café ; la grande excitation qui habitait Castiletz lui fit allonger le pas et il continua ainsi à marcher dans les rues, entouré par tout cet or du soleil mûr comme une poire juteuse sur l'arbre (l'air n'avait-il pas ici un goût de fruit ?). Les vapeurs du soir qui flottaient entre les rayons obliques avaient une odeur épicée, dans la cour il y avait un maréchal-ferrant, un charretier et un domestique, et sous les solives étaient suspendues des rangées de maïs jaune. Entre les vieux murs, les passages étroits, les raidillons et les escaliers on voyait danser les têtes blondes des enfants qui jouaient, et l'on retrouvait le visage souabe, matois et finaud, doué pour la réflexion, avec un nez pointu comme une cornue d'alchimiste, dans l'embrasure des portes et des fenêtres, en train de regarder son propre passé qui courait et sautait avec le même tranquille bon sens que quand il regardait les vieux murs abrupts qui épaulaient une moitié de la petite ville en bordure du fleuve. Quant à l'autre moitié de la ville, on l'apercevait quand on se trouvait en haut de la “Hintere Gasse”, une rue très en pente, au milieu des petits garçons, des petites filles et des poules ; et maintenant Conrad savait ce qu'il en était de l'étendue du village. Le château à l'assise massive accroché au flanc de la montagne, les vieux remparts délabrés de la ville là-bas de l'autre côté, masse blanche qui s'étageait derrière les coteaux, tout cela ressemblait, avec ses parties reculées, à une charpente bleue devant la poitrine large de l'horizon. Là aussi, on voyait déjà par endroits des ombres fraîches et délicates sur un vieux mur. De grands et beaux garçons étaient en train d'enduire et de colmater des tonneaux pleins de marc avec de la glaise tandis qu'un troupeau d'oies se dandinait le long de la rivière, ne le cédant en rien par l'âge à l'utilisation de cette glaise ou à ces murailles qui s'estompaient dans le soir et avaient déjà l'apparence naturelle du rocher. Conrad avait l'impression d'être vraiment ici dans le sud avec cet air doux et épicé (qui, comme la caisse de résonance d'un violon, faisait frémir et retentir les clameurs des enfants qui jouaient ou encore le cri du charretier à son cheval), oui, comme si tout ici était plus italien que là-bas de l'autre côté des Alpes.

Le soir, à l'auberge, Castiletz fit par hasard la connaissance du chef de gare, homme drôle, sociable et beau garçon ; et en dépit de la « théorie » opportune mise sur pied par Conrad, selon laquelle il n'y avait plus rien à trouver dans le tunnel, ce fut comme si son cahier bleu se retournait chez lui dans son tiroir, lorsqu'il apprit qui était cet homme assis à table, plein de bonne humeur, et quelle était sa fonction. Avec une assurance et une adresse toutes nouvelles, issues de sources jusqu'ici inconnues chez notre Castiletz – mais ces derniers temps il faisait un usage fort allègre de ses talents ! – il arriva à tourner et détourner aimablement la conversation pour exposer ses malheurs : il y a quelque temps de cela, pendant la traversée du tunnel, il avait laissé tomber un petit objet par la fenêtre, un étui à cigarette ou plus exactement une petite boîte à tabac (bon, on prend ce qui vous tombe sous la main quand il s'agit de faire la conversation, d'où que ça vienne !). Peut-être un garde-voie avait-il trouvé et rapporté une chose de ce genre ? On lui répondit que non et qu'un garde-voie serait bien le dernier à trouver quelque chose au bord de la voie parce que toute son attention se concentrait exclusivement sur les traverses, les rails et leurs raccordements (Conrad en savait quelque chose depuis aujourd'hui). S'il lui serait possible d'accompagner le garde-voie dans le tunnel lorsque celui-ci aurait fait sa ronde ? (A cette occasion, Conrad apprit la longueur du tunnel – il ne faisait que cinq cent cinquante mètres). C'est une chose qui n'allait pas toute seule, dit le chef de gare. Mais il téléphonerait à Heilbronn pour essayer d'obtenir l'autorisation qu'il ne pouvait pas se permettre de donner lui-même ; Castiletz n'aurait qu'à passer demain au service de direction ; s'il avait l'autorisation, il aurait alors tout de suite un train pour aller de l'autre côté de la montagne à la gare d'où partait le garde-voie et il arriverait suffisamment à temps pour se présenter au chef de gare de l'endroit. Celui-ci serait alors déjà au courant. (Le cahier bleu se sentit vraiment pousser des ailes devant tant d'organisation !). « Dites-moi », demanda le chef de gare, « vous rouliez en direction de Heilbronn – mais vous souvenez-vous aussi si la fenêtre où vous vous trouviez était à droite ou à gauche par rapport au sens de la marche ? L'important c'est surtout de savoir de quel côté vous allez devoir chercher. » « Ça, je m'en souviens très bien », dit Conrad (et comment il s'en souvenait !). « Pour ce qui est de trouver quelque chose, je ne peux pas vous donner beaucoup d'espoir au milieu de ce gravier et de cette suie », dit le chef de gare. « C'était plutôt de ce côté-ci du tunnel » dit Conrad.

Le lendemain, tout s'agença pour le mieux. Conrad repassa dans le tunnel mais l'instant où, dans la courbe, le train s'approcha de cette bouche noire ne fut qu'un pâle écho de l'excitation de la veille. Une demi-heure plus tard, Castiletz marchait à côté du garde-voie en haut du remblai en faisant exactement les mêmes petits pas que celui-ci, car il n'aurait plus été possible de faire autrement. On voyait se dresser contre l'azur, presque à l'horizontale, le pavois doré d'un coteau couvert de vignes ; en bas se trouvait la double ouverture du tunnel couverte de suie. Dans la maison du garde qui se trouvait là, on attendit un train. Même son approche, son grondement et sa disparition ne reproduisirent pas les intenses frissons de la veille. Tout comme hier, l'ouverture de la galerie à l'autre bout apparut dans la fumée d'abord rouge, puis jaune et enfin comme un disque blanc. C'est d'ailleurs maintenant que Castiletz apprit pourquoi – ici aussi – un seul des deux portails était enfumé : les courants d'air étaient différents dans chacune des galeries. Ils entrèrent. Monsieur Schmidt, le garde-voie, petit homme sérieux – père de plusieurs enfants au demeurant – portait un marteau. En dépit de la méticulosité tatillonne et régulière de cette activité quotidienne, il émanait de sa personne cette finesse maligne et cette bonne humeur qui sont l'apanage du peuple qui ne s'est jamais demandé à quoi bon ; puisque c'est peut-être vraiment là que la vie pèse de tout son poids, que c'est peut-être vraiment là, et comme par habitude déjà, qu'elle prend appui sur cette force ultime, indestructible, et sur aucune autre. En gros, ce fut comme la traversée d'une cave qui sentait la fumée de charbon plutôt que le vin. Castiletz s'éclairait du mieux qu'il pouvait avec deux lampes, il s'était encore dépêché d'en acheter une hier, comme celle utilisée par les cyclistes. Il voyait bien, mais il manqua plusieurs fois se casser le nez. Cette traversée n'avait pour ainsi dire qu'un caractère formel et réglementaire : à cause du cahier bleu in quarto. Monsieur Schmidt n'avait pas beaucoup le temps de s'occuper de lui. Il marchait à petits pas, la lanterne sur la poitrine. Le voilà qui s'arrêtait, brandissant son marteau, enfonçant un coin et poursuivant son trottinement. Les coups résonnaient dans la froideur de cette solitude. Il y avait des refuges et en face, mais pas directement en vis-à-vis, une succession de passages donnant accès à la galerie voisine, il ne s'agissait pas de petites ouvertures, elles étaient hautes au contraire avec des blocs d'angle bien nets, en saillie, et surmontées d'un arc porteur. Il ne fallait jamais utiliser une telle porte pour se mettre à l'abri au passage d'un train car le souffle de l'air aurait alors projeté celui qui s'y trouvait contre la paroi de l'autre galerie. Si on se trouvait trop loin d'un refuge dans un pareil cas, il fallait s'allonger dans l'étroite bande ménagée entre les traverses et le mur, avec la tête dans la direction du train qui arrivait : sinon, la formidable pression de l'air pouvait faire sauter les boutons de votre habit qui se serait mis à flotter, et si un morceau de vêtement se prenait dans le train, c'était la mort assurée. La galerie était si étroite qu'un homme resté debout n'aurait pas manqué d'être pris de vertige et d'être entraîné par cette masse lancée à toute allure, s'il n'était pas heurté par un marchepied. Castiletz apprit un certain nombre de détails de ce genre sur un autre monde – dans lequel il ne s'était pas davantage aventuré, novice qu'il était – par la bouche de ce monsieur Schmidt, mélange de bonne humeur et de sérieux. Toutefois, jusqu'à la fin, il ne trouva absolument rien, aucune autre « pièce à conviction », bien qu'il soit passé deux fois dans la galerie et qu'il ait éclairé autant que faire se peut la partie située à gauche de la voie (ce faisant Castiletz restait toujours bien en retrait derrière monsieur Schmidt, mais celui-ci devait heureusement donner de temps en temps quelques coups de marteau pour vérifier ou consolider quelque chose).

Ils arrivèrent enfin à la lumière et continuèrent ensemble jusqu'à la gare – Monsieur Schmidt toujours concentré sur les traverses tandis que Castiletz, dont les jambes n'étaient pas habituées à ce genre d'exercice, choisissait un sentier en bordure de la voie. En chemin, à l'endroit où la ligne est le plus excentrée par rapport au piton central de ce relief lunaire, monsieur Schmidt et Castiletz firent une petite halte près des barrières et de la maison du garde, tout en discutant tranquillement avec deux employés qui se trouvaient là. L'un d'eux, un homme solide entre deux âges, marchait bon train avec sa jambe de bois. Oui, bien sûr qu'on avait fait la guerre, même l'autre, même monsieur Schmidt ; seul Castiletz ne l'avait pas faite. Celui-ci pensait aux soldats qui s'étaient entraînés autrefois dans la prairie près de chez lui : mais c'était la première fois qu'il se rendait compte que l'on pouvait y perdre une jambe, et il y avait un vide béant entre cette réalité tangible (qui restait au fond étrangère et incompréhensible) et ses souvenirs d'enfance. L'un de ces hommes raconta une histoire drôle qui s'était passée dernièrement dans le voisinage ; il y avait dedans la phrase : « Ja, was wollt denn ihr da ? »[1] Or celui-ci disait : « Ja, was wellet denn ihr do ? » C'était du moyen haut-allemand. Même Conrad le remarqua. S'il avait été un tantinet moins « textilien », il aurait aussitôt dû faire le rapprochement avec le fait qu'il se trouvait dans une région qui n'était rien moins que le berceau de sa langue maternelle, la source de toute la littérature dans l'ancien Empire, il y a bien longtemps. Or

1. « Et qu'est-ce que vous venez faire ici ? » (N.d.T.)

voilà qu'ici, par cette matinée ensoleillée, où l'azur atteignait une fois encore une intensité sonore, voilà qu'un homme, qui avait connu les tribulations de la paix et de la guerre, se mettait spontanément à parler cette même langue venue du fond des âges.

Une fois arrivé, Conrad alla remercier l'aimable chef de gare. Non, il n'avait rien trouvé mais il avait pour ainsi dire calmé sa conscience. L'autre se mit à rire et lui serra la main. Aujourd'hui Castiletz alla déjeuner tôt avec le sentiment du devoir accompli. Il ne restait plus qu'à en informer le cahier bleu.

Quand il se réveilla après la sieste faite pour dissiper les effets du « Lauffener » de midi – son premier regard fut une nouvelle fois accroché par un motif du mur, deux trois-quarts de cercle ou faucilles qui dansaient et se taquinaient – il était beaucoup plus tard qu'hier; Castiletz se leva rapidement, traversa le village baigné et presque dilué dans l'or du soleil et s'engagea sur la grand-route. Un hasard heureux lui raccourcit le chemin – ce chemin qui pour finir lui apparaissait maintenant tout à fait incontournable, sans qu'il ait bien réfléchi pourquoi : pour aller là-bas sur la hauteur qu'il avait atteinte hier, un peu essoufflé après avoir grimpé la pente. Depuis la cabine d'un gros camion arrêté à la sortie du village il y eut quelqu'un pour apercevoir ce monsieur qui marchait et il lui apparut plausible que celui-ci préférât sans doute occuper le siège vide à côté du sien. « Ha no ». Mais bien sûr. Le camion roulait vite,bien que lourd et tout vibrant d'effort, et il arriva en haut en quelques minutes. Castiletz constata au passage que le tunnel avait justement choisi l'endroit le plus étroit pour traverser la montagne, un resserrement du plateau couvert de champs en haut de la muraille montagneuse. C'est ici que se trouvait aussi la bifurcation et que les routes se séparaient. Il remercia son chauffeur inconnu, mais celui-ci n'accepta une cigarette que par politesse, repoussant en riant toute autre offre, et déjà le véhicule s'engageait dans la descente dans un grand tintamarre, montrant son énorme partie arrière.

Lentement, presque en hésitant, Castiletz s'engagea sur la terre meuble à la jonction de deux champs en direction du bord, de la cassure. Comme par jeu, un buisson d'épinevinette s'était posté ici devant l'horizon qui rougeoyait comme une masse liquide dans le soleil du soir, ponctuant joliment la grande courbure là-bas de petits points rouges. Dans les champs, ici et là, les paysans faisaient des feux avec des fanes de pommes de terre qui donnaient une lumière assez vive aux premières approches du crépuscule. Conrad s'assit par terre. Ainsi il n'était pas debout mais pour ainsi dire posé sur ce toit, tandis qu'en bas, à la cave, juste au-dessous de lui, passaient les galeries du tunnel. C'est peut-être de là que remontait l'impression filtrée par une épaisseur de terrain de cinq cents pieds : qu'il vivait. Enfin je vis. Ce qui était petit et « lumineux », poussé en avant, s'estompa pour quelques instants, comme emporté par le vent. Son visage plongea soudain à la rencontre de ses mains, comme dans une gorge profonde.

40

Avant que Marianne ne rentre d'Italie, Castiletz fit encore une visite à sa tante Erika de Spresse. En dépit de la saison avancée, il la trouva dehors, du côté ensoleillé de la maison, dans le jardin derrière – celui-ci avait perdu beaucoup de feuilles et rappelait maintenant l'état où il se trouvait au début du printemps ; à la différence que tout – palissades, escaliers et bancs – s'était gorgé pendant l'été, jour après jour, heure après heure, de la chaleur du soleil, et il semblait que celle-ci fût maintenant renvoyée par toutes ces structures de nouveau apparentes, ce qui expliquait peut-être pourquoi ces choses avaient un aspect moins squelettique qu'au printemps après le long hiver froid et humide. Dans l'air, l'automne avait encore la même rondeur que du vin dans un verre, les feuilles colorées emportées par le vent qui s'échappaient des jardins et glissaient sur l'asphalte des rues en cortèges serrés, n'avaient rien de triste en soi, c'était une joyeuse ronde colorée avec en arrière-plan, au fond de la rue, une bande de ciel bleu comme un étendard dans le vent.

C'est ici, sur la terrasse, que la tante était allongée dans toute sa maigreur sur une chaise longue avec une couverture, au milieu de plusieurs piles de livres. Castiletz était assis à côté et parlait avec sa tante de tous ces trésors de l'esprit, c'est-à-dire que c'est elle qui l'entretenait – lui était venu dans un tout autre but – de ses études et de ses activités présentes (elle en avait toujours en cours, comme on sait). Il y avait par exemple la paléographie latine – avec le séminaire de Steffens et le merveilleux livre de l'Anglais Thompson sur les manuscrits du cloître de Monte Cassino. Conrad ne demanda pas : « Qu'est-ce que c'est – la paléographie latine ? » La question aurait carrément été trop fruste dans cette atmosphère cultivée, elle serait venue de trop bas, il le sentait lui-même. Il ne tarda pas du reste à être éclairé et apprit que pour pouvoir lire les manuscrits du Moyen Age, il fallait avant tout s'exercer à lire les cursives de l'époque romaine classique (très difficile en effet !) et ce qu'on appelle les « notes tironiennes », la sténographie ou l'écriture rapide des Romains (Cicéron l'avait introduite pour les débats du Sénat !) dont on retrouve plus d'une trace dans les formes d'écriture du Moyen Age...

Elle lui présenta l'une des planches du grand livre qui montrait différents apostrophes et crochets sur fond jaune ainsi que quelques signes qui ressemblaient à des virgules horizontales. Conrad secoua la tête, admiratif. « Tu peux lire ça ? » dit-il. « Pas encore » répondit-elle, « mais en m'appliquant un peu je finirai bien par retenir la signification des différentes liaisons ou ligatures – c'est la terminologie scientifique – et ensuite par les reconnaître. » Oui, Castiletz se sentait dans la même disposition d'esprit qu'autrefois, lorsqu'il devait aller à ce terminus du tramway où l'avait attendu Ida Plangl et que le temps passait ; et lorsqu'il s'était retrouvé là-bas, de l'autre côté du canal, chez Albert Lehnder, il aurait encore pu arriver à l'heure si, là juste devant la porte, il s'était décidé à demander ce qu'il fallait à Albert. Et ils étaient partis se promener dans la prairie... Eh oui, pour sûr, voilà qui était accablant ! A cause de cinq marks cinquante ou six marks (Conrad oubliait qu'à l'époque les minutes qui passaient avaient été une vraie scie pour ses nerfs, alors que le renseignement qu'il voulait obtenir aujourd'hui de tante Erika n'était pas lié à un moment précis mais pouvait attendre – pourtant, il semblait se méfier de lui-même dans cette affaire, une méfiance qui se traduisait par un « aujourd'hui ou jamais ! »). Effectivement, il avait déjà abandonné son projet, il trouvait même presque de l'agrément maintenant aux explications scientifiques de madame de Spresse parce qu'elles occultaient sa faiblesse d'une certaine façon — car s'il ne pouvait pas placer un mot, il ne pouvait bien sûr pas poser de questions non plus, a fortiori des questions qui n'avaient rien à voir avec le sujet.

Mais un silence se fit. Au milieu de ce silence les grands hommes restèrent impertubables dans le jardin désert, aussi bien Pascal que Giordano Bruno. Pendant quelques instants l'air parut être de verre, et Conrad – entraîné par une poussée maladroite et désordonnée de ses cordes vocales – dit :

« Ça fait longtemps que j'aurais aimé te poser une question qui m'intéresse, tante Erika, elle concerne le moment où j'étais chez toi, j'étais encore petit garçon (à cet instant il vit sa tête, qui s'était soulevée du coussin, toute plate comme une petite planche)... peut-être que tu te rappelles encore le jour exact de mon départ ? »

La main de la tante émergea de dessous la couverture pareille au cou d'un échassier à l'affût et, l'index pointé vers le bas, s'abattit tel un bec sur un bouton de sonnette près de la petite table à côté d'elle.

« Le cahier de l'année 1921 » dit-elle à la bonne.

Arriva un petit volume relié en cuir rouge.

« Je trouve ici (informa tante Erika) : « Conrad parti cet après-midi pour Stuttgart puis pour Mergentheim où il n'arrivera qu'à une heure chez Marie. N'a pas voulu démordre de son idée de voyager la nuit ; bien que cela me gênât que ma sœur dût se tenir prête si tard pour accueillir le garçon, j'ai accédé à son désir et l'ai laissé partir de nuit parce qu'il en avait tellement envie. 24 juillet 1921. »

La planchette redressée se taisait. Conrad aussi.

« Tu n'es arrivé à Stuttgart que le soir », dit-elle, « ensuite vers 9 heures et demie tu avais un train rapide et il te fallait encore changer peu avant minuit à Lauda. »

Elle semblait encore vouloir lui faire reproche aujourd'hui de son entêtement de petit garçon. Peut-être était-ce une sorte de contre-attaque lorsqu'il dit en détachant bien ses mots :

« Si c'est dans la nuit du 24 au 25 juillet que j'ai pris le train rapide entre Stuttgart et Lauda, il est possible alors que je me sois trouvé dans le même train que celui où on a tué Louison Veik. »

« Oui » dit la planchette parfaitement immobile. « J'y ai souvent pensé. Mais qu'est-ce que ça prouve ? En outre ce crime barbare a eu lieu bien plus loin pour autant que je sache. Alors, un hasard. »

Castiletz regardait par terre. Il était vraiment déconcerté et effaré par ce personnage. Une chimère, une harpie, posée telle une guêpe près de ce mur ensoleillé, sèche et froide, sans pardon ni merci. Face à ce monolithisme de l'intellect pur il faisait effectivement pour la première fois ici l'expérience de quelque chose qui dépassait son entendement, qui débordait largement sur sa capacité de compréhension, sans pourtant qu'aucune porte de sortie ne s'ouvre à son indignation. Il ne dit rien, pas même : « Eh bien moi, ça me fait quelque chose de vraiment bizarre, et d'y penser, ça m'a déjà souvent troublé », ou quelque chose dans ce genre. On ne pouvait vraiment plus rien dire, plus respirer car ici il n'y avait pas d'air, c'était le vide pur. Il évitait de regarder madame de Spresse et son trouble était si grand et d'une certaine façon si gauche qu'une fois dans la rue il ne put s'en débarrasser et le garda même en lui pendant presque tout le trajet qui le ramenait à la maison.

Avec Marianne qui rentrait c'est paradoxalement l'hiver qui arrivait d'Italie, en tout cas les préparatifs en vue de ce dernier commencèrent aussitôt : Duracher était debout près des fauteuils et de la table, ensemble métallique au goût du jour qui faisait un petit îlot sur le tapis de sol gris-vert du vestibule, le brûle-gueule à la bouche – mais sans jouer les importants, ce n'était pas dans sa nature, il était plutôt taciturne. Et peut-être qu'il savait très bien comment veiller sur une femme qui doit commencer à apprendre à faire du ski... Le sol était un campement militaire, non (j'ai écrit ça sans réfléchir, sans prendre la mesure exacte du mot et de sa signification, l'éditeur va encore nous envoyer promener !) bon alors : un dépôt d'articles de sport qu'on avait fait venir. Elle choisissait les skis, les fixations.

« Non » dit Duracher, « il n'en est pas question. Lorsque vous saurez en faire, vous pourrez prendre de l'hickory si ça vous plaît. Mais pour l'instant vous ne savez même pas encore remonter une pente et il y a encore pas mal de choses qui vous attendent. Alors du frêne. »

Elle observait les ressorts en spirale qui, à partir de la cheville, se fixaient sur l'arrière du ski.

« Pour un débutant, ce n'est pas intéressant. Et d'ici à ce que vous sachiez faire, il y a longtemps que ça sera dépassé, aussi vrai que je m'appelle Peter. »

Le lendemain du soir de Noël elle partit et sur les conseils de Duracher passa quatre semaines dans le « niveau un », à St Anton dans l'Arlberg. Lorsqu'elle revint, son hâle était indescriptible. L'éclat de ses yeux bleus semblait venir de plus profond. Le week-end suivant, elle partit dans l'Allgäu avec Duracher pour faire une randonnée facile et il parut satisfait. Huit jours plus tard ils partaient pour Oberstdorf en Souabe avec plusieurs autres personnes ; et en mars Marianne passa dans le « niveau deux », toujours dans l'Arlberg. Duracher dit à l'un des jeunes gens que le pré-entraînement de cet été avait été très bénéfique pour Marianne, tout comme la gymnastique de mise en forme pour le ski.

La visite fréquente des jeunes gens – dont certains étaient tout bronzés comme Marianne – apportait un vent nouveau et un décor d'existence inconnu que Conrad imaginait tout en bleu et blanc avec quelques touches de brun quand il était question de chalets et de la vie qu'on y menait. Un mur de verre le séparait de ce monde et un entêtement (qu'il considérait bizarrement comme profondément salutaire) le tenait loin de tout cela : bien que ce ne fût pas l'envie qui lui manquât. Il lui semblait qu'un peu plus tôt, hier, avant-hier, il aurait encore eu pour ainsi dire le droit de se plonger là-dedans, la tête la première, d'accompagner tout ce monde et de faire comme eux ; et en fin de compte ce n'est vraiment pas lui à qui auraient manqué les capacités physiques requises pour cela. Mais aujourd'hui il ne fallait plus y compter, il restait seul. Ce qui le titillait le plus, l'aguichait, l'attirait, c'était cette sorte de convivialité, ces manières d'aventures, d'incidents – tout ce qui ressortait des remarques faites par tel ou tel : tout ce qui allait de soi là-bas. Là-haut dans ce monde dont on revenait hâlé, avec des yeux brillants et une peau bien tendue sur les os, il semblait qu'il y ait aussi des clans, des intrigues même, des complications, des surprises qui se développaient de façon tout à fait singulière dans un monde qu'il ne connaissait pas, dans des chalets ou sur des glaciers, dans les cirques glaciaires ou sur les pentes, entre deux et trois mille mètres d'altitude.

Mais il appréciait cette solitude, il se l'avouait ouvertement depuis longtemps dans une sorte de disposition à abandonner toute résistance contre cette constatation. A savoir que ces instants, autrefois dans la salle de bains, lorsque Marianne avait eu une crise après le cri dans la rue, et qu'à cause de cela justement il avait été dans l'incapacité d'être tendre et de la consoler (et que cette incapacité l'avait vraiment soulagé !) – que ces instants donc avaient atteint une sorte de durabilité dont le flot régulier n'était que rarement soumis chez lui à des retours en arrière relativement faibles.

A l'usine tout suivait son cours. Eisenmann était partout, vitupérait parfois violemment à pleins poumons, fumait des cigares, en offrait aussi quelques-uns. De temps en temps, il entamait la conversation avec « son gars » et il y en eut une de curieuse dans le bureau du directeur vers la fin février. « Je voulais te dire quelque chose, rapport à Marianne, mais il faut pas en vouloir au vieux Eisenmann, mon gars » (ça venait si impromptu, comme sa façon de fumer d'ailleurs). « Tout ça c'est bien beau. Hélas, vous n'avez pas d'enfants. Il semble que les choses prennent une tournure d'où il ne pourra rien sortir de bon. Je savais depuis le début, mon gars, que tu n'aurais pas la vie facile. Une jeune fille de cet âge – ma foi, elle n'était pas si jeune que ça quand tu l'as épousée ! – c'est un peu comme un ressort comprimé. Maintenant il se détend. Tu devrais faire un effort pour partager davantage les centres d'intérêt de ta femme. Tu étais autrefois un sportif accompli ; et maintenant tu ne joues même plus au tennis. Qu'est-ce qui t'arrive ? On ne peut rien reprocher à ta femme, elle est, Dieu soit loué, entourée de gens drôles et ce qu'on raconte me paraît stupide et une transposition des critères valables sur notre plancher des vaches vers les cimes de plusieurs milliers de mètres d'altitude et les chalets. C'est sûr qu'on vit d'une autre façon là-bas. Qu'on se comporte différemment, dirais-je. Bon. Occupe-toi un peu plus de ta femme. Regarde la vieille haridelle que je suis, je joue encore au tennis, l'été. Et toi en plus tu étais une sorte de champion. Le Durascher à l'époque, il a rien pu y faire. Et : ne prends pas ça mal, mon gars. »

Ce furent mot à mot les paroles du vieux Eisenmann – elles causèrent chez Castiletz une sorte de paralysie qui gagnait régulièrement comme les eaux montantes d'une nappe souterraine ; et avant que le directeur en ait terminé, Conrad se trouvait dans la situation d'un homme qui reçoit un bon conseil, le seul bon conseil même, mais qui a les mains liées : sans qu'il sache vraiment lui-même avec quelle sorte de lien. Oui, le verre était pour ainsi dire sur le rebord de la table et il allait certainement tomber. Eisenmann avait raison. L'entendement percevait cela, mais seulement l'entendement, à sa façon, abstraitement donc, comme un schéma cristallographique de la vie. Or ça ne suffisait pas pour agir. Il valait mieux regarder ailleurs. Il y avait autre chose de plus fort, Conrad se sentait retenu par derrière. Bien sûr qu'il fallait faire quelque chose et vite même, sinon l'irrémédiable se produirait ; mais pour remettre de l'ordre dans cette affaire, pour en venir à bout, il fallait du temps, du calme, du recueillement. On était obligé de procéder lentement, très lentement, en opérant un grand détour. Attentif, Conrad plissait toujours davantage les yeux, au fur et à mesure qu'Eisenmann parlait, et par la fenêtre il regardait les nouveaux hangars plats de l'usine derrière lesquels des arbres dénudés lançaient leurs branches comme des polypes sur fond de ciel gris. Et que pendant ce temps, lui, Castiletz, eût continuellement l'impression qu'il flottait ici une sorte d'odeur de croupi ou qu'il eût constamment sur la langue un goût analogue, voilà qui était trop proche, trop étouffant pour être constaté, et trop tranquille et trop net pour ne pas être aperçu.

« Cher monsieur le directeur », dit-il avec quelque difficulté – et avec le sentiment, malgré tous ses efforts, de ne pas pouvoir exprimer exactement sa pensée – « je veux vous remercier pour votre chère et bonne sollicitude. Vous avez sûrement raison dans ce que vous dites. Seulement l'itinéraire que je prends – pour tout remettre en ordre, est peut-être compliqué et un peu long, une sorte de détour... oui, ce que je veux dire, c'est que ça ne se fera pas en un tournemain... »

Il était franchement heureux d'avoir dit ça et souffla comme s'il venait de faire une performance épuisante. Eisenmann fixait le bureau. Il est certain qu'il comprenait Conrad différemment que lui ne l'entendait – presque malgré lui, pourrait-on dire. Pourtant le vieux était bien trop sensé pour chercher une quelconque manière de se défaire de ce qu'il ne comprenait pas tout de suite ; à sa façon, avec sa bonne tête, pleine de sagesse même, il essayait de comprendre, autant que faire se peut, et aussi de respecter tout simplement.

« C'est bien ainsi, mon gars », dit-il. « Je vois que tu m'as parfaitement compris. Et il est certain que ce n'est pas le genre de choses qui est aussi simple à faire que tricoter de la laine ou fendre du bois. Ton histoire de « détour » est tout à fait pertinente. Je ne voudrais pas non plus que tu penses que le vieux Eisenmann ait voulu se mêler de ta vie privée. Il ne veut pas de ça. Mais il est ton ami, tu peux le croire. » Il lui tendit la main.

« Bon, passons aux détails pratiques », dit-il ensuite plein d'entrain. « Je voudrais me permettre ici de te donner un conseil, mon gars. C'est celui-ci : pars. C'est un peu contraire à la nature que ce soit toujours la femme qui parte et que l'homme reste tout le temps à la maison. Puisque tu ne veux pas aller faire du ski – ce qui aurait quand même été le plus convenable et le plus simple – eh bien j'ai quelque chose pour toi. »

« Ah, oui, monsieur le directeur ? » dit Castiletz d'un ton interrogateur.

« Oui » répondit le vieux Eisenmann. « Quelque chose d'épatant. Tu n'es pas sans savoir que les prix de nos matières premières ont connu des fluctuations au cours de l'année 1925, surtout le jute. On va peut-être encore en voir de toutes les couleurs. Je ne prise pas beaucoup le mystère mais il est bien possible que nous allions au-devant de grands changements. Ainsi donc, à cause du jute et aussi d'autres choses : il y a des voix qui se sont élevées pour que l'on prenne contact ensemble ; je veux parler de la concurrence praemisso titulo. La situation actuelle offre certains avantages qu'il faut savoir saisir. Si l'on n'y prend pas garde, les dégâts peuvent empirer. Eh oui, voilà où nous en sommes. Il y a plusieurs dirigeants qui pensent qu'un regroupement d'une certaine importance aura une influence sur les nouveaux cours, ce en quoi ils n'ont pas entièrement tort, bien entendu. On a déjà fait par deux fois des propositions dans ce sens à moi et au Conseiller. Bon, et au printemps de cette année il va y avoir une sorte de rencontre très discrète, sans publicité ni engagement, l'accent a bien sûr été mis là-dessus. Je n'ai pas l'intention de m'y rendre, pas plus que le Conseiller privé. Nous voulons simplement envoyer un observateur, un émissaire. Nous ne serons pas les seuls à le faire. L'émissaire ce serait toi. Même si tu es un peu jeune. Ça ne fait rien, absolument rien. Tu fais partie de la famille. Cette affaire renforcera ta position, à tous points de vue. Pour l'avenir, c'est important. Même de nouer des contacts personnels. En plus tu n'as jamais été à Berlin. Ça ne va pas. Il faut que tu te fasses une idée. Il suffit qu'ils te voient. Tu leur plairas bien. Oui. Qui sait combien de temps je vais encore faire ça. Tu partirais donc au printemps de cette année et tu seras précédé pour ainsi dire par les meilleures lettres d'accréditation. Pour toi cette affaire n'est liée à aucune responsabilité, je tiens à le souligner, tu n'as pas besoin de te faire du mauvais sang. Quant à notre point de vue, pour autant que nous puissions en avoir un, il te sera clairement expliqué. En gros, il s'agit de quelques prises de contact et de discussions totalement informelles. Mais tu peux rester plus longtemps à Berlin, ne sois pas chiche de ton temps, tu comprends ? Regarde, distrais-toi ; de temps en temps tu iras voir quand les collègues seront en train de discuter. Entre-temps je m'occuperai de la boîte, ici. Ah, et surtout : pour revenir à notre précédent sujet de conversation, je considère que ce voyage est vraiment indiqué. Les séparations permettent d'y voir clair, vieille rengaine. C'est mieux que d'être toujours à la maison et d'être mis en disponibilité. »

« J'accepterais volontiers de partir pour Berlin, Monsieur le directeur, si l'on me confie cette mission, » dit Castiletz très vivement.

« Ah bah, mission, confier, il ne s'agit pas de prêcher la bonne parole. Tu es un élégant jeune homme, tu as de l'allure, tu emportes ton frac – et roulez jeunesse ! »

A la sortie de l'usine, Conrad rentra chez lui en tramway car Marianne avait besoin de la voiture et le vieux Eisenmann avait encore l'intention de travailler un peu seul ce qui fait que la voiture de service devait rester là. Après la traversée de la Wackenroderstrasse où se mélangeaient les lumières vives et faibles, lorsque Castiletz descendit en bordure du parc sombre, il reconnut devant lui M. de Hohenlocher qui flânait de ci et de là sans se presser. Sur l'instant, cette rencontre lui fit un effet agréable : une relâche au milieu de toutes ces obligations qui l'enserraient comme un carcan au plus profond de lui-même et lestaient son âme d'un poids déjà familier.

« Comment ça va ? » demanda-t-il après l'avoir salué, et M. de Hohenlocher dit : « Bien, en dépit d'une situation qui se révèle relativement compliquée. » Puis il ajouta en vieil allemand, langue qu'il utilisait parfois :

« Die Schubert ist schellig worden. [1] »

« Oui - comment donc ? » demanda Castiletz.

« Ça recommence », dit M. de Hohenlocher, « elle se trouve précisément à son point de résistance minimale. En un mot : elle veut se marier. »

« En un mot » dit Castiletz, « mais est-ce qu'elle le peut ? »

« Bien sûr que non. Mais ce qu'elle peut, c'est anticiper sur les apparences de la situation désirée : elle a déplacé son fourbi, déménagé de chez moi, pris un appartement et acheté des meubles à crédit. »

---

1. « La Schubert est en fièvre. » (N.d.T.).

«Et que faites-vous devant tout ça ? »

« C'est ce que je disais : la situation est relativement compliquée ; mais seulement relativement. Car la Schubert a établi son nouveau foyer – encore – nuptial au-dessus de votre ancien chef, M. Castiletz ; je veux dire qu'elle a loué le petit appartement qui se trouve juste au-dessus des pièces où vous habitiez. Le logement a été libéré il y a quinze jours. Le service n'est pas soumis à une interruption complète bien que ce changement de localisation ne lui soit point profitable. Cette fois j'ai sérieusement envisagé de la mettre à la porte, mais c'est seulement en poussant plus avant dans cette direction que je me suis rendu compte de ce que je souhaiterais vraiment. Et c'était totalement différent. »

« Et c'est ? »

« L'empaillage. »

« Pardon ? »

« Eh bien – je n'aimerais pas me défaire de la Schubert. Et, à strictement parler, ni d'aucune des personnes que je connais. Il a fallu que je m'avoue cela en toute honnêteté. Mais ce que je souhaiterais en fait c'est ceci : posséder un exemplaire empaillé des quelques personnalités les plus remarquables. Par exemple le docteur Velten. Bien sûr aussi la Schubert. »

« Mais... permettez-moi » dit Castiletz, « comment vous imaginez-vous ça ? » (Ça y est, il sentait qu'il s'était une fois de plus laissé avoir, mais il n'était pas possible d'en vouloir vraiment à M. de Hohenlocher et le malheur de la Schubert lui faisait vraiment de la peine).

« Imaginez que j'organise par exemple une réception, une « soirée muette » au cours de laquelle chaque empaillé s'exprimerait beaucoup plus clairement qu'il ne le faisait avant avec tous ces discours qui en fin de compte ne font que masquer la physionomie. »

« Et l'histoire de la Schubert, c'est sérieux ? » demanda Castiletz arrivé déjà devant la porte de son immeuble dans la Weißenbornstraße.

« Hélas » dit M. de Hohenlocher.

« Peut-être qu'elle va revenir à la raison » dit Conrad.

« Tout au plus sous la pression de la plus extrême

nécessité » répondit M. de Hohenlocher, « c'est-à-dire devant la contrainte de traites impayées pour les meubles et de loyers en retard. Cependant, il y a du mauvais sang à se faire. Les meubles sont déjà arrivés. Ils sont d'une laideur sans bornes. Je les ai vus. Pour l'instant la Schubert attend dans son foyer confortable comme une araignée dans sa toile, espérant ainsi attirer le fiancé. »

Castiletz regarda M. de Hohenlocher qui tournait déjà à l'angle de la Hans-Hayde-Strasse et pendant un instant il eut l'impression que c'était lui qui bougeait et oscillait tout en regardant un point fixe. Un souffle vivifiant semblait maintenant venir de la grille basse du parc. Déjà l'emprise de l'hiver se desserrait, il lâchait la terre, celle-ci commençait à respirer. Conrad éprouvait une sorte de bonheur à l'idée qu'il allait être seul à la maison ; Marianne ne rentrerait qu'après le repas, tard le soir. Après avoir dîné seul dans la salle à manger – cette façon d'avoir proprement mis la table pour lui le toucha lorsqu'il s'assit, tout étonné, avec cette salière, le poivre, la moutarde, il avait soudain l'impression de voir de l'extérieur tout ce dont il avait naturellement besoin et aussi, le temps d'un éclair, une bonne partie de sa vie – après le repas il se dirigea vers la « bibliothèque » (non pas directement en passant par la porte de la salle à manger mais en faisant le détour par le vestibule). Il mit le nécessaire près de l'ottomane. La première gorgée fut un ruissellement brûlant. Et d'un seul coup il vit que le fameux pont qui conduisait vers sa vie à venir n'était plus coupé, immobilisé sur ses piles : il continuait. Il irait à Berlin. Il avait déjà obtenu un succès incontestable : il avait bel et bien la boucle d'oreille. C'était bien la seule façon de tout remettre en ordre, même avec Marianne. Son esprit faisait maintenant un net retour en arrière : il se revoyait avec elle en Italie pendant leur voyage de noces. Il ressentait – comme si quelque chose de chaud roulait dans sa poitrine, comme une boule qui tourne à toute vitesse et disparaît – il ressentait de nouveau l'attente, le mouvement, la tension d'alors. Comme un coup de vent qui passe. Mais maintenant il restait l'espoir en lui, comme un corps solide. Là-bas, la porte de la salle de bains claqua. Une fois de plus il n'avait pas entendu sa femme arriver, tellement la serrure de la porte d'entrée était discrète ! Conrad se leva rapidement, sortit son trousseau de clefs, ouvrit un tiroir de son bureau et prit dans un coin du fond la boucle d'oreille qu'il avait trouvée et qui était posée là, enveloppée dans du papier de soie blanc. Il la sortit et alla dans le vestibule maintenant éclairé. Juste au moment où Conrad passait devant l'îlot de chaises et de tables, la porte de la salle de bains s'ouvrit et Marianne en sortit ; elle était en pyjama, un vêtement qu'elle portait ces derniers temps bien qu'il ne convînt pas à la lourdeur de sa silhouette. « Bonsoir, ma petite Marianne », dit-il en se dirigeant vers elle. « Regarde – ce que j'ai retrouvé. » Elle prit la boucle d'oreille sur le plat de la main sans dire mot. Ce qui brillait dans ses yeux, au milieu de ce visage bronzé, n'était pas forcément perceptible pour Conrad, la lumière était ici assez faible. Il eut pourtant l'impression que toute la situation s'en trouvait modifiée et que cela infléchissait son attaque. Elle laissa Conrad planté là, se dirigea rapidement à pas légers dans sa chambre et il put entendre la clef tourner dans la serrure. S'il avait pu voir Marianne maintenant, il lui aurait été impossible de continuer pour ainsi dire à ne jeter que des demi-coups d'œil sur le verre d'eau au bord de la table. Elle prit dans une cachette entre les mouchoirs de batiste la petite clef des tiroirs où se trouvaient ses bijoux et en ouvrit un. Le couvercle de l'étui mordoré sauta : dedans se trouvaient les deux pendentifs d'oreille en béryl dont elle avait prétendu qu'elle en avait perdu un. Quant au troisième, en tous points semblable aux deux autres, elle l'avait dans la main. « Il en a fait faire une copie... », c'est ce qu'elle voulait se dire maintenant. Mais ce petit rempart s'écroula laissant voir l'inconcevable qui l'oppressait. Elle fit face, dans ses yeux il y avait une envie de se battre, une envie de haine, celle-ci était même déjà là. Le feu qui couvait déjà en elle se transforma l'instant d'après en un mur de flammes à jamais infranchissable et dirigé contre son époux. Chose singulière qui mérite d'être soulignée, dans les jours suivants et même par la suite, il n'y eut jamais une seule parole de prononcée entre les époux à propos des pendentifs d'oreille, ni par elle ni par lui.

QUATRIEME PARTIE

41

L'immense majorité des gens passent leur existence dans les étages intermédiaires de la vie ; il s'en trouve peu pour loger continuellement à la cave ou sur le toit. Et même chez ces derniers l'œil s'habitue à la longue à la déformation de perspective. Quel que soit le niveau que l'on occupe : si l'on s'y trouve en permanence, on finit par se faire happer par la routine. Lorsque l'individu moyen, qu'il s'agisse d'un démarcheur ou d'un ami venu prendre le café, arrive dans l'atelier haut perché du peintre (où ça sent le vernis, la peinture et toutes sortes d'odeurs nouvelles) : il s'étonne d'avoir pour ainsi dire comme voisin l'ouvrier du télégraphe qui vaque à ses occupations sur le toit d'à côté avec une audace à vous couper le souffle, un homme qui passe sa vie au-dessus des abîmes dans les parties de la ville où se rencontrent les fumées, les vents et les nuées : là où soufflent des courants d'air qui ne descendent jamais dans les profondes entailles des rues, tout comme ces flux de lumière qui pénètrent dans l'atelier par la grande verrière oblique. Mais même sous le ventre de la cité on trouve des gens qui s'affairent et remplissent leurs tâches le plus naturellement du monde. Il y a des grondements et des clapotis : la forte lumière de la lampe jaillit comme un éclair, le regard inspecte (conformément au règlement) les engrenages et le réglage de l'écluse au ressaut du grand collecteur.

Ça gronde et ça tempête dans les entrailles de la ville, ça roule et ça mugit, presque comme autrefois il y a bien longtemps durant cette fameuse guerre. Ça vient de la galerie du train urbain située à côté. On pense peut-être à la guerre. Pendant un instant on revoit le ciel de printemps au-dessus de la bataille, les gerbes de terre qui jaillissent drues sous les obus qui éclatent, des cônes posés sur la pointe, encore tout épais de ce sol déchiré, comme un corps solide qui se désagrège maintenant en fines particules et disparaît en fumée. Sacrée vie. Maintenant on a ce poste. La lampe se détourne, on suit le chemin au bord de l'eau, cette rivière souterraine (ce Styx), mais on ne s'étonne plus : les bords opposés d'une telle vie, d'une telle profession, se sont depuis longtemps émoussés et arrondis ; on tourne au coin, on prend le téléphone dans son logement et on fait son rapport. C'est une ronde de routine.

Dans la cave de la ville et là-haut près du toit passe le métro : qui est donc parfois aérien. Les rails s'étirent et brillent. La main est posée sur le frein. La cabine du machiniste est sombre. En-dessous, deux yeux de lumière, des yeux morts bien que brillants, sur le front d'une chenille de voitures. Maintenant le boyau du tunnel reste en arrière tandis que ce vacarme tout proche est avalé comme par des lèvres de caoutchouc. Si ça grondait à la cave et dans les entrailles, on entend maintenant chanter et vibrer d'autres matériaux derrière le train qui monte : des ponts, des poutrelles, grille après grille, terminé. Tout ce que l'homme a construit, a utilisé pendant des années : elle a un aspect presque méchant cette matière arrachée au giron de la terre, ce minerai, arcs d'acier cintrés, impitoyable construction face à la vie – en comparaison – toujours tendre, toujours souffrante. L'amant malheureux ou quelque autre désespéré voit là-dedans comme une chaîne de montagne rigide. Mais les sons qui vibrent dans ce minerai ont quand même quelque chose de plaintif lorsqu'un nouvel ouragan sort de la bouche sombre (qui devient de plus en plus petite) et file en grondant sur les ponts.

Dans les courbes, la ville avec son ciel de lumière, ces étoiles terrestres malades, penche et oscille. En bas, des lignes et des faisceaux de voies partent dans tous les sens, des files de voitures plus ou moins longues sont à l'arrêt. Au loin, on voit s'échapper des nuages de vapeur. Le paysage en bas est maintenant connu, vivant, proche : la grande place, large béance dans la ruche de la ville. Les voitures qui passent sont toutes petites, montrant leur toit que l'on n'est pas habitué à voir ainsi depuis la rue. Et puis un quai se rapproche, à main gauche, les voyageurs qui attendent deviennent plus grands, et juste au moment où le mouvement s'arrête il y en a toujours pour se rapprocher encore de quelques pas de la première voiture. A certaines heures de la journée on reconnaît les mêmes têtes. Par exemple le matin ou le soir à sept heures, sept heures et demie. Un gros homme brun à l'air satisfait, avec porte-documents et groin de porc. Un blond sec toujours un peu rejeté en arrière, comme pour prendre ses distances, un peu offensé, on dirait qu'il est fiché de travers dans le sol. Il attend toujours le train debout, sans jamais faire les cent pas, ça serait peut-être d'une certaine façon au-dessous de sa dignité, au-dessous de sa dignité d'offensé. Il se dirige tout de suite vers la première voiture. Un non-fumeur donc vraisemblablement.

L'employé du quai lève sa palette. « Attention au départ » dit le receveur en appuyant un peu la main sur la vitre de la fenêtre ; puis il monte dans le train en marche et ferme la porte coulissante.

La voie est de couleur gris-brun, les rails brillent et s'avancent, deux rails directionnels plus un légèrement moins brillant pour distribuer le courant. Le train avale des traverses sans compter. Devant apparaît maintenant la bouche noire du tunnel, elle est encore loin, bouche minuscule, trou sombre, noir rectangle ouvert, boîte noire où disparaissent les voies (mais confiance, ça continue encore et toujours, comme ça doit continuer !). Le train se précipite maintenant en grondant dans le boyau dont la paroi semble être faite de fumée. Mais il n'y en a pas ici, c'est seulement une impression, la rapidité du mouvement transforme la paroi proche en une matière liquide et sans consistance. Il n'y a d'ailleurs de paroi que sur le côté droit, à gauche il y a seulement des piles de fer pour séparer les deux voies.

Le quai suivant arrive, longue caverne de lumières située déjà dans un autre quartier que l'on vient d'atteindre par en bas, par un raccourci, sans se rendre compte de rien, comme par court-circuit. Les trajets avalés en bas dans l'obscurité tombent dans le néant, néant qu'ils sont. Ça sent le propre ici. Et pas la cave. Pas la fumée non plus. Mais comme dans une boîte.

Autrefois on avait fait des études quelconques (c'était la médecine, une odeur de salle de dissection entre autres, la sortie dans la rue devant un institut d'anatomie, le soleil de printemps... et encore une journée passée à flâner, sans avoir bien appris les os de la base du crâne). Maintenant le regard que l'on portait sur la vie venait de fenêtres fort différentes. Et c'était mieux ainsi. Cette voie que l'on avait abandonnée pour venir ici, fortune ou infortune d'aiguillage, cette ancienne voie avait été de plus en plus une source de tourments, attente indécise pour savoir si l'oncle donnerait encore les fonds jusqu'à la fin du semestre... Cet oncle était maintenant sur une voie de garage, remisé, du reste il était mort. Mais dans le soleil de printemps devant le portail de l'institut – sous l'arche duquel il s'en trouvait encore quelques-uns en blouse blanche de dissection – on avait souvent eu, en dépit des plaisanteries échangées, un tourment au fond de soi qui assombrissait et écrasait tout, qui paralysait toute énergie, qui accentuait encore l'impossibilité de rattraper ce qu'on avait manqué, qui excluait que l'on rentrât maintenant tout de suite chez soi (dans cette chambre où il y avait du reste beaucoup trop de rideaux, de peluche, de meubles) pour reprendre là-bas les choses avec méthode. Les livres tuaient. A peine ouverts ils annonçaient le sommeil de la mort. La journée d'aujourd'hui n'avait absolument rien de décisif, alors on accompagnait les autres au café. D'ailleurs tout était trop bête, pourquoi vivre ainsi, avec cet oncle sempiternel et ses lettres de terreur et de panique (qui ne faisaient que déranger, que gâcher – mais qui aurait bien pu expliquer ça à cet homme ?) Pourquoi vivre ainsi – on pouvait aussi bien vivre autrement. A la vérité ce n'était même pas contraignant. Parce que c'était trop bête. Parce que c'était de plus en plus bête. Ça finissait par devenir vraiment trop bête. Ça faisait déjà mal à la base du crâne. Pouah !

La main est posée sur le frein. On a maintenant ce poste. Il est vrai que ce n'est pas allé tout seul. Lors de l'examen d'entrée, c'était dans la Köthenerstrasse, au siège de la régie des transports – à l'époque en 1921 la dénomination exacte était : « Société des chemins de fer électriques aériens et souterrains » – lors de cet examen en dictée et en calcul arithmétique, l'ex-étudiant avait eu honte parce que, pour lui, ça n'avait pas été un examen, alors que les autres avaient dû s'appliquer sérieusement : c'est pourquoi sa position lui était apparue en quelque sorte déloyale. Bon, mais pour apprendre à faire le contrôleur de portillon il n'avait d'avance sur personne, il y en avait d'autres qui comprenaient même beaucoup plus vite que lui : idem pour le service sur le quai. Pour finir on avait encore passé un examen – le troisième, car il y en avait encore eu un auparavant, un « examen de billets » après l'apprentissage au portillon – et on avait alors la formation d'accompagnateur-receveur ; et c'est ainsi que commença la vie sur les ponts et dans les tunnels, tous les jours, à traverser la cave et à longer le toit. (Précédé bien entendu d'un examen ! C'était bizarre, on ne sortait jamais des examens, mais ici du moins on les passait vraiment). Si c'est un coup du sort, au sens strict du terme, caché – pas toujours très bien – quelque part au fond de soi, qui avait donné l'impulsion décisive pour changer de voie, c'était un coup de chance qui permettait maintenant de progresser de façon décisive sur cette voie : déjà en 1923, le besoin en roulants avait augmenté grâce à l'ouverture de la ligne nord-sud ; et en 1926 on avait mis en service une partie du trajet qui desservait au-delà de Neukölln. On s'était donc retrouvé un jour dans l'ouest sur la voie d'essai que l'on connaissait du temps où l'on avait été formé comme accompagnateur-receveur – tout comme les salles pour la formation théorique près de la Stralauer Tor (des amphithéâtres, eh oui, eh oui !) Tous ces coups tordus que le moniteur faisait pendant l'instruction – il dévissait ici un fusible, tirait là le frein de secours, faisait ensuite quelque chose avec le frein à main, rien que des choses pouvant engendrer des erreurs et des situations qui devaient vite être localisées et auxquelles il fallait remédier, vite, vite ! – cette centaine de coups tordus était carrément devenue un sport, on se découvrait même un talent pour la technique, une prédilection. Et les signaux !

Tant les manuels que les semi-automatiques. C'était déjà le début d'une sorte de jouissance qui faisait en quelque sorte la jonction directe et souterraine avec la période de l'enfance.

La formation de conducteur durait six semaines.

L'étendue éclairée de la ville recommençait maintenant à basculer dans les courbes ; vu de l'obscurité de la cabine du machiniste (le moniteur était encore là), cet enchevêtrement infini de rues s'effrangeait en lumières toujours plus isolées, ces milliers d'étoiles terrestres malades palpitant faiblement ou intensément. Un jour viendra où l'on sera seul ici, dans cette boîte obscure, dans cette petite loge, ce caisson d'observation que le courant fait avancer en couinant. Ce jour est proche. Peut-être que ce jour-là, quelque chose vous.. prendra de vitesse, que ce qui est enfoui là à l'intérieur éclatera, quand on en sera réduit à ne compter que sur soi-même avec ces mains-là, avec ces yeux-là (vérifiés par le médecin), quand il n'y aura plus personne hormis le receveur de l'autre côté à gauche derrière la paroi de séparation à la petite fenêtre vitrée, avec les passagers.

Au bout de six mois la tension des premiers quinze jours de conduite en solo était devenue incompréhensible, ou plutôt il ne s'en rappelait presque plus, vraiment presque plus : il ne subsistait plus que le fait que ça avait été comme ça, voilà. Et peut-être que le dernier souvenir vivace était ce regard porté sur la flamme silencieuse du réchaud à alcool où l'on avait fait chauffer le café le matin avant le premier trajet seul, il faisait encore nuit noire et pendant quelques instants on n'était animé que d'un seul souhait : que ce soit fini. Et puis la main sur le frein, le train qui roule : telle une mère vigilante, la mécanique bien réglée des mouvements protégeait l'homme de toutes les forces de la vie qui, le matin, devant la flamme muette du réchaud, sont tapies dans les ténèbres inconnues de sa poitrine et guettent. Le quai suivant se rapprochait déjà joyeusement, les passagers grandissaient, marchaient à la rencontre du train, les lumières creusaient l'espace. Oui, on était à sa place ici. Et il n'y avait rien pour vous prendre de vitesse. Tout cela ne tarda pas à être coiffé par la chape de l'habitude.

Une fois la tension devenue caduque, c'est le lot commun

qui reprenait le dessus : un souci, un chagrin, une pression, une politesse non rendue... Maintenant on avait ce poste, maintenant on regardait à travers ces fenêtres, maintenant on passait par la cave et par-dessus le toit. On se moquait assurément de tous les oncles de la terre. Sacrée vie. Au moins une ou deux fois par semaine on se retrouve là-haut, au nord de Berlin, dans la Kremmenerstrasse, on rend visite à son amie, on apporte un colis avec du café et du sucre et d'autres choses nécessaires. Les murs de ce petit appartement avec chambre et cuisine parlent aussi sans bruit d'un tas de choses que l'on a en commun, d'engagements, comme les plis du front parlent en hiéroglyphes du temps passé.

Le lot commun ; même un conducteur de train est un homme comme les autres, et face à ce fait irréfutable il faut savoir apprécier que pendant des heures il se réduit à n'être qu'une main, un œil, une oreille, une simple machine, un schéma ou un modèle géométrique de la vie des sens. Ça gronde dans les entrailles de la ville. Des tempêtes passent, résonnant dans le boyau, ébranlant le pont dont le métal gémit comme la colonne de Memmon au lever du soleil. Jonction triangulaire. Bülowstrasse. Des lumières rouges et bleues, à gauche et à droite, connues, intenses et visibles de loin. Le signal vert à droite en avant. Nollendorfplatz. On s'enfonce en grondant dans le boyau. Wittenbergplatz. Zoologischer Garten. Knie. C'est Berlin : vue du toit et de la cave.

42

Conrad y arriva un samedi dans la matinée, il descendait d'un wagon-lit. La première partie de la nuit avait été mauvaise – à somnoler dans ce train qui filait en bourdonnant sans jamais savoir si l'on avait trop chaud ou trop froid – toutefois la seconde partie avait été meilleure lorsqu'à l'occasion d'un retournement sur le côté droit, la demi-somnolence, fatiguée d'elle-même, avait enfin cédé et que les membres avaient pu se détendre. Conrad se dirigeait maintenant avec beaucoup d'autres vers la sortie. La ville lui parut gris-clair, comme le gris d'un pigeon par exemple, dans la lumière d'une matinée de printemps froide et couverte, avec le pavé encore tout mouillé de la dernière averse. Tandis qu'il payait le porteur et montait dans un taxi, il nota en passant que les choses devaient bien sûr être en ordre. Eisenmann avait tout prévu, même l'hôtel où il devait descendre évidemment, et la catégorie de la chambre (la meilleure avec bain et téléphone). « M. Castiletz ? » C'est ainsi que l'accueillit le chef-réceptionniste, un homme doux et pâle avec des cheveux noirs, qui, bizarrement, ressemblait exactement à un certain « M. Jules », un personnage d'un livre français pour enfants avec des illustrations. On s'enfonçait dans l'animation de ce gigantesque hôtel comme dans une forteresse de silence entourée de tapis et surchargée de dorures, sur les rampes des escaliers, partout. La chambre – la 317 – était bleue, le lit était au fond, dans une alcôve séparée par un rideau avec cordelette à gland.

Conrad défit ses bagages. Il voulait prendre un bain. Sur le bureau se trouvait le téléphone avec l'annuaire à côté. Il s'arrêta devant. Parmi les messieurs qui devaient avoir des discussions auxquelles il devait assister, cinq habitaient dans cet hôtel. (Eisenmann lui avait noté avec précision de qui il s'agissait – qu'est-ce qui du reste n'avait pas été noté par Eisenmann, les choses les plus curieuses !) Bon, demain il ferait porter ses cartes par un garçon d'hôtel. Aujourd'hui il était encore trop tôt, en plus on était dimanche. (En fait, il était parti exprès le samedi soir). Lettre L. Lehnder ? Non ? Toutes ces questions à n'en plus finir ! « Tu as bonne mine. Tu avais meilleure mine avant. » Et là Ligharts, Günther. »

La carte brûlée était ainsi récupérée d'une certaine façon, remplacée. Ce devait être lui, ce nom n'était pas si courant, et en plus « Günther ». Ainsi Günther était au ministère des affaires étrangères ! Castiletz fit fonctionner l'appareil et parla dans le combiné : « Tiergarten... » et le numéro.

« Allo, ici Günther Ligharts », la voix était agréable, un peu paresseuse.

« Ici Conrad Castiletz. »

Il y eut une toute petite pause. Puis d'une voix claire et forte :

« Kokosch ? »

« Oui, Kokosch ! »

« Nom de nom, où est-ce que tu es ? »

Castiletz indiqua le nom de l'hôtel. « Alors prépare-toi en vitesse et viens prendre le petit déjeuner avec nous. Ecoute : la Keithstrasse est à côté du zoo. Juste en face de l'hôtel tu as la station Friedrichstrasse. Tu montes dans le S-Bahn, réseau urbain, et tu descends au quatrième arrêt, Zoologischer Garten... »

« Je vais prendre un taxi » dit Castiletz. « Je ne me repère absolument pas, c'est la première fois que je viens à Berlin. »

« Bon – mais c'est du gaspillage. Tu pourrais tout aussi bien prendre le métro, c'est très confortable mais seulement il faut changer. Enfin, tu fais comme tu veux, mais dépêche-toi. »

« Je veux encore prendre un bain. »

« Bon. Ne te mouille pas trop. Ça, tu pourras le faire chez moi. Allez vite, vite, Kokosch, à tout de suite ! »

En reposant le combiné il entendit encore un son étrange, comme si Günther appelait quelqu'un, du genre : « Quiiiiii... »

Conrad barbotait. Il se sentait bien. La carte avait été récupérée, c'était comme si un couvercle venait de sauter.

Une demi-heure plus tard la voiture tournait à l'angle des rues, filait sur de grands boulevards où se perdaient les rares promeneurs du dimanche ; la ville semblait beaucoup trop grande, comme une scène vide et sans décors mais dont l'espace est conçu pour des événements tumultueux. Il y avait de grands parcs figés dans le froid et l'humidité. Des rues partaient, arrivaient, convergeaient, la voiture tournait maintenant à gauche, encore une fois au coin de la rue, puis elle ralentit et s'immobilisa devant la grille d'un jardin.

Une soubrette en tablier blanc était en haut des marches devant la porte ouverte, mais déjà Günther arrivait.

Inchangé, il était seulement habillé différemment d'avant. Depuis le temps, tous les deux avaient pour ainsi dire grandi en parallèle. Il n'y avait aucune distance. Günther prit Conrad par le poignet et l'entraîna dans une petite pièce très chaude et colorée, par la fenêtre de laquelle on pouvait voir entre les branches des arbres. Des livres posés sur des étagères noires recouvraient les murs. Dans le coin il y avait un large divan rouge sang ainsi que quelques fauteuils profonds autour d'une table basse et brillante nappée de blanc, qui apportait une note fraîche et virginale. Les premières paroles échangées rebondirent confusément à l'aveuglette, c'était à propos du séjour de Conrad ici, et pourquoi, et où il vivait d'habitude.

« Je suis marié aussi » dit Günther, et il y eut de nouveau ce son bizarre :

« Quiiiiie... k... »

« Quiiiiie... k », la réponse venait de quelque part dehors, le son était très haut, puis ce fut une voix de femme :

« Tout de suite, Günther... ! »

Un livre bleu était posé sur la couverture rouge sang du divan. Castiletz le prit, profitant d'un silence momentané dans la conversation pourtant pleine à ras bord d'eau vitale tel un immense réservoir de paroles qu'il faudrait encore échanger.

« Tu lis du latin ? » dit-il étonné.

« Oui, du Catulle, » répondit Günther. « Il est plein d'élégance et de charme. Regarde. Ici, le tout début :

Cui dono lepidum novum libellum
arida modo pumice expolitum ?
Corneli, tibi ; manque tu solebas
meas esse aliquid putare nugas... »

Il improvisait maintenant une traduction :

A qui dédirai-je ce mignon petit livre
Bientôt poli par l'aridité d'une pierre ponce ?
A toi, Cornelius ; car tu as toujours accordé
Quelque crédit à mes bagatelles... »

On ouvrit la porte. Dans son encadrement se trouvait un point d'exclamation sur lequel venait bizarrement s'appuyer une pâle raie de lumière venue du jardin. Günther se précipita vers elle et lui baisa la main.

« Voici Conrad Castiletz, appelé Kokosch ; et voici ma femme, appelée Quiek. Vous devez bien sûr vous tutoyer. »

« J'ai beaucoup entendu parler de toi, » dit-elle, sa main encore dans la sienne. Il regardait ce visage en face de lui, charmant, vraiment joli, en toute objectivité, avec une épaisse chevelure brune plaquée sur la tête et des yeux un peu trop grands, si bien que sa tête ressemblait un peu à celle d'un insecte. Maintenant, ici, dans ces secondes, dans cette petite pièce chaude et colorée avec une fenêtre donnant sur le jardin – où le vert tendre des frondaisons s'accordait mal avec l'air froid et tout humide de pluie – voilà qu'une cavité s'ouvrait en Conrad, une cavité réceptive : qui était en même temps occupée. Et il restait ainsi séparé de ces êtres heureux. L'espace d'un instant il vit en pensées la silhouette de M. de Hohenlocher. Lui aussi était heureux. Et c'est alors que le bonheur de ce dernier apparut de façon remarquable à Castiletz comme le plus proche des deux.

43

Il déjeuna aussi chez Ligharts, restant seul avec lui après le repas puisque Quiek avait l'habitude de faire la sieste à cette heure. Son image resta d'ailleurs étrangement présente à Conrad longtemps encore après qu'elle se fût retirée, comme une saillie intérieure qu'il n'arrivait pas à aplanir et qui en fait le gênait. Il était impossible de mettre une étiquette à cette femme, elle était un cas à part d'originalité presque désagréable, voire pénible. Lorsque le sortilège du sexe reste muet entre deux individus, lorsque tombent dès l'abord ces voiles multicolores et que jamais ces vapeurs là ne monteront, il s'établit entre l'homme et la femme une proximité commode, dénaturée et abstraite, un court-circuit par-dessus un espace vide : et c'est grâce à celui-ci que

Conrad pouvait maintenant se faire une idée de ce que ça pouvait être que de voir à travers ces yeux, ces yeux d'insecte quand on traversait le jardin zoologique à cheval (elle avait parlé de ça au petit déjeuner) ou simplement de vivre, de parler, d'avoir des prétentions, des besoins, à travers le prisme d'une telle assurance et d'une telle singularité – au sens le plus exact du terme. En même temps, Castiletz pensait furtivement à Maria Rosanka, tout en sachant avec certitude que ces deux femmes, ces deux mondes, n'étaient pas comparables. Cela l'excitait d'essayer d'imaginer un homme du genre de Quiek : et il se rendait compte que cela ne pourrait être qu'un bâtard dégénéré, une somme de maniérisme dégoûtant, presque monstrueux. Or elle était tout ce qu'il y a de plus naturel ; ses manières étaient incroyablement bien ajustées, comme la carapace d'un insecte étrange. Tous les sujets abordés dans la conversation devenaient faciles, elle semblait délester secrètement les choses de leur contenu avec la rapidité de l'éclair – habile comme un prestidigitateur qui intervertit des cartes – pour les exhiber ensuite, étonnantes de légèreté, en vrai illusionniste.

Au fond, Castiletz n'avait encore jamais envié quelqu'un à ce point comme Quiek Ligharts. Même pas monsieur de Hohenlocher.

« Elle est étrange notre Quiek, n'est-ce pas ? » dit Günther, comme s'il devinait les pensées de Conrad.

« Oui. Je crois qu'elle doit te – tenir en haleine », répondit Castiletz, étonné de sa propre formulation qui, en dépit de sa concision, apparut même à ses propres yeux comme un produit de possibilités nouvelles.

« Il le faut ! » dit Günther en riant. « C'est pour ainsi dire son devoir. Du reste lorsque Quiek a dit qu'elle avait déjà beaucoup entendu parler de toi, ce n'était pas une façon de parler. J'ai effectivement souvent parlé de toi, Kokosch, même si cela peut t'étonner. »

« Surtout que de mon côté je ne t'ai jamais donné de mes nouvelles, je ne suis pas peu étonné. »

Oui c'étaient des cartes brûlées qui refaisaient pour ainsi dire surface, ce courrier se retrouvait ainsi remis en ordre et expédié, cette affaire ne faisait plus partie de celles qu'on évitait, ces défauts-là – s'assoupissaient ! Pendant quelques instants Conrad se sentit effleuré par un courage tout neuf comme par une brise parfumée ; et baigné par ce souffle, la coquille creuse de sa vie présenta son contenu tel qu'il était, sans fioriture ni tapage : on pouvait s'en accommoder. Mais déjà cette étonnante clarté disparaissait. Il crut soudain sentir une odeur de peinture fraîche. Cela aussi disparut. Ce n'était qu'une impression de peinture fraîche qui flottait dans cette petite bibliothèque chaude et colorée où Günther lisait du Catulle.

« Je viens juste de faire faire ces rayonnages pour les livres », dit Günther qui remarquait que Conrad contemplait les murs. Castiletz ne répondit rien.

« Tu dis, tenir en haleine » – (Ligharts reprenait le fil de la conversation) – « c'est pourtant plus que cela. Une femme se doit de nous rendre toujours le monde transparent et en même temps mystérieux, elle doit soulever, quelque part, le rideau peint de la vie qui d'habitude reste pendant et inerte, le plisser, le tordre carrément – de telle sorte, dirais-je, que l'on puisse deviner dans cette torsion le point d'ancrage supérieur, que l'on prenne plaisir à le deviner, tout comme ce rideau prend plaisir à se laisser tordre. Parce qu'autrement il courrait peut-être le danger de ne pas dévoiler ce qu'il sait, de ne pas l'exposer à la contradiction, d'en faire un savoir de musée, quelque chose qui ressemblerait déjà à la mort. La mort peut se glisser dans les appartements, s'installer dans les tapisseries et les tableaux et finir même par pousser ses os jusque dans nos raisonnements. Il faut se tenir en haleine, dans l'haleine de la vie. Je ne pense pas là à des choses sensationnelles. Il existe pourtant quelques petits coups de pouce qui n'ont bien sûr pas plus de valeur que lorsque le professeur de gymnastique donne une petite poussée sous les jambes de l'élève qui fait le soleil à la barre fixe en tendant son bras à l'horizontale – ou en se tenant même seulement prêt avec son bras. Avec toi, Kokosch, je me suis aussi toujours tenu en haleine. Et c'est pour ça que je parlais de toi. »

« Bien que je n'aie jamais répondu à ta petite carte avec le Pierrot blanc. »

De dire cela apparaissait presque à Conrad comme une

énormité, comme s'il dévoilait là tout simplement un des secrets les mieux gardés de sa vie.

« Imagine », enchaîna-t-il un peu plus fort, étouffant cette sensation mise à nu par des propos allègres, « ça ne fait pas si longtemps, quelques années seulement, que cette carte a brûlé par un malheureux hasard. Il y avait ton adresse dessus. Une rue quelconque, ça ne me revient pas pour l'instant. Je n'ai jamais écrit à cette adresse. Je suis content que nous soyions de nouveau ensemble, Günther. Une partie de ma vie qui m'avait échappé se trouve ainsi rattrapée. »

Mais maintenant qu'il avait fini, il s'effrayait presque de ses propres paroles.

« Cette adresse n'aurait jamais pu t'être d'aucun secours », dit Ligharts. « C'était marqué : Uchatiusstrasse. Cette rue n'existe pas à Berlin et n'a jamais existé pour autant que je sache. Si tu m'avais donné des nouvelles à cette adresse, elles ne me seraient jamais parvenues. J'ai tout bonnement inventé ce nom de rue. En réalité, j'ai d'abord habité chez ma tante à Charlottenburg dans la Grolmanstrasse, près de chez Knie, et plus tard, une fois le déménagement de mes parents terminé, j'ai habité dans leur villa, pas loin d'ici. »

Castiletz s'enfonça plus profondément dans le moelleux de son fauteuil.

« Et pourquoi... ? » dit-il.

« Si tu veux – pour me "tenir en haleine", comme tu disais tout à l'heure. Pour créer un désordre pouvant engendrer je ne sais quoi, qui permette de mettre quelque chose à l'épreuve – plutôt qu'un échange de lettres ou de cartes entre deux camarades, deux amis d'école, au rythme d'une lettre ou d'une carte tous les trois mois. "Je vais bien, je ne travaille pas beaucoup parce que ça peut aller dans toutes les matières, mes parents sont en bonne santé, en escrime j'ai décroché un prix pour mon club, une médaille d'argent au challenge inter-scolaire." Voilà qui m'ennuyait a priori. Je voulais voir si nous retomberions l'un sur l'autre sans tout ça, quelque part, n'importe quand. C'est ce que je voulais dire par : mettre à l'épreuve. Et voilà qu'on se retrouve assis là. Ainsi, entre-temps j'ai beaucoup pensé à toi, d'une certaine façon tu es toujours resté vivace dans ma mémoire.

Autrement nous nous serions écrit pendant quelque temps en mettant plus ou moins d'encre au bout de nos doigts, c'est sûr ; puis nous aurions arrêté et nous ne nous serions plus jamais revus de notre vie. Un secret doit rester un secret. »

Castiletz ne comprenait pas très bien ces dernières paroles mais elles le touchaient encore davantage que tout ce qui avait été dit auparavant.

« Est-ce que tes parents vivent encore ? » demanda Günther.

« Non », dit Conrad. « Mes parents sont morts tous les deux. »

« C'est très triste » répondit Ligharts avec sérieux, plus sur le ton de la constatation que de la sollicitude.

« J'ai encore les miens, Dieu soit loué. C'est vrai que ton père avait le cœur fragile, pour autant que je m'en souvienne. C'est ce qui l'a emporté ? »

« Oui », dit Castiletz.

« Il était beaucoup plus âgé que ta mère ? »

« Oui. »

« Et ta mère ? Elle était merveilleuse, ta mère, elle était adorable. »

Conrad se tut. Un trouble s'était emparé de lui et l'empêchait de répondre tout de suite.

« Ma mère est morte brutalement à cause de quelque chose en rapport avec la circulation sanguine, une catastrophe. Aujourd'hui encore je ne comprends pas. » Il hésita un peu. Puis il dit :

« Ecoute, Günther : tu disais tout à l'heure – que ça t'aurait "ennuyé a priori" cette histoire de correspondance. Tes souvenirs sont-ils donc si précis ? Tu pensais déjà comme ça autrefois ? En ces termes ? Etais-tu – si libre, dirais-je, au point de pouvoir penser comme ça, au point de refuser purement et simplement l'ennui ? Est-ce que ça ne t'a jamais tourmenté comme une – chose inachevée, comme un désordre quelque part ? »

« Non. Ce désordre, je le voulais même. »

« Tu le voulais. Oui. Tu dis "je voulais". As-tu donc la conviction d'être le même au fond... alors, à l'époque déjà tu étais, au sens exact du terme, déjà... adulte ? »

« Oui, je l'étais » dit Ligharts avec insouciance.

« Même quand je le veux, il y a beaucoup de choses dont je ne me souviens pas... un tas de choses. Tiens, je ne pourrais pas dire par exemple : à l'époque je chassais... le triton. »

« Ce qui a failli se terminer par un pugilat », dit Ligharts gaiement. « Oh, je me rappelle de tout. A cette époque je faisais du cheval deux fois par semaine et je passais à côté de cet étang, avec monsieur Brokmann. Mais pourquoi ne pourrais-tu pas dire que tu as chassé le triton ? C'est pourtant exact ! »

« Oui. Bien sûr. Mais si je le disais, ça serait faux. Ce n'est pas quelque chose qui m'appartient en quelque sorte. »

« Etrange », dit Günther et il but du cognac dans son verre bas. Castiletz perdit le fil du récit qu'il s'était tellement appliqué à reprendre. C'est peut-être pour remplacer cette perte, pour combler ce vide dans la conversation – causé par un sujet aussi incertain qui s'éclipsait en un tournemain – qu'il disait maintenant tout ce qui lui venait sur les lèvres :

« J'ai été envoyé à Berlin par mon directeur comme je te l'ai déjà dit, à cause de ce projet de cartel ou ce qu'il en est, on ne sait pas encore exactement. Toutefois, je dois encore m'occuper de tout autre chose – quelque chose qui personnellement me touche bien davantage. »

« Mais encore », dit Ligharts en soufflant la fumée de sa cigarette et en se penchant en avant. Il regardait Conrad d'en bas et son visage clair et franc ressemblait alors tout à fait à celui d'un petit garçon, un peu espiègle, un peu étrange. Comme le Pierrot. Il est sûr qu'il devait bien s'entendre avec Quiek.

« Il s'agit d'élucider une affaire criminelle. »

Non, il n'avait pas voulu cette emphase ; mais maintenant c'était là ; comme un tas informe qui serait venu remplacer une jolie statuette.

« Ah bon – c'est ton second métier ? » demanda Ligharts un peu froid, refroidi même peut-être.

« Non », dit Conrad. Il présenta alors toute l'affaire, à Günther, un peu comme l'avait fait Inkrat autrefois (en utilisant aussi à certains moments les mêmes mots), seulement de façon beaucoup plus condensée.

« Ta belle-sœur ! » s'écria Ligharts. « Non, je n'ai jamais entendu parler de cette affaire. »

Castiletz continua. Günther répéta le nom : Henry Peitz. Puis après un silence de quelques secondes, il dit : « Je le connais. »

« Quoi ? » s'écria Castiletz sans plus se contrôler.

« Il a un magasin d'appareillages électriques ici à Berlin ? » demanda Ligharts vivement.

Une brusque excitation s'empara des deux amis, mais chez Günther elle se transforma aussitôt en quelque chose de serein, de clair, de léger.

« Oui » dit Castiletz, « il avait un tel commerce ici. »

« Alors c'est bien lui ! » s'écria Ligharts en se levant.

« A bas Peitz ! Attends un peu mon petit Peitz, on t'attrapera par les basques ! Espèce de brigand, meurtrier ! Il faut que ce soit lui. Sinon je ne prendrais aucun plaisir à toute cette affaire. Il faut que ce soit lui, un point c'est tout. Il faut qu'il se laisse démasquer. A bas Peitz. Abasso il Peitz... », il s'arrêta effrayé. Peut-être croyait-il blesser la sensibilité de Conrad par une telle vision des choses. Mais là Günther se trompait. Castiletz regardait la légèreté dont il était capable avec autant d'envie qu'un skieur débutant dans l'Arlberg par exemple regarde évoluer son moniteur.

« C'est que je ne peux pas le supporter », dit Ligharts comme pour s'excuser. « Regarde un peu Kokosch : s'il ressemble – à ça, ce ne peut être que lui. »

Près des rayonnages il y avait un petit tabouret posé là sans doute pour qu'on puisse monter dessus et attraper un livre dans les rayons du haut. Ligharts s'assit dessus, face à Castiletz, le buste raide un peu incliné et penché d'un côté. Il porta ses mains à ses yeux, tira les paupières vers le bas, et avec cette attitude d'un homme offensé qui recule devant une question quelconque (peut-être même insolente ?), il dit : « Mon nom est Henry Peitz. Que voulez-vous ? »

« C'est lui ! » s'écria Conrad, bondissant à son tour de son siège. « C'est exactement comme ça que l'a décrit ce docteur Inkrat de la police. Exactement comme ça ! »

« Eh bien, vous ne me connaissez donc pas personnellement ? » dit Günther toujours dans le rôle d'un Henry Peitz offensé jusqu'à la moelle.

« Non, monsieur Peitz », répondit Conrad, « et c'est justement là qu'est le problème. »

« Tu ne le connais vraiment pas ? » s'exclama Ligharts en abandonnant son rôle. « Tu vas faire sa connaissance. Je peux t'arranger ça sans problème. Au reste, tu devrais maintenant être en mesure de l'identifier, même si tu n'as jamais vu le personnage. Attends, je vais encore te le montrer debout. »

Il se planta devant les rayonnages. « Imagine » dit-il « que Peitz est en train d'attendre un quelconque transport en commun, le tramway, le métro ou un autobus. Celui-ci arrive de là (il montra la porte), et maintenant notre marchand d'appareillages électriques – meurtrier, brigand, abasso il Peitz ! – lui fait face... »

Ligharts se tenait là debout comme s'il était fiché dans le sol, raide et rejeté en arrière, tout d'indignation (peut-être que le bus tardait depuis trop longtemps ?) et prenant pourtant ses distances en face de celui qui arrivait. Les paupières étaient légèrement tirées au coin des yeux : « Voudrais-tu m'écraser ? » dit-il.

Günther abandonna alors la pose. « Il se tient là » dit-il « comme s'il avait pris racine à l'arrêt du bus ou du métro. Il ne fait jamais un pas à droite ou à gauche. Ce serait trop s'abaisser. Enfin bref, je vous mettrai l'un en face de l'autre. »

« Je ne crois pas que ça correspondrait à mes intentions », dit Castiletz en pesant et en choisissant ses mots de sorte qu'on sentait qu'il y avait longtemps réfléchi (influence de la bibliothèque ? De la boisson de toute façon la plus raisonnable ? Du cahier bleu ?). « Bien sûr que je veux le connaître, mais lui ne doit pas me connaître. »

« C'est juste ! excellent ! » s'écria Ligharts.

« Je veux l'observer » reprit Castiletz posément.

« C'est-à-dire que tu veux, en termes du métier, le filer » fit remarquer Günther.

« Il faut que tu me le montres », dit Conrad.

« Tout de suite, tout de suite ! » s'écria Ligharts en parcourant la pièce. On entendit un petit bruit qui venait de quelque part dehors.

« Quiiiiek... »

« Quiiiiek... »

Elle était de nouveau là. Ligharts prit sa femme par la main et l'attira dans la pièce. « Peitz va être liquidé, apprêté comme il faut, démasqué, étrillé... »

« Absolument », dit-elle, et ses grands yeux s'exorbitèrent un peu.

Pendant quelques secondes Conrad redevint l'homme d'affaires, viril et sérieux. « Qu'est-ce qu'il vous a donc fait ? » demanda-t-il.

« Fait ? » répondit Quiek. « Pourquoi, fait ? Il ne nous a rien fait. On n'a aucune relation avec lui. Mais on ne l'aime pas. » Il y avait dans ses yeux comme l'innocence d'une eau profonde, claire et scintillante.

« C'est suffisant », déclara Günther. « Maintenant on va l'appeler. Il faut mettre fin à ces meurtres et ces rapines dans le train. Il faut que tu saches, Quiek, tout ce qu'on rapporte sur Peitz... » (il refit alors brièvement le récit de Conrad – ça ne semblait pourtant pas faire la moindre impression sur Quiek que Louison Veik ait été pour ainsi dire parente avec Castiletz ; pendant le récit de Günther ses yeux s'exorbitèrent de nouveau un peu dans un mélange de curiosité et d'amusement, elle avait maintenant vraiment l'air d'un bel insecte.)

« Bon, écoutez », dit Günther. « Mon plan est le suivant : je vais prendre rendez-vous avec Peitz. Dans son café habituel, c'est une taverne tyrolienne dans la Kochstrasse. C'est en général là qu'il se rend après la fermeture de son magasin. De toute façon il faut que je le voie car ça fait longtemps que je veux échanger une radio qu'il m'a livrée il y a deux ans contre un modèle plus récent et plus performant. Il va falloir que je paye une bonne somme en plus. Le Peitz – abasso ! – n'y verra absolument aucun inconvénient. Prétextant que je n'ai pas le temps de parler de cela ou de toute autre chose de ce genre pendant les heures d'ouverture de son magasin, je prendrai rendez-vous avec Peitz dans son café. Tu t'y rendras, Kokosch, et tu l'observeras à la dérobée. La filature pourra commencer aussitôt après. Et maintenant je vais l'appeler ! Vu le mauvais temps qu'il fait il est sûrement resté chez lui par cet après-midi dominical ! »

Günther se laissa tomber sur l'ottomane et tendit la main vers le téléphone qui se trouvait à côté.

« Abasso ! » dit-il dans le combiné. « Non : Blücher A 9... » et le numéro.

On entendit bientôt une voix qui ne pouvait pas être seulement assourdie par la liaison téléphonique : elle devait avoir naturellement quelque chose d'étouffé. Et Günther de se renverser aussitôt sur le divan, dans une attitude offensée et légèrement réprobatrice. En effet : sa pose correspondait exactement à la voix glapissante qui sortait de l'écouteur – un peu sèche, un peu cassante. Pourtant la conversation ne dura pas longtemps et tout sembla s'arranger comme souhaité. Castiletz qui était debout à côté de Quiek – elle écoutait avec curiosité, plissant un peu le nez d'un air charmant – se trouva carrément pris de vitesse et rattrapé par cet état d'esprit qu'il avait connu à Stuttgart (à l'occasion de sa visite chez la Rosanka) : ici aussi tout semblait s'organiser sans effort, les charnières jouaient toutes seules.

« Bon », dit Günther après avoir reposé le combiné, « je le vois demain. Dans la taverne. A huit heures moins le quart. Quant à nous, nous y serons plus tôt. Primo, pour que je puisse te montrer où c'est, et que tu ne te trompes pas ; secundo je te donnerai l'occasion de voir la maison et l'étage où habite Peitz – il est bien connu que dans une histoire criminelle il peut être important de savoir par exemple si quelqu'un a l'électricité ou pas, il faut donc que tu sois au courant. Et puis il faut aussi que tu voies le magasin. Quand on s'occupe d'une affaire pareille, il faut le faire à fond. On s'en occupe ou on ne s'en occupe pas. D'ailleurs le roman se passe dans un endroit que je connais du temps où j'étais écolier. C'est en effet là que se trouve le lycée Friedrich-Wilhelm. Quant à nous il est bien clair que nous nous retrouvons demain, lundi soir, à sept heures et demie, devant l'ancien palais Albrecht. » Il décrivit exactement où ça se trouvait. Conrad était heureux que l'on ne s'aventure pas là-dedans à la légère (vu la tournure des choses, il l'avait de plus en plus redouté par devers soi). Ensuite Günther expliqua le trajet le plus direct en métro à partir de l'hôtel de Conrad. « Tu peux aussi prendre un taxi si tu y tiens », ajouta-t-il. « Devant la double rangée de colonnes qui sépare l'entrée du Palais Albrecht de la rue, il y a une boîte à sable municipale. C'est là qu'on se retrouvera. »

En fin d'après-midi, Conrad rentra dans la chambre bleue de son hôtel. Le chauffage fonctionnait, les rideaux étaient tirés. Derrière, des gouttes de pluie emportées par le vent venaient de temps en temps taper contre les vitres avec un bruit qui rappelait les légers grattements d'un oiseau qui marche. Castiletz se fit monter le dîner et s'attela aux préparatifs du lendemain. Il y avait d'abord la drôle de liste d'Eisenmann, du genre : Grand et fort, tête noiraude de taureau : directeur Klinkart (suivait le nom de la firme). Faire attention à ce qu'il dit. Parle toujours en suivant une idée, jamais fat. Impénétrable. Fixer ensuite par écrit ce qu'il a dit.

Pâle ver de terre, pince-nez : Stolzenbach (nom de la firme). Veut qu'on lui pose des questions. Détestable professeur. Glose. Peut parfois y avoir du bon. En général, baratin.

Tête de porc, bedaine pendante, de larges cernes sous les yeux : Grumbach (nom de la firme). Femmes. Faire attention à ce point. Dans les cabarets ne jamais marcher sur ses brisées avec les putains de luxe. Tient à ses conquêtes qu'il est obligé de payer. Sinon intelligent.

Type doux genre libraire, lunettes, fine barbe rousse en pointe : Wirchle (nom de la firme). Tu peux tirer un trait sur ce qu'il raconte. Crétin. Questionne-le sur les monnaies (comme je te l'ai expliqué, si tu t'en souviens, mon gars). Puis laisse parler.

Crâne rond tondu court, nuque large, courtaud, toujours un cigare : Wedderkopp (nom de la firme). A une gueule comme un revolver. Fieffé filou. Attention avec le mousseux, ne jamais prendre les devants pour renouveler la commande. N'aime pas ça. Laisse-le payer.

Pour le « renouvellement », Conrad avait reçu des instructions précises de Eisenmann. Il s'agissait pour notre jeune homme de se tenir dans un juste milieu, de maintenir une juste « section d'or » entre la simplicité et la modestie tranquilles de sa propre personne et l'importance de l'entreprise dont il devait – bien qu'uniquement à titre d'observateur – représenter d'une certaine façon les intérêts.

Castiletz était assis à la table – un bureau recouvert d'une plaque de verre avec de la toile bleue en dessous – et il repassait ces consignes. Sa chambre se trouvait au troisième étage – on y arrivait par un lourd ascenseur poussif où au moins six personnes auraient largement été à l'aise – néanmoins Conrad avait la sensation, le sentiment profond pour ainsi dire, de se trouver quelque part dans les profondeurs, dans le silence, dans une sorte d'enveloppe ouatée qui le séparait et l'isolait complètement de cette ville et des rues là dehors, et même de tout. Sa visite chez Ligharts l'avait beaucoup fatigué, comme il s'avéra ensuite, mais elle lui avait en même temps donné un objectif précis : il devait arriver à plus de décontraction dans cette affaire Henry Peitz, il devait laisser leur part aux hasards heureux et s'intéresser à tout ça comme par plaisir. Il dominait bien tout cela. La situation était extraordinairement favorable. Tout était parfaitement en ordre. Il inscrivit alors dans le cahier bleu :

« Possibilité d'observer H.P. rendue aujourd'hui possible par G.L. »

Il y avait déjà beaucoup de choses dans ce cahier. Même l'histoire de la boucle d'oreille. Des choses théoriques aussi. Il y avait beaucoup de ratures. Castiletz était carrément devenu un habitué de l'écriture. On apporta le dîner, sans bruit le garçon mit rapidement le couvert sur la table derrière Conrad resté assis à son bureau et disparut. Lorsque Castiletz aperçut les plats et le vin qu'il avait fait monter, il fut pris d'une sorte de fringale ; mais il ressentait en même temps une profonde envie de dormir (maintenant que tout avait été mis en ordre pour le lendemain). La nuit passée dans le train dans une demi-somnolence se faisait sentir.

Pourtant il continua d'une certaine façon à voyager, toujours de nuit, ici dans cet hôtel, et son sommeil fut très agité. Au début c'étaient des vraies voitures de chemin de fer. Mais celles-ci se désagrégeaient au fur et à mesure qu'on avançait, les voitures étaient de plus en plus ouvertes pour ainsi dire, il y en avait toujours de moins en moins, on finissait même par marcher sur les voies : et pourtant ça restait un voyage en chemin de fer. Ça s'appelait comme ça, c'est tout. Quant au trajet ce n'étaient plus pour l'essentiel que des boyaux ou des tuyaux que l'on n'avait même pas construit mais qui venaient du fait que l'on se déplaçait, entouré d'un bourdonnement continuel, à l'intérieur d'un très long triton.

Au milieu de tous ces rêves il dormit pourtant bien, d'un seul trait, sans se réveiller plus d'une ou deux fois, interruptions agréables et furtives. C'est pourquoi Castiletz se retrouva le lendemain frais et dispos. Il resta assis quelques instants en pyjama sur le bord de son lit en essayant d'identifier une sorte de rythme qui ne le lâchait pas. Ce faisant, il revit la petite bibliothèque de Günther dans la Keithstrasse, chaude et colorée.

Bien sûr, c'était ce poème latin ! On ne pouvait pas aller vérifier dans le texte maintenant. Voilà... !

... arido modo pumice expolitum !

« Pumice expolitum » - tum - tum - tum - oui, c'était ça, ce : « pumice expolitum. » C'est à ce rythme qu'il avait passé les tunnels cette nuit. Castiletz se rappelait maintenant quelques bribes de ses rêves, avec une certaine satisfaction et un certain apaisement.

Peu de temps après qu'il eut envoyé le garçon d'hôtel porter ses cartes à une heure convenable, le téléphone se mit à sonner. Directeur Klinkart. Il était question de se retrouver d'abord pour un petit déjeuner ou plutôt un lunch, en bas dans le restaurant, c'était ce qu'il y avait de mieux et de moins contraignant pour tout le monde. Certains messieurs devraient sans doute être présentés aux autres (« vous êtes d'ailleurs dans ce cas »), bon, et puis voilà ce serait un bon moyen de tout mettre en train.

Le petit restaurant était presque dans les mêmes tons que la bibiothèque de Günther, et Castiletz en fut étrangement touché. On retrouvait partout sur l'étoffe rugueuse qui habillait les murs et les dossiers des fauteuils cette couleur vieux rose. Presque toutes les tables étaient vides. Il y avait aussi un bar avec de grands tabourets. En passant à côté, Castiletz aperçut ces messieurs dans la salle voisine où on avait rapproché plusieurs tables. Conrad se dirigea droit vers le directeur Klinkart (d'après la description), se présenta et dit modestement : « J'ai eu le plaisir de vous avoir au téléphone ce matin, monsieur le directeur. » Il est bien possible que cette petite manœuvre ait eu le pouvoir d'étonner dans le bon sens Klinkart et ceux qui étaient assis à côté de lui : en tout cas Castiletz s'était ainsi habilement introduit, sans intermède guindé, car l'enchaînement se fit alors sans problème et il fut présenté à tout le monde. A partir de ce moment Conrad se retrouva toujours dans son élément et ça il le ressentait (se rendant en même temps remarquablement compte que seulement quelques années auparavant il n'aurait pas été en mesure de mettre si judicieusement à profit les avis d'Eisenmann, chose qui lui était maintenant possible grâce à l'éclosion de nouvelles possibilités...). Parmi les personnes présentes, Castiletz n'en connaissait que deux, et encore à peine, pour les avoir rencontrées dans la maison du Conseiller privé. Il lui était pourtant facile de répertorier les autres d'après les critères d'Eisenmann qui ne révélèrent presque aucune faille.

Klinkart semblait avoir la présidence sans pour autant l'avoir voulue. Pourtant on lui adressait la parole, on se tournait vers lui et il répondait en conséquence : en ménageant toujours un petit instant de silence après chaque question qui lui était adressée. Cette pause ne manquait jamais. Elle était donc hautement significative (vraisemblablement aussi très utile). Une fois la pause terminée, Klinkart commençait à parler, assez brièvement et sobrement, il le faisait avec détachement, à mi-voix et en même temps – avec une extrême précision grammaticale dans chacune de ses phrases. Cette manière semblait avoir un effet contraignant, voire hypnotisant. Une fois, il prit la parole de lui-même et dit la chose suivante, juste après l'entrée de deux nouveaux arrivants : « Si nous sommes là pour déjeuner ensemble ou nous rencontrer d'une façon ou d'une autre, je considère que c'est une affaire privée qui ne concerne pas l'association. Malgré tout, nous gardons le droit de soumettre à l'association une proposition issue de ces entretiens privés, au cas où nous nous déciderions à faire un pas dans ce sens et au cas où une telle proposition rencontrerait d'abord en notre sein un soutien suffisant. Nous ne sommes absolument pas tenus de présenter ne serait-ce que des « tendances ». Je crois avoir ainsi exprimé l'avis de la majorité d'entre vous, messieurs. »

Il se tut. Mais aucune pause ne suivit, l'adhésion s'exprima au contraire aussitôt après ses propos.

« La chose privée est un constituant parmi d'autres dans la vie en général et donc aussi dans l'économie. Cette fois-ci nous nous constituons donc en assemblée privée. » Ainsi parla Stolzenbach d'une voix doucereuse qui coulait comme du petit lait de la commissure de ses lèvres.

Ce fut une ovation générale, avec rires d'approbation et animation. Il semblait en effet que la réunion prenait une tournure moins guindée. Klinkart ne faisait maintenant aucun cas du mérite qui lui revenait après sa mise au point qui lui tenait manifestement à cœur ; il s'entretenait d'autres choses avec ceux qui étaient assis à côté de lui, à sa manière, sur un ton neutre et dégagé. On s'aperçut, entre-temps, que l'on n'était pas encore au complet et qu'un certain nombre n'arriverait que dans les semaines suivantes. Quoi qu'il en soit, la plupart semblaient heureux d'être quand même déjà à Berlin et plus d'un propos laissait transparaître que l'on s'appliquait à considérer toutes ces discussions comme un simple prétexte à sa présence ici, ou alors, dans un cas comme dans l'autre, que ces discussions n'étaient rien d'autre que des discussions. Et l'un de parler des parents qu'il avait ici et d'affaires de famille à régler (un héritage même), Wirchle d'une exposition de numismatique, quant à Grumbach il semblait n'être venu à Berlin que pour assister à une première.

Castiletz eut tôt fait de repérer les absents à l'aide du catalogue d'Eisenmann (sans toutefois émettre le moindre murmure comme il l'avait fait autrefois, il y a bien longtemps, dans la chambre à coucher d'une certaine madame Anny Hedeleg !). Du reste il y avait aussi ici plusieurs jeunes gens, dont certains n'étaient pas mentionnés dans le registre Eisenmann. Deux d'entre eux étaient des « secrétaires » accompagnateurs comme l'apprit Castiletz plus tard.

Conrad arriva peu à peu à se faire une impression plus nette de toute cette assemblée, chose qui survint d'autant plus vite que lui-même, vu la modestie de son âge et de son rang, n'était pas tenu de faire partie des bavards. Une fois, on le questionna – avec beaucoup de sollicitude ! – à propos de son défunt père. Dans l'ensemble Conrad ne tarda pas à être saisi par une impression un peu taraudante, dans la mesure où il lui fallait constater qu'il n'était ici qu'un représentant, de l'entreprise, de la famille Veik, mais qu'il n'existait pas par lui-même. Quelque temps auparavant, avant certains changements ou certains transferts (si l'on peut s'exprimer ainsi !), peut-être qu'une confusion aurait encore eu lieu dans son for intérieur, et qu'il aurait trouvé un support dans ce qu'il signifiait simplement, dans ce que lui-même n'était pas. Mais à l'endroit où se tenait à peu près Conrad à l'époque, une telle confusion n'avait déjà plus lieu.

Chez la plupart des hommes entre deux âges qui se trouvaient ici, on avait l'impression que le luxe moderne qui les entourait et passait pour distingué ne faisait que les déranger, et que plus d'un aurait pris davantage de plaisir à une tasse de café et un petit pain pris sur le coin de la table de leur bureau, plutôt qu'à tout ce petit déjeuner avec crustacés et vin du Rhin. Les garçons virevoltaient comme des mouches autour de la table dont le caractère « privé » était connu depuis longtemps de la direction de l'hôtel. L'espèce d'attente morose et paresseuse affichée par tel ou tel pendant qu'il se faisait servir montrait qu'il aurait de loin préféré le faire lui-même, et plus simplement. Dans leur grande majorité – si l'on exceptait les plus jeunes – ils semblaient bien davantage supporter avec une certaine patience les attributs grand-bourgeois de leur rang plutôt que d'y trouver plaisir. Et c'est ce trait là que Castiletz ressentit plus tard avec encore plus d'insistance, au cours de toutes ces fameuses « réjouissances » offertes par la métropole. On semblait être résolu à devoir supporter tout ça autour de soi (à cause des autres – et chacun faisait montre du même entêtement). Mais les vraies joies de Berlin, chacun les gardait pour soi sans rien dire : prendre un bain de souvenirs en retournant dans le bistrot minable où l'on avait l'habitude d'aller quand on était jeune ou bien en allant revoir une fille à qui on louait depuis deux ans un petit appartement un peu à l'écart, à

Charlottenburg, près du Lietzensee ou ailleurs (*ipsa olera olla legit* dit cet impénitent de Catulle).

Oui, c'était un aquarium avec de gros poissons pas très fringants qui farfouillaient ici et là avec paresse. Aucune sortie ne fut d'ailleurs programmée pour ce soir, que ce soit ensemble ou par groupes. Chacun avait sans doute d'autres chats à fouetter *(olera legere).* Conrad en était plus que content car il lui incombait bien sûr de s'occuper, d'être en fonction, de "peitzer", de fouetter le Peitz (de le démasquer, de le néantiser). Il ne fallait plus prendre ça à la légère, comme un jeu. Ou comme un sport.

Cette impression d'aquarium était d'une part renforcée par une bordure ou une moulure verte qui faisait corniche autour du plafond (c'est de là que venait la lumière le soir), d'autre part par quelques décorations de céramique sur les murs, de couleur verte comme des plantes aquatiques. Il ne manquait plus que le rocher au milieu avec ses cavernes et ses trouées d'où aurait alors pu sortir en nageant lentement sur le ventre et en faisant de gros yeux ronds, le président directeur général Grumbach par exemple. Oui, on se trouvait sur le fond de l'aquarium avec ses hôtes. Castiletz sentait déjà l'effet du vin du Rhin.

45

La double rangée de colonnades devant l'entrée de l'ancien palais Albrecht se perdait dans la froideur du crépuscule. Même l'imposant bâtiment (complètement désert à l'époque) disparaissait en arrière dans une nuit de pierre.

Castiletz attendit d'abord près du bac de sable ; puis il fit les cent pas sous la colonnade ; il était encore beaucoup trop tôt. Il ne remarquait pas que l'arrière plan devant lequel il se déplaçait ressemblait aux décors d'un opéra tragique (seulement il y aurait eu de temps à autre une automobile sur scène). L'obscurité s'épaissit et se figea entre les colonnes. Lorsque Conrad prenait position à côté du bac de sable, il avait alors devant lui le début de la Kochstrasse, au coin à droite un marchand de cigares déjà fermé, en haut à gauche sur le toit l'enseigne lumineuse d'un hôtel aux lumières vives et juste en face de lui, suspendue au-dessus du milieu de la chaussée, la rangée d'éclairage qui s'enfonçait dans les ténèbres de l'arrière-plan. De temps en temps une petite brise froide venait caresser l'asphalte et l'on sentait alors qu'il y avait des gouttes de pluie dans l'air.

Intérieurement Conrad regardait ce qui devait arriver, exactement de la même façon qu'on regarde tourner une toupie, étonné de la voir rester sur sa pointe avec autant de constance. Et en fait c'était maintenant Günther qui actionnait allègrement la toupie de Kokosch avec son fouet. Quant à lui, Conrad, il regardait d'un air plus ou moins songeur. C'est du moins ce qu'il ressentit pendant quelques instants, debout devant cette sombre colonnade tragiquement refermée sur elle-même. Il fallait que ça change ! Ligharts devenait maintenant un vrai guide, un modèle. On ne savait pas bien sûr ce qui allait arriver. Mais tout était consciencieusement préparé. A l'hôtel, Castiletz avait encore étudié la description exacte des bijoux volés que lui avait procurée Inkrat (quelle liste était maintenant la plus importante, celle-ci ou celle d'Eisenmann ?) La description se trouvait dans le cahier bleu, une sorte de supplément pour ainsi dire. En ce qui concernait Eisenmann et ses remarques bien intentionnées à l'égard de Marianne : il ne fallait rien voir là d'oppressant car ça s'arrangerait tout seul d'une façon ou d'une autre par l'élucidation du cas L.V., c'était même la seule façon de tout arranger. Un succès éclatant de ce côté serait décisif pour tout le reste.

Cette idée était bien ancrée chez Conrad, elle était même devenue un conduit profond qui accueillait le cours de ses sentiments et des pensées qui en découlaient et dans lequel étaient aussitôt refoulées et précipitées toutes les considérations épisodiques et intempestives qui se rapportaient à Marianne. Déjà dans son entretien avec Eisenmann, il avait essayé de donner corps à cette conviction fondamentale. C'était là en quelque sorte ce détour qui guérissait tout et remplaçait tous les petits expédients. Ça ne faisait aucun doute pour Castiletz.

Un taxi approchait, il ralentit et s'arrêta près du bac de sable.

« J'ai été mis en retard », dit vivement Ligharts. « Bon, viens. » Ils traversèrent la rue et passèrent devant le magasin de cigares, à droite. « Tu vois là », dit Günther, « il y a une maison bien plus basse que les autres à deux étages. C'est dans celle d'à-côté qu'habite Peitz, au troisième, là où il y a des encorbellements. Maintenant rappelle-toi du numéro. Il y a de la lumière dans l'appartement. Ce n'est pas pour ça qu'il est chez lui. Il a une femme. Elle est complètement insipide, je crois. En bas il y a le magasin. Déjà fermé bien sûr. Une grosse affaire. Là : appareillages électriques. Bon, on continue, on va tout de suite à la taverne. C'est là derrière que je suis allé à l'école autrefois. J'ai dû faire du rattrapage en grec, Dieu merci. Maintenant je vais rentrer à l'intérieur. Il est grand temps. Encore une chose que je voulais te dire : quand il prendra le métro ou autre chose : prends toujours un billet qui aille jusqu'au terminus de la ligne et qui fasse aussi correspondance. Sinon tu le perdras immanquablement quand on t'arrêtera au portillon pour que tu acquittes le supplément. C'est Quiek qui m'a encore rappelé que je devais te dire ça, juste avant que je parte. Un petit détail comme ça peut tout mettre en l'air et compromettre ta réussite. Bon maintenant j'y vais. Tu le verras forcément, il n'y a pas de compartiments ou autre chose de ce genre ici. Fais encore deux longueurs de trottoirs. Ensuite rentre à ton tour. En général il est dans la deuxième salle.

Günther disparut. Castiletz repensait à tout, il prenait même des notes. Ce qui lui faisait la plus grosse impression, c'était cette histoire de billets. Günther et Quiek s'intéressaient vraiment à cette affaire ! Pendant un instant il se sentit tout feu tout flamme et vraiment emballé. Là derrière, dans les lointains du temps, toutes ces brillantes appellations que la vie avait autrefois portées sur son front étaient en passe de ressurgir. Quelle belle aventure et quelle grande ville ! Ça ne prit pas tout à fait. Il fit une fois le tour du pâté de maisons – c'était beaucoup plus long que ce qu'il avait imaginé ! – et à la fin il pressa le pas. Mais ce qui prenait par contre, c'était la croyance en la possibilité de hasards heureux comme à Stuttgart, et bien plus encore à Lauffen sur Neckar... Puis Castiletz entra. Il y avait là une odeur de parquet fraîchement ciré. Sur les murs des tableaux représentant des glaciers, le Pasterze [1], des rochers. Le Tyrol. Les salles étaient confortables, parfois un vieil ustensile était accroché, il y avait de grands pichets avec un aigle rouge. Les nappes avaient de jolis damiers bleus. Avec Peitz, il était en présence du cas incroyable où quelqu'un ne diffère que très peu de ce que l'on a imaginé. Castiletz sentit monter en lui un dangereux fou-rire (en plus, l'autre avait un air penché, légèrement rejeté en arrière par rapport à Günther !) un dangereux fou-rire qui, dans un opéra tragique par exemple, devant un décor de colonnades, aurait pu traîtreusement et terriblement faire pencher la balance et conduire à la catastrophe. Pourtant, ce que Günther était en train de dire et que Conrad ne pouvait bien sûr pas entendre semblait faire sur Peitz l'effet d'une telle offense (et éveiller un soupçon dans ce sens) qu'il ne remarqua pas du tout Castiletz quand celui-ci entra. Il parvint donc à passer à côté de Henry Peitz sans être vu et put en plus le regarder tout à son aise depuis la place où il était. En fait, il avait le visage de Ligharts juste en face de lui, bien que séparé par toute la largeur de la salle.

Survinrent bientôt deux incidents propres à faire de nouveau perdre contenance à Castiletz. Le premier était une simple facétie de Günther. Car pendant que Peitz regardait la carte des vins et parlait avec la serveuse, celui-là jeta un regard vers Conrad en imitant Peitz pendant quelques secondes, et en regardant son modèle d'un air offensé, le buste rejeté en arrière, il alla même jusqu'à tirer un peu sur le coin de ses yeux du bout des doigts. Ces effronteries passèrent bien sûr inaperçues de son voisin, mais Castiletz faillit en recracher sa soupe par le nez. Il se ressaisit avec la dernière énergie, le regard accroché aux damiers bleus de la nappe, pensant à tout et n'importe quoi (les tritons, le tunnel de Lauffen) et évita d'un cheveu pour ainsi dire cet écueil.

1. Le plus grand glacier d'Autriche (N.d.t.).

Pendant un moment, il ne porta plus les yeux de l'autre côté. Mais lorsqu'il recommença un nouveau spectacle s'offrait à lui, qui le saisit instantanément jusqu'à la moelle et qu'il interpréta aussitôt comme l'amorce d'une chaîne, le début d'une pente où l'on était maintenant entraîné avec toute cette affaire, et pas pour la première fois ! L'expression du visage de Günther était transformée, métamorphosée : elle était devenue très sérieuse, tendue, énervée même. Peitz parlait. Puis Günther secoua la tête et dit quelque chose qui était apparemment une dénégation, un refus... mais tout de suite après il sembla tressaillir comme s'il avait oublié quelque chose d'important ou bien fait une erreur quelconque. Castiletz détourna son regard car il le sentait devenir fixe. Lorsqu'il jeta de nouveau un rapide coup d'œil, Günther le regarda droit dans les yeux et haussa les sourcils l'espace d'une seconde ; cette mimique n'avait rien de difficile à comprendre ; elle n'avait manifestement d'autre signification que : attention, maintenant ça devient sérieux !

Castiletz appela le serveur et paya. Peu après Peitz fit de même ; Günther resta assis ; deux minutes plus tard Conrad suivait son homme incognito à quelque distance sur le trottoir, en direction de la Friedrichstrasse. La signification de tout cela restait bien sûr impénétrable aux yeux de Castiletz ; mais qu'il y ait dans tout cela un rapport avec son affaire, voilà qui ne faisait aucun doute à cause du signe que Günther avait fait avec les sourcils. Un grand espoir animait Conrad. Il se sentait libre à un degré qu'il n'avait guère connu ces derniers temps. Peitz traversait maintenant la chaussée très étroite et disparut dans les escaliers du métro. Castiletz le suivit de plus près. Au guichet il fit ce que Günther lui avait conseillé. Le quai souterrain que Conrad voyait ici pour la première fois lui apparut très large et très long. Peitz se tenait à gauche, en tête. Il était tout à fait comme Ligharts l'avait imité, mais maintenant Castiletz restait impénétrable à l'humour de la chose. De la bouche sombre, à l'autre extrémité de la longue plate-forme, retentissait maintenant un tonnerre assourdi, comme des roulements de tambours, puis le train déboucha, jaune, bas, large avec des lanternes comme des yeux morts. Peitz qui avait reculé d'un pas s'avançait maintenant vers la première voiture. Le rapide véhicule s'immobilisa sur une distance de freinage étonnamment courte. Les portes coulissantes s'ouvrirent pour laisser descendre et monter les flots de voyageurs. Et Castiletz, soudain saisi par l'excitation, fit alors une chose étonnante, une erreur. Il fit quelques pas de trop, fut pris dans un tourbillon de voyageurs – il était maintenant devant la deuxième voiture ; il lui fallait monter, il ne pouvait plus revenir en arrière. Les portes coulissantes se refermèrent, déjà le métro se mettait en branle. Conrad était stupéfait de sa maladresse et de sa malchance. Il avait manqué d'agilité et de calme, contre toutes les lois du sport pour ainsi dire. Tout était gâché, semblait-il. Il se trouvait à l'avant de la voiture, debout dans l'allée entre les banquettes rembourrées, il se retourna dans le sens de la marche (tandis que son cœur battait la chamade) : presque au même moment il se sentit soulagé en pensant qu'il pourrait sans problème monter dans la première voiture à l'arrêt suivant – mais ce n'était pas la peine non plus : on voyait à travers. A l'extrémité de chaque wagon il y avait une fenêtre. Il apercevait Peitz maintenant. Castiletz se calma et réfléchit. Non, l'idée d'utiliser toujours la voiture voisine dans le métro pour une telle « poursuite » était une erreur à éviter. Il suffisait que quelques personnes s'intercalent et Peitz aurait été soustrait à son regard. Il résolut donc de passer dans la première voiture comme il l'avait projeté. Le métro sortait maintenant en grondant du boyau et longeait un nouveau quai. Peitz se leva. Conrad descendit aussi du métro. Il y avait un nombre incalculable de personnes, la situation devenait difficile et Conrad resta bien derrière notre offensé d'Henry pour avoir toujours son chapeau marron (dont la forme s'accordait admirablement à Peitz, raide comme la justice !) à deux longueurs de bras devant lui. Le tunnel bien éclairé où se pressait le flot des voyageurs (en direction de la sortie pensait Conrad) semblait ne plus vouloir finir. Mais des escaliers remontaient au coin : de nouveau un quai souterrain ! Peitz resta à droite pour longer toute la plate-forme, puis il s'arrêta de nouveau ; et Conrad, qui – très habilement cette fois-ci ! – l'avait rattrapé sans se faire voir en contournant les stands de livres et de cigares installés au milieu du quai, se retrouvait déjà deux pas derrière lui.

Une nouvelle rame arrivait. L'avant jaune s'arrêta juste devant Peitz. On se retrouvait maintenant dans le même wagon. Castiletz était assis près du milieu, Peitz était debout un peu décalé par rapport à la porte, non, il ne pouvait lui échapper.

Le grondement et le roulement réguliers traversaient les boyaux. On arriva à toute allure dans une caverne de lumière, il s'arrêta. Conrad regarda autour de lui, parce qu'il voulait savoir quelle direction on prenait, il cherchait une pancarte. Ici, au milieu d'un panneau ovale à bordure verte, il y avait écrit : « Märkisches Museum ». Non, ce n'était pas un musée bien sûr, c'était une station qui portait le nom de l'institut situé à proximité : mais en rêve, ça aurait aussi bien pu être un musée, en rêve ça aurait porté ce nom mais ça aurait ressemblé à une gare et porté cette inscription... Conrad était étonné et regarda encore une fois l'inscription. Son voisin en conclut (et avec raison comme on sait) que ce monsieur était un étranger, avec qui les Berlinois, c'est bien connu, sont toujours aimables. « Nous passons maintenant sous la Spree » dit-il à Castiletz. « Au-dessus du tunnel, il y a l'eau ? » « Oui » dit l'autre en riant, « mais nous pouvons être sans crainte ».

Tout de vide et d'obscurité, les trajets entre deux stations plongeaient dans les ténèbres, roulaient dans le néant. En fait on ne roulait pas. On attendait. On était assis dans cette boîte éclairée qui aurait aussi bien pu rouler et tressauter sur place avec, devant les vitres, toujours la même paroi inconsistante qui vibrait et défilait. L'impression du trajet parcouru ne ressortait qu'abstraitement pour ainsi dire, dans la mesure où, à chaque arrêt, il y avait quelque chose d'autre écrit sur les panneaux. Castiletz attendait que le meurtrier présumé de Louison Veik descendît. Ça aussi c'était abstrait ; Conrad n'employait sans doute pas ce mot mais il en avait le sentiment. Schönhauser Tor. Senefelder Platz. Le boyau était soudain avalé par derrière, la rame roulait en haut, à l'air libre. Maintenant on recommençait vraiment à avancer. Les cimes des arbres, un peu au-dessous du viaduc avaient une couleur vive et lumineuse, éclairées qu'elles étaient ici et là par la lumière électrique des réverbères de la rue. Il avait l'air de faire froid. En bas les gens et les automobiles se déplaçaient dans de longues artères très larges qui continuaient même très loin, toutes pareilles. Danziger Strasse. Schönhauser Allee. Entrée en grondant dans le boyau. Il était court et débouchait tout de suite après dans la caverne de lumière du terminus, tandis que tout le monde se levait, prêt à descendre.

Lorsque Castiletz retrouva l'air libre à la suite de Peitz, il lui sembla qu'il faisait plus froid. Pourtant la pluie et le vent avaient complètement cessé. Les larges rues où l'objet de l'attention de Conrad avançait maintenant bon train en se dirigeant vers la gauche n'étaient plus que très peu animées. Castiletz devait prendre ses distances. Il jetait un coup d'œil sur le nom des rues. C'était curieux : si l'on s'était trouvé tout à l'heure dans une taverne du Tyrol, on semblait maintenant être tombé dans un quartier tyrolien pour ainsi dire : ça s'appelait ici « Zillertalstrasse ». Pourquoi pas carrément Salzbourg ? C'était facile à imaginer. A un carrefour, Peitz se dirigea droit vers un café bien éclairé et entra aussitôt. Il s'agissait maintenant de le suivre et de s'embusquer quelque part à l'intérieur sans se faire remarquer, d'un endroit où on pouvait l'avoir à l'œil. Castiletz hésita un peu. La salle où il pénétra alors était vaste et presque vide. Il ne pouvait voir Peitz nulle part et il ne semblait pas y avoir d'autre salle. Un des grands côtés était occupé par des compartiments avec des cloisons de bois perpendiculaires au mur entre les tables. Depuis la porte, Castiletz pouvait en voir deux, ils étaient vides et le troisième aussi : Peitz devait donc être assis dans le quatrième d'où venait le garçon. Il n'y avait rien d'autre à faire que de s'installer dans celui d'à-côté.

Conrad fut ici agréablement surpris par une chose qui lui parut extraordinairement favorable. La cloison n'allait pas jusqu'au mur mais laissait un large espace vide par lequel il était possible, le cas échéant, de voir dans le compartiment voisin si l'on reculait suffisamment sa chaise et si l'on se balançait un peu en arrière : Castiletz fit une tentative prudente et il put alors bien voir Peitz, il aurait même pu regarder dans son assiette. Pendant ce temps, le meurtrier abstrait se contentait de boire un verre de bière.

Peut-être est-ce d'avoir découvert qu'il était possible d'apercevoir Peitz qui donna soudain de l'appétit à Conrad. Dans la taverne tyrolienne il avait grignoté ; toujours sur le qui-vive, sans regarder ce qu'il mangeait (en plus la soupe avait failli lui gicler par le nez !). Ces repas à la sauvette ne rassasiaient pas, semblait-il. Il avait envie d'un pain bien épais, de beurre et d'une assiette de fromage et il passa aussitôt la commande auprès du garçon, « sotto voce », sans hausser le ton : il ne lui paraissait pas souhaitable que sa propre voix parvînt aux oreilles de Peitz à travers la cloison.

Castiletz avait à peine apaisé sa fringale que la porte s'ouvrit et qu'une jeune fille jolie et bien mise entra, elle portait un grand manteau sombre et un de ces petits chapeaux tout hauts en vogue à l'époque. Elle traversa la salle et se dirigea tout droit vers le compartiment où était assis Peitz, celui-ci recula sa chaise pour lui dire bonjour.

Castiletz se balança un peu sur sa chaise et put alors voir que la nouvelle arrivée avait pris place à côté de Peitz sans ôter ni chapeau ni manteau, assise sur le bord de la chaise comme quelqu'un qui a l'intention de repartir aussitôt. Elle semblait lui avoir posé une question car il opina du chef et pour toute réponse, tira de sa poche un objet allongé enveloppé dans du papier de soie qu'elle prit alors ; et après avoir ôté le papier, elle fit sauter le couvercle de l'étui moiré de bonne taille. Castiletz ne vit qu'un éclair du bijou qui se trouvait à l'intérieur, comme des feux de brillants, car la jeune personne lui tournait le dos et s'était penchée en avant pour regarder. Puis elle remballa le tout – Conrad put entendre le léger claquement du couvercle – enveloppa la chose dans le papier et la mit dans son petit sac. Une minute après, elle avait déjà quitté l'établissement.

Castiletz était pour ainsi dire en état d'apesanteur, et en même temps tourmenté par le besoin de faire quelque chose, d'intervenir d'une façon quelconque. Pendant ce temps, à côté, Peitz buvait une autre bière et tambourinait avec les doigts sur la nappe. Il se passa ainsi un certain temps, peut-être une demi-heure. Ce qu'il venait de voir semblait avoir un rapport direct avec ce haussement de sourcils que Günther lui avait fait ce soir dans la taverne tyrolienne. Mais il manquait de base pour poursuivre sa réflexion. Pour être prêt, et parce que le garçon était justement à proximité, il lui fit signe et paya. Presque immédiatement après Peitz appela le garçon : la jeune fille réapparut dans l'encadrement de la porte et se dirigea vers la table de Peitz qui se leva et prit son chapeau et son manteau. Il lui posa une question que Conrad put entendre distinctement, c'était un seul mot, à savoir : « Trouvé ? » « Oui » dit-elle, « demain tu auras la réponse ». Ils partirent.

Et Castiletz aussitôt après. Comme à Stuttgart et à Lauffen il se sentait une nouvelle fois pris dans un bief invisible de la vie : mais dans ce conduit tout filait inexorablement, guidé par ce qu'on appelle des hasards qui formaient des parois solides et étanches.

Cette fois, le chemin ne fut pas long. Bifurquant dans une rue adjacente au coin de laquelle se trouvait un bâtiment visiblement très ancien et bizarrement décrépi, le couple avançait sur le trottoir désert puis il traversa la chaussée et disparut dans la porte cochère de la maison d'en face. Castiletz qui avait dû garder assez de distance, nota alors rapidement le numéro de la maison et aussi le nom de la rue.

Il s'agissait maintenant d'attendre, ici. En face, tout à côté, on voyait les lumières d'un café étouffées par les rideaux d'où il aurait été possible de garder un œil sur la porte cochère en question. Mais une telle épreuve de patience ne parut pas nécessaire à Castiletz. Il était calme cette fois, comme rassasié. En faisant soigneusement attention au trajet, il retrouva sans difficulté le terminus ; puis il pressa le pas à travers le long tunnel du « Stadtmitte » et tomba aussitôt sur le bon train qui, quelques minutes plus tard, avait déjà amené Sherlock Holmes près de son hôtel. Castiletz commençait à s'habituer à Berlin. Là où l'on vit des aventures, on se sent bientôt chez soi.

46

Le lendemain matin de bonne heure (Conrad avait écrit pendant encore plus d'une heure cette nuit dans le cahier bleu) le téléphone posé à côté de son lit sonna.

« Kokosch », dit Günther, « l'homme m'a demandé hier si j'étais intéressé par des bijoux particulièrement beaux qu'il avait l'intention de vendre, bijoux de famille, etc. Sa femme ne les a jamais portés, il en a acheté une partie il y a plusieurs années comme valeur sûre, comme placement, et il lui faut les transformer maintenant en liquidités. Ecoute, j'en ai tellement eu le souffle coupé que j'ai fait une grosse gaffe. »

« Et laquelle ? » demanda Castiletz.

« J'ai dit : non, que ça ne m'intéressait pas. J'ai dit ça automatiquement, comme on dit ce genre de choses. Ma femme a suffisamment de bijoux et en plus elle n'aime pas ça. Je l'ai peut-être dit par défense, tout effrayé que ce soit à moi qu'arrive ce genre de choses. En tout cas c'est une grosse bévue. J'aurais peut-être eu la possibilité de voir les bijoux et nous aurions pu repérer pas mal de choses avec ton descriptif détaillé. »

« Pas mal de choses » confirma Castiletz qui se redressa alors dans son lit. « Je peux même te dire plus. Si tu avais manifesté un tant soit peu d'intérêt, tu aurais peut-être vu les bijoux hier. Il les avait sur lui. »

« Comment – tu as pu le constater ? »

« Oui, hier soir, au nord, à Pankow. Il a une complice là-bas, une bonne femme. C'est elle qui a pris les bijoux. Ce genre de choses passe souvent de main en main. Quant à moi j'ai la nette impression que cet homme mène une double vie. »

« Juste un instant, Quiek, je vais tout te raconter en détail » entendait-on dire Günther en dehors du combiné. Puis de nouveau dans l'appareil : « Ça devient sérieux, me semble-t-il. Il faut le prendre. Maintenant, au bout de neuf ans, il ose ressortir les bijoux. Je vais en tout cas essayer de réparer mon erreur et reprendre contact avec lui à ce sujet. Sous un prétexte quelconque. J'aurais réfléchi, ou j'en aurais soudain besoin à cause d'un cadeau que je dois faire. »

« Il va se méfier », dit Castiletz.

« Pour nous ça serait un indice de plus ! »

« C'est vrai » fit remarquer Castiletz.

« Quand est-ce que je te vois ? Il faut que tu nous racontes en détail ce qui s'est passé là-bas à Pankow. Quiek meurt de curiosité. »

« C'est justement là la difficulté. Je ne sais pas non plus quand j'aurai l'occasion de poursuivre mes investigations. Il est bien possible qu'il y ait déjà une conférence aujourd'hui, et ce soir je vais sans doute sortir avec les autres. Dès que je suis libre, je te fais signe. »

Il était quand même étonnant de voir les deux, presque en vrais professionnels, éviter soigneusement de prononcer le nom de Peitz au téléphone comme par un accord tacite. Ce détail satisfaisait Conrad au plus haut point.

Une demi-heure plus tard, d'autres informations arrivèrent du côté de Klinkart. On avait effectivement réservé une salle de conférence à l'hôtel et il y eut ensuite un entretien dans la matinée au cours duquel Castiletz se trouva assis en face d'un homme qu'il n'avait pas vu auparavant. Les présentations ayant été faites en coup de vent, il n'avait pas bien entendu son nom ; mais il aurait très bien pu s'agir d'un Zeus blond d'Otricoli en civil, la barbe en moins, mais pas moins beau pour autant. Un des « secrétaires », qui était déjà là hier au petit déjeuner – en charge de remplacer le dieu d'une certaine façon – était assis à côté de lui. Cet auxiliaire élégant s'appelait Nernstel, Castiletz le savait déjà. Du reste, le dieu ne répondait généralement jamais quand on s'adressait à lui, si ce n'est par un haussement des sourcils, un vague opinement affirmatif ou un branlement dubitatif du chef. Or ce silence éloquent faisait, comme on put bientôt le voir, un effet au moins aussi pénétrant que le discours le plus affûté, il exerçait en quelque sorte une pression tous azimuts. En fait, il ne s'agissait ici ni plus ni moins que d'une application de la petite pause de Klinkart avant chaque réponse, mais à dose cent fois plus forte, ce qui rendait toute réponse absolument superflue, simplifiant ainsi le processus de façon décisive, sans nuire à sa réussite du point de vue de l'importance et du sérieux *(in usum gravitatis)*. Tous ces détails saillants permirent à Castiletz de cerner relativement facilement l'élément en question à l'aide du registre Eisenmann, dans lequel il pouvait tranquillement jeter un œil, vu que presque tout le monde ici avait devant soi ou dans la main un bloc-notes ou quelque chose de ce genre (Zeus excepté – c'est pour ça qu'il avait un secrétaire). Conrad jeta donc encore un coup d'œil furtif sur son vis-à-vis puis sur ses notes écrites par le directeur. On y lisait ceci :

Blond, beau, un peu mou : président directeur général Kötl (suivait le nom de la firme). Fort bienveillant et éthéré. Aime encourager, surtout les jeunes gens, une sorte de dispensateur professionnel de tapes sur l'épaule. Mais surtout : grand muet devant l'éternel. Idiot complet qui a pourtant réussi à se faire passer pour un sage à force de garder la pose. Performance à ne pas sous-estimer.

Il était étrange que les deux noms, tant celui du maître que celui du valet, aient une consonance de diminutif – Kötl et Nernstel. Quant à Eisenmann, il était imparable ! Castiletz l'adorait dans ces moments-là. Il comprit aussi que ce « performance à ne pas sous-estimer » était sérieux (qu'on essaie seulement de se taire de façon aussi éloquente ! Bien sûr, ça paraît facile quand on le lit ici, mais on verra que dans la pratique c'est tout un art !)

Castiletz en avait à peine terminé avec le registre d'Eisenmann qu'un événement aussi imprévisible qu'étonnant se produisit.

Zeus parlait.

Aussitôt, l'attention générale se porta vers lui. Ce qu'il disait était beau. Mais il était ensuite impossible de dire ce qu'il avait dit. C'est peut-être la raison pour laquelle le secrétaire écrivait chaque mot du président directeur général sur son bloc. « Qu'écrivez-vous donc là, Nernstel ? » demanda l'autre incidemment après avoir terminé, et il jeta un regard vers le bloc. « C'est uniquement pour moi, je note ce que monsieur le président directeur général disait », répondit le secrétaire à mi-voix et avec modestie, « pour apprendre ». Castiletz put l'entendre. Il n'avait jamais été aussi loin dans sa courte vie (il aurait d'ailleurs été bien reçu par Eisenmann avec ça). Il semblait que des méthodes complètement nouvelles et qu'il ne connaissait pas soient ici monnaie courante. Il put aussi constater plus tard que cette pratique ne se limitait pas aux entretiens proprement dits. Savoir traiter par exemple Grumbach comme un concurrent dangereux, face à une fille de petite vertu ou faire allusion à la générosité de Weddekopp comme s'il s'agissait d'un fait connu de tous, voire même proverbial, voilà qui relevait de la même pratique.

Ce fut d'ailleurs à l'occasion d'une de ces sorties en groupe, d'une de ces excursions dans les plaisirs de la métropole, que Castiletz prit conscience qu'il n'était pas au mieux de sa forme (comme on dit ordinairement), du moins qu'il était dans une forme particulière qui lui donnait une drôle d'impression. Pendant ces soirées passées à supporter ces gens, il était à moitié absent pour ainsi dire : on supposera que cette « absence » était peut-être en rapport avec l'affaire Henry Peitz. Or ce n'était pas le cas. Cette affaire – malgré ses débuts joyeusement sportifs – se trouvait sur le même plan que les conférences, les réjouissances ou les excursions dans les environs de Berlin qui capotèrent d'ailleurs à cause du temps. Lorsqu'on arriva à Potsdam en auto sous un beau ciel bleu il faisait un froid glacial et cette ville où semblait régner l'éternelle pureté d'une matinée toute fraîche, faisait un étrange écrin à un petit château étrangement dressé dans le froid sur sa colline. Ce décor d'histoire aux allures distinguées, figé dans une perfection devenue depuis longtemps impersonnelle, restait retranché derrière une épaisseur vide d'air en face de la souffrance cachée ou furtive de l'être humain qui passe par hasard et se trouve là maintenant. Castiletz s'attarda sur la terrasse du “Sans Souci” où l'écume rose et dense des magnolias en fleurs avait quelque chose de ferme dans l'air immobile, et le contour de ces plantes magnifiques que rien n'invitait à s'épancher, restait ainsi dur et figé dans un ciel sur la frange duquel venait se piquer le clocher de l'église du Rédempteur. Devant ce paysage étrange, comme devant tout ce qu'il voyait, Conrad avait l'impression diffuse de pouvoir acquérir un regard nouveau qu'il n'avait pas encore. Et il restait ainsi dans une sorte d'attente, glissant sur cette curiosité historique comme sur les réjouissances du soir quand on rentrait à l'hôtel. Sur le chemin du retour, au milieu du triple accord de couleurs de ce paysage très vaste et mélancolique, accord composé des explosions claires des fleurs des arbres, du vert opalin des jeunes frondaisons et, en sourdine, de la tonalité sombre, régulière et discrète des forêts de pins – sur le chemin du retour on s'arrêta au bord du Schlachtensee pour marcher un peu sur le joli chemin qui longeait ses rives. « Regardez » dit quelqu'un, « ici, en été, on peut prendre un canot à moteur et aller jusqu'à la "Krumme Lanke". »

Voilà qui aurait été attirant. Le lac s'enfonçait entre les forêts, avec de doux reflets de part et d'autre, et disparaissait là-bas de l'autre côté sous des saules-pleureurs. La promenade ne mena pas bien loin. Au-dessus des pins noirs qui ne tardèrent pas à devenir plus denses, des nuages s'accumulèrent, tout proches, on rebroussa chemin pour rejoindre les voitures et déjà les premiers grêlons tombaient, puis la neige arriva. Elle faisait déjà partout un délicat tapis dans les forêts.

Non, s'il arrivait fréquemment à Conrad de ne pas se sentir présent parmi tous ces gens, ce n'était aucunement « l'affaire H.P. », ou son jeune âge (on est certes tenté d'y penser) qui causait cette demi-absence. Mais, en dépit de toute la modestie intérieure qui était la sienne, on le concédera volontiers, il avait la nette sensation d'avoir quelques longueurs d'avance sur tous ces gens-là. Et chez notre Castiletz c'était quelque chose de complètement nouveau ! Seulement il ne savait pas en quoi il avait quelques longueurs d'avance. Toutefois, la façon absolument réglée et donc sans mystère qu'avaient, semblait-il, tous ces hommes de travailler, de vivre et de s'amuser, apparaissait tellement limitée, fermée ou encore bouchée en regard des possibilités qu'il avait récemment découvertes (ou cru sentir) en lui, que Conrad réussit non seulement à se tenir en retrait mais à être indulgent, patient, voire compréhensif. Comme s'il avait été une sorte d'étranger, un élément finalement indépendant (or il ne l'était pas) par rapport à tout ce qui animait sérieusement cette société. C'est ainsi que les fastidieux préludes entamés par Grumbach avec une prostituée dans la loge tendue de rouge d'un cabaret, ne mit aucunement sa patience à l'épreuve et qu'il put au contraire regarder avec une franche bienveillance comment l'autre arrivait peu à peu à température. Il alla même à la rescousse du président-directeur général en lui adressant la parole avec un respect appuyé pour s'entretenir aussitôt après avec quelqu'un d'autre en faisant complètement abstraction de celui-là et surtout de l'objet de sa sollicitude. Bizarre qu'il procédât presque ici comme certains individus à principes...

Sur la scène c'était un tourbillon de jambes, des jambes poudrées, poudrées jusqu'à la culotte. La musique jouait quelque chose qui ressemblait à « pumice expolitum - pumice expolitum ». Castiletz eut faim, il avait envie d'un morceau de pain ou d'un biscuit, chose qu'il fallut d'abord faire comprendre au garçon fort distingué, qui finit par apporter deux minuscules petits pains sur une assiette. A Conrad qui les regardait un peu dépité, Weddekopp fit remarquer avec l'accent berlinois : « Eh oui, il n'y a pas de Kimmicher ici, Castiletz. » Les anciens de Reutlingen se mirent à rire. Mais ces paroles prononcées par Weddekopp eurent pour effet de transformer instantanément la situation et même toute la soirée. Lorsqu'ils arrivèrent, « histoire de se changer les idées », dans un autre cabaret dansant qui ressemblait à une grande caverne de crème Chantilly, il se laissa manipuler sans faire de problèmes par Grumbach qui le fit danser (quelqu'un parla de « galop d'essai ») avec une des nymphes qui plaisait au président directeur général ; celui-ci prétendait qu'il fallait les voir danser, exercice pour lequel il était vraisemblablement trop paresseux. Conrad but du mousseux et dansa avec la demoiselle rousse qui était dans ses bras comme une gerbe de paille odorante. Les musiciens étaient assis avec leurs instruments qui brillaient sur une sorte d'estrade dorée en forme de triangle isocèle logé dans la crème Chantilly. Pendant qu'ils dansaient, la jeune fille lui posa une question sur son rapport avec ces gens-là et Conrad dit : « Secrétaire ». Il y avait au-dessus des danseurs une grosse couronne verte suspendue au plafond où s'enroulaient des rubans de satin blanc. Conrad s'étonnait lui-même de sa disposition d'esprit. Elle était réceptive, ouverte comme un entonnoir, disponible ou courageuse. Disponible pour quoi, courageuse pour quoi ? Pendant un instant, il eut l'impression que cette couronne rapetissait, descendait du plafond et se posait sur sa tête. C'était l'effet du mousseux, un breuvage sans doute inoffensif en comparaison de la « boisson de toute façon la plus raisonnable » mais qui, par contre, se laissait boire comme du petit lait. Castiletz semblait s'être rendu populaire en dansant, il avait fait le premier pas, maintenant les autres suivaient. « A la tienne, Benjamin ! » criait-on.

Ainsi passaient les nuits, tantôt dans les lumières d'un antre tapissé de crème Chantilly ou tendu de soie rouge, tantôt dans l'obscurité des automobiles qui les berçaient en ronronnant et faisaient de courts trajets sans qu'on s'en rendît compte, s'arrêtaient et débouchaient sur une lumière d'une autre teinte. On recherchait aussi moins d'élégance et sur l'Alexanderplatz le luxe était composé d'un éclat rouge et étouffant, petits jets d'eau retombant dans des projecteurs qui n'arrêtaient pas de tourner : pour quelqu'un qui titubait déjà ce n'était pas vraiment un spectacle à vous remettre d'aplomb.

Conrad ne put revoir Günther que le troisième jour pour lui parler plus longuement, les entretiens avaient en effet été interrompus vu qu'on avait trouvé un point d'accord et si ce dernier avait des lacunes on se sentait tout de même assez fort pour rencontrer en privé les gens de l'autre bord (« Le jute et le reste », pour parler comme Eisenmann). Ceux-ci n'étaient pas attendus avant le début de la semaine prochaine. Conrad téléphona un matin à Marianne et lui dit qu'il lui fallait encore rester au moins dix jours ici. Il fallait garder assez de temps pour Peitz. Au téléphone, la voix de Marianne était aimable et gaie, et Castiletz s'en trouva tout requinqué et apaisé.

Ligharts et Quiek étaient déchaînés. Ils criaient, sautaient dans la pièce, Günther jurait et se traitait d'idiot. Car curieusement, au téléphone, Peitz n'avait plus accroché quand il lui avait parlé des bijoux, il avait pris au contraire toutes sortes d'excuses, prétextant un tas de choses à faire. Le soir même, Conrad se retrouvait dans la Kochstraße sur le trottoir en face de la maison de Peitz, et il eut de la chance : celui-ci sortit avant même la fermeture du magasin. Il prit une fois de plus la direction de Pankow, une fois de plus Castiletz se retrouva en tête du quai, derrière le chapeau marron raide comme la justice, et une fois de plus le voyage se termina près de la porte cochère dans ce fameux quartier « tyrolien ». Peitz s'engouffra dans la porte sans être entré nulle part ailleurs auparavant.

Ainsi, tout semblait s'arrêter ou tourner en rond, et il était manifestement sorti du sillage des hasards encourageants. Conrad se rappela les jours passés à Lauffen où la première tentative faite sur un coup de tête avait été couronnée de succès puisqu'il avait trouvé quelque chose dans le tunnel, alors que la deuxième visite, préparée et réfléchie, n'avait absolument plus rien donné.

Presque chaque matin au réveil, et pendant qu'il s'habillait, Conrad était maintenant préoccupé par deux choses qui n'avaient certes aucun rapport entre elles mais qui se suivaient toujours de très près. D'abord en se réveillant le matin, quand il voyait le téléphone à côté du lit, il était aussitôt pris par la pensée qu'il fallait se décider à appeler Albert Lehnder ; ce n'était toujours pas chose faite et il poussait ça devant lui comme une balle que l'on fait avancer avec le pied. Mais quant à ramasser cette balle, c'est-à-dire à faire fonctionner le téléphone, il ne s'y décidait pas (le numéro de la chancellerie était même dans son agenda, tante Berta le lui avait écrit quand elle avait appris que Conrad allait partir pour Berlin). Il en arriva même à penser, en se sondant plus avant avec un calme remarquable, qu'il y avait là une paresse presque insurmontable, un mur invisible. La seconde chose qui le préoccupait, le matin, avait d'une certaine façon partie liée avec monsieur de Hohenlocher et avait la salle de bains pour décor.

Conrad s'apercevait qu'il prenait du ventre. Cette constatation était certes faite selon un point de vue rigoureusement sportif. Toutefois, ce plat bouclier commençait à s'arrondir un tout petit peu plus qu'avant, et ces fameux plis sur l'aine qui le délimitent normalement sur un corps masculin et auxquels les sculpteurs de l'Antiquité accordaient tant d'importance, semblaient avoir tendance à s'effacer. A la longue, monsieur de Hohenlocher pouvait donc bien arriver à la possibilité, qui n'en était tout de même qu'à ses prémisses (au sens le plus propre du terme !), de faire de Conrad ce genre de types qui cultivent les tantes à héritage, les relations et occupent des fonctions de directeur... Bref, qui correspond à tout point de vue aux directives pédagogiques dont Castiletz avait soupçonné le Conseiller d'administration lors d'un entretien sur madame Erika de Spresse et sa fortune.

On pouvait considérer comme un contre-coup de ces découvertes peu réjouissantes – qui s'exagéraient d'elles-mêmes, de sorte qu'il ne voyait pas ce que lui renvoyait réellement la glace mais la proéminence mouvante d'un ventre directorial – on pouvait considérer comme un contre-coup le fait que Conrad lançât alors une sorte d'appel à cette ancienne soif d'aventures de son enfance, à laquelle la vie offre toujours son front, tout brillant d'appellations éloquentes, une soif d'aventures à laquelle la grande ville offrait un terrain vraiment suffisant pour se dépenser. L'appel fut entendu jusqu'à un certain point. Il avait quelques promenades et quelques parcours de reconnaissance à effectuer – sans rapport avec l'affaire Peitz : et ils eurent lieu (toutefois, cela n'indiquait pas le retour d'une époque avec col dur et cravate). Une fois, par une fin d'après-midi ensoleillée – il faisait chaud et toutes les choses se trouvaient bordées d'une frange vaporeuse ! – une fois donc Conrad se retrouva à Pankow, sans être sur les talons de Peitz mais à seule fin de voir à la lumière du jour le décor du roman. L'exceptionnelle étendue de cette banlieue, la largeur imposante de sa rue principale donnaient l'impression que la ville partait ici en éventail à sa périphérie, comme un entonnoir qui s'ouvre pour aspirer le vent de la plaine brandebourgeoise. Lorsque Castiletz remonta de la station de terminus et arriva à l'air libre, le soleil venait de la gauche, du fond d'une grande rue, comme à travers un portail d'or. Le vert opalin et printanier des arbres était on ne peut plus diaphane.

Là aussi il voulait se souvenir de quelque chose, il se sentait près des choses, avec cette acuité dans la mémoire que l'on prête aux vieilles personnes lorsqu'elles se remémorent leur jeunesse : pendant que le milieu de la vie reste dans l'ombre, le début et la fin sont éclatants de lumière. En déambulant ainsi, Conrad arriva entre autres dans le quartier de la gare Lehrter dont la forme allongée semi-cylindrique était posée dans la solitude ensoleillée de cette partie calme de la ville ; il traversa Moabit, longea le bâtiment en briques du célèbre palais de justice avec, en face, des jardins où sommeillaient les arcades pâles de la villa Waldersee. Il demanda son chemin, obliqua à droite, arriva sur la hauteur ventée du pont surplombant une large brassée de voies qu'il semblait à peine pouvoir contenir, comme un peigne sur une chevelure ébouriffée. Et de là il vit l'écume verte des arbres près de l'hôpital de Virchow, il se retrouva ensuite sur le quai en plein air puis dans le train coloré qui traversait quelques parties étendues de la ville, passant entre des talus, longeant des gerbes de voies, des usines et des rangées de maisons qui entraient tour à tour dans son champ de vision. Pourtant, ce n'était pas seulement la banlieue que Conrad recherchait. Il aimait aussi se promener par exemple dans le quartier où habitait Günther. Il le connaissait même déjà un peu pour y être passé en voiture lors de ces soirées de réjouissances. Et c'est ici que Conrad se retrouva pour ainsi dire lui-même, sans même être obligé de remonter très loin en arrière : l'abside d'une grande église de style roman semblait avoir eu le même effet irradiant sur le bâtiment d'en face que l'église de la Wackenroderstrasse sur la maison d'Inkrat située derrière : cette maison, ici, avec un café en bas (qui représentait beaucoup à l'époque pour un certain nombre de gens mais qui ne disait absolument rien à Castiletz), présentait le même aspect sérieux, avec arcs et chapiteaux.

Conrad fit le tour de la Gedächtniskirche, traversa sans encombre la large avenue ouverte de toutes parts dans le crépuscule où passaient en ronronnant des véhicules, quitta l'air libre et se retrouva en bas à arpenter le quai souterrain, fort paisible en comparaison des rues et qui sentait l'air confiné, comme dans une boîte.

Il s'était vite habitué à Berlin, comme on s'habitue plus vite de toute façon à une grande ville qu'à une petite, grâce à des réseaux qui guident la vie de façon beaucoup plus commode : comme ces court-circuits très pratiques qui passent par la cave et le toit. A la station « Stadtmitte » Conrad descendit sans se tromper comme un habitué. Dans le tunnel pour piétons il vit quelque chose qui le croisa : un chapeau marron raide comme la justice.

47

Maintenant, Conrad aussi se dépêchait (savoir pourquoi, voilà une chose à laquelle il est impossible de répondre, sans doute parce que tout le monde se dépêchait). Toutefois, à l'instant où il prit la décision irrévocable de suivre Peitz – un devoir ! – se fit jour en lui une sorte de certitude qu'après une telle rencontre due au hasard, il devait maintenant se produire quelque chose de décisif. Castiletz vit avec terreur la barrière rouge séparant les deux flots de voyageurs qui avançaient en sens inverse ; mais l'instant d'après il apercevait déjà les passages ménagés pour traverser, et il passa de l'autre côté.

La poitrine un peu palpitante, il se tenait derrière Peitz au début du quai, il vit la rame jaune et basse arriver à toute allure et réussit à monter avec lui dans la première voiture. Puis il se retrouva à Pankow dans le même établissement que la dernière fois. Ils étaient encore une fois assis en voisins à boire de la bière, séparés par une cloison.

C'est là (on pouvait voir tout ça en se balançant sur sa chaise !) c'est là que Peitz, la conscience manifestement tranquille, sortit de sa poche un grand étui – différent de la première fois ! – et le posa sur la table devant lui. Conrad, qui avait vu cela, n'avait pas encore recouvré tout son calme que la tenture de feutre rouge devant la porte fut rabattue pour laisser entrer M. le docteur Albert Lehnder en personne. Passant rapidement au milieu des tables, en manteau sombre et chapeau, sans accorder d'attention à Conrad ou sans le remarquer, il entra dans le compartiment de Peitz et dit nonchalamment « 'soir », enleva son manteau, s'assit et ajouta : « Aha, voilà la chose. Faites-moi voir. »

L'apparition de Lehnder eut pour effet de refroidir et de décevoir terriblement Conrad, comme si un point final avait été mis à tous ses efforts. Cela allait si loin qu'il renonça presque à la possibilité de regarder les bijoux en se balançant sur sa chaise ; en plus, Lehnder était assis à la même place que la jeune fille la première fois, penché sur l'étui ouvert qui se trouvait ainsi soustrait à son regard.

« Je vous donne la quittance » dit Lehnder (il parlait assez fort de sa voix sonore) « et puis nous verrons bien. Mais je ne peux naturellement rien vous promettre. »

C'était maintenant la voix de Peitz : « Je vous serais en tout cas très obligé, cher Monsieur. » Sa voix n'était vraiment pas très différente de celle qu'il avait eue au téléphone chez Günther l'autre fois, fortement étouffée avec une sorte de coloration jaune dans les « a » et les « e ». « Je vous prie de bien vouloir m'excuser maintenant. Il faut que je retourne en ville. Je suis seulement sorti pour vous remettre la chose. »

Une minute plus tard le chapeau raide comme la justice disparaissait derrière le rideau de feutre rouge.

Conrad se leva, fit le tour de la cloison pour rejoindre Lehnder et dit : « Bonsoir, Albert. »

« Eh, mais qu'est-ce que tu fais là ? » demanda celui-ci tranquillement.

« C'est en fait la question que je voulais te poser », répondit Castiletz en essayant secrètement d'assurer le dernier reste d'équilibre qui lui restait. Si tout à l'heure, dans le tunnel pour piétons de la station « Stadmitte » on avait pu avoir l'impression pendant quelques instants que « la vie » voulait maintenant surgir, inouïe et étonnante, celle-ci semblait maintenant bien davantage disposée à mettre expressément à l'épreuve son penchant relativement rare pour ce genre de situations.

« Ma foi, il n'y a rien là de très particulier pour moi, » dit Lehnder.

« Là derrière, dans la Kissingenstrasse se trouve le tribunal de première instance de Pankow. J'ai fait aujourd'hui deux remplacements pour mon chef qui a plusieurs clients ici. Cet après-midi j'ai été chez eux, et pour ce soir j'ai par hasard une invitation. Quant à l'individu que tu as vu, il voulait absolument me parler. Je n'avais pas d'autre choix que de le faire venir. »

« Pour des bijoux » dit Conrad en riant, cachant ainsi soudain son jeu avec succès, à son grand étonnement. « Je suis déjà au courant ».

« Tu as écouté de l'autre côté » dit tranquillement Lehnder. Castiletz remarquait de plus en plus qu'il avait passablement vieilli. Le visage blafard avait tendance à s'empâter, on pouvait même voir quelques cheveux gris sur les tempes. « Il y a huit ou neuf ans, cet homme a eu la riche idée de convertir une partie de son argent en bijoux, à cause de la fermeté de leur valeur. Seulement c'étaient des perles. L'idiot. Les Japonais se mettant à en faire la culture, les prix des perles sont tombés. Maintenant il est perdant, c'est certain. » Albert parlait d'une façon nonchalante et détachée, avec une légère morosité mais sans malveillance. Lehnder semblait avoir beaucoup changé. Le seul fait déjà de parler sans ambages de ce genre de choses, sans poser la moindre question à Conrad, indiquait qu'il était passé par de profonds changements ces dernières années. Et il rappelait maintenant bizarrement à Castiletz les Grumbach, Stolzenbach et Wirschle ; même la vie qu'avait eue Albert Lehnder ici (et qu'il ne connaissait pourtant pas) lui apparaissait sans mystère et réglée comme celle de ces hommes-là, avec son travail, ses relations, ses hésitations et bien sûr aussi ses amusements : ce dernier point était très visible chez le docteur Lehnder.

« Et le bijoutier chez qui il a acheté les perles – il habite dans la Friedrichstrasse et me l'a dit lui-même récemment – lui en offre naturellement maintenant beaucoup moins. Alors il essaie avec les particuliers et je veux lui donner un coup de main. Ce soir je dois montrer la chose là où je suis invité, peut-être que les gens sauront quoi faire. Tu peux aussi jeter un coup d'œil. Si tu en as besoin pour ta femme ou pour quoi que ce soit, tu peux en disposer. »

Il tira négligemment l'étui de la poche de son manteau et fit sauter le couvercle. Il y avait dedans une quadruple rangée de perles, brillantes et chatoyantes.

« Un vieux client à nous qui paye bien et sans retard, sinon je ne remuerais pas le petit doigt pour lui », dit Albert. « A part ça, il est puant. Et malgré tout, aussi peu croyable que cela puisse paraître, il a une amie très jolie qui habite d'ailleurs ici, à Pankow. Elle s'use maintenant les semelles à faire la tournée des riches charcutiers du quartier avec un autre bijou pareil à celui-ci. Mais il est moins beau. »

Conrad referma l'étui.

« Alors, ça ne te plaît pas ? » dit Lehnder.

« Il est magnifique » répondit Conrad, « mais ma femme n'aime pas les perles. Elle est en plus beaucoup trop sportive maintenant pour accorder beaucoup d'importance aux bijoux. »

« J'ai entendu ça par ta tante Berta à qui tu avais écrit une lettre où tu disais que ta femme faisait du sport et des choses dans ce genre. Ça a aussi ses avantages quand une femme a un petit grain de folie. Ça arrange un certain nombre de choses. » Et il ajouta avec un étonnement qu'il cherchait pour ainsi dire à rattraper avec quelque retard : « Mais dis-moi : qu'est-ce que tu fais à Pankow ? »

« Les Veik ont eu pendant longtemps une cuisinière qui est maintenant mariée ici. Je devais prendre de ses nouvelles. » Ça coulait sans effort, sans hésitation ni à-coup, comme dans un espace vide.

« Obligations de famille » dit Lehnder et il bâilla pour de bon. « Je savais déjà par ta tante que tu étais à Berlin et aussi ton adresse. Je t'aurais appelé un de ces jours. J'ai eu malheureusement beaucoup à faire. Du reste, tu as vraiment mauvaise mine, mon garçon. »

« Oui, ça ne m'étonne pas », dit Conrad avec naturel. « Tu ne peux pas savoir la vie que j'ai menée ces derniers temps à Berlin. La journée des conférences, et la nuit, les soi-disant divertissements.

« Si, je sais », répondit Lehnder. « Je peux imaginer. Je sais pourquoi on t'a envoyé à Berlin et surtout pourquoi ils ont tous rappliqué là. C'est un secret de Polichinelle. Mais il ne sortira rien de toute cette histoire, je peux déjà te le dire, en tout cas rien d'assez puissant pour faire quelque chose ; et votre jute ou je ne sais pas comment vous appelez ça, il continuera à faire ce qu'il veut. »

« C'est aussi mon sentiment, » dit Castiletz.

« Toi, tu n'as pas à te faire de bile pour ça ! Ça me fait plaisir en tout cas que nous nous soyons rencontrés par hasard à cette occasion. Ça fait des jours que ton nom était écrit sur mon bloc. Il y a des choses qui s'arrangent toutes seules. C'est aussi le cas avec des lettres en retard que l'on aurait dû écrire depuis longtemps. »

« Il ne faut pas se casser la tête pour ça » dit vivement Castiletz.

« Très juste », répondit Lehnder. « Qu'est-ce que tu fais ce soir ? »

« Il faut que je retourne en ville » dit Conrad sans hésitation. Comme pour la plupart des gens, la nécessité ne le poussait pas à mendier mais à mentir avec naturel, même si ce n'était pas nécessaire.

« Et moi, il faut que j'aille chez les gens où je suis invité. Peut-être que j'arriverai à caser les perles. Peitz – c'est le nom du type – m'a bien sûr promis un pourcentage. »

Ils décidèrent que Conrad appellerait Albert demain après-midi à la chancellerie. « Pour qu'on puisse passer une soirée ensemble. »

Castiletz partit. Il eut l'impression que ses jambes étaient bizarrement vides et désarticulées comme s'il avançait dans du sable profond. Le sentiment d'être mis à nu, privé de protection l'accompagnait tandis qu'il se dirigeait sans hésitation vers le métro, comme s'il s'était trouvé dans son quartier. Le vide qui l'habitait était si complet qu'il prenait maintenant plus nettement conscience de ce qui l'entourait que s'il avait été davantage en possession de ses moyens : les rues sombres, les poteaux indicateurs plantés dans la solitude des carrefours avec le nom des rues, les arbres d'un vert clair et intense sous la lumière des réverbères, inertes comme du papier – il enregistrait tout cela avec froideur et précision tandis que grandissait en lui une sensation de danger comme si ce dernier était attiré par le vide où il se déplaçait : tout le vague qu'il y avait dans cet anneau extérieur et anonyme de la vie qui faisait comme un halo à l'anneau intérieur sans pourtant contenir rien de distinct ou de dénombrable, ni chose, ni cause – tout ce qui se trouvait dans cet espace semblait s'être maintenant rapproché d'une longueur et former un cercle plus étroit. Conrad se sentait oppressé de toutes parts dans l'air froid du soir, ça pesait sur lui comme une chape qui le coinçait. Ainsi replié sur lui-même et rattaché ainsi peut-être plus étroitement que jamais aux choses qui l'entouraient, il descendit les escaliers du métro, resta là sans bouger et comme la dernière voiture de la rame s'arrêtait justement à sa hauteur, il monta. Peu avant le départ, la porte coulissante s'ouvrit encore une fois ; un homme dans un uniforme de contrôleur, un loden gris-foncé avec un col à passements verts, monta alors dans le wagon presque vide. L'employé s'approcha de Conrad qui présenta automatiquement son billet, il s'agissait peut-être d'un contrôle.

« Excusez-moi, Monsieur », dit l'homme, « il ne s'agit pas de votre billet. »

Castiletz leva les yeux (sans encore se départir de cet air défiant et gourmé que l'on a face à ceux qui représentent pour ainsi dire l'autorité) et regarda le visage de celui qui lui adressait la parole. C'était un vrai visage et pas seulement un faciès de fonctionnaire, c'était même un visage très agité : long et haut avec quelque chose de mou et de faible, légèrement pâle et moite – la sueur sans doute – sur les pommettes décharnées et les tempes.

Mais il a l'air plus rassis, plus robuste maintenant... telle fut l'exacte pensée de Conrad, et formulée en ces termes. L'homme s'était assis sur la banquette à côté de lui. « Vous ne vous rappelez sans doute pas de moi ? » dit-il.

« Si » répondit Castiletz. Un espace s'ouvrait soudain en lui, accueillant, réceptif, débarrassé de ce qui le recouvrait et qui s'opposait à son existence. « C'était en voyage » ajouta-t-il même vivement.

« Oui » dit l'employé du réseau ; et c'est seulement à ce moment que Castiletz se rendit soudain compte de l'extraordinaire excitation où se trouvait cet homme qui parlait avec lui et de la violence des efforts qu'il faisait pour lutter contre cet état. En plus, Conrad avait l'impression très nette – une netteté qui était vraiment à la limite de l'effroi – que depuis un moment son regard avait acquis plus d'acuité, qu'il portait même tout simplement plus loin qu'avant. Cette plus grande netteté du regard semblait avoir son origine dans le vide des minutes précédentes, un vide qui voulait surtout se remplir, ne refusait donc rien et laissait tout approcher sans réticence.

« Vous êtes allé plusieurs fois à Pankow, ces derniers temps », articula l'employé à qui chaque mot coûtait un véritable effort. Ses paroles étaient pourtant précises et cohérentes. « Je suis machiniste. Je vous ai vu de la cabine. Trois fois. Vous étiez toujours en tête du quai de la station

« Stadtmitte ». Il faut que je vous parle. Je ne pouvais pas jusque-là, j'étais en service. C'était épouvantable. Il fallait que je vous parle. Maintenant, j'ai fini mon service. Je vous ai vu essayer de monter dans une autre voiture au dernier moment. Je vous demande de m'accorder un entretien. Je vous demande de bien vouloir descendre avec moi à la deuxième station. C'est la « Danziger Strasse ». Je vous expliquerai pourquoi. Je – ne peux pas parler ici. »

Son élocution s'accordait mal à son état, elle était trop précise, même dans l'excitation. Mais cela n'étonnait plus Castiletz maintenant.

« Je descendrai avec vous » dit-il.

« Je vous remercie, Monsieur » dit le machiniste. On voyait nettement la sueur sur ses pommettes maintenant. Entre-temps le train s'était arrêté une fois et maintenant il repartait.

« Savez-vous... » dit le machiniste, « savez-vous – vous devez sans doute l'ignorer, mais moi je sais, mon Dieu – qui était Louison Veik ? »

« Je sais », dit Castiletz en appuyant sur les mots.

Ils ne dirent plus rien. Ils descendirent à « Danziger Straße », une station couverte, posée sur le viaduc dont la voûte était pleine du bleu sale de cette nuit froide ; l'immense étendue des rues était presque vide ; devant, à droite, on voyait s'allonger le mur d'un parc avec de la verdure éclairée par les réverbères.

« Je puis sans doute me permettre maintenant de vous dire où nous allons ? » dit l'homme, visiblement étonné que Conrad ne posât aucune question à ce sujet. Mais Castiletz qui marchait maintenant à côté de lui sur le large trottoir était pour l'instant absorbé par tout autre chose : il essayait de comprendre l'origine de ces... promenades aventureuses et romantiques qu'il avait faites autrefois, il y a bien longtemps, et qu'il avait recommencées il y a quelques heures. Il voyait le pont devant lui, comme un peigne sur une mèche de voies éparses, Alt-Moabit, le palais de justice et puis la station – oui, c'était la Pullitz-Strasse ! – là-bas près du pont avec le quai à ciel ouvert et la rame colorée de la grande ceinture qui arrivait à toute vitesse : tout cela ne s'était pas passé il y a des heures ou des jours, même pas il y a des années (autrefois, en pleine époque du col dur et de la cravate !) – c'était quelque chose qui s'était purement et simplement détaché, c'était une chose incompréhensible qui n'était même plus ridicule. Ce qu'il vivait ici, sa façon de marcher, tout cela appartenait déjà à un autre homme, ça faisait déjà partie d'une autre vie, d'une seconde vie : découverte qui faisait, semblait-il, table rase du passé.

« Monsieur, je me permets de vous conduire dans l'appartement de ma fiancée. Simplement parce que je ne serais pas capable de... parler, si nous allions autre part, dans un café par exemple. En plus, cette jeune fille pourra faire foi de tout ce que je vais vous dire. Je suis calme maintenant, Dieu soit loué. Tout à l'heure je me sentais mal. Vous connaissez aussi cette jeune fille parce qu'elle était avec moi autrefois, il y a neuf ans, dans le train rapide en provenance de Stuttgart, et au début elle était assise à côté de vous. »

« Blonde, maigre ? »

« Oui, très maigre hélas, et ça ne changera pas. Ce n'est pas par hasard qu'elle habite ici, dans ce quartier, et l'une des raisons c'est que de l'autre côté – » (il leva le bras et montra l'enceinte du parc de l'autre côté de la rue, où l'on pouvait voir un large portail maintenant fermé) – « de l'autre côté, il y a l'institut municipal pour les maladies des os et des articulations. Elle est presque sans arrêt en traitement. Nous sommes bientôt arrivés maintenant, » ajouta-t-il. « Elle ne sera pas encore à la maison mais chez une voisine. De toute façon j'ai la clef. »

Ils traversèrent la chaussée, tournèrent à gauche puis aussitôt à droite dans une petite rue très étroite. Devant la porte de la maison qui faisait l'angle, le machiniste dit : « Nous y sommes. Permettez que je passe devant. » C'était une vieille maison au crépi jaunâtre avec plusieurs balcons. C'est ce que Castiletz put encore voir. Puis il suivit l'autre dans le couloir et dans les escaliers. Un tintement de clefs, un bruit d'interrupteur et Conrad se retrouva dans un appartement exigü qui sentait la pommade à cheveux un peu grasse ou un quelconque parfum inhabituel et pénétrant.

Ce fut la première chose qu'il remarqua. Puis il vit une machine à faire des bas comme en ont les ouvrières qui travaillent à domicile, et une machine à coudre avec quelques accessoires. Dans un coin, il y avait un mannequin de tailleur et une planche à repasser. La deuxième pièce était présentable ou voulait se donner comme telle ; au milieu il y avait une table recouverte d'une nappe verte à longues franges et au fond on voyait un buffet sur lequel étaient posés des objets en métal et un cendrier avec un lutin.

« Je vous en prie, asseyez-vous », dit le machiniste. « Pour ma part, il faut d'abord que je prenne un alcool. Peut-être que vous en prendrez aussi. »

« Bien volontiers » dit simplement Conrad.

L'autre ramena du fond une bouteille et deux verres. Ce breuvage qui n'était pas sans affinités avec « la boisson de toute façon la plus raisonnable » requinqua Castiletz ; il donna encore plus de tranchant à la sensation qui l'habitait : si vite déjà. Une demi-heure plus tôt il était avec Lehnder. Lehnder avait été le précepteur d'un homme qui commençait à devenir pour Castiletz un personnage réglé et sans mystère. « Je m'appelle Botulitzky » dit le machiniste en lui tendant la main.

« Castiletz » dit Conrad en articulant avec un sourire insouciant.

« Au reste, je crois que de savoir nos noms ne nous avance plus à grand-chose. » Il plongea la main dans la poche de son manteau et y trouva un paquet de cigarettes. Botulitzky alla chercher le cendrier avec le lutin.

« Puis-je commencer ? » dit-il et il aspira une grande goulée de fumée.

« Je vous demande de tout me dire, vraiment tout », répondit Castiletz distinctement et calmement.

48

« L'assassinat de Louison Veik » dit Botulitzky en fixant la nappe, « ne s'est pas produit sur le trajet entre Grimmenthal et Erfurt dans la forêt de Thuringe, comme l'a supposé la police, il y a neuf ans, mais – à cause de vous et de moi, M. Castiletz – déjà une demi-heure après le départ de Stuttgart, dans le tunnel entre Kirchheim et Lauffen sur Neckar. Les faits furent les suivants : arrivé à un instant d'ultime faiblesse, à mon point de résistance minimale pour ainsi dire – punctum minimae resistentiae – il m'a fallu faire le fanfaron devant mes compagnons de voyage et principalement devant ces deux sacrés blanc-becs qui étaient à ce moment avec moi dans le wagon de deuxième classe où je voyageais pour jouer les importants ; j'ai dit que j'étais à l'université et que je faisais des études de médecine ; c'est comme ça que j'ai sorti la tête de squelette qui fut alors – c'était l'idée hautement originale de l'un de ces deux vauriens ! – tenue au bout d'une badine devant la fenêtre ouverte du compartiment voisin où se trouvait une femme voyageant seule. Cette femme, c'était Louison Veik. Lorsque la plaisanterie devint sérieuse, je fus saisi par la peur et je m'éclipsai dans le couloir avec la jeune fille. Vous vous en souvenez ? »

« Oui, très bien », dit Conrad.

« Je vais maintenant vous dire ce que j'ai vu depuis le couloir. Le vent qui s'engouffrait par la fenêtre ouverte avait soulevé et retourné un des rideaux qui, depuis le couloir, masquait la vue dans le compartiment. Margit – c'est le nom de ma fiancée dans l'appartement de qui nous nous trouvons maintenant – et moi, nous nous en rendîmes compte et nous regardâmes aussitôt par la vitre. La voyageuse était debout près de la fenêtre, face à la banquette opposée au sens de la marche, et nous tournait à moitié le dos, elle tenait un coffret ouvert devant elle qu'elle balançait de ci et de là d'un air satisfait. Ça brillait beaucoup dans la lumière, nous pouvions bien voir ce qu'il y avait dedans : des bijoux jusqu'à ras bord, entassés tels quels, les uns sur les autres. Ce spectacle dura à peu près cinq secondes. Alors – et juste au moment où Louison Veik se tournait un peu plus vers la fenêtre – apparut le crâne enturbanné que vous teniez au bout de la canne, il était bien éclairé, mais il a aussitôt disparu. Quant à Mlle Veik, il lui arriva la chose suivante : ou bien elle a perdu connaissance, ou bien elle a été saisie d'un fort malaise – bref, elle a poussé un cri et s'est effondrée vers la fenêtre, dans le sens de la marche donc, si bien que son buste s'est retrouvé pendant au-dehors, l'espace d'une seconde : tout de suite après, elle fut projetée en arrière avec une violence effroyable, nous vîmes un flot de sang inonder son visage tandis qu'une petite mallette ouverte qui se trouvait sur la banquette opposée était entraînée par la chute du corps et tombait en déversant son contenu de partout. Mais ce que je vis tout de suite c'est que le coffret se trouvait toujours dans les mains inertes de la morte – mais vide maintenant. A cet instant le train sortit du tunnel. Ces événements, tels que nous les avons observés, durèrent entre douze et quinze secondes. Il était évident pour moi que tous les bijoux s'étaient éparpillés dehors, soit dans la toute dernière portion du tunnel, soit juste après sa sortie. »

Castiletz revit le portrait de Louison par Derainaux dans la petite pièce aux abat-jour topaze. Sa douleur fut brève et intense, incisive pour ainsi dire. Elle se dissipa aussitôt. Même ce monde des sentiments (à peine éprouvé ces derniers temps à cause de toutes les occupations liées à cette affaire) fut englouti, pour toujours, et devint quelque chose de bien circonscrit.

« Elle a crié ? » demanda-t-il.

« Oui, un cri bref et fort. C'était comme le bruit d'une assiette qui se brise. »

« Alors je ne me suis pas trompé à l'époque », dit Conrad.

Botulitzky poursuivit : « Je savais qu'après cette bêtise il me fallait lutter pour ma vie, j'ai donc agi avec beaucoup de lucidité ; j'ai ouvert aussitôt la porte coulissante du compartiment où se trouvait la morte – la porte n'était pas verrouillée – j'ai remis en place le rideau qui avait sauté du bouton-pression en laiton, j'ai refermé la porte et l'ai verrouillée avec un clef de berne que je porte toujours sur moi. Je convins ensuite avec Margit – elle montra un courage inouï ! – de descendre à l'arrêt suivant. C'était à Heilbronn, nous n'en étions plus qu'à une quinzaine de minutes à peine. Quoi qu'il en soit nous reprîmes tranquillement nos places confortables. Je n'arrêtais pas de bâiller bien que je n'aie pas eu la moindre envie de dormir. Je m'en souviens. Quant au crâne j'aurais préféré le jeter par la fenêtre plutôt que de le remballer.

Pendant que nous étions assis là à nous ronger les sangs je pensais que j'aurais mieux fait d'éteindre la lumière dans le compartiment voisin. Mais il était trop tard. Pour une raison quelconque le train avançait très lentement maintenant, la voie devait être encombrée, nous mîmes un peu plus de temps que d'habitude pour arriver jusqu'à Heilbronn. Nous descendîmes donc là. Sans passer par le portillon. Les billets allaient jusqu'à Würzburg. J'estimais qu'il était judicieux et important de ne pas se faire remarquer en faisant par exemple inscrire sur son billet une interruption de trajet ou autre chose de ce genre. Je ne voulais rien avoir à faire avec un employé des chemins de fer. Nous sortîmes en nous glissant hors de la gare par une autre sortie et nous eûmes une chance inouïe. Pensez un peu : je lus dans le journal que nulle part sur le trajet on n'avait remarqué quelqu'un descendre du train muni d'un billet valable pour aller plus loin ! »

« Vous avez lu tout ça dans les journaux ensuite ? » demanda Conrad.

« Oui, bien sûr ! Dès le lendemain soir. Et je savais alors déjà qui nous avions assassiné, M. Castiletz. Mais auparavant il s'est passé un certain nombre de choses qui ne sont tout à fait compréhensibles que si l'on connaît la situation dans laquelle je me trouvais à ce moment-là. »

« Vous êtes allé chercher les bijoux et vous avez amèrement déploré la perte d'une boucle d'oreille », dit Castiletz sans façon.

Il ne lui en avait pas beaucoup coûté de dire cela maintenant et d'abattre ses cartes. Ce n'est pas un besoin impérieux qui l'avait poussé à dire ces mots, il les avait au contraire prononcés comme par jeu, en y repensant il s'aperçut alors avec beaucoup de calme qu'ils représentaient une sorte de bévue gênante. Dans la conversation avec Lehnder il s'était contenté d'écouter en laissant parler l'autre, ce qui n'était peut-être pas étranger à la honte liée à sa ridicule aventure. Toutefois, le fait même d'être resté à écouter avait déjà partie liée avec – l'assoupissement de ses défauts comme il avait dit une fois. Ils ne faisaient pas que s'assoupir, ils s'étiolaient déjà. Dans cette perspective, ça lui aurait par exemple coûté un effort incroyable de raconter à qui que ce soit l'anecdote de l'oncle de son père, le vieux colonel, et de ces deux ivrognes de serviteurs qui chantaient.

Le visage de Botulitzky qui, sous l'effort que lui coûtait un compte rendu fidèle, avait jusque là gardé une expression recueillie, anoblie même par le fardeau qui pesait sur son âme intègre, se décomposa lorsque Conrad lança cette allusion à la boucle d'oreille comme une petite boule roulant sur la table dans sa direction. Sur son visage apparurent alors toutes sortes d'aiguillages qui pouvaient conduire à des voies très différentes : des rides en pattes d'oie autour des yeux et de la racine du nez.

« Qu'est-ce que cela veut dire, Monsieur... ? » dit-il et dans ses traits passa un faisceau d'incertitudes dont la dernière semblait sans équivoque pencher vers la colère. « Ne vous ai-je pas adressé la parole de mon plein gré ? N'est-ce pas de mon plein gré que je vous parle en toute franchise ? Voudriez-vous me tendre un piège quelconque ? Qui croyez-vous être ? Vous jouissez probablement d'une situation plus élevée que la mienne... Vous n'avez aucune raison de jouer au chat et à la souris avec moi. Je n'ai pas grand-chose à perdre. Tandis que pour vous, ce scandale n'aurait rien d'agréable : je veux parler de l'élucidation tardive d'une affaire criminelle classée, qui fonctionnerait alors comme une clef. C'est une chose qui ne ferait pas bonne impression du tout dans votre milieu, je le sais parfaitement... même si au moment critique vous n'étiez qu'un gamin de seize ans qui s'est laissé entraîner. Mais vous n'arriverez à rien avec moi avec des menaces cachées, ou alors je vous en montrerais d'une toute autre sorte, mon cher... »

Il s'était laissé emporter par la colère, il parlait fort et son air n'augurait rien de bon. Castiletz le regardait d'un air pensif, un peu comme s'il ne se trouvait pas dans cette pièce. S'en tenant depuis le début à une position fixe, Conrad observait, presque comme un spectacle, les différents stades par où était passé cet homme depuis une heure, depuis leur rencontre.

Le visage de Botulitzky se rapprocha. « Il va de soi que je serais prêt à me taire, à certaines conditions... » dit-il. Conrad vit que l'autre avait peur, les rides de son visage étaient comme un réseau d'aiguillages où cahotait cette peur, forcée par l'effort désespéré de réparer ce qui ne pouvait manquer de lui apparaître maintenant comme une bêtise impardonnable (vu l'engrenage dans lequel s'était prise son âme), et s'il le fallait en usant d'une arrogance cousue de fil blanc.

Mais chez Castiletz – déconnecté qu'il était du personnage sans mystère avec lequel l'ancien précepteur s'était trouvé à table tout à l'heure, annonciateur du début, arrivé à peine une heure avant la fin – mais chez Castiletz il y avait maintenant de l'indulgence, de la compréhension et même carrément de la bienveillance.

« M. Botulitzky », dit-il, « ce genre de conditions ne peut que me laisser indifférent, parce qu'en effet ce que vous allez faire ou ne pas faire m'est totalement indifférent. Vous ne pouvez pas imaginer combien tout cela m'intéresse peu. Ne faites donc que ce qui apparaît avantageux pour vous, sans le moindre égard vis-à-vis de ma personne naturellement, parce que je n'ai aucunement besoin de quelconques égards. Si ça vous soulage de porter sur la place publique la fin mystérieuse de Louison Veik, alors je vous conseillerais de le faire sans vous arrêter aux torts qui en résulteront pour vous. En tous cas, renoncez à tous égards vis-à-vis de moi, car ils n'auraient pas le moindre sens. »

Les nouvelles possibilités qu'il avait acquises avaient maintenant le champ libre, elles étaient disponibles. Curieusement il rencontrait pour la première fois l'homme en lui, doté d'emblée de ce courage paradoxal – parce qu'absolument froid – qui est le vrai courage, parce qu'il s'appuie sur la fermeté. Au plus profond et au plus froid de la détresse de son cœur, voilà qu'il s'emparait de rien moins que de la couronne.

Quant à Botulitzky, il s'effondra sur les ruines de sa piètre position et sur une témérité désespérée dont on n'aurait même plus pu dire qu'elle s'était avancée vers Castiletz sur des pieds d'argile, mais bien plutôt sur des débris de cure-dents.

« Mais qu'est-ce que vous allez faire... ? » dit-il, courbé sur la table.

« Moi... ? » dit Castiletz. « Primo, c'est mon affaire ;

secundo, je peux vous le dire pour vous faire plaisir : je ne ferai absolument rien, parce que j'ai déjà fait tout ce qu'il était possible de faire. Pendant longtemps j'ai poursuivi le meurtrier de Louison Veik, c'est-à-dire que j'ai cherché à savoir qui il était. C'est pourquoi, l'automne dernier j'ai fait un séjour à Lauffen sur Neckar, et j'ai trouvé là-bas, près de la sortie du « tunnel de Kirchheim » – c'est ainsi qu'il s'appelle – du côté de Lauffen, une boucle d'oreille, du béryl monté sur or. On comprendra aisément que j'en ai tiré la conclusion que, de votre côté, vous n'ayiez pu en trouver qu'une. N'est-ce pas ? Finalement je suis allé chercher le coupable à Berlin. Ce faisant Sherlock Holmes est allé à Pankow comme la cruche s'en va à l'eau : je veux dire que j'ai trouvé le coupable, c'est-à-dire moi-même. »

« Vous... vous avez vraiment cru que... que quelqu'un l'avait tué pour la voler, vraiment... ? »

« Laissons cela », dit Castiletz. « Le galopin que j'étais à quinze ou seize ans n'avait d'ailleurs pas l'habitude de lire les journaux, ce n'est que beaucoup plus tard qu'il découvrit toute cette histoire : par le hasard de ma rencontre avec la famille de la victime. Je m'intéressai aussitôt à cette affaire. Comme vous le voyez, avec succès. Je n'ai pas envie de vous en dire davantage. Mais il y a encore une chose que je veux vous dire M. Botulitzky : c'est que les bijoux et ce qui a pu leur arriver, tout cela m'est bien égal, exactement comme vos menaces ridicules de tout à l'heure. Il n'est pas utile que vous m'informiez là-dessus, quant à ce que vous m'avez dit tout à l'heure, c'est comme si je n'avais rien entendu ; parce que je ne souhaite pas que vous passiez ensuite des nuits blanches à vous retourner dans votre lit à cause de ce que vous m'avez dit. Ça serait très bête et il faut l'éviter. Adoptez ici la même attitude qu'avec votre projet de tout mettre sur la place publique : je veux dire d'informer les autorités de la véritable fin de Louison Veik. Bref : faites ce que bon vous semblera. »

« Monsieur » dit Botulitzky dont le front touchait maintenant la nappe verte, « il faut que vous me pardonniez pour tout à l'heure. J'ai déraillé. »

« Vous semblez avoir une prédilection pour ce genre de choses », répondit Castiletz sans ménagement. « J'espère que ce n'est pas le cas à votre poste de machiniste. »

« Je vous ai quand même conduit plusieurs fois », dit Botulitzky et il y avait dans sa voix une plainte brisée, quelque chose de primitif, à la base du son.

« Oui, à Pankow », dit lentement Castiletz.

Ils se turent une minute, ou davantage. « Il fallait pourtant... il fallait pourtant que je vous parle » dit enfin Botulitzky doucement, toujours affaissé sur la table. « Est-ce que je pouvais... est-ce que je pouvais... vous regarder passer ? Neuf ans après ! Oh, mon Dieu, vous aviez quatorze ou quinze ans à l'époque... Le plus terrible, c'est quand je vous ai vu : vous n'avez presque pas changé... »

« Voilà qui est rattrapé » répondit calmement Castiletz. « Il y a des gens qui ne changent presque pas. Et puis il semble qu'un jour le grand changement arrive... quand on poursuit ses recherches avec succès. Alors là, oui... » il interrompit ce monologue et ajouta : « Vous n'avez pas du tout vieilli non plus. »

« Je vous ai attendu, M. Castiletz, pour... pouvoir commencer enfin à vieillir. »

Son front s'abattit sur le dessus de la table. Un lourd sanglot secouait ses épaules dans sa vareuse de loden, on aurait dit à l'entendre que cela sortait tout droit de la poitrine. Kokosch regardait calmement cette débandade, en vétéran de la vie.

« Je voudrais me permettre de faire une remarque à propos de ce que vous m'avez dit tout à l'heure » dit-il au bout de quelques instants, sans plus se soucier de l'état où se trouvait l'autre. « Le train allait de Stuttgart à Heilbronn et roulait bien entendu dans la galerie droite du double tunnel de Kirchheim. Dans notre voiture le couloir se trouvait à droite, la fenêtre par laquelle Louison Veik a été tuée dans son compartiment à gauche, vu dans le sens de la marche. A mon avis, la jeune fille a trouvé la mort parce que – dans l'instant où elle était penchée au-dehors sans connaissance – son front a buté contre un de ces murs qui font saillie au passage entre les deux galeries. Je l'ai vu de mes yeux lorsque j'étais dans le tunnel. »

« Vous avez raison » dit Botulitzky en se redressant. Il était maintenant très pâle mais calme. « Sinon la blessure aurait été toute différente – si elle avait frotté par exemple – et

Louison Veik n'aurait pas été projetée sur son siège comme ce fut le cas. J'ai aussi été dans le tunnel, sans aller pourtant très loin. Vous allez le savoir. Car – je veux bien sûr vous raconter absolument tout. Sinon à quoi bon cette rencontre pour moi ; il n'y a pas beaucoup à dire et j'en aurai bientôt terminé. »

Il essaya d'expliquer à Castiletz le bilan de sa vie à l'époque et quelle était sa situation, pour autant que l'on puisse expliquer ça à quelqu'un d'autre ; en plus, Botulitzky savait bien raconter : il maniait sa langue maternelle, chose curieuse, comme seul sait le faire celui qui a eu l'occasion de mesurer la richesse de celle-ci aux parlers plus pauvres et plus carrés des anciens. « Mon oncle de Würzburg a fini par n'être plus rien d'autre qu'une tumeur dans ma conscience, » dit-il « et dans ces conditions il devenait impossible de faire des études. Je n'avais encore réussi aucun examen pour le premier doctorat, après tant de semestres d'études, faire admettre cette absence de réussite à mon oncle qui ne portait d'intérêt qu'à des résultats tangibles : tel était le but de mon voyage durant cet été de 1921. Botulitzky dit (en rapport avec Vienne où il avait passé deux semestres sans résultats) : « Aujourd'hui encore, quand je vois toutes les lumières de la ville depuis ma cabine, cette profusion d'étoiles terrestres vacillantes, je ne peux m'empêcher de penser à l'époque où nous étions quelque part dans une taverne sur les collines, au-dessus de cette mer de maisons et que nous chantions des chansons de carabins – c'était exactement la même chose : un réseau infini de rues éclairées qui s'entrecroisaient. On pouvait alors être effleuré par l'idée de l'unité de toute vie, partout ! Ma foi. »

Là-dessus il avait tenté sa chance à l'université de Munich et ailleurs encore : mais surtout pas à Würzburg. Car là il aurait immanquablement dû habiter chez l'oncle qui tenait les cordons de la bourse et la situation serait en tous cas devenue intenable. « Il faut que vous sachiez, M. Castiletz », dit-il, « qu'à l'époque tout cela ne reposait déjà plus sur rien. Je ne pouvais déjà plus voir un livre, même pas sa couverture. »

« Je savais que – quelque chose arriverait », poursuivit Botulitzky après une petite pause.

Et cela arriva. La possibilité risquée de gagner son indépendance pour un temps et de prendre un peu de champ se trouvait cette nuit là dans le tunnel de Lauffen, brillant comme le trésor dans la nuit de Walpurgis. Ils traversèrent le stade de Heilbronn puis Böckingen, choisissant le chemin le plus long qui passait par Klingenberg et Nordheim : mais de cette façon ils évitaient la traversée du centre de Heilbronn, les valises à la main. « J'étais archiprudent », dit-il, « il ne fallait en aucune façon se faire remarquer et se faire repérer par quelqu'un qui s'en serait souvenu. » Il devint d'ailleurs impossible de porter plus longtemps les valises à la main ; heureusement il y avait dans la sienne un grand sac-à-dos pour les vacances, et l'on réussit à y faire rentrer le contenu d'une valise. Margit se trouva ainsi débarrassée. « Quant au crâne, je le jetai près de Klingenberg, dans les eaux profondes du Neckar à l'endroit où celui-ci rejoint la route et la voie ferrée, en lui faisant décrire un grand cercle comme on lance un disque. Il fallait que je m'en débarrasse, même au risque de me faire remarquer, mais bien sûr je faisais attention. Il retomba lourdement et s'enfonça doucement, disparaissant pour toujours dans la nuit, avec un bruit qui rappelait la déglutition. »

Sur les quinze kilomètres de trajet, le pire fut la dernière partie, le dernier tiers. Laissant Lauffen à gauche, ils longèrent en effet la Zaber qui décrit exactement la même courbe que le cirque montagneux le long duquel elle coule. « C'était un grand détour, dicté par la prudence. Si je n'avais pas connu par cœur cette région pour y avoir fait des randonnées auparavant, je crois que nous serions restés en panne quelque part ou que nous serions arrivés trop tard. En plus, Margit commençait à ressentir le contre-coup de ce qu'elle avait vécu, et dans cette marche de nuit ses nerfs commençaient à flancher. » Il n'y avait plus de route ici. Ils finirent par traverser celle-ci ainsi que la ligne secondaire qui allait vers Brackenheim et Leonbronn, ils quittèrent la rivière et, toujours au pied du cirque montagneux, longèrent alors le même ravin qu'avait suivi Conrad huit ans plus tard, à la seule différence qu'ils arrivèrent sur la voie à l'entrée du tunnel de l'autre côté.

« Bon, et alors vous avez retrouvé tous les bijoux », dit Castiletz qui s'impatientait, « et je peux même vous dire où : devant le tunnel, entre les voies, sur ce terre-plein recouvert de graviers ou de gravillons, là où se trouve la sonnerie de signalisation. Il y avait peut-être aussi quelques bijoux éparpillés dans les derniers quinze mètres de la galerie du tunnel en question. »

Mais tout en parlant avec animosité, il y avait en lui – de l'admiration : de l'admiration pour cet autre type d'homme et pour ses capacités qui lui permettaient assurément de changer de voie dans la vie. Jamais – il le voyait bien maintenant en jetant un regard sur lui-même et sur sa vie – il n'aurait été capable de supporter cette nuit passée sur la route, disons entre Klingenberg et Lauffen, de vivre cette nuit, avec un projet pareil, avec un tel désordre dans sa conscience. Maintenant où il s'était pour ainsi dire rattrapé et, partant, touchait du doigt son point le plus faible, maintenant il était libéré de lui-même et jouissait avec gourmandise de cette liberté : il pouvait voir pour la première fois, avec une acuité encore inconnue, un autre homme, par delà le gouffre qui sépare chaque caractère. Or, c'est justement l'acquisition de cette capacité – mais que l'on songe à quel prix elle avait été acquise ! – qui lui fit ressentir, en dépit de toute l'admiration qu'il avait pour l'autre, une nette supériorité depuis l'endroit solide où il se trouvait : car devant lui ce n'était que précipitation, inquiétude et changement, le visage se transformait, l'âme tressaillait comme la flamme d'une bougie dans un courant d'air.

« Vous vous trompez, » dit Botulitzky, l'air tendu. « Que vous le croyiez ou non. Bien sûr, nous avons trouvé un certain nombre de choses. » et comme s'il avait une vision devant lui, comme s'il plongeait le regard dedans, les yeux écarquillés, il poursuivit : « C'était au petit matin, il faisait encore sombre dans la forêt où nous attendions. Aucune feuille ne bougeait. Alors, lorsque le moment décisif sembla enfin être venu avec le jour qui ne nous permettait plus d'attendre davantage, nous sortîmes de notre repère comme des fantômes. En arrivant en haut du talus j'aperçus le premier bijou. Il était là, petit mais réel. Nous commençâmes à ramasser. Je vois encore Margit devant moi, ombre courbée et furtive, toute grise de la nuit d'où nous venions de sortir. Pour finir, je courus dans le tunnel avec ma lampe électrique en restant à droite de la voie, je trébuchais mais mes yeux happaient le sol comme si j'avais voulu le tamiser. Il y avait non loin de l'entrée un bracelet, puis la boucle d'oreille et puis plus rien. »

Il se tut et son visage s'assombrit. On aurait vraiment dit qu'il fixait la double trouée noire du tunnel, replongé dans ces instants de sa vie sans savoir, comme à l'époque, s'il pourrait s'en sortir.

Castiletz pensait – et en ce sens comme Botulitzky – qu'il n'avait jamais vraiment vécu. Il avait été transporté comme un paquet poste. Il fit cette constatation avec détachement, ça ne le vexait nullement, c'était comme une page d'histoire naturelle. Par instants, il revoyait Maria Rosanka. Et puis, en remontant d'un rapide coup d'aile dans le passé : ces jeunes garçons que Ligharts avait rossés autrefois près de l'étang aux tritons – ils avaient alors tout de suite eu le mot police à la bouche ! Botulitzky, avec ses stupides menaces de tout à l'heure, faisait partie du même lot.

« En tout cas, vous avez récolté un butin d'une valeur considérable » dit Castiletz (même à ses propres yeux, le mot « butin » apparaissait quelque peu sans gêne), « même si quelques bijoux ont pu glisser entre les pierres et dans les interstices. Et une grande partie des bijoux était en plus des émeraudes dont les prix sont montés en flèche par la suite. »

« Oui », dit Botulitzky, à qui l'effort donnait des pommettes moites, « mais ce n'était quand même pas renversant... il y a peut-être beaucoup de choses qui se sont perdues... il est possible qu'on ait trouvé encore un certain nombre de choses après nous, sans que personne n'en ait rien dit. »

L'espace d'un instant, Castiletz pensa à la drôle d'aubergiste avec son piano pour une fille qui jouait la *Sonate au clair de lune*... il sourit et fit un geste pour effacer tout ça :

« Finissez-en avec cette histoire de bijoux, M. Botulitzky », dit-il, « elle est secondaire. A quoi bon tant de peine ? J'ose simplement espérer que toute cette affaire vous a au moins permis d'améliorer de façon décisive vos conditions d'existence. »

« Ce ne fut pas le cas », dit Botulitzky, arrivé à un point d'abaissement en dessous duquel il n'était pas possible de descendre et qui avait donc un effet libérateur. « Je vois que vous perdez patience et c'est pourquoi je vais conclure. Nous parvînmes à pied à Bietigheim – c'est un nœud ferroviaire comme vous le savez. En route, c'est à peine si nous osions nous acheter à manger. A Bietigheim nous avons pris le train et fait des chassés-croisés et des détours par Mannheim, Ludwigshafen ou encore ailleurs pour nous rendre à Berlin. De ce voyage je ne garde pratiquement aucun souvenir. Je sais seulement qu'il faisait très chaud. Heureusement nous avions de l'argent, c'est-à-dire que Margit (qu'est-ce qu'elle peut bien faire ?) en avait, pas moi. Elle m'a emmené avec elle à Berlin où elle avait une place, une fort bonne même. Nous nous étions rencontrés à Stuttgart parce que Margit y était allée voir des parents à l'époque.

Pour me soutenir, elle avait décidé de m'accompagner à Würzburg. J'avais maintenant laissé tomber cet oncle. Et tout avec. J'étais installé à Berlin chez Margit comme Fafner sur son trésor, je lisais le journal et redoutais sans arrêt la police qui ne s'intéressait pas le moins du monde à nous. »

Il semblait encore hésiter devant quelque chose et se tut.

« Ce fut vraiment un tournant », dit finalement Botulitzky d'une voix faible.

« Margit perdit sa place au bout de six semaines. Vraisemblablement parce que j'habitais avec elle. C'est sûr. Nous n'osions encore rien faire avec les bijoux. Quant à moi j'étais incapable de quoi que ce soit. Je ne trouvais d'ailleurs rien. Je veux dire un emploi, un travail. Ce fut un été épouvantable. Quelque part à l'extérieur, peut-être au bord du lac Nikolas, entre les forêts de pins que je connaissais pour y avoir été, je sentais bien qu'il y avait du ciel bleu, des promenades en barque, tous mes anciens amis... c'était fini. J'étais à l'écart, rejeté de tout, même de la vie de la grande ville où je me trouvais, comme un naufragé sur une plage déserte. »

La voix de Botulitzky se faisait de plus en plus basse au fur et à mesure qu'il parlait. Sa tête cherchait un endroit où se nicher et trouva ses bras croisés sur la table.

« Elle a subvenu à nos besoins. Ne demandez pas comment, M. Castiletz. Pensez-y en silence. C'est aussi la raison pour laquelle je ne peux pas épouser Margit aujourd'hui. Je perdrais peut-être tout, on est très strict sur ces choses-là chez nous. Je regardais, incapable de rien faire, ou plutôt je le voyais venir et je détournais les yeux. Un jour elle me l'a dit, elle me l'a avoué, ici, dans cette pièce. Je savais qu'elle m'aimait – aurais-je pu ne pas le savoir après tout ce qui s'était passé ? Et maintenant je portais sur mes deux épaules un fardeau que je ne pressentais ou que je ne connaissais jusqu'à présent que sous la forme d'une pression sourde et toujours plus forte qui venait de l'extérieur. Là... (Botulitzky avala le mot qui devait venir) arrivée là, Margit s'occupa aussi de notre « butin » – pour reprendre votre expression, M. Castiletz – il fut écoulé dans ces milieux. Quant à moi, je suis allé plusieurs fois à Neukölln, je m'en souviens encore – mais ce n'est plus qu'une béance dans ma vie, une attente sur le banc d'un parc inconnu où des étrangers gardaient des enfants dont je n'avais que faire. Puis Margit arrivait, nous marchions avec nos terribles petites choses enveloppées dans des mouchoirs et c'était affreux de les porter sur soi à cause de leur dureté... à l'époque, j'avais toujours les mains moites et sales, je ne comprenais pas pourquoi... Or, voyez-vous, c'est une chose qui me dépasse : mais vous croirez peut-être que nous avons tiré quelque profit de tous ces objets péniblement désarticulés et démontés, de ces petites pierres vertes et tristes qui avaient tant de valeur... ? Non, nous n'avons rien eu. Par peur, nous comprimions les prix, nous expédiions la transaction toujours plus vite, un devoir : simplement pour ne plus avoir ces choses dans la maison. Mais – et il faut que vous le sachiez, M. Castiletz ! (il leva la tête enfouie dans ses bras) – après avoir vendu la dernière pièce et même après nous être dépêchés de dépenser le dernier argent qui provenait de cette source, avides de vivre que nous étions – tout, tout a alors changé, jour après nuit, semaine après mois. Pour Margit et pour moi. »

Lorsqu'il leva sa tête, une nouvelle fois, ses yeux étaient mouillés de larmes.

« Bon » poursuivit-il, « vous voulez sûrement que je passe sur les détails. Ici (Botulitzky tira sur la vareuse de son uniforme pour montrer qu'il parlait du métro) j'ai fait mon chemin avec une étonnante facilité. En plus, les travaux de 1923 et 1926 ont augmenté les besoins en personnel roulant... »

Ces derniers mots n'étaient presque plus qu'un murmure, il semblait avoir terminé. Castiletz se taisait. Au bout d'un moment, il prononça encore une phrase, la tête enfouie dans ses bras croisés sur la table : « Tout cela m'a cassé, comme on casse une branche sur son genou ; ça a gâché toute ma vie... »

« Moi aussi » voulait dire Conrad. Les mots butaient déjà sur ses dents, arrivaient sur ses lèvres. Mais, à cet instant il comprit l'absurdité de ce qu'il allait dire, de même il se rendit compte à quel point il avait parlé jusque là, comme tout le monde, avec des mots d'emprunt, bien lisses, colportés de bouche en bouche. C'était vraiment la lumière de la grâce qui éclairait maintenant sa conscience. Non, ce n'était pas cette erreur débile d'aiguillage dans son âme d'enfant, cette « bêtise » qui avait « détruit sa vie » (de quoi était-elle faite à part ça ?) mais – elle était sa vie, sa vraie vie, hier comme aujourd'hui, non, comme il y a deux heures. Et ce qui en avait tenu lieu pour ainsi dire durant les longues années qui suivirent n'était qu'un camouflage derrière lequel on se préparait à bien vieillir.

C'est alors seulement qu'il voulut vraiment parler. Non pas à quelqu'un, non pas pour être entendu ; non, une sorte de soliloque dans la pièce vide. Comme ce n'était pas un penseur professionnel et qu'il n'avait aucunement l'habitude de s'exprimer, cette tâche lui apparut difficile comme si une montagne était posée sur ses lèvres.

Il s'apprêtait à partir à l'assaut de cette inaccessible couronne – avec une hardiesse remarquable – lorsqu'on entendit une clef tourner dans la serrure, un bruit d'interrupteur et la lumière fusa dans tous les coins de la petite pièce (sur le mannequin de tailleur, la planche à repasser, la machine à faire des bas), un pas léger se rapprocha de la porte de la pièce qui s'ouvrit alors vivement, comme poussée par quelqu'un qui est en retard.

« Oh, mon Dieu » dit-elle et son regard transparent comme de l'albumine, cédant devant l'ampleur de la vie, se posa sur Castiletz en tremblant, tandis que son corps, fragile comme une liane, semblait n'être capable de se tenir debout que parce qu'il était appuyé au chambranle de la porte. Les deux hommes s'étaient levés.

« C'est lui », dit Botulitzky.

« Est-ce qu'il sait – ? » demanda-t-elle.

« Oui » répondit Botulitzky.

« Tout ? » demanda-t-elle.

« Oui », murmura Botulitzky en baissant lentement la tête, tout honteux devant cette femme, parce qu'il avait agi de façon imprudente et déraisonnable. C'était l'acte d'allégeance devant Héra, le plus ancien geste de l'homme : par lequel il le devint.

Castiletz s'élança vers elle. « Margit ! » s'écria-t-il, « vous pouvez être sans crainte ! il le faut ! » En vérité il criait comme s'il l'appelait à l'aide. La souffrance de Margit monta comme les eaux d'un lac et déborda par les yeux. « En ai-je le droit... ? » dit-elle et elle inclina la tête derrière un rideau de larmes. Botulitzky s'effondra sur la table, et enfouit son visage dans le creux sombre de ses bras croisés. « Tout est bien, tout est bien maintenant », murmura-t-il.

49

Cette nuit là Castiletz ne partit pas en voyage. Aucun train pour traverser ses rêves, aucun train à prendre absolument qui se désagrégeait pendant le voyage si bien qu'en cours de trajet, on se retrouvait en train de faire des petits pas sur les traverses. Son sommeil fut stationnaire. Au matin, le train se trouvait en tête de ligne, dans le même hall que celui où il était arrivé hier.

Dans la chambre d'hôtel bleue il faisait grand jour. Conrad plia le bras droit, il sentit qu'il y avait quelque chose de dur dans sa main, il ouvrit les doigts et vit alors dans sa paume trempée de sueur un petit étui à cigarettes ou plus exactement une mignonne petite boîte de tabac à priser en vieil argent avec les initiales M et V sur le couvercle. C'était la seule chose qui restait. Margit la lui avait donnée.

Il voulait quitter Berlin sans tarder et fut tout étonné, quoique agréablement, de voir que sa montre ne marquait que six heures. Il avait largement le temps de prendre le train du matin. Castiletz sauta du lit et sonna. Entre le petit-déjeuner, le bain et le moment où il s'habilla – ce faisant, il laissait tout en désordre dans sa chambre, sans aucune hâte – il écrivit une lettre à monsieur Klinkart, quelques lignes où il disait que sa femme s'était soudain trouvée souffrante et qu'il lui fallait rentrer aussitôt. Il espérait pourtant être de retour à temps pour les entretiens prévus. Puis Conrad oublia la lettre, il ne la donna ni à un garçon d'hôtel ni à un serveur ni à une femme de chambre mais la laissa tout simplement sur le bord du bureau. Dans la foulée, il oublia aussi ses bagages et on le lui rappela avec une urbanité discrète, pendant qu'il payait la note. Conrad dit qu'il n'emporterait que sa petite valise jaune qu'il avait avec lui et demanda à ce qu'on mette ses affaires quelque part – les armoires en étaient pleines, le costume de ville était posé à moitié sur une chaise, à moitié par terre – il pensait être de retour dans quelques jours. Dans la mallette se trouvait du reste le cahier bleu. Pendant le voyage Castiletz s'amusa à le relire, il était seul dans le compartiment, puis il le posa sur la banquette à côté de sa mallette qui n'était pas fermée à clef et alla au wagon-restaurant. Il y resta une grande partie du trajet, y prit son petit déjeuner et son déjeuner et, chose bizarre, n'avala aucune goutte de bière, de vin ou de cognac. Cela ne lui vint pas à l'idée, il n'en éprouva pas le besoin et but une eau gazeuse.

Près de la gare basse et allongée, il prit la ligne 3, il arriva finalement dans la Wackenroderstrasse, rue longue et étroite et descendit à l'arrêt du parc avec son ridicule bagage à main. L'or de cette fin d'après-midi se déversait en rayons obliques dans l'air chaud, on avait une impression de calme et d'espace, il n'y avait presque aucune voiture, les cimes des arbres étaient figées dans un vert tendre. Le soir désert était même allé jusqu'à accrocher sa résille de soleil sur les murs de la cage d'escalier, mais voilà qu'on entendit le son d'un bon gramophone sortir de l'appartement des Castiletz : c'était bizarrement le même paso-doble que celui sur lequel Conrad – qui enfonçait maintenant sans bruit la clef dans la serrure – avait dansé à Berlin avec la rousse dans cette caverne de crème Chantilly. Par l'entrebâillement de la porte qui s'était ouverte sans bruit Conrad pouvait maintenant voir dans le vestibule et au-delà directement dans ce qu'on appelait le « dressing » dont la porte était ouverte et où il aperçut Marianne, penchée sur le gramophone et habillée du reste d'une simple chemise-culotte. Sa large nuque couleur noisette avait quelque chose de décidé, comme un point derrière une phrase dont elle était le sujet, dont l'objet – un homme complètement déshabillé – se tenait à côté d'elle et dont le verbe n'autorisait aucune équivoque. Tous les deux s'affairaient près du gramophone qui déversait d'extraordinaires sonneries de trompettes. Devant ce tableau apocalyptique, Castiletz, qui refermait maintenant tout doucement la porte, s'était attendu à rien moins qu'à reconnaître Peter Duracher. Mais ceci s'avéra faux, il dut encore descendre quelques étages avec cette image devant les yeux avant que sa prévention ne prenne une autre forme, celle du jeune homme qui – pour des raisons non élucidées – répondait au prénom féminin de « Peggy ». Mais ce n'était pas lui non plus. La vision atteignant enfin la réalité *(demonstratio ad oculos)* Castiletz dut constater qu'il ne se rappelait même pas le nom de l'individu en question : il faisait partie de ces jeunots du tennis aux visages bronzés et tristes comme des tombes. Du dehors il entendait encore le gramophone qui jouait maintenant en sourdine, alors que les deux riaient bruyamment. Il reprit sa petite valise et descendit lentement les escaliers. Toute cette histoire était parfaitement en ordre. La seule chose qui faisait figure d'excès c'est que Marianne n'avait pas jugé bon de mettre la chaîne de sécurité. Mais la bonne qu'on avait éloignée n'avait sans doute pas de clef et qui d'autre aurait pu venir à cette heure ?

Tout était donc en ordre. Il avait même été ridicule de penser pendant le voyage à la façon dont il allait « faire face » à Marianne, chargé de tout ce qu'il savait maintenant. Au moment où il voulut traverser la Hans-Hayde-Strasse, à la hauteur de ce fameux bouleau (il était d'un vert vif maintenant, comme du papier de couleur) planté derrière la barrière basse du parc, il fit la rencontre inopinée d'une vieille connaissance qui faillit l'écraser de façon tout aussi inopinée : le gros camion citerne jaune. Conrad n'avait pas entendu le coup d'avertisseur ; il s'en faillit cette fois vraiment d'un cheveu et il n'en réchappa que parce qu'il fit brusquement un bond en arrière. Celui qui était assis à côté du chauffeur se retourna et lança à Castiletz quelques grossièretés qui n'étaient pas totalement imméritées. Dans la Hans-Hayde-Strasse le soleil dardait aussi ses rayons obliques penchés sur toute la longueur de la rue. Dans l'escalier, il croisa la Schubert qui descendait. Elle fila en ne lui adressant pour tout salut qu'un drôle de petit couinement, comme si elle expirait son dernier souffle. Elle prit un mouchoir, son visage ressemblait à un petit poing serré et mouillé.

« Monsieur de Hohenlocher », dit Castiletz lorsque la porte s'ouvrit « puis-je passer la nuit chez vous ? »

« Certainement », répondit le chien de chasse sans sourciller et en jetant un regard sur la petite valise de Conrad. « Vous pouvez même réintégrer votre cantonnement. Le castrum Conradi est pour l'instant libre de toute garnison. Je suppose qu'il n'y a personne chez vous ? »

« Je vais vous expliquer tout ça », dit tranquillement Castiletz en passant la porte. « Mais pour me mettre en train, je vous demanderais un verre de gin. »

« Fiat libatio ! » s'écria Hohenlocher ; les bouteilles, le soda, l'angostura sortirent de leur armoire et l'on se retrouva assis comme avant ; mais cette fois-ci le conseiller d'administration ne s'allongea pas paresseusement sur l'ottomane. Son attitude était au contraire tout ce qu'il y a de plus recueilli et de plus attentif, tendue même. Elle ne tarda pas à le devenir encore plus.

Conrad lui dit tout. Pendant qu'il parlait, le jour déclinait dehors, l'or du soleil s'effaça des fenêtres, le maître de maison alluma la lampe colorée : on aurait dit que le temps se déroulait à rebours et se refermait en cercle, tout comme se refermait le récit, comme si on était arrivé hier et qu'on avait passé la nuit à l'Hôtel de la Gare (murmure : « oui – la vie ! La voilà ! ») et comme si on se trouvait là à cause d'un logement, tout en écoutant les enseignements du maître : mais de ce point de vue, il y avait une différence de taille. Sans interrompre le fil de son récit Conrad sentait qu'il était à égalité de niveau, qu'il parlait d'égal à égal et que la mission de mentor de monsieur de Hohenlocher s'achevait à cette heure. La seule chose qu'ils auraient encore pu faire, c'était de devenir amis.

Lorsque Castiletz eut terminé, le chien de chasse se leva, avança jusqu'au milieu de la grande pièce, resta là un moment sans rien dire (son visage était alors très grave et très beau mais ce n'était sans doute qu'un effet favorable de l'éclairage) et il finit par dire ces mots : « Monsieur Castiletz », le ton était sec, « dans cette affaire, ma position dépendra d'abord de ce que vous allez répondre si, au lieu de vous exprimer ma sollicitude et ma compassion, je vous déclare avec la plus extrême conviction que je vous félicite chaleureusement. »

« Je répondrais d'abord », dit Conrad, « que cela me paraît tout naturel et ensuite que je vous remercie du fond du cœur. »

« Alors vous avez obtenu la couronne » dit monsieur de Hohenlocher. (A ces mots, Conrad eut un petit tressaillement). « Vous avez parcouru, avec un succès inhabituel, le chemin le plus long, celui qui guérit tous les maux. Que ce chemin ait dû aboutir à vous-même, voilà une loi éternelle à laquelle on essaie constamment d'échapper en y consacrant une grande partie des efforts de sa vie. Celui qui poursuit ce chemin jusqu'au bout, jusqu'à atteindre la couronne, entre en possession d'un savoir qui n'est accordé qu'à une infime minorité : savoir qui l'on est vraiment. Vous avez creusé une galerie à travers les sédiments morts de la vie, à la recherche de la culpabilité présumée d'un autre. Mais la preuve que cette galerie était bien engagée a été apportée par le fait qu'en sortant de la nuit, de l'autre côté, vous avez vu que celui qui se tenait dans l'encadrement du tunnel, c'était vous. »

Castiletz s'était levé et se dirigea vers Hohenlocher. Ils se serrèrent la main, il y avait eu autrefois un maître facétieux et un disciple *« textilien »,* on pouvait dire maintenant que c'étaient deux amis. Hohenlocher ajouta encore quelque chose à voix basse : « Le degré de liberté que vous avez atteint est trop grand. Trop grand, dois-je dire, pour que je puisse m'imaginer comment vous allez faire pour vivre avec... »

Il s'interrompit sous l'effet de quelque effroi surprenant. Chose singulière qui ne peut donc être passée sous silence dans ce récit : les deux hommes se tournèrent maintenant sans façon vers d'autres sujets de conversation. Ils parlèrent ainsi des deux tableaux de Maria Rosanka, ces fameuses toiles que Hohenlocher avait achetées l'année précédente mais qu'il venait seulement d'accrocher après les avoir fait encadrer correctement sur les indications de l'artiste ; il s'agissait de deux natures mortes à la construction rigoureuse et exécutées avec une convenance que l'on aurait presque pu qualifier de scientifique. Sur l'une d'elles on voyait un chapeau haut de forme, des gants, une assiette avec des raisins et en arrière-plan, bizarrement délimité par l'oblique de la fenêtre de l'atelier, note de musique accrochée dans le rectangle de la toile, le rebord d'un bâtiment lointain avec un bandeau vertical de fenêtres.

Au reste, ils parlèrent aussi de la Schubert, c'est un sujet qui s'imposait autant que le service manquait : et ce dernier point se remarquait déjà un peu dans l'appartement. « Savez-vous » dit monsieur de Hohenlocher, « il n'y aura bientôt plus que deux possibilités : la mise à la porte ou l'empaillage. Vous savez que personnellement j'aurais tendance à préférer la deuxième solution. Enfin cette fois-ci, la Schubert semble vraiment gelée à son niveau le plus bas, prise dans les glaces de son point le plus faible. Elle est calfeutrée là-haut dans son petit logement au-dessus de vos appartements, monsieur Castiletz, enragée et butée. C'est à peine si on la voit. Lorsque je l'ai aperçue la dernière fois, il y a déjà plusieurs jours, on aurait dit un lutin racorni avec des yeux clairs. »

Conrad ne tarda pas à avoir sommeil après la collation improvisée par monsieur de Hohenlocher. C'était une somnolence sans poids, aucune lourdeur, un état de douceur où les forces l'abandonnaient comme sous l'effet d'une évaporation où l'on se sentait à la fois proche et loin de toute chose, comme au centre d'un petit univers. Lorsqu'il fut allongé dans sa petite chambre de l'autre côté – il y avait encore cette délicate odeur de vernis – et qu'il eut éteint la lumière, il eut quand même l'impression d'être dans une chambre toute différente, bien qu'il y eût toujours les mêmes meubles ocres avec le fin liseré rouge sur les angles arrondis : non, c'était plutôt lui qui allait changer de vie. Il décida de rester provisoirement ici. Hohenlocher avait dit « vos appartements ». Acheter à Stuttgart des tableaux à la Rosanka et les accrocher ici. Ce fut sa dernière pensée claire tandis que sa main avançait à tâtons sur la table de nuit à la recherche de la petite boîte. Il s'approchait maintenant du miroir sans le moindre effort, c'était dans le salon de ses parents. Il avait déjà un tout petit peu peur de ce qu'allait être la silhouette qui viendrait à sa rencontre dans le miroir, mais le temps d'un souffle seulement, surtout à cause de la tête et des yeux. Pourtant, bien qu'il ait plissé les yeux comme il fallait, ce qu'il voyait arriver était tout différent : silhouette modeste, vêtue de blanc, sur le petit pont près de la blanchisserie de madame Rumpler. « Tu es à Salzbourg ? » demanda-t-il. « Oui, Kokosch, et comme c'est beau Salzbourg ! » dit-elle avec un sourire. « Et tu ne m'en veux pas ? » demanda-t-il. Elle lui donna sa petite main toute chaude : « Mais pas du tout, parce que je t'aime bien. » Montée sur une chaise, elle commençait maintenant à décrocher les voilages qui devaient être lavés chez madame Rumpler. Il tendit les bras pour prendre un paquet de linge. « Non mon enfant », dit-elle « il faut que tu dormes maintenant. Nous n'avons plus besoin du petit crayon, plus jamais. Dors maintenant, dors mon chéri. » Elle posa la main sur ses yeux. Comme l'eau avait autrefois jailli du roc sous le bâton du patriarche, la source jaillissait ici du karst dans un bonheur sans borne, le flot des larmes chaudes monta à la surface, elles qui, à partir d'un moment très précis de l'enfance et pendant toute une vie, avaient cheminé souterrainement, comme une hémorragie secrète.

50

Pour la Schubert, monsieur de Hohenlocher avait vu juste. Lorsqu'elle rentra et remonta dans son logement infernal avec six bouteilles de bière dans son tablier, ces bouteilles ou plutôt leur contenu étaient pour ainsi dire le dernier fil qui la reliait à la vie. (Cette comparaison est boiteuse ? Un peu de patience, elle ne va pas tarder à se remettre d'aplomb.) Arrivée dans sa petite cuisine où elle se retrouvait toute seule, la Schubert fut prise de peur ; elle ne pouvait quand même pas parcourir sans arrêt les rues avec ses jambes fourbues. La porte du fond, qui donnait dans l'unique pièce de ce petit logement, là où se trouvait « l'installation », était ouverte. L'installation était jaune comme une rangée de fausses dents, fausses parce que la vie ne leur donnait rien à croquer. En plein milieu trônaient les grands lits jumeaux, imposants, souverains, une sonnerie de trompette dans un univers encaustiqué, un appel du pied avec des bottes de sept lieues.

En voyant cela, la Schubert repassa de la peur à la rage, ce qui était quand même préférable pour notre lutin racorni aux yeux clairs. Elle claqua la porte de la chambre, resta dans la cuisine, alluma la lumière, et parce qu'elle avait surtout peur que revienne la peur, elle commença à avaler de la bière à toute vitesse dans un verre d'un demi-litre. Son petit lit de fer sur lequel elle avait pensé ne plus dormir très longtemps se trouvait dans la cuisine, à côté de la gazinière. C'est là que la Schubert était assise maintenant, un œil dans le verre et un œil dans le vestibule dont la porte restait toujours ouverte pour qu'aucun bruit ne lui échappe, surtout le soir. Mais jamais personne ne sonnait, et le matin seulement, il y avait les lettres d'huissier. L'ivresse donne de la force, même si cette force est frelatée. Le regard de la Schubert changea. Elle avait une impression de grandeur. La rage devenait enthousiasme et se mesurait alors au monde qui ne pouvait rien faire contre mais était obligé de supporter ces cris en pleine figure, enfermé qu'il était avec la terrible Shubert. Déjà la troisième bouteille fut gratifiée d'un nom et alla s'écraser, à l'instant du baptême, contre le mur badigeonné en blanc, en plein sur la figure du monde. Ce nom, c'était : « Sa-lo-pard ! » La lettre « a » creusait une double béance comme un gouffre noir couleur d'ébène. Les débris ne restèrent bien sûr pas plantés ou fichés comme des flèches dans le mur. Ils dégringolèrent par terre dans un bruit pédant et prosaïque, mis à part quelques-uns qui, conformément aux lois de la physique, devaient partir sur le côté ou filer quelque part dans un coin. La quatrième bouteille fut bue par la Schubert. La cinquième servit de projectile. La sixième fut ouverte et impérieusement vidée dans un verre d'un demi-litre ; et soudain elle arracha le tuyau du gaz, comme si elle voulait étrangler un serpent, tel Hercule dans son berceau, ce fut un triomphe sauvage accompagné d'une gorgée à n'en plus finir et elle se retrouva assommée par la bière comme si elle avait reçu un coup de battoir sur le crâne. Elle ne réussit pas à finir le reste. La bouche encore pleine, la Schubert tomba à la renverse sur le lit bien qu'appuyée à moitié sur le côté gauche elle avait la tête qui pendait à droite laissant couler de la commissure de ses lèvres un mince filet de bière (pour reprendre la comparaison), et celui-ci fit effectivement pendant quelques instants la jonction avec le sol où la Schubert avait vécu ces derniers temps. Mais le fil se rompit et se transforma en goutte à goutte. Le spectacle était vraiment inquiétant. Quoi qu'il en soit, la vie était si forte en elle que le corps réussit encore à se mettre dans la position du sommeil.

Comme une brise toujours renouvelée, le gaz sortait du tuyau, se mélangeant à l'air, s'accumulant sous le plafond de la cuisine et du vestibule. les meubles muets et les autres objets qui dorment ensemble, réunis dans le noir par une connivence suspecte que nous ne pouvons contrôler – ne pouvaient s'adonner à leurs familiarités que dans la chambre d'à côté : ici dans la cuisine ils étaient dérangés, séparés les uns des autres au fil des heures par l'éclat dur de l'ampoule électrique qui s'interposait entre eux : et c'est ainsi qu'au lever du jour ils étaient tout ensommeillés sous la lumière électrique qui pâlissait peu à peu.

51

Le facteur montait les escaliers au 5 de la Hans-Hayde-Strasse : c'était un homme respectable et honnête, comme tous les facteurs. Il avait quarante ans, il connaissait la vie et savait ce qu'il glissait dans la boîte de madame Schubert : la notification d'une décision de justice, vraisemblablement pour saisie. Bien qu'un facteur connaisse des milliers de cas semblables : un cœur droit ne se lasse pas si rapidement et il n'est pas si facile de le faire taire. Il pensa : « Pauvre femme ». Puis il mit la lettre dans la boîte, appuya sur le bouton de la sonnette et – l'auteur aurait presque écrit : « et s'en retourna vers l'escalier ». Mais cette fois-ci l'éditeur l'aurait vraiment envoyé promener sans ménagement ! Car cette pression sur la sonnette provoqua en vérité un bouleversement total de la situation, pour le facteur, pour madame Schubert et même pour tous les intéressés.

Le facteur ne se retourna en effet en aucune manière. Au contraire, il traversa tel quel, debout dans les airs et à reculons, toute la largeur du palier jusqu'au mur d'en face. Par bonheur dans cette histoire, le brave homme s'en est sorti sans trop de mal si l'on excepte quelques blessure mineures. Ce sont ses déclarations et la commission d'enquête arrivée sur les lieux qui expliquèrent la cause de l'explosion. L'étincelle assez conséquente produite normalement par la mise en marche de la sonnerie au-dessus de la porte – peut-être faut-il ajouter que la vis de réglage du trembleur avait joué et un peu reculé au cours des années à cause de tous les camions et autres gros véhicules qui passaient en bas, et avait agrandi la course de passage de l'étincelle – en tout cas cette étincelle avait fonctionné comme un détonateur et fait exploser le gaz amassé qui, mélangé à l'air qui s'était introduit par les interstices, avait produit une formidable déflagration. Le facteur, effleuré seulement par la chute de quelques briques, était resté allongé sur le palier transformé en une sorte de balcon en surplomb et, d'après la description qu'il en fit, il avait vécu un moment fort singulier lorsque tout se mit à bouger autour de lui dans un bruit de casse, un fracas et un roulement sourd qui atteignaient des proportions extrêmes, tandis que des parties solides, polies et rectangulaires disparaissaient dans des nuages épais de gravats qui tombaient relativement lentement et s'écrasaient dans un bruit sourd sur le sol en bas en faisant rejaillir des formes plus légères et plus aériennes, une poussière fine qui devenait de plus en plus importante. On voyait apparaître des poutres et disparaître des armatures tordues qui sortaient de leurs logements dans un bruit infernal. Quant à la Schubert, elle s'en tira avec peu de blessures, la catastrophe – qui avait fait sauter les vitres comme sous la pression d'un doigt, avait tout éventré et fait rentrer de l'air partout – l'avait même sauvée d'une mort par asphyxie. Le bruit sourd de l'explosion avait fait trembler les vitres dans une bonne partie de la ville, avec bien sûr une violence particulière dans les abords immédiats. Marianne Castiletz courut aussitôt voir ce qu'il y avait ; depuis qu'elle faisait du sport, elle ne craignait absolument plus rien. Elle était courageuse comme un lieutenant de hussards. La bonne courait derrière, suivie par le chauffeur qui venait veiller sur ces dames. Dans la Hans-Hayde-Strasse le cordon policier n'était pas aussi hermétique qu'il le fut dix minutes plus tard, et la foule des badauds était encore peu nombreuse. La maison du 5 ressemblait au premier coup d'œil, avec sa moitié gauche, à un corset déchiré d'où sortaient les baleines : ici des poutres et des chevrons. Les pièces montraient leurs tapisseries à ciel ouvert, au deuxième étage une chaise était plantée dans les gravats, les quatre pieds en l'air comme si elle avait enfoui sa tête pour ne pas voir tous ces ravages. La partie centrale de la maison avec la porte cochère semblait à peine endommagée, à droite on ne remarquait rien de spécial si ce n'est l'absence de quelques vitres aux fenêtres. L'équipe de sauveteurs était au travail, on se frayait un passage à grand renfort de cris, des civières raides et allongées partaient en oscillant vers les ambulances.

Marianne parvint jusqu'au jardinet devant la maison. Une civière passait, un bras se leva et lui fit signe d'approcher. On posa la civière, un homme de l'équipe de secours se pencha sur le blessé étendu dessus et parla avec lui. On laissa aussitôt passer Marianne, elle se retrouva à l'intérieur du cercle de badauds excités, dans un espace relativement vide, et elle reconnut monsieur de Hohenlocher dont le visage – c'était bizarre de le voir sans front ! – émergeait d'un énorme bandage plusieurs fois enroulé autour de sa tête. Etendu en bas il souriait ou du moins essayait, il voulait saluer Marianne, il lui pressa la main et à sa question il répondit : « Non je n'ai rien. Dans la déflagration, une boîte à pistolets m'est gentiment tombée sur la tête et sur les épaules avec toute l'étagère. Chère madame, je vous demande du fond du cœur d'avoir du cran maintenant, cet homme va vous conduire. » Il montra l'infirmier. On releva la civière, monsieur de Hohenlocher voulut se redresser pour dire adieu à madame Castiletz, mais un rictus douloureux et contrarié fit grimacer son visage et il retomba sur le dos. Marianne suivit le secouriste, passa la porte cochère qui lui paraissait ne pas avoir de fin, comme un long tunnel. Ils débouchèrent dans la cour pavée de briques hollandaises. A quelque distance à droite se trouvaient deux civières recouvertes d'un drap, sur la gauche il y en avait aussi une près du mur peint en blanc. L'infirmier désigna cette dernière. « Je vous demande d'avoir du cran, chère madame » dit-il en reprenant malgré lui les mots de Hohenlocher et en adoptant aussitôt un visage recueilli en dépit de tout ce travail pénible. « C'est votre époux. » Puis il rabattit le drap, enleva son bonnet et recula.

Kokosch avait l'air d'avoir dix-sept ans. On ne voyait aucune blessure apparente. Sa tête était un peu rejetée en arrière, sous le pyjama ouvert la poitrine semblait bombée bien que tout souffle ait disparu. Marianne ne comprenait rien, c'était bien sûr impossible. Mais lorsqu'elle se mit à genoux à côté de lui et sentit sous ses mains le galbe antique de ses épaules : alors elle capitula devant cette réalité qui s'imposait ici. Durant ces minutes aucun mystère ne se dévoila à ses yeux, même pas avec la petite boîte qui dépassait suffisamment de la main droite fermée pour qu'elle puisse la tourner un peu et pour qu'elle soit en mesure de reconnaître ce que c'était. Le bras droit était légèrement replié sur la poitrine. Si autrefois le rideau enflammé de la haine avait toujours battu comme un étendard guerrier contre tout ce qu'il y avait d'incompréhensible et d'inquiétant dans leur mariage, voilà que tout retombait en cendres maintenant. Elle leva la tête. Son regard erra sur les parties basses de la ville que l'on pouvait voir d'ici. Le ciel de cette matinée d'avril avait ce caractère défait et délavé qui correspond à l'hésitation de la terre au milieu du printemps entre la mort et la vie. Dans la bande vide du ciel quelques nuées aux configurations étonnantes passaient puis disparaissaient, des nuages blancs qui badinaient, poussés par le vent, comme des voiles sous l'horizon.

TABLE DES MATIERES

Du même auteur :

Les Démons, Gallimard.

Un meurtre que tout le monde commet, Rivages, collection de littérature étrangère.

Les Chutes de Slunj, Rivages, collection de littérature étrangère.

Les Fenêtres éclairées, Rivages, collection de littérature étrangère.

Bibliothèque étrangère Rivages :

Déjà parus :

1. **Grace Paley :** *Les petits riens de la vie*
2. **Natsumé Sôseki :** *Oreiller d'herbes*
3. **Paul Bowles :** *Le Scorpion*
4. **Kaye Gibbons :** *Ellen Foster*
5. **Eva Figes :** *Lumière*
6. **Umberto Saba :** *Couleur du temps*
7. **Alison Lurie :** *Les Amours d'Emily Turner*
8. **Lorrie Moore :** *Des histoires pour rien*
9. **Truman Capote :** *Un été indien*
10. **Fausta Cialente :** *Les Quatre Filles Wieselberger*
11. **Ambrose Bierce :** *Le Dictionnaire du Diable*
12. **Italo Svevo :** *Le Destin des souvenirs*
13. **Grace Paley :** *Plus tard le même jour*
14. **Heimito von Doderer :** *Un meurtre que tout le monde commet*
15. **Barbara Pym :** *Adam et Cassandra*

Achevé d'imprimer
le 10 janvier 1990
sur les presses
de l'Imprimerie A. Robert
116, bd de la Pomme - 13011 Marseille
pour le compte
des Editions Rivages
5-7, rue Paul-Louis Courier - 75007 Paris
10, rue Fortia - 13001 Marseille

Dépôt légal : Janvier 1990